殖民地摩登

現代性與台灣史觀

陳芳明

陳芳明作品集【文史卷】 5

殖民地摩登——現代性與台灣史觀（新版）

Colonial Modernity: Historical and Literary Perspectives on Taiwan

作　　者／陳芳明
責任編輯／林俶萍

國際版權／吳玲緯　蔡傳宜
行　　銷／艾青荷　蘇莞婷　黃家瑜
業　　務／李再星　陳玫潾　陳美燕　枻幸君
編輯總監／劉麗真
總 經 理／陳逸瑛
發 行 人／凃玉雲
出　　版／麥田出版
10483臺北市民生東路二段141號5樓
電話：(886)2-2500-7696　傳真：(886)2-2500-1967
發　　行／英屬蓋曼群島商家庭傳媒股份有限公司城邦分公司
10483臺北市民生東路二段141號11樓
客服服務專線：(886) 2-2500-7718、2500-7719
24小時傳真服務：(886) 2-2500-1990、2500-1991
服務時間：週一至週五09:30-12:00・13:30-17:00
郵撥帳號：19863813　戶名：書虫股份有限公司
讀者服務信箱E-mail：service@readingclub.com.tw
麥田網址／https://www.facebook.com/RyeField.Cite/
香港發行所／城邦（香港）出版集團有限公司
香港灣仔駱克道193號東超商業中心1樓
電話：(852)2508-6231　傳真：(852)2578-9337
E-mail：hkcite@biznetvigator.com
馬新發行所／城邦（馬新）出版集團【Cite(M) Sdn. Bhd. (458372U)】
41, Jalan Radin Anum, Bandar Baru Sri Petaling, 57000 Kuala Lumpur, Malaysia.
電話：(603)9057-8822　傳真：(603)9057-6622
電郵：cite@cite.com.my

封面設計／廖勁智
印　　刷／前進彩藝有限公司

■2004年6月　初版一刷
2011年9月　二版一刷
2017年6月　三版一刷

Printed in Taiwan.

定價：420元

ISBN 978-986-344-457-2

城邦讀書花園
www.cite.com.tw
書店網址：www.cite.com.tw

COLONIAL MODERNITY

HISTORICAL AND LITERARY PERSPECTIVES ON TAIWAN

FANG-MING CHEN

三版序／

橫跨在歷史與文學之間

陳芳明

我曾經接受傳統歷史學的訓練，對於史料閱讀與史實考證特別注意。在中文系與台文所教書，其實是我生命中的一個意外。人生道路從來不是講理的，也不是可以在年少時期就可規劃。在遠方漂流的過程中，遇到太多的歧路與叉路，都不曾在我命運中所可預期。道路轉彎時，也只能身不由己地跟著轉彎。也許不是身不由己，而是有某種程度的意志抉擇。我終於變成今天的面貌，便是在千迴百轉的長途旅行中慢慢形成。一旦變成生命的一部分，我便不再抗拒，而是俯首接受。離開歷史研究，投入文學作品的解讀，對我是一個重要的跨越。如果我繼續留在歷史領域裡，也許就不會在中年時期完成一部文學史的著作。

文學史，一方面有文學作品的評價，一方面則有社會歷史的流變。如果未曾有過史學訓練，在二〇一一年所出版的《台灣新文學史》，內容與解釋可能就截然不同。在營造那部文學史的過程中，我常常警覺到必須保持雙重視野。一隻眼睛投向歷史過程，另一隻眼睛則注視文學生產。所謂雙重視野，其實是橫跨在不同的知識訓練領域。我應該感到慶幸，早年如果沒有讀過宋代歷史、英國現代史、俄國革命史，可能就不能具備能力來書寫如此龐大的作品。橫跨在歷史、文學之間的訓練，只能歸諸於命運的安排，也歸諸於上天所賦予給我的能力。

但更重要的是，我出生於戰後台灣，而且是二二八事件發生的那一年台灣。這種與生俱來的悲劇性格，最後都升華為日後無窮盡的書寫，也包括那部文學史。我所說的悲劇性格，是在知識追求過程中逐漸體認出來。在成長歲月裡，我見證父親與舅舅那一代人的隱忍與畏縮。他們勤勞工作，定期完糧納稅，卻對於不公平的政治體制不敢有任何怨言。在他們身上，我具體感受了殖民地歷史的強烈影響。在日本殖民地時代，他們就扮演著沉默的歷史角色。戰爭結束後，據說台灣光復了，他們卻仍然保持高度的沉默，而且逆來順受。這是我生命裡所見過最為馴良的百姓。我必須要到達西雅圖之後，在華盛頓大學校園看見反戰的美國青年。到達洛杉磯之後，參加政治運動時，我又目睹了城市裡的黑人如何對抗白人警察。如此強烈的對比使我在內心常常自問，在未來的生命中，究竟要追求怎樣的人格。我後來決定，不想再複製父輩所承受的沉默角色。

我開始瘋狂閱讀殖民地台灣的歷史，也揮汗蒐集有關二二八事件的史料。不僅如此，我對於非洲、印度、中南美洲的殖民地歷史也更加關切。尤其在投入人權工作時，才訝然發現全世界的人權問題是多麼嚴重。我的故鄉台灣尤其嚴重，戰爭結束了那麼久之後，竟然還活在戒嚴體制之下。其實他們是生活在牢籠裡，並且周圍還圍繞著鐵蒺藜。遠在海外，終於能夠看清楚台灣社會的處境。我唯一能夠找到解放的出口，便是大量蒐集與台灣相關的歷史史料與文學作品。這樣的自我訓練，如果稱之為生命的再啟蒙，亦不為過。

穿越再啟蒙的洗禮之後，我在研究台灣歷史、文學之際，深切明白台灣社會的現代化過程，是典型地屬於殖民地現代性（colonial modernity）。這種現代性也稱之為遲到的現代性（belated modernity），相當精確定義了戰前戰後台灣歷史的發展，也定義了台灣文學的性格。書中的第一輯是「摩登與日據台灣」，第二輯是「現代性與台灣史觀」，正好可以概括我長期以來對文學與歷史的關切與觀察。裡面所收的文章，大部分是我到政治大學任教之後所完成。我的研究室是在文學院後棟最旁邊的窗口，雖然是極為狹窄的斗室，卻容納我流動的思維與開闊視野。打開百葉窗時，就可以清楚樓前的那一株鳳凰木。這棵年齡比我還大的植物，已經成為心靈的陪伴。季節的任何變化，都反映在枝幹上葉子的榮枯。春天來時，枯枝上開始長出葉苞。夏天來時，猖獗的鳳凰花盛開。我的心情也跟著這株鳳凰木一起盛放，一起迎接季節的變化。

這是我生命中最安穩的時期，也是我生產力最為蓬勃的階段，窗口的鳳凰木都仔細看見。在這個曾經最保守的校園裡，也是黨國思維最為嚴峻的空間，竟然收容了我。對我個人應該是一個奇蹟，對這個校園應該也是奇蹟吧。在最保守的歷史裡，開出一個最自由的格局。把這兩種價值並置在一起，就是後現代文化的一種特徵。正是在最安靜的窗口裡，我一方面解讀作家的文本，一方面考察台灣歷史的演變。我終於能夠定期定量生產，也終於可以在黨國校園裡，思考戰前戰後的權力支配體制。這樣的治學環境，讓我更明白台灣歷史的矛盾性格。《殖民地摩登》的書寫，一方面討論日據時期台灣社會現代化的過程，一方面則觀察歷史人物所受到的評價。無論在分析歷史，或在解讀文學，我從來沒有忘記台灣社會的文化性格。這本書意味著我學術生涯進入成熟的階段，也意味著我身為知識分子所應具備的人文關懷。

新的版本出版時，我正要迎接自己的退休歲月。到達七十歲時，應該也開始出現所謂的晚期風格。我必須承認，自己的記憶力一直都非常清晰，但是靠近六十五歲之後，已經開始慢慢出現遺漏的徵兆。但是從另外一方面來看，我也開始進入融會貫通的時期。生命裡的閱讀，從早年到近期，都已經轉化成為靈魂不可分割的一部分。我隨時可以在文學與歷史之間橫跨，也可以在學術與社會之間對話。據說有人在背後稱我為憤怒的老人，這大概是一種正面的肯定吧。寬容的台灣社會，應該可以容納這樣一位發言者。伴隨著這冊專書的重新出版，我的學術志業將持續憤怒地發展下去。

二〇一七年四月二十三日　政大台文所

《殖民地摩登》二版序

陳芳明

一九九五年回到學界時，國內還未出現台灣文學系或研究所。那時在靜宜大學講授台灣文學史，從來未曾預知這門知識將要成為一門重要學科。站在山頂樓前，眺望海岸線的夕陽，秋光迷離，暑氣猶存。季節交錯之際，紅豔的落日沉沉坐在遙遠的水平線，就像寓言那樣，對著體內的魂魄投射強烈暗示。生命的轉變即將發生，一位曾經是激情的政治運動者，就要卸下萬丈風塵，毅然轉身投入寧靜安詳的學術校園。最初涉入的研究專題，便是「現代性與台灣文學」。對這個議題，我前後鑽研十年之久。《殖民地摩登》正是這項研究的系列延伸，而且是完成於受聘政治大學之後。當時台灣文學的研究，已在國內形成旺盛風氣。面對如此盛況，學術討論也慢慢轉型，而開始擴張研究版圖，逐漸與日本、韓國文學的領域聯繫起來。東亞文學的新思考，正是在進入新世紀之後注入台灣學界。

現代性的議題之受到重視，完全是歷史所留下的問題。西方在十六世紀進入文藝復興運動之後，人性思維以緩慢而篤定的進程，勇敢挑戰中古時期以降的神學思想。現代化運動的展開，完全是以人為本位，對整個世界進行文化改造。從大航海的冒險，到重商主義的抬頭，以至於科學知識的興起、資本主義的崛起，終究是以西方社會為中心。夾帶現代化的優勢，歐洲人已經意識到亞洲、非洲、中南美洲的落後。為了掠奪廣闊大陸蘊藏的豐饒資源，殖民主義的野心於焉展開。把非西方世界的地區定義為蠻荒，無疑是出自西方人的貪婪與自私。亞洲被迫打開門戶，供西方帝國主義者自由進出，幾乎毫無例外都是訴諸強勢的武力侵略，卻往往假借進步文明的理由。正是在這樣的歷史背景下，東方現代化運動與西方殖民主義，簡直就是一種同義詞。

在亞洲範圍內，日本是第一個抵達現代化的國家，無論是觀念的接受或行動的實踐，都比其他社會還要優先。明治維新徹底而成功地改造了整個日本的文化體質，並且分別在一八九五年與一九〇五年，以優勢軍事力量擊敗兩個古老帝國，亦即清朝中國與沙皇俄國。台灣與朝鮮，正是大和民族主義燃燒起來之後的祭品。日本是西方殖民擴張下的犧牲者，卻以同樣殘酷模式對付更弱小的民族。大和民族在現代化過程中，便被賦予兩種同時存在的情結：對歐洲自卑，對亞洲驕傲。這也成為後來所有殖民地文化的共同脾性，只要嘗到一點點現代化的滋味，就情不自禁擺出自得自滿的姿態。台灣正是在淪為日本殖民地之後，也潛移默化地承接了這種相生相剋的複雜心理反應。

戰後台灣社會殘留的日本文化崇拜，無疑是殖民歷史所創造出來的畸形心理結構。凡是有關二十世紀台灣的歷史解釋與文學詮釋，知識分子對於日本所帶來的現代化事實，總是給予踰越本分的歌頌與讚揚。現代化背後暗藏的帝國魅影，以及嵌入社會內部的自卑幽靈，都輕易躲過知識的檢驗，也迅速逃避人格的反省。主體性一詞的氾濫使用，已經成為近二十年來台灣研究的普遍風尚。國內學界奢談主體性之際，往往與現代性混淆並用。為了貶抑「外來政權」，也為了抵抗中國崛起，殖民文化竟然無端升格成為台灣的主體文化。自傲而自卑的學術研究精神，非常傳神地複製了當年鼓吹脫亞入歐的日本明治典範。以現代化歷史來膨脹台灣社會的進步，更加彰顯所謂主體性的神話本質。

在西方模式、日本模式、中國模式之外，為什麼知識分子不能建立台灣模式的解釋？重新認識殖民地台灣的現代化過程，當可注意到日本帝國是如何以細緻幽微的方式，改變被殖民者的心靈構築。抵抗文化的遺產，是歷史再認識的出發點。只是停留在文本層面的分析，竟欠缺歷史深度的挖掘，正是台灣研究的最嚴重陷阱。嘗試從歷史角度回顧台灣文學的開展，其實是本書研究的初衷。《殖民地摩登》的重印，增補兩篇有關楊逵與簡吉的研究論文，無非是要強調抵抗與批判文化在現代化運動脈絡中的真實意義。左翼歷史研究的荒蕪，是晚期資本主義過分發達的具體反映。新殖民主義的不斷上升，使主體性的建構更形困難。如何回歸到歷史的瞭望視野，似乎是愈來愈難的挑戰。新版本的出現，也無法挽回舊思維的壟斷。台灣研究只有以更堅定的意志，抵禦庸俗的政治口號與陳腔濫調。捨此之外，別無他途可循。

二〇一一年九月八日　聖荷西

自序／

摩登與後摩登台灣

陳芳明

一、摩登台灣

摩登或現代（modern）一詞，可能是二十世紀人類歷史上最為摩登的普遍用語。在地球的每個角落，幾乎沒有人不使用摩登或現代這個名詞。然而，由於摩登到達各個地方的時間並不一致，因此，經過旅行之後它就產生了文化意義上的差異。在歐洲，所謂摩登，具有理性、進步、科學等等的意涵。自十九世紀以降，在殖民主義的擴張下，摩登的觀念也跟著傳播到亞洲、非洲、拉丁美洲的第三世界。然而，在被殖民的第三世界，摩登的意義卻有了變化，它轉換成為「風尚」、「流行」、「時髦」等等的同義詞。這種意義的轉變，正好印證歐洲中心論（Eurocentrism）在文化權力結構中的優越地位。

在人類歷史的演進過程中，歐洲白人誠然是優先抵達現代的。自文藝復興的時代以來，歐洲人歷經了宗教改革、重商主義與科技發明等等的重要歷史階段。由於有了宗教改革，才使歐洲人的質疑精神與抵抗精神獲得提升，從而逐漸擺脫以教權為中心的盲昧中古世紀。由於接受了重商主義，自由經濟的觀念得到尊崇，城邦式的封建制度隨之瓦解，終於刺激了資本主義的崛起。由於具備了科技發明，使航海技術與工業技術取得空前的突破，並且使歐洲人走出了歐洲，展開發現新大陸的旅程。這些知識與技術，使歐洲白人比地球上的任何一個人種提早認識了現代。如果說，一切有關現代的知識論（epistemology）是由白人建立起來的，並不為過。但是，也是憑藉了這種知識論，歐洲白人獲得擘造殖民主義的機會。優先到達現代，並且優先建立現代知識的歐洲人，在殖民主義的護航下，巧妙地把這種歷史的優先性轉化為文化的優先性。每當白人占領新的殖民地，歐洲中心論的現代知識就得到傳播與濡染的空間。

對於東方人來說，初識modern時，似乎無法全盤理解其中的意涵。中國人使用「摩登」，日本人則使用「モダン」，都同時採用音譯，這是因為東方人並沒有歐洲人的現代之等值觀念。在帝國主義的槍砲之下，中國人與日本人才開始有現代性的接觸。這種被迫捲入現代潮流的歷史趨勢，使歐洲中心論的文化優越地位更形鞏固。凡是涉及「現代性」（modernity）、「現代化」（modernization）、「現代主義」（modernism）等等議題的討論時，東方人無不依據西方文化的標準來進行。在日本人的觀念裡，「現代化」與「文明化」幾乎是可以相互替代使用的。這說明了一個事實，凡是現代化者，才是文明化的表徵，而這是歐洲文明取代人類文明的重要佐證。

台灣社會到達現代時，正是淪為日本殖民地之際。在此之前的十九世紀末期，劉銘傳也嘗試過現代化的工程實驗，傳教士馬偕（George Mckay）也曾攜來現代醫學。然而，那種現代性的開展，只停留在表面的、點狀的階段。日本殖民者以武力方式把台灣社會推入現代化的漩渦，乃是透過徹底的政經改造與文化改造。處在歷史轉型期的台灣人，在痛苦中嘗到現代化的滋味。從一八六〇年代明治維新開始，日本已經警覺到「遲到的現代性」（belated modernity）的危機。相較於歐洲十六世紀的文藝復興，十八世紀的啟蒙運動，十九世紀的工業革命，日本社會到達現代的時間顯然是嚴重落後了。為了消滅這種文化上的時差（time-lag），日本積極向歐洲文明模仿、學舌、複製。歐洲人擁有維多利亞時代的都市文化如汽車、服飾、禮儀，在東京銀座的日本人也同樣擁有這些器物。現代主義在歐洲普遍傳播時，日本作家也及時創造了現代詩與現代小說。可以想見的，歐洲人在全球各地擴張殖民主義時，日本人也分別在一八九五年擊敗大清帝國，在一九〇五年擊敗舊俄帝國，一躍成為東方強盛的現代殖民母國。「脫亞入歐論」成功地把日本改造成為現代化國家。從而，也成功地使日本的「歷時的現代性」（diachronic modernity）轉化成為「共時的現代性」（synchronic modernity）。確切地說，日本社會所具備的現代性不再是遲到的，而是能夠與歐洲文明齊頭並進、同步發展。台灣的歷史命運正是在這樣的變局中，被整編到日本現代化運動的洪流。

摩登，對於台灣社會而言，代表的是啟蒙或進步，抑或是蒙蔽或傷害，正是二十世紀台灣知識分子感到苦惱而焦慮的問題。如同所有殖民地社會的情況那樣，台灣的新興知識分子也面對「遲到的現代性」所帶來的文化壓力；他們也學習如何克服在現代化進程上的時差。然而，由於無法掙脫殖民地的身分，台灣社會顯然無法累積足夠的資源，像明治維新以後的日本那樣，成功地把「歷時的現代性」改造成為「共時的現代性」。被殖民者與殖民者之間的時差既然無法消除，台灣知識分子是否因此就放棄了急起直追的努力？歷史證明，二〇年代至三〇年代開展出來的政治與文學的雙軌運動，足以顯示殖民地知識分子的啟蒙決心與抵抗意志。啟蒙，為的是使台灣社會能夠提早與現代化接軌；抵抗，則為的是使台灣社會能夠加速與殖民體制脫鉤。

然而，現代性與殖民性對台灣而言，並不是可以截然區隔的兩組價值觀念。日本殖民者在時間點上既然搶先抵達現代，並且又把早到的現代性轉化成為文化優越性；因此，在統治台灣之際，使得被殖民的知識分子錯覺地以為現代性等同於日本性（Japaneseness）。這種混淆與困惑，在一定程度上使許多知識分子發生認同上的危機。有些人以為，要到達現代的捷徑便是改造自己的人格成為日本人。在現代化與日本化之間，對某些台灣人來說，幾乎是可以劃上等號。他們似乎已經遺忘，在現代化與日本化之間其實還存在一個殖民化的過程。怯於思考、怯於抵抗的部分台灣人，避開了日本統治者的殖民化論述，而直接擁抱了現代化論述。二〇年代、三〇年代台灣作家的小說文本中揭露的認同問題，極其精確地點出同時代的許多台灣人，被現代化的假面所蒙蔽，並且選擇最便捷的方式使自己升格成為日本人。

如果歷史是這樣發展，則現代化的道路是不可欲求的嗎？從啟蒙運動中知識分子的立場來看，現代化運動的追求仍然值得積極介入。但是他們非常清楚殖民化與現代化之間的弔詭關係，從而更明確理解到台灣社會若要擺脫殖民體制，則捨棄現代化的道路，別無他途可循。在政治啟蒙運動中，思想與精神的現代化是無可忽視的議題。他們大量介紹西方民主國家的議會制度、民族自決、自由主義、社會主義等等的思潮，同時也支持現代醫學、婦女解放、禁止鴉片等等的觀念。這些思想啟蒙的成果，可能在日據時期沒有實踐的空間，但是也逐漸沉澱為台灣社會演進過程中的重要文化資產。其中涉及地方自治、議會監督，以及法治精神等等的議題，對於戰後民主運動的發展畢竟開啟了無窮的想像。然而，為了使這些現代思想在台灣根植，殖民地知識分子對日本的威權體制展現旺盛的抵抗精神。這種抵抗文化，也深深影響了戰後的知識分子。

二、後摩登台灣

摩登觀念的接受，在二〇年代的台灣就很普遍。台共領袖謝雪紅就曾被稱呼為「モダンボイ」（摩登男兒）。在三〇年代，台語也出現「毛斷」一詞，與中文發音的「摩登」近似。摩登音樂、摩登服飾、摩登汽車在台北已經正式登場，那種繁華的都市文明，可以在王詩琅的小說中窺見。摩登成為一種生活方式，使台灣社會走向不歸路，而與傳統的漢人生活，以及中國的固有思維，逐漸產生疏離。在殖民化與現代化的拉鋸中，一個具有主體性格的台灣文化也日益在鍛鑄形塑。台灣文化既有日本成分，也有中國因素，卻又不能等同於日本文化與中國文化。這種多重性格的文化認同，對戰後台灣人（包括外省族群）誠然構成無限的困惑。

這種文化認同的多重取向，確實是台灣歷史的產物。要檢討這樣的認同，不能完全無視歷史過程的存在。以簡單中華民族主義與台灣民族主義來考察，都不能使這種重疊性格的認同問題得到釐清。這當然牽涉各種早到的、遲到的現代性在島上的會合。質言之，不同的「歷時的現代性」在共時的空間同步出現時，就需要一段調整與磨合的過程。這樣的過程特別緩慢的原因，主要在於戰後的統治者仍然停留在舊式威權的思維裡。國民政府在日本的殖民體制之上，又建立了另一個戒嚴體制，使得台灣社會已經具備的現代性受到長期的壓抑。在日據時期，知識分子企圖藉現代化運動來抗拒殖民化。同樣的，戰後的知識分子也希望透過現代化運動來抗拒再殖民化。自五〇年代以降，地方自治運動、議會政治運動、自由主義運動都足以顯示台灣知識分子的現代性思維已臻成熟。

拒絕現代化的威權體制之宣告崩解，是在現代化運動推湧之下完成的。國民黨的戒嚴文化，是依賴美式資本主義而得以維持。但恰恰也是資本主義的擴張，葬送了國民黨的命脈。經濟的高度發達，為台灣社會創造了新興的中產階級。他們具備了國際性、全球性的現代化視野。正是這樣的視野，使他們洞察國民黨戒嚴體制之欠缺現代性。中產階級開始要求政治改革，然而國民黨的開放速度過於遲緩，全然不能趕上台灣社會求變的進程。台灣中產階級在要求經濟解放思想解放之餘，終於被迫展開組黨運動。組黨，是最現代化的政治思潮，在成熟的歷史條件下完成了集結行動。如果說這是台灣式的和平演變，倒不如說這是全世界各種不同民主運動的共同特徵。八〇年代民主之風，席捲歐洲、亞洲的威權社會，在這波瀾壯闊的行動中，台灣知識分子畢竟沒有缺席。台灣社會從落後的再殖民體制中解放時，也適時迎接了全球性的後現代浪潮。

這種歷史的巧合，再次為台灣知識分子帶來另一困惑。八〇年代開放後的台灣社會，究竟是屬於後殖民還是後現代？這樣的歷史命運，使文化主體的建構變得複雜而困難。在殖民地時期，台灣面對的是現代化運動的課題。在後殖民時期，台灣卻又面臨全球化（globalization）的考驗。從現代化到全球化的歷史進程，使戰後世代的知識分子必須更清楚自己的發言位置。

台灣資本主義的高度飛揚，讓整個社會更形開放。但是，開放並不等同於解放，後現代也不等同於後殖民。在後現代社會，知識分子致力於主體的解構（deconstruction）。但是，在後殖民社會，知識分子反而是努力追求主體的再建構（reconstruction）。前者是在去除歷史脈絡，後者則是回歸歷史脈絡。從這樣的觀點來看，在全球化浪潮衝擊下的台灣社會，要求的絕對不是解構主體，而應是更加積極地再建構主體。如果這種詮釋是可以接受的，八〇年代以降的台灣事實上才正要步入後殖民時期，並不是飛躍性地邁入後現代時期。

性急地把台灣社會定義為「後摩登」（postmodern）或後現代，主要是因為受到新殖民主義（neocolonialism）的迷惑。在後現代的假面下，許多新世代知識分子並不能認清新殖民主義的陷阱。這就像日據時期的一些知識分子，在未能辨識殖民化之前，就直接擁抱現代化與日本化那般。這說明了現階段台灣知識分子的困難，他們必須比日據時期的啟蒙者更具批判精神。在現代化運動中，日據知識分子所要抗拒的，純粹只是日本殖民者。但是，在今日全球化浪潮中，新世代知識分子要應對的則是各式各樣的複數殖民者。

在後殖民台灣，新的啟蒙運動也正展開。其中最重要的，莫過於台灣歷史意識的再啟蒙運動。對於迷信後摩登的新世代，歷史感顯得愈來愈淺薄、愈淡漠，甚至是一種嚴重的歷史失憶症

（historical amnesia）。在建構台灣文化主體時，歷史記憶的重建顯然已是不能迴避的重要工程。後現代性（postmodernity）到底是早到的還是遲到的，可能不是重要爭議的焦點。台灣社會需要聚焦去檢討的，應該是後殖民性（postcoloniality）的議題。

三、在後摩登與後殖民之間

歷史記憶的重建工程，在一九八七年解嚴後已篤定展開。思想的鬆綁，使塵封的歷史文獻重見天日，也使遺忘的文學遺產獲得重新評估。在這場重建運動開展之際，我有幸能夠投身介入。我完成的《謝雪紅評傳》（一九九一）、《探索台灣史觀》（一九九三）、《左翼台灣》（一九九八）、《殖民地台灣》（一九九八）、《後殖民台灣》（二〇〇二），證明我並沒有在歷史現場缺席。或者換一個說法，我以這些勞作來見證台灣社會的另一次歷史轉折。《殖民地摩登》這本書，應該也是沿著同樣的思考而延伸出來的一個結果。

不過，《後殖民摩登》在思考方向上做了一些調整。在此之前的歷史考察，我大致集中在殖民與後殖民兩元對立的議題。最近幾年來，我嘗試在這樣的基礎上做突破的工作。在台灣歷史與台灣文學的發展過程中，現代性接觸是改變歷史軌跡的重要因素。關於這個議題的討論，在後殖民理論中早已相當熱烈展開。這已不全然是被殖民地社會的問題，在帝國主義擴張與再擴張之際，現代性也是無可忽視的問題。

現代性的議題之所以引起關注，主要在於全球化趨勢之難以抵擋。在十九、二十世紀的現代化運動時期，被殖民者面對的是單一殖民者的權力支配。在印度，知識分子反抗的是英國殖民統治；在阿爾及利亞，抗拒的是法國殖民主義。同樣的，在台灣，對抗的則是日本殖民主義。然而，到了二十世紀後半葉全球化浪潮崛起時，這種權力支配的結構發生重大的改變。舊有的殖民母國以跨國企業方式展開相互結盟，使資本主義不僅沒有如馬克思所預言那樣會崩潰，也沒有如列寧所說「帝國主義是資本主義的發展最高階段」而宣告終結，反而得到再擴張的空間，成為新殖民主義的龐大力量。曾經有過殖民經驗的第三世界國家，面對的不再是單一的殖民者，竟然是前所未有的「殖民聯盟」。殖民聯盟（colonial alliance）是我創造的名詞，在於指出過去的殖民者前身，已放棄單打獨鬥的戰略；他們模仿社會主義者的策略，亦即「全世界無產階級聯合起來」的口號，著手進行「全球資產階級聯合起來」。這樣的策略，使得舊有的殖民者得以借屍還魂，透過團結與聯盟的力量，向第三世界再度進軍。台灣社會遭到外來的挑戰已不再是日本資本主義而已，美國資本主義的加盟，並挾帶背後歐洲資本主義的勢力，以洶湧的全球化名義構成巨大的侵蝕力量。這股強悍有力的殖民聯盟，當然毫不客氣地向亞洲、非洲、拉丁美洲進行擴張。地球的每個角落幾乎都不能免於資本主義的滲透。這種全球資本主義的形成，正是詹明信（Fredric Jameson）所說的「晚期資本主義」（late capitalism）。

在戰前被捲入摩登，在戰後被捲入後摩登的台灣，形塑了一種異質的新文學。這樣的文學作品，有的被標籤為寫實主義，有的被命名為現代主義，最近又出現了後現代主義。這些不同的文學表現，並不能簡易地與西方的寫實主義、現代主義、後現代主義等同起來。因為，台灣作家縱然借用了這些外來的思潮，卻在創造過程中融入自己特有的歷史經驗。在台灣產生的現代主義作品，就不能逕稱為西方現代主義的學舌或模仿，而應該注意到現代主義開始出現在地化的傾向。這種在地化的現代主義，絕對是台灣式的。文化種籽可能是外來的，但在本地的土壤接受滋潤釀造之後，盛放的花朵自然就屬於台灣。台灣現代主義，是接觸現代性以後的產物。在這樣的作品裡，反映了台灣社會穿越殖民時期與再殖民時期的痛苦經驗，面對如此的文學，實在沒有理由輕易指控其為帝國主義的下游或末流。

現代性議題的討論，成為我關心重點的原因，乃是由於這樣複雜的文化暗示早已潛藏在台灣文學之中。我從一九九九年開始撰寫《台灣新文學史》，怵然發現自己過去在理解文學時過於粗糙而簡單。那種只是強調政治正確、強調意識形態的研究方式，曾經耗去我太多的時光。做為後殖民的文學研究者，我已警覺到必須從更為深刻而複雜的歷史層面去探觸台灣文學。尤其當「後摩登」的標籤過早貼在台灣社會時，我相信對於現代性的再考察是必要的。

《殖民地摩登》所收的論文，不是在一定的時間內完成，也不是依照一定的主題去書寫。不過，這些論文圍繞在現代性的探索，則是相當接近的。至少，這些研究論文都是為了支持《台灣新文學史》的撰寫。沒有以研究為基礎就直接撰寫文學史，於我是絕對不可能的。十年來的龐大閱讀與廣泛書寫，自然有我的用心所在。許多人都在期待我早日完成文學史的出版，甚至有人認為我寫得太慢了。這當然是很抱歉的事，不過，建構一部後殖民觀點的文學史畢竟是不能急躁的。每冊學術論文的出版，都在預告我的書寫進度與主要關切，並且也透露我在撰寫過程中的不斷調整與修正。我的另一冊書寫計畫是《現代主義及其不爽》，也正是探索現代性議題的延伸。後摩登時代已經到來了嗎？這是可能值得爭議的問題。不過，我較為確知的是，摩登未完，後摩登是極有可能搶灘的。在全球化的世紀，我的台灣文學研究自然有我的微言大義，而《台灣新文學史》的書寫更加有我的想像與暗示。這樣微弱的書寫，如果能在洶湧的晚期資本主義浪潮中協助台灣維持一絲能見度，於願足矣。

二〇〇四年五月十三日　政治大學中文系

目次

第二輯　現代性與台灣史觀

現代性與台灣史觀

殖民地摩登

COLONIAL MODERNITY

HISTORICAL AND LITERARY PERSPECTIVES ON TAIWAN

Fang-ming Chen
陳芳明

第一輯

摩登與日據台灣

現代性與日據台灣第一世代作家

前言

現代性（modernity），絕對是屬於西方文化的觀念。台灣人初識現代性時，已經淪為日本統治下的被殖民者。「現代」與「現代性」的觀念，並非孕育於日本社會內部，而是自明治維新以降，日本人從西方資本主義國家模仿而獲得的。為了有效治理台灣，為了使殖民體制在最短期限內鞏固地位，日本人在台灣推動現代化可謂不遺餘力。如果現代化可以視為一種論述，則這樣的論述在一九二〇年代的台灣已經產生影響了。

對於殖民地台灣而言，一九二〇年代是頗具關鍵性的歷史階段。社會學家陳紹馨曾經指出，在一九二一至一九二五年之間，台灣社會變遷有了重大的轉折。他說，這段時期「交通發達，人民的流動性增高。農產加工品的生產增加，生產力提高，人民日常生活中的消費量也略增。人民的態度開始改變，漸願意採取各種新生活方式。漸多用機械（腳踏車、汽車之類），西醫人數超過中醫，初等教育也漸普及」。[1]這裡所說的新生活方式，乃是指現代化生活而言。這種生活方式的改變，無疑是資本主義逐漸在島上臻於成熟的一種反映。現代化生活為台灣人民所接受時，所謂「世界潮流」、「現代文明」等等的概念與名詞，就成為當時社會的流行語言。

對二〇年代新興的知識分子而言，現代意謂著一種進步、開明，以及科學、理性等等。這種西方文明的先進性，似乎普遍為台灣青年所接受。一九二〇年在日本東京台灣留學生所組成的「新民會」，發行《台灣青年》的〈趣意書〉特別提醒當時的知識分子：「抗拒世界潮流的人是文明的落伍者。」[2]言下之意，世界潮流代表的是一種進步的文化，凡抗拒者便屬落伍。而所謂世界潮流，顯然是指現代化的趨勢。一旦進步與落後的觀念在知識論上形成位階秩序（hierarchical order）時，知識分子對現代化的認同就更形強烈。

世界潮流的具體內容，在《台灣青年》的〈創刊詞〉上說得更為清楚：「瞧！國際聯盟的成立，民族自決的尊重，男女同權的實現，勞資協調的運動等，無一不是這個大覺醒的賞賜。」扮演推展啟蒙運動角色的《台灣青年》，把第一次世界大戰結束後所發生的思想稱為「大覺醒」，顯然有意要喚醒台灣島上青年注意國際形勢的巨大轉變。特別是這份雜誌把這樣的覺醒集中在三大議題之上，亦即「民族自決」、「男女同權」，以及「勞資協調」。這三個議題與二十世紀末期所討論的種族、性別、階級，幾乎是相互呼應的。如果台灣要從落後的封建文化中覺醒，勢必要依照這三個思考主軸去追趕。

現代性如果是代表理性、科學與進步，則這樣的論述究竟對新文學運動初期的第一世代作家產生何種影響？他們究竟是毫無設防地迎接現代性的到來，還是對於這樣的論述採取批判性的接受？在現代化運動的衝擊下，新文學初期的作家如何以文學書寫予以回應？這些問題牽涉到殖民地知識分子的文化認同，而認同上的追求與抗拒苦惱著日後崛起的第二世代、第三世代台灣作家，從而也深刻反映在他們的書寫策略之中。

現代性：世界潮流與殖民體制

如果現代性的到來，在當時是一種世界潮流，它的文化意義究竟為何？在討論這個問題之前，也許可以提出另一個假設性的質疑：假若台灣未受到日本帝國主義的占領，而仍屬大清帝國的版圖，則台灣有沒有它自己的「現代性」？就西方歷史的進程而言，從十六世紀文藝復興運動到十八世紀啟蒙運動，是現代性崛起的最初階段。這個階段，西方人漸漸脫離盲昧的中古黑暗時期，而開始意識到理性的抬頭。從十八世紀末期法國大革命發生後，一直到十九世紀工業革命臻於成熟時，也正是現代性普遍為西方人接受的時期。從十九世紀末期以降，資本主義的擴張與都會文明的延伸，現代性也開始蔓延到歐洲以外的地區，這是第三階段。[3]以這樣的歷史進程來對照中國歷史發展，顯然雙方是扞格不合的。從十六世紀以降，中國社會內部並沒有經歷西方社會那種劇烈的轉變。在相對的程度上，中國內部保持著極為穩定的狀態，甚至是處於停滯不前的狀態。從政治上的中央集權制度之屹立不搖，經濟上的農業經濟生產方式，以及社會上的階級流動之緩慢等事實來看，中國的「現代性」應該可以上溯到第十世紀的宋代。

從這個角度來看，中國與西方「現代性」之接觸，乃是伴隨帝國主義在東方的擴張而展開的。更確切地說，現代性的全球傳播，並非是西方人要推廣現代生活給東方人，而是為了資本主義的再擴張，遂在殖民體制的建立過程中挾帶而來的。這種現代性之到達台灣，當然不是西方人直接介紹而來，而是透過日本殖民體制的轉嫁所促成。因此，台灣知識分子在討論「世界潮流」議題時，顯然都跳過現代性背後所隱藏的資本主義與殖民主義思考，而肯定現代性科學、理性的一面。

《台灣青年》發表的卷頭語與系列文字，都無可避免肯定「世界潮流」之無可抗拒。該刊發行人林呈祿，以林慈舟為筆名撰文強調：「丁此世界革新之運，人權發達之秋，凡我島之有心青年，亟宜抖擻精神，奮然猛省，專心毅力，考究文明之學識，急起直追，造就社會之良材。」[4] 在第一次世界大戰之後，台灣知識分子顯然意識到當時國際新秩序正在重整。對他們而言，世界潮流似乎是「革新」、「人權」、「文明」的同義詞。不過，值得注意的是，在他們內心都普遍存在一種焦慮感，一如林慈舟所說的「急起直追」。也就是說，他們意識到，西方現代文明早已遠遠走在東方之前；台灣社會所接觸的現代性，其實是一種遲到的現代性（belated modernity）。知識分子的落後感，是一種時間的落差（time-lag），才會有緊隨在後追趕的念頭。這種現代性在出發點上的不平等，迫使殖民地知識分子必須不斷模仿成學舌西方文化的各種價值觀念。

每過一段時期，參加啟蒙運動的領導者都會再三提及先進國家的優先性。在一篇題名為〈台灣的新使命〉的卷頭語裡，《台灣》的編者說：「此次歐戰的結果，令全球人類之心機為之一轉，先進之強大國家基於人道、正義、自由的觀念，已認識應負的神聖使命；後進的弱小民族均高唱要由壓迫、侵略、專制的羈絆解放。而地球之一部的台灣，……宜急起直追，必須啟發適新時代之精神的物質的文化，以對世界改造做出貢獻。」[5]

「先進」與「後進」的說法，清楚點出台灣社會在現代化過程中的時間位置。在時間上較為優先的「強大國家」負有歷史使命，而這樣的使命係以人道、正義、自由的觀念為基礎。在時間上落後的弱小民族，則仍處在被壓迫、侵略、專制的境地。做為殖民地的台灣，需要經歷一場啟蒙運動的覺醒，才能參與世界的改造。在思考邏輯上，這種說理方式顯然有其矛盾衝突之處，卻也有它的微言大義之處。

就邏輯上的矛盾而言，弱小民族之受到壓迫、侵略，無非是來自先進強大國家的野心。在現代化的名義下，帝國主義者自稱負有人道、正義、自由的神聖使命，而對殖民地社會展開掠奪。因此，台灣的啟蒙運動領導者，在這方面的思考似乎過於強調先進國家的正面價值。正如前述，他們在認識現代化論述時，未能注意到其中所蘊含的歐洲中心論與資本主義優越論。

然而，就其微言大義而言，他們似乎也很清楚假面下的帝國主義本質。他們肯定歐美強國人道、正義的精神，顯然是在影射日本殖民主義的粗暴蠻橫。依據這種說法，讀者當可看出英美強國與日本殖民者之間的區別。不過，以西方殖民的進步性來對照東方殖民的壓制性，在邏輯上仍然是肯定現代性的積極意義。在書寫策略上，卻反而使西方殖民主義獲得了遁逃。

以《台灣青年》、《台灣》、《台灣民報》等等宣傳刊物來看，當時的知識分子大多借用歐美進步的先例來貶抑日本的殖民統治。例如，《台灣》的另一篇社論，就是以〈應向英國學習的治道〉為題，就特別指出：「……若欲極東文明植民國更加強大，則除採模範先進植民國英國主義之外，別無良策。」[6]日語的「極東」，係指遠東之意。在知識論的位階上，西方殖民主義，顯然比東方的還要進步。

釐清這樣的論點，主要在於辨識現代化論述在台灣社會中形成的過程。在論述的鑄造過程中，台灣知識分子並沒有對「現代化」、「世界潮流」、「現代文明」等等概念進行批判性的理解。這種對現代化的尊崇，影響後來的青年之價值判斷。至少在大眾傳播的刊物上，都可發現啟蒙運動的終極目標，便是使台灣社會早日朝向現代化的道路加速前進。他們的思考方式是可以理解的，因為台灣若沒有趕上現代化的速度，就永遠處於被殖民的劣勢地位。呼籲民眾覺醒，希望他們能夠認識科學與民主的意義，從而能夠認清日本殖民主義的真相，這些都是啟蒙運動者所要追求的。

一九二四年的《台灣民報》，開始出現「現代人」的名詞，這是現代化論述不斷傳播影響的結果。不過，這種論述在策略上已發生微妙的轉變。從該報社論可以看出，他們已開始把「現代化」與「人種解放」相提並論。其中有一篇社論說：「這個人種解放亦可為我台人重大使命之一，因為我們黃人種若思對於白人種要求平等待遇，當先要於黃人間撤去差別，才免使白人有所藉口，我台人倘知努力這一點，希望日本人加慎重於朝鮮台灣的待遇，然後聯合全體的黃種人正正堂堂向白人要求平等待遇，不怕白人不能不撤廢這差別。」[7] 基於這樣的理想，社論要求台灣應該設立民意暢達的立法機關，並且呼籲台人應該提高普及教育，也應該打破文化上的陋習。

這種現代化論述的轉變，完全不同於稍前的思考方式。《台灣民報》並不肯定歐美文化的種族差別待遇，反而改變策略要求黃種人聯合起來。他們的邏輯思維是這樣的，只要日本人在台灣、朝鮮的殖民地撤廢差別待遇，則黃種人就能夠團結起來；黃種人建立實力時，白種人就不能不放棄種族歧視了。平等的觀念，是構成現代性的重要一環。種族平等會提上台灣啟蒙運動的日程上，亦足以證明現代化的觀念已在知識分子思考裡植根了。

論述策略的改弦更轍，是否意謂著台灣人已有意願要與日本人合作，或者已開始傾向於對日本的認同？並不必然如此。台灣人只不過是要凸顯日本殖民者在島上所實施的種族區別政策。因此，在言論上雖有某種妥協，並不意謂對殖民體制已喪失批判能力。相反的，台灣人事實上是站在現代化的立場，間接抨擊殖民者施政的偏頗。呼籲取消島內的種族歧視政策，並不表示台灣人已準備接受日本的同化主義。恰恰相反，台灣人是為了追求自己的文化主體。

《台灣民報》在一九二五年發表的社論，最能代表當時知識分子建構主體的意志。這篇社論的題目是〈尊重植民地的國民性就不是同化主義了〉，該文相當明白指出，台灣總督府施行的是漸進同化政策。日本殖民者在最初階段，僅是在地名街名的形式上做一些更改，然後慢慢消滅漢文，最後以國語日本話來取代台灣母語。社論語重深長地強調：「……近代的政治傾向，對於植民地的統治，是要尊重植民地的個性，以植民地人民為本位而以增進植民地人的幸福，為要念這才是文明國的使命。」[8]文中提到的「近代」、「國民性」、「文明國」，事實上都可包含在現代性之內。強調國民性（nationality），便是指民族性而言。同樣在這篇社論裡，民族性特別受到深刻的申論：

> 大凡國民性的構成基礎，是自然的造成的共同體，就是在一定的地域內，由血族的種族的共同體，把有一種共同的歷史、共同的文化、共同的生活條件所發生，而成長做國民或是做民族的。以上的共同體，是經過數百年或數千年訓養而來故有特別性格，和他國人定有差異，所以這國民性決非一朝一夕可以改造的。[9]

其中所申論者，已非僅止於民族性而已，它已擴張到民族主義論了。面對日本的同化主義政策時，知識分子的思考竟然揭示民族與民族差異的重要性，同時又將這樣的思考與現代化論述銜接起來。這個現象顯示，殖民體制的現代面具，並不能蒙蔽台灣人對現代性的認識。

從種族問題的關注，啟蒙運動已漸漸把焦點投注在婦女議題上。《台灣民報》有多篇社論，不斷在「男女平權」的問題上反覆討論。他們列述西方的婦女運動理論，台灣婦女界仍然保持沉默。究其原因，乃在於台灣女性還未到達自我覺醒的階段。而不像西方社會，婦女已經追求養育子女的自由，已經在主張性的解放。[10]

不僅如此，在性別問題之外，階級議題也開始提上討論的議程。尤其在一九一七年俄國革命的成功，使台灣知識分子注意到土地分配的問題。他們譴責日本官紳的占用、兼併台灣農民的土地，也抨擊製糖會社對農民土地的強制收買。農民淪為無產者的慘境，完全肇因於殖民者未能執行「不耕者不有土地」的原則。[11]

種族、性別、階級三大議題，都涵蓋在啟蒙運動的內容之中。這些文字證明，現代性的認識在二〇年代的台灣日益深化而成熟。對於這樣的思考，他們稱之為「現代思潮」；而擁有現代思潮者，則稱之為「新人物」。[12]以現代思潮參加啟蒙運動或文化運動者，則稱之為「革新家」。[13]革新家負有喚起農工階級的覺醒與注重農工教育等責任。

這些語言的普遍流傳，暗示了現代化論述不再止於靜態的理解，而已逐漸轉化成為動態的實踐。《台灣民報》在一九二五年提出社論〈文化運動的目標〉，等於是台灣人對現代性追求的一份宣示。開門見山的第一句話便是：「燦爛的歐洲現代文明，是由於全歐洲人的自覺。」又說：「歐洲近代史可以說是『我』的自覺史。」緊接著，社論開始詮釋「我」的自覺的真義：

所謂「我」的自覺，是成立於確立自己的人格，而打破一切偶像，懷疑自己，不信一切，終而批評自己，批評一切。這種現象，也漸發現於東洋諸國了。日本本國中的成績已大有可觀，中國的進步，印度的運動，都很積極。然而我台灣呢？[14]

非常明顯的，社論中所謂人的自覺，其實是在揭櫫個人批判精神的覺醒。這也是啟蒙運動的主要目標。批判精神的確立，可以使知識分子在殖民地的各種文化價值之間找到自我定位。因為，現代性的認識，帶來了解放的要求；一方面企圖從落後的封建傳統解放出來，另方面則是要從落伍的殖民體制解放出來。這種現代性的雙重批判，與初期新文學運動密切銜接起來。

兩種文學批判的典型：張我軍與賴和

如果現代性的浮現，意謂著台灣知識分子批判精神的建立，則新文學運動應該可視為這種批判精神的延伸。發軔於二〇年代初期的新文學運動，幾乎是與《台灣青年》、《台灣》、《台灣民報》的現代化論述傳播同步發展。從一九二〇年到一九二七年，亦即從台灣文化協會的成立到文協的左右派分裂，第一世代的新文學家已經自覺到必須從封建傳統與殖民體制的雙重束縛下解放出來。站在現代化的立場，站在重建文化主體的立場，許多知識分子在參加政治運動之餘，又同時投入新文學運動的行列。

對於啟蒙實驗時期的新文學來說，一九二四至一九二五年是一個關鍵的年代。在這短短兩年之中，有兩份重要的文學刊物出版，一是連雅堂發行的《台灣詩薈》，一是楊雲萍主編的《人人》雜誌。《台灣詩薈》在一九二四年二月十五日創刊，一九二五年十月休刊，共發行二十二期。這份刊物標誌著台灣傳統文人嘗試恢復的一次集結，是舊詩企圖重振卻宣告沒落的象徵。它除了刊載當時舊詩人的作品，也選輯清朝以降台灣舊詩人未曾發表或已散佚的詩作。《人人》雜誌創刊於一九二五年三月，僅發行兩期就休刊了。不過，它代表的是第一份純文學刊物的問世，已經為日後的文學開展做了重要預告。《台灣詩薈》和《人人》意味著新舊世代的交會；漢詩傳統的式微與白話文學的興起，當可從這兩份刊物見其端倪。

值得注意的是，就在新舊刊物出版時，新文學家與舊詩人之間正展開一場空前的論戰。對傳統舊詩發難的，首推張我軍（一九〇二－一九五五）。敢於向舊詩挑戰的張我軍，是台北板橋人，於一九二四年遠赴北京學習北京話。受五四以後白話文運動的影響，他也覺悟到台灣的文學界必須進行改革。張我軍鑑於殖民統治的日益嚴苛，並且見證同年在台灣發生的治警事件，獲悉參加台灣議會期成同盟會員的蔣渭水等十五人遭到日警逮捕，使他更加痛切感到文學改革的迫切性。就在這一年十一月，張我軍在《台灣民報》發表震撼文化界的第一篇文章〈糟糕的台灣文學界〉。這篇署名「一郎」的文字，對舊詩壇可能並未產生搖撼的作用。但對新文學運動而言，卻帶來無比振奮。

張我軍首先提出他的觀察：「這幾年來台灣的文學界要算是熱鬧極了！差不多是有史以來的盛況。試看各地詩會之多，詩翁、詩伯，也到處皆是，一般人對於文學也興致勃勃。這種現象，實在是可羨、可喜的現象。」詩社林立，詩作豐收，在殖民統治下應是具有深刻的文化意義。張我軍對此並不表喜悅，反而揭露這種文化假相：「然而創詩會的儘管創，做詩的儘管做，一般人之於文學儘管有興味，而不但沒有產出差強人意的作品，甚至造出一種臭不可聞的惡空氣來，把一班文士的臉丟盡無遺甚至埋沒了許多有為的天才，陷害了不少活潑潑的青年。」使張我軍感到更為憤怒的是，許多舊詩人早已偏離文學的正途：「他們為做詩易於得名，（其實這算什麼名）又不費氣力，（其實詩是不像他們想的那麼容易的）時又有總督大人的賜茶，請做詩；時又有詩社來請吃酒做詩，既能印名於報上，又時或有賞贈之品。」[15]

綜觀這篇文章，大約有幾個重點：第一、舊詩已經失去了文學的精神，也失去了生動的創造力。第二、對於年輕一代造成戕害，因為舊詩只剩下文字遊戲的空殼，會有嚴重的誤導。第三、不計其數的舊詩人，不再追求真正的文學，反而藉詩的名義向日本當權者酬唱示好，已呈傾斜墮落之勢。張我軍的立場非常分明，他希望台灣社會能夠出現全新的生命力，以便抵抗殖民體制；而當時的舊詩人不僅沒有帶來新氣象，卻向日本殖民者的權力靠攏。文章的語氣憤慨，心情急切，洋溢於字裡行間，是一份反封建、反殖民的雄辯證詞。

張我軍的批判，立即引起舊詩壇的回應。連雅堂在同年十一月發行的《台灣詩薈》第十期為林小眉的〈台灣詠史〉作跋時，特別針對張我軍的文章反擊：「今之學子，口未讀六藝之書，目未接百家之論，耳未聆離騷樂府之音，而囂囂然曰，漢文可廢，漢文可廢，甚而提倡新文學，鼓吹新體詩，秕糠故籍，自命時髦，吾不知其所謂新者何在？其所謂新者，特西人小說戲劇之餘，丐其一滴沾沾自喜，是誠埳穽之蛙，不足以語汪洋之海也。」[16]連雅堂主要論點，顯然是把中國文化與西方文化視為兩個對立面，並且尊崇傳統，鄙夷西方；同時認為新文學只不過是拾西方文化之餘唾，全然置中國文學於不顧。連雅堂的反駁，似乎未曾注意張我軍的關心所在。張我軍鼓吹新文學，乃在於強調文化生命的更新，以及對殖民者權力支配的抵抗。連雅堂對這些論點，完全避而不談；甚至也未嘗討論如何在舊文學中尋找生命力，以及如何以舊文學批判殖民體制。

新舊文學的交鋒，其重要觀點都在張、連的文章中表現無遺。張我軍在同年十二月的《台灣民報》又發表〈為台灣的文學界一哭〉，集中火力攻擊做為「守墓之犬」的連雅堂。不過，他並沒有繼續申論新文學的精神。到了一九二五年元月，他連續發表兩篇文章：〈請合力拆下這座敗草欉中的破舊殿堂〉，與〈絕無僅有的擊缽吟的意義〉。[17]前者介紹中國文學革命初期，胡適提出的八不主義與陳獨秀揭示的三大主義；後者則攻擊舊詩社所舉辦的「擊缽吟」乃是「詩界的妖魔」。

合併觀察張我軍的這兩篇文章，幾乎可以說他對新文學運動的最大貢獻便是破除舊文學的迷障，建立新文學的信心。新興知識分子能夠放膽擺脫舊詩的陰影，張我軍可謂居功厥偉。在從事破壞的工作之餘，張我軍另一值得注意的，乃是他介紹了中國五四運動時期的文學理論到台灣。他特別引述胡適〈文學改良芻議〉裡的八不主義，亦即不摹倣古人、不做無病呻吟、不用典、不講對仗等等。他的主要見解是：「台灣的文學乃中國文學的一支流。本流發生了什麼影響、變遷，則支流也自然而然的隨之而影響、變遷……」他之所以輸入五四的文學理論，用心就在於此。他認為，在殖民支配下的台灣，因與中國社會隔絕而不易受到文學革命的衝擊。中國的舊詩傳統既受新文學的顛覆，則台灣的舊詩壇就沒有不被改造的道理。他在第二篇文章說得很清楚：「我們反對做舊詩。我們尤其反對擊缽吟。我們反對做舊詩是舊詩有許多的限制。」

具體而言，張我軍已經把新文學的精神解釋得非常透徹，那就是拒絕接受任何的「限制」。也就是說，詩體的解放，是文學的解放，也是一種思想的解放。張我軍的批判攻勢，獲得蔡孝乾的聲援。蔡孝乾在一九二五年四月發表的〈中國新文學概觀㈠〉，特別凸顯新文學的性格：「文字是文學的基礎，是文學的工具，我們承認時代有新舊，同時承認文字有死活。白話文學是活文字做的，所以稱做活文學。文言文學是半死文字做的，所以終不能產生活文學。」[18]以活文學來定義新文學，其實也就是解放的文學之同義詞。

新文學陣營的立場，至此已經相當具體。可以想見的，舊詩壇的反彈也是非常激烈。《台灣日日新報》、《台灣新聞》、《台南新報》、《黎華報》等等親日的報紙，都成了舊詩人反擊的大本營。署名葫蘆生、鄭軍我、蕉麓、赤崁王生、艋舺黃衫客等等舊詩作者，都透過上述的媒體對新文學陣營進行撻伐。雙方的立場，可以說劃清了界線。[19]因為，新文學陣營係以抗日政治運動的機關報《台灣民報》為堡壘，舊詩人則是以親日的報紙為依靠。更確切地說，求新求變的是屬於民間刊物，而守成不變的則向官方靠攏。這個事實，正好應驗了張我軍對舊詩人的指控。

在啟蒙實驗時期，如果張我軍所負的任務是在於破除舊文學，則賴和所承擔的工作應該在於建設新文學。沒有這兩位作家的出現，就不可能使台灣新文學運動提早進入蓬勃的階段。賴和（一八九四—一九四三）的年紀比張我軍大八歲，但介入文學運動卻稍緩。他是彰化人，是接受台灣總督府醫學校教育的第一代知識分子。早年參加過具有革命色彩的「復元會」，與同盟會的翁俊明、王兆培過從甚密。賴和在一九二一年參加台灣文化協會，自然而然就與政治運動、文學運動拉上關係。

要理解賴和的重要性，有必要認識在他之前的文學發展概況。從一九二二年到一九二四年之間，台灣社會第一次見證新文學萌芽的狀態。集中於討論政治、經濟、社會、教育等啟蒙議題的《台灣青年》與《台灣》月刊，為了配合整個反殖民運動的成長，遂提供篇幅也讓文學作品發表。最早出現的一篇小說，是謝春木在一九二二年以筆名「追風」所發表的日文作品〈彼女は何處へ〉（她往何處去）。最近這種說法已引起質疑，認為第一篇小說應該是台灣文化協會一九二一年所出版的〈台灣文化策書〉第一輯，刊載署名「鷗」撰寫的中文作品〈可怕的沉默〉。不過，從文字的結構來看，〈可怕的沉默〉應屬散文的文體，而〈她往何處去〉則已具備故事情節的雛形。總之，新文學初期的各種文體已相當整齊地呈現出來。第一篇散文是〈可怕的沉默〉，第一篇小說是〈她往何處去〉，第一首詩也是謝春木以「追風」為名所寫的日文詩〈詩の真似する〉（許的模仿），發表於《台灣》第五年第一號（一九二四）。

初期的文學作品，在創作技巧上還停留在粗糙的階段。這段時期的小說，還未能使用象徵或隱喻的手法，只是採用最簡單的影射方式，幾乎可以讓讀者對號入座。與謝春木同時期發表的小說還包括署名「無知」所寫的〈神祕的自制島〉（《台灣》第四年第三號（一九二三），柳裳君的〈犬羊禍〉（《台灣》第四年第七號（一九二三），施文杞的〈台娘悲史〉（《台灣民報》，一九二四），以及鷺江TS的〈家庭怨〉（《台灣民報》，一九二四）。這些小說的結構都很簡單，主題也很淺顯，一律以影射、寓言的技巧，勾勒台灣的政治命運，頗有喻世明言之況味。例如〈神祕的自制島〉，就是影射未曾覺醒而自我束縛的台灣住民。〈台娘悲史〉與〈她往何處去〉一樣，都是以女性的命運影射台灣現狀之坎坷。〈犬羊禍〉則是藉章回小說的形式影射御用紳士的醜陋行徑，據說是以台中大地主林獻堂為具體的對象。從所有作品的表現來看，作者大多訴諸嘲弄與諷世的主題，故事發展極為樸素，都是以單線的情節為基調。從現在眼光評斷，這些小說的史料性質遠大於藝術性。

從語言的使用來看，作品既有日文，也有文言文，更有白話文，可謂相當混雜。這說明了殖民地文學的特性，亦即語言失去了它的主體；凡是能夠表達作者的思考，幾乎各種語言都可派上用場。所以，每篇文字往往可以發現辭不達意或語意不清之處，強烈帶有實驗的性格。必須指出一個事實，便是在張我軍大力提倡白話文之後，作家才漸漸重視使用語言的問題。最顯著的證據，當以一九二五年在文壇登場的賴和為代表。

賴和本名賴河，字瀨雲。畢業於醫學校後，即一方面經營診所，一方面參加政治運動。一九二三年則因涉入治警事件而入獄，而對殖民體制的本質認識得更為透徹。就在他懸壺濟世與參加政治活動的同時，賴和已積極學習中國白話文。自二〇年代初期出現文學理論以降，真正以嚴肅而專注的心情去實踐的，當推賴和。較諸提倡白話文的張我軍，賴和對語言使用的重視可以說有過之而無不及。

在這段時期，賴和的文學地位已開始建立起來。究其原因，主要在於他是分別使小說、散文、詩邁向成熟境界的第一人。他在一九二六年發表的兩篇小說〈鬥鬧熱〉（《台灣民報》，八十六號）與〈一桿「稱仔」〉（《台灣民報》，九二—九三號），就顯出他不凡的文學造詣。無論就文字或情節來說，都遠遠超越同時代的作家。以〈鬥鬧熱〉為例，小說中的白話文幾乎可以用圓熟來形容。試看：

拭過似的、萬里澄碧的天空，抹著一縷兩縷白雲，覺得分外悠遠，一顆銀亮亮的月球，由深藍色的山頭，不聲不響地，滾到了天半，把她清冷冷的光輝，包圍住這人世間，市街上罩著薄薄的寒煙，店舖簷前的天燈，和電柱上路燈，通溶化在月光裡，寒星似的一點點閃爍著。在冷靜的街尾，悠揚地幾聲洞簫，由著裊裊的晚風，傳播到廣大空間去，似報知人們，今夜是明月的良宵。

小說的第一段純屬描景，但文字運用的巧妙，也因此表現出來。賴和對於每個文字，每段句子，每一形容詞，似都用心推敲過。即使把這篇小說當做散文閱讀，也頗具韻味。其中以「月球」來取代一般人使用的「月亮」，為的是避免與形容詞「銀亮亮的」重複；因為是球狀，便可推知是滿月，又可呼應後面「滾到了天半」的生動景象。然而，賴和並不以文字的鍛鑄為滿足。小說以兩個故事的主軸進行，一是小孩子因遊戲而吵架，一是大人則是仗財勢欺壓弱者。小說的主題，乃是以兒戲來暗示大人們的爭權奪利。在新文學運動的實驗時期，能有如此高明的創作誕生，正好證明賴和的傑出才情。

〈一桿「稱仔」〉寫的是善良農民與醜惡警察的鮮明對比。整篇小說集中於描繪農民秦得參被迫走向毀滅的過程。受盡日本警察欺侮的農民，最後不能不選擇玉石俱焚的道路。警察被暗殺，農民也自殺同歸於盡，只因秦得參終於覺悟到：「人不像個人，畜生，誰願意做。這是什麼世間？活著倒不若死了快樂。」這種控訴，發自殖民地社會的最底層，幾可視為對權力氾濫的現實提出深切的批判。在小說中，警察並不是指個別鷹犬，而是整個台灣總督府的象徵。

這兩篇小說發表之後，新文學運動基本上完成了實驗的階段，在此之後的作家，倘然要寫出令人矚目的作品，就必須要超越賴和的成就。不過，賴和的成就又不止於小說創作而已。一九二八年他在《台灣大眾時報》發表的散文〈前進〉，可以說是台灣散文演進史上的里程碑。《台灣大眾時報》是文化協會在一九二七年發生分裂而左傾之後的機關刊物，〈前進〉這篇散文則是以隱喻的技巧，暗示賴和對左翼運動的支持，並且對整個抗日運動的高度期許。散文中使用白話文的成熟程度，幾乎不是同時代作家所能望其項背。即使將之置放同時期中國新文學作家之中，也是毫不遜色。僅舉散文的第一節，就可窺見其功力：

> 在一個晚上，是黑暗的晚上，暗黑的氣氛，濃濃密密把空間充塞著，不讓星星的光明，漏射到地上；那黑暗雖在幾百層的地底，也是經驗不到，是未曾有過駭人的黑暗。

前後七十餘字，都只是為了烘托出「黑暗」的真正景象。星光照射不到的地面，自然是一片漆黑；但是，如果在幾百層的地底也無法經驗如此的漆黑，那麼這種黑暗是相當駭人的。為什麼賴和要動用那麼多文字來形容黑暗呢？原因不難明白，他要說的便是他自身所處的時代與社會。

對於一位受過現代知識洗禮的醫生而言，理應看到較諸他人還要明朗的社會。賴和並不這樣認為，相反的，他目睹是一個價值倒錯的時代。〈前進〉的散文結構極為緊湊，意象統一，前後呼應。賴和使用他擅長的簡短句子，讓文字的節奏相當明快。他的技巧之爐火純青，顯現在速度的控制上，收放自如，起落有致。尤其在形容腳步向前邁進時，竟然是以音樂來襯托：「當樂聲低緩幽抑的時，宛然行於清麗的山徑，聽到泉聲和松籟的奏彈；到激昂緊張起來，又恍惚坐在卸帆的舟中，任被狂濤怒波所顛簸。」那種奔馳放膽的想像，簡直可以睥睨同時期的任何華文作家。

賴和所扮演角色之重要，又不止於小說與散文的經營。他在一九三一年發表的長詩〈南國哀歌〉，又為台灣新詩帶入全新的階段。這首詩，是為了抗議日本統治者在霧社事件中對原住民的大規模屠殺。霧社事件發生於一九三〇年十月二十七日，長期受盡欺凌的泰雅族原住民，利用一年一度的公學校運動會，日本官吏警員齊集校園之際，有計畫進行反暴政行動。當時，有三百餘名泰雅族勇士，殺死一百三十六名日本人。台灣總督府為了報復，對霧社原住民進行滅種式的轟炸與屠殺。殖民者的殘暴行為，震撼整個國際社會。泰雅族在霧社的住民原有一千二百餘人，事件後僅剩五百餘名。霧社事件在台灣抗日史上，是可歌可泣的抵抗行動，也是全球反殖民運動中無可輕易磨滅的一頁。賴和的〈南國哀歌〉，正是這項歷史事件的見證。

無論是從小說、散文、詩的各種文體創作來看，賴和的地位都是非常傑出的。他之所以被尊崇為「台灣新文學之父」，絕對不是偶然。最重要的，乃是他的作品能夠抓住時代脈動，對於社會內部矛盾與外部對立都刻畫得眉目極為清楚。從現在的標準評斷，他的作品經得起一再的解析。幾乎每一篇作品都涵蓋了當時的重大矛盾。這個矛盾源自於所謂的現代性。

現代性，如前所述是西方自十八世紀啟蒙運動以降的產物，基本上是所謂理性（reason）的延伸。這是因為現代社會的興起，人類日益祛除巫魅，對於愚昧無知的學問或信仰產生強烈的懷疑。凡是被歸類為沒有科學、沒有秩序、沒有系統的事物，大多一律被視為不理性。因此，一個越講求理性的社會，對於規律、法則的要求就越高。尤其到了十九世紀工業革命以後，資本主義高度發達，於是對於時間、管理、效率、秩序的要求也大大提升。在一個先進的資本主義社會，資本家常常借用理性的名義，而達到控制整個社會的目的。只要現代性越膨脹，則人們所受的壓抑與控制就越嚴厲。如果資本主義發生在殖民地社會，則被殖民者就越受到加倍的控制。

日本統治者介紹資本主義到台灣，絕對不是為了改善島上住民的生活。台灣總督府因配合資本主義的擴張與再擴張，更是要求台灣社會必須具備理性或現代性。台灣人民被灌輸現代知識，並不是要提高人格身分，而是要迎接一個有秩序、有規律的時代之到來。遵守時間、尊重法治、接受管理等等的現代生活，反而使台灣人民更易被控制、被壓抑。賴和是在現代化的醫學教育下成長起來的，但是他並沒有被現代化的假象所迷惑。正因為有過現代化教育的訓練，賴和可以更清楚看到台灣傳統文化的幽暗，也可辨識殖民文化的陰翳。

賴和接受現代化的進步觀念，所以他能夠客觀地發掘台灣舊社會的迂腐與落後。從〈鬥鬧熱〉開始，賴和透過文學的經營揭發封建文化的凝滯與欺罔。一九二九年，他發表〈蛇先生〉（《台灣民報》第二九四—二九六號），拆穿傳統漢醫借用祕方，在鄉間招搖撞騙。一九三〇年又發表〈棋盤邊〉（《現代生活》創刊號），對日本以鴉片特許的政策進行批判，同時也撻伐舊士紳的墮落。一九三一年另有一篇〈可憐她死了〉（《台灣新民報》第三六三—三六六號），則是抨擊封建社會的納妾惡習。賴和撰寫這些小說的迫切心情，幾透紙背。他知道，現代化是無可抵擋的。台灣社會若不進行文化改造，則永無翻身之地。

然而，他更清楚現代化對台灣社會也具有雙刃性的作用。台灣若不追求現代化，就必須接受被支配的命運。不過，現代化並非是從台灣社會內部自發性產生，而是由日本人以強制性手法加諸台灣人身上。因此，殖民地知識分子如賴和者，已深深體會到文化上的兩難。如果台灣人要抵抗殖民統治，就連帶要抵制現代化；如果要接受現代化，則又同時要接受殖民統治。這種矛盾，在賴和及其同時代作家的文學中表現得最為鮮明。

結語

現代性並非是從台灣社會內部孕育出來的，而是日本殖民體制建立過程中強勢攜來的。台灣知識分子所認識的現代性，在立場上與日本殖民者截然不同。日本所理解的現代性是為了更為有效地開發島上的資源，以利其資本主義的再擴張。台灣知識分子所體會的現代性，是一種精神上解放的意涵。日本人傳播的現代化論述，帶有高度的文化優越論，縱然他們是從西方先進國家模仿而來的。台灣人所尊崇的現代化論述，則具備強烈的批判精神。

從張我軍與賴和的文學思考，可以發現他們充滿了急起直追的焦慮。因為，他們見證日本人的現代化運動，是一個龐大的霸權論述。日本人信仰的現代化，全然不是依照台灣人的意志去推動。因此，在現代化的巨輪輾壓過台灣土地時，並沒有提升人民的生活水準，更沒有尊重人民的基本人權。張我軍與賴和，就像與他們同世代的知識分子那樣，只能停留在啟蒙運動的階段，喚醒民眾去抵抗日本人的現代化假面。他們的批判精神與抵抗行動，自然沾染了濃厚的悲劇色彩。時間上的落後，並不等於文化上的落伍。但是，在日本人雄渾的論述陰影下，新文學作家在當時發揮的批判影響力仍然有限。不具自覺的大多數台灣人終於為日本人的現代化論述所迷惑。尤其是日本人成功地把接觸現代化觀念的優先性轉化而為優越性，使得許多台灣人以為日本性（Japaneseness）等同於現代性。因此，更加錯覺地以為，要朝向現代化的目標，最佳捷徑便是接受日本化。這種知識論上的錯亂，終於使許多台灣人發生文化認同的動搖。

第一世代作家的現代化論述，並不止於張我軍與賴和。不過，由於他們的行動格局較為顯著，所以較多的注意便自然集中在他們身上。他們的影響力，反映在第二、第三世代作家的效法。文學的力量可能如風中之燭，看來是如此幽微，卻未曾因時代的消逝而熄滅。日本殖民體制再如何龐大，霸權論述再如何雄偉，畢竟已湮滅在歷史灰燼之中。殖民地作家留下來的文字，以及他們的批判精神，經得起時間的沖刷，而屹立於歷史的灘頭。他們的現代化論述，帶給台灣文學史連綿不盡的想像與啟發。

註釋

1 陳紹馨，〈台灣的人口變遷與社會變遷〉，《台灣的人口變遷與社會變遷》（台北：聯經，一九七九），頁一二七。

2 創造出版社編輯部譯，《台灣社會運動史》第一冊（台北：創造，一九八九），頁二七。此係譯自台灣總督府警務局編著，《台灣總督府警察沿革誌》（台北：南天，一九三九）。

3 現代性發展的三階段論，可以參閱Marshall Berman, *All That Is Solid Melts Into Air: The Experience of Modernity*. London: Verso, 1983。

4 林慈舟，〈敬告吾鄉青年〉，《台灣青年》第一卷第一號（一九二〇年七月十六日），頁三七。

5 〈台灣の新使命〉，《台灣》第三年第一號（一九二二年四月十日），頁一。

6 〈應向英國學習的治道〉，《台灣》第三年第二號（一九二二年五月十一日），頁一。

7 〈台人重大的使命〉，《台灣民報》第二卷第一四號（一九二四年八月一日），頁一。

8 〈尊重植民地的國民性就不是同化主義了〉，《台灣民報》第三卷第六號（一九二五年二月二十一日），頁一。

9 同前註。

10 〈沒有問題的台灣婦女界〉，《台灣民報》第七〇號（一九二五年九月十三日），頁一。

11 〈土地問題與無產者〉，《台灣民報》第七二號（一九二五年九月二十七日），頁一。

12 〈現代思潮與新人物〉，《台灣民報》第七一號（一九二五年九月二十日），頁一。

13 〈革新家的態度〉，《台灣民報》第一〇七號（一九二六年五月三十日），頁一。

14 〈文學運動的目標〉，《台灣民報》第七九號（一九二五年十一月十五日），頁一。

15 一郎（張我軍），〈糟糕的台灣文學界〉，《台灣民報》第二卷第二四號（一九二四年十一月二十一日），頁六。

16 連雅堂，〈台灣詠史跋〉，《台灣詩薈》（台中：台灣省文獻會，一九九二），頁六二七。

17 張我軍（一郎），〈請合力拆下這座敗草欉中的破舊殿堂〉，《台灣民報》第三卷第一號（一九二五年一月一日），頁五—七；〈絕無僅有的擊鉢吟的意義〉，《台灣民報》第三卷第二號（一九二五年一月十一日），頁六—七。

18 蔡孝乾，〈中國新文學概觀㈠〉，《台灣民報》第三卷第十二號（一九二五年四月二十一日），頁一三。

19 有關新舊文學論戰的最新、最詳細研究，參閱翁聖峰，〈日據時期台灣新舊文學論爭新探〉（台北：私立輔仁大學中國文學研究所博士論文，二〇〇二年六月）。

三〇年代台灣作家對現代性的追求與抗拒

前言

現代性（modernity），是身處殖民地社會的知識分子所共同面對的重要議題。在日本殖民統治下的台灣作家，自然也不例外。台灣在一八九五年割讓給日本以後，整個社會逐漸從一個以農業經濟為基礎的封建社會，篤定地過渡到成為一個以資本主義與工業經濟為基礎的現代化社會。資本主義的急速發展，不僅改造了台灣的生活方式，並且也轉變了島上住民的價值觀念與思考模式。其中最值得注意的，便是伴隨資本主義所挾帶而來的現代性。

日本統治者引介進來的資本主義，在三〇年代基本上已宣告成熟。那段時期的台灣作家，顯然意識到現代化乃是無可抵擋的世界潮流。在日本資本主義的強勢主導下，固有的傳統社會開始面臨轉型與解體的命運；特別是工業化、城市化的不斷崛起，一個全新的生活秩序儼然浮現。這種以理性為依據所建構的科學、進步文明，對於台灣人而言，究竟是帶來幸福，還是災難？

台灣作家見證到的事實是，工業化與資本主義的大幅成長，使社會內部的階級更加分化。這種階級劃分的界線，竟然是依照種族的差異來進行區隔。具體地說，台灣社會的資產階級大多是由日本人所構成，而中下階級則清一色由台灣人所組成。因此，殖民制度下的偏頗待遇，遂涇渭分明地沿著日本人即資本家與台灣人即農民／工人的對立而設定。因此，台灣作家非常清楚地理解到，所謂現代性其實隱藏著極為強烈的殖民性格。

這是一個兩難式的困境。台灣作家一方面希望社會能夠朝著進步的道路前進，一方面又積極抵抗殖民性格強加在台灣人的身上。如果要反抗殖民主義，則似乎不能不批判現代化的改造；若是要接受現代化的洗禮，則似乎不能不連帶地擁抱殖民制度的統治。面對這種雙重矛盾的選擇，台灣作家究竟是如何透過文學作品來探索殖民地社會的出路？

這篇論文，便是要檢驗三〇年代作家對現代性的思考。從一九三二年東京台灣藝術研究會發行的《福爾摩沙》開始，經過一九三四年台灣文藝聯盟出版的《台灣文藝》，到一九三五年楊逵另立《台灣新文學》為止，作家在現代化運動的衝擊下，努力為台灣社會的主體性尋找定位。在文學雜誌消長與文學結社分合的過程中，作家如何在文學作品中提出雄辯的證詞，對殖民體制予以批判撻伐；又如何以矛盾的心情，對現代性表現出迎接或抵抗的態度？

現代化的假面：台灣博覽會，一九三五

三〇年代台灣作家正處在日本的兩個侵華戰爭之間，一是一九三一年的九一八事變，日本軍閥展開對中國東北的侵略行動；一是一九三七年的盧溝橋事變，亦即日本政府全面對中國本部的軍事入侵。夾在兩次戰爭之間的台灣社會，見證到殖民者逐步加緊剝削掠奪島上的住民。資本主義的經濟危機日益嚴重，失業浪潮襲捲了台灣的每一角落。在險峻的形勢裡，台灣總督府為了掩飾它面臨的前所未有的挑戰，遂決定在始政四十週年的一九三五年在台北舉行台灣博覽會。

台灣博覽會所要展示的，乃是殖民政府要向世界證明它在台灣進行現代化實驗的成就。在當時的亞洲，有能力舉辦博覽會的政府，唯日本帝國而已。選擇一九三五年舉行台灣博覽會，就像台灣總督府編印的專書所說，在於「歌頌世界殖民史上未曾有過的成功」。[1]無論就格局或內容而言，這次博覽會不僅要向島上人民傲示帝國的榮耀，而且也是要向國際展現龐大雄厚的國力。[2]從會場所設立的會館來看，幾乎可以窺見當時帝國的氣象，包括滿洲館、朝鮮館、菲律賓館、暹羅館、南方館、福建省特產物紹介所等。在展覽期間，全島各地的民眾都被動員去參觀，甚至許多亞洲國家的人民也以觀光名義到達台北參加這場盛會。在國威的宣傳上，造成極大的影響力。沒有人相信，現代化為台灣社會帶來負面的作用。

質言之，博覽會的成功，在一定程度上協助台灣總督府建構強勢的霸權論述。這種霸權論述的重心，便是在於強調現代化工程的偉大。它所造成的衝擊，可謂無遠弗屆。在科學與進步的名

義下，現代化誠然攜來了工業文明與都市文明。但是，在現代化的假面下，有多少台灣人民受到犧牲與災難？博覽會的輝煌燈光，在投射帝國榮耀之餘，多少受害的歷史經驗遭到掩藏？

博覽會的再呈現（representation），乃是日本殖民政府在台統治四十年（一八九五—一九三五）的治績。因此，博覽會的舉辦，意義就不只停留在博覽會本身而已，它所散發出來的政治權力與文化暗示較諸帝國炫耀的作用還要深遠。在文化意義上，這項展覽寓有篡改台灣人歷史記憶的功能。因為，從博覽會展示的內容來看，全然看不到台灣人在現代化過程中所扮演的角色。也就是說，台灣社會的現代化歷史中，台灣人民的身分是缺席的。真正能夠看見的，只不過是統治者的擘劃與業績。它等於是在宣告，沒有日本人，台灣社會就不可能得到改造的機會。

台灣總督府不斷宣揚現代化的功績時，無形中便在霸權論述建構的過程中把科學進步精神與殖民體制等同起來。通過強勢的宣傳，自然而然就把日本人是屬於先進文明的觀念烙印在被殖民的台灣人心中。在「先進的」日本人統治下，台灣社會的「落後性」便無可避免地暴露出來。尤其是面對類似一九三五年台灣博覽會這樣的歷史大敘述時，台灣人心靈之受到震懾的程度，簡直難以想像。殖民霸權論述經過強化、提升、複製、傳播之後，一般台灣人在文化認同上不免會產生動搖。具體而言，在現代化（modernization）與日本化（Japanization）這兩組觀念之間，往往會發生嚴重的混淆。何者是屬於現代性（modernity），何者是屬於日本性（Japaneseness），並不是所有殖民地知識分子都能夠分辨清楚的。正是在這樣的議題上，一些文化認同的混淆現象就在知識分子之間蔓延開來。

遲到的現代性（belated modernity），一直是殖民地社會的重要課題。這種遲到的感覺，常常使殖民地知識分子思索要如何急起直追。然而，急起直追的方式並非是一致的，具有自覺的知識分子會以批判的態度去理解理性，而許多失去自主的知識分子則會以模仿、複製的方式改造自己的人性。前者的歷史意識非常強烈，他們知道如何在被捲入現代化的工程時如何保持自己的文化主體，從而也保持自己的歷史經驗。相形之下，後者的歷史意識就較為薄弱；他們無法分辨現代化背後所暗藏的殖民本質。不具歷史意識的知識分子錯誤地以為，在到達現代化的目標之前，有必要使自己先日本化。

正如前述，日本舉辦台灣博覽會的目的，當然是要以現代化的假面來掩蓋殖民體制的掠奪性。博覽會受到國際的肯定，也受到島內許多住民的景仰，因此現代化也輕易得到合法的基礎。當先進的現代化成為最高的價值觀念時，任何反對現代化或批判現代化的行動就不能不被歸類為非法的。歷史發言權的爭奪，在此就有了高下優劣的區隔。當日本殖民者再三強調現代化的正面意義時，被視為「落後」、「閉塞」的台灣人歷史就逐漸遭到取代。在現代化改造的過程中，有多少台灣人受到壓迫、欺侮、損害，「先進的」歷史敘述並不可能留下具體的紀錄。台灣人的歷史記憶便是在現代化論述的宣揚中受到抽梁換柱，而淪為空白的主體。殖民者的歷史敘述，因此而能順利在空白的主體中源源注入。

三〇年代的台灣作家對於殖民者的再呈現政治（politics of representation），如果渾然不覺的話，則歷史解釋權極有可能旁落在日本人手上。在台灣人的歷史上，究竟是要呈現日本人的形象，還是保留台灣人的形象，這是殖民地經驗的重大考驗。自覺精神特別旺盛的三〇年代作家，選擇以小說的形式揭穿殖民者所散播的現代化神話。在歷史敘述上占盡優勢的日本人，可能未曾預料台灣作家的文學作品，以另一種再呈現的方式，重新建構自己的歷史發言權。通過文學的發言位置，他們揭露現代化運動下殖民地社會的生活真相。細讀他們的作品，可以發現殖民體制對台灣文化主體所造成的創傷與扭曲，也可以發現被殖民者抵抗意志之不碎與不滅。自三〇年代以降，第一代台灣作家如賴和（一八九四—一九四三）、陳虛谷（一八九六—一九六五），第二代作家如楊逵（一九〇五—一九八五）、朱點人（一九〇三—一九四九）、王詩琅（一九〇八—一九八四）、蔡秋桐（一九〇〇—一九八四），第三代作家如呂赫若（一九一四—一九五一）、龍瑛宗（一九一一—一九九九）等等，分別寫出的小說對殖民論述及其現代化論述展開強弱不等的批判與抗拒。恰恰就是有這些強有力的文學見證，殖民地歷史的書寫才有刷新的機會。

遲到的現代性與國族認同

殖民地台灣對現代性的體認，誠然遠遠落後於所謂進步的西方社會。對於現代生活的接受，必須等到日本殖民體制在島上建立以後才得以展開。時間的觀念、秩序的觀念，都是日本人以強制手段引進台灣的。[3]殖民政府要求台灣人投入現代化的改造，並不是要提升台灣人的思維方式與價值觀念，而是為了配合整個殖民體制的建立。因此，現代性的引介，在一定程度上是與殖民性（coloniality）有著密切的聯繫。現代性與殖民性的重疊關係，使得殖民地作家在回應時就採取了不同的書寫策略。他們所見證的現代化運動真相，全然迥異於殖民者所展現的。更確切而言，在面對殖民者的歷史建構時，殖民地作家的努力顯然有意要挽回已經傾斜的歷史記憶。台灣作家借用小說形式所呈現出來的歷史敘述，絕對不在榮耀帝國治績；相反的，他們的敘述焦點集中在台灣民眾被迫接受現代化時的黯淡與苦悶。台灣人民的歷史，並不是總督府所說的「殖民史上未曾見過的成功」，而是如三〇年代作家的文學作品所描寫的那樣，台灣文化主體不斷受到抽離。

具有批判精神的作家已經注意到，由於現代性到達島上已是遲到的，一般台灣人會誤以為日本人是先進的，台灣人是落後的，遂產生一種文化的自卑。也就是說，台灣人在面對現代化工程時，會發出「時間落後性」的錯覺。[4]如何克服這種文化的遲到感，就變成了台灣知識分子的嚴重焦慮。在殖民地台灣，種族與身分問題，其實與黑人的膚色問題有其內在的聯繫。當殖民者被尊崇為先進的人種時，被殖民者往往會開始自我歧視體內流淌的血液及其延伸出來的人格。誠如法農所說：「當我開始承認尼格魯（Negro）是罪惡的象徵時，我會發現自己是憎恨尼格魯的。」[5]同樣的情況也出現在一些台灣人身上，他們會承認自己不能與日本人的身分平起平坐；為了要達到與殖民者並駕齊驅的地位，他們努力改造自己的人格，企圖使自己能夠上升成為日本人。

最早揭露這種台灣人的人格殘缺，出現在陳虛谷的小說〈榮歸〉。[6]身為第一代的知識分子，陳虛谷已漸漸警覺到第二世代年輕人在思維模式上的劇烈轉變。在小說中，作者描述一位留學日本的台灣青年通過文官考試後，全家儼然有雞犬升天之感。長期受到壓抑的台灣人，一旦獲得任何出人頭地的機會，就立刻忘卻加諸他們身上的殖民壓迫與不公。何況，這位青年是高等文官考試的及第者，自然更是成就非凡。他的人格不僅獲得改造，甚至還引起日本人的注目。在返鄉的火車上，這位青年「有時偷眼看見座中的日本人，視線都一齊集在他的身上，他愈覺驕傲得意，他想對他們說，我是高文的合格者，是台灣人的代表的人物，是日本國的秀才，斷不是依你們想的尋常一樣的土人，劣等民族。」

人格殘缺的台灣人，並不是通過現代化而獲得翻身的機會，而是經過日本化的洗禮才得以洗心革面。然而，這位青年似乎分辨不出現代化與日本化的區隔。他穿著時髦，彬彬有禮，全然是日本人影像的仿造。完成了人格改造之後，這位高文及第的青年終於遺忘自己的母語，而開始以說日本話為榮。當整個家族以盛宴迎接衣錦還鄉的及第者時，這位青年對鄉親演講使用的完全是日本話。在聽眾中，有一位青年說：「方今是日本世界，講日本話就是尊嚴的表示，是一種的示威呢。」日本的文化與語言，竟然成了台灣人心靈的救贖。倘然日本話代表的是一種尊嚴，則母語台灣話則是喪失自尊的。文化位階的高低，在此劃清了界線。台灣人的民族自卑，便是這種人為的落差造成的；他喪失了自己的語言，也喪失了自己的文化主體，並且努力要與台灣人這種「劣等民族」脫離關係，而以日本人的身分做為認同目標。

陳虛谷並非是唯一作家在小說中揭露文化認同的問題，在第二世代的作家中，這個問題成為文學創作中極為尖銳的焦點。蔡秋桐在一九三五年《台灣文藝》發表的小說〈興兄〉，同樣是描寫被現代化了的台灣青年是如何日本化的。[7]小說中的主角興兄，原是一位蔗農。在嘉南大圳興建以前，他決定把蔗田改為稻田，因穀價上漲而致富，遂行有餘力提供三子風兒去東京讀書。這篇作品隱隱暗示一個殖民地的文化結構：日本是屬於充分現代化的國度，台灣則是停留於封建保守的農村社會。興兄是一位善良的農民，風兒則因為受到現代都會文化的影響，逐漸遺忘自己文化的根。父子兩代所形成的代溝，顯然不是家族內部的問題，而是日據下台灣社會的一個縮影。

傳統本土文化與外來現代文化之間的緊張情緒，流竄在整篇小說中。風兒在東京與日本女人結婚後返鄉，不僅拒絕說自己的母語，甚至也不再遵從台灣的風俗禮數。為了提供孩子赴日留學而傾家蕩產的興兄，無論如何都無法接受這位具備現代知識，並且擔任日本官吏的兒子。蔡秋桐的作品並未直接對現代性與現代化提出正面的批判。但是，透過興兄的失落與幻滅，這篇小說強烈透露了一個信息，那就是台灣的文化主體無法抗拒殖民霸權論述的侵蝕。接受新穎思想的風兒，竟然在春節期間未能返鄉團聚，興兄遂如此咒罵：「啊！真大不孝！哼！汝也不該新得這麼款！年頭到年尾，勿論是誰也該回來一家團圓，怎麼連這年到日，汝也不願回來嗎？」孝的觀念是人倫之本，也是傳統文化的根基。風兒在都市裡擔任公職，接受日本的生活習慣，顯然並不重視孝道。

然而，現代化畢竟是無法抵擋的趨勢。興兄到古都去尋找兒子興師問罪時，才發現城市已非記憶中的舊貌，而是翻新成為全然陌生的都會。鄉土景物的變貌尚且如此，何況是人心的變化。興兄失去不僅是自己的兒子，也失去了自己的歷史記憶。蔡秋桐小說提出了一個非常殘酷的問題：被殖民者如何擁有自己的歷史。稍具自覺的知識分子，都會要求書寫並保存固有的歷史記憶，在歷史紀錄中尋找自己的聲音。[8]小說中的風兒表面上似乎是在追逐現代化的價值，骨子裡則顯示他是被殖民化的，他的歷史記憶已全然被日本人改寫了。

蔡秋桐的作品並沒有提出保存記憶的具體答案，但是他消極地批判了偏離文化認同的新興知識分子。這種批判的聲音顯示了三〇年代作家的內心焦慮，他們急於重新建構自己的文化主體，卻無法在現代化運動的浪潮中找到著力點。尤其是目睹自己的歷史記憶日益受到外來統治者的扭曲，他們更加迫切需要留下自己的歷史。這種焦慮式的文化認同，在朱點人的小說中表現得更為鮮明。[9]

一九三六年楊逵創辦的《台灣新文學》，發表朱點人的小說〈脫穎〉，便是一篇對台灣人「身分」進行省思的作品。[10]台灣人是天生注定要活在社會的底層，從來不曾出現過翻身的機會。由於具有台灣人的血統，他的薪酬與升遷永遠落在日本人之後。小說中的三貴，窮其心智要改造自己的身分。為了脫離這種絕望的族群，三貴勢必要想辦法使人格獲得昇華，亦即變成日本人的身分。就像蔡秋桐小說中的風兒，藉娶得日本妻子的途徑改造自我人格；朱點人的小說也是安排讓三貴幸運地與日本女子結婚。不過，有一個不同之處，便是三貴必須先成為日本人的「養子」，他的義父恰巧是姓「犬養」。在犬養的安排下，三貴終於與義父的女兒成婚。

完婚等於是完成了一次人格改造，三貴放棄了台灣衫的穿著，並且也遺忘了台灣人的身分。小說如此描述：「新曆過年前犬養三貴在女家結了婚，住過新正就要別居了。對於稅厝（租房子）問題，他父親的意見是要他稅近他隔壁，但新妻一反對，他更是要反對；他說台灣囝仔歹規矩，從來自己的兒子會受他惡影響，造不成善良的日本國民。」本島人的「歹規矩」，自然是指落後的生活習性；日本國民的善良，則是暗示其進步的文明。企圖擺脫台灣人的身分，就有必要遠離台灣人的族群。為了追求高貴、崇高的人格，不惜鄙夷、憎恨自己體內的血液，這樣的台灣人，正是被殖民化最為成功的範例。然而，台灣人的日本化並不能徹底，畢竟他的根仍然還遺留原鄉的土地上。這種雙重人格的，或是精神分裂的現象，正是殖民地知識分子心靈扭曲的寫照。這種傾斜的事實，在巫永福的小說〈首與體〉就有過真切的探索。[11]

〈首與體〉小說的主旨，在於揭露留學東京的台灣青年之內心矛盾，一方面是東京現代生活的引誘。[12]這是歷史與價值之間的嚴重衝突。故鄉的歷史經驗，原是知識分子成長過程中無可分割的一環，那是他原初人格的基礎。然而，現代化的價值觀念卻又無情衝擊著他的歷史經驗。小說中的青年決定要留在現代化的東京時，便被迫必須與自己的歷史記憶割裂。換言之，他的「首」，亦即思想，以及他的「體」，亦即行動，不能不發生裂變。小說對這種雙重人格的景象，形容為「有獅子頭、羊身，跟有獅子身、羊首」的二頭怪獸。傳神的描寫，誠然刻畫了知識分子的困境。

殖民地青年積極要克服自己母體文化的落後性，往往找不到具體的答案。他們最為直接方便的途徑，便是通過日本化而達到現代化。但是，個人縱然獲得了「救贖」，並不意味整個社會也同時得到提升。於是人格昇華的知識分子，就不能不與「落後、劣等」的本土文化進行對決，最後則無可避免走向分裂的道路。他們對自己的文化充滿憎恨，才能合理化自己向殖民者靠攏的行為。殖民暴力加諸在本土文化的凌遲與刑求，對傾斜的知識分子而言，乃是社會在到達現代化之前必經的陣痛。他們採取自我克服的方式很多，或遺忘，或無視，或精神分裂，或鄙夷憎惡，不一而足。從陳虛谷、蔡秋桐、朱點人、巫永福的作品，清楚羅列著不同的被殖民人格。這種因遲到的現代性而造成文化認同的動搖，在龍瑛宗的小說〈植有木瓜樹的小鎮〉，表現得更為裸露。

〈植有木瓜樹的小鎮〉曾經入選日本《改造》雜誌第九回徵文比賽佳作，並發表於一九三七年的該刊。[13]這篇小說見證的台灣社會是陰暗而髒亂的。受過日本現代教育的主角陳有三，頗能體會做為台籍知識分子的困境。倘然他不力求上進，終究有可能成為「卑屈的醜草」。在固定的政治結構裡，台灣人的身分永遠是被迫處於生活掙扎的泥淖中。陳有三對台灣人懷有莫名的鄙視：「吝嗇、無教養、低俗而骯髒的集團，不正是他的同胞嗎？」這是對自己的種族所發生的最大輕蔑，但陳有三並不能理解，台灣人會淪為「低俗而骯髒的集團」，並不是因為拒絕上進，而是殖民體制把這種種族貶抑並予以制度化、合理化了。

現代化運動被介紹到台灣，從來就不是為了改善島民的生活。資本主義化、工業化、都市化全然沒有提升台灣人的生命尊嚴，卻反而使他們陷入痛苦的深淵。整個社會不斷往現代化邁進時，台灣人越能感受到大環境的苦悶悲哀。台灣新文學之父賴和最能體會殖民化的本質，他不能不喟嘆：「時代的進步和人們的幸福原來是兩件事，不能放在一處併論的喲！」[14]在制度下被推入低俗而骯髒境地的台灣人，應該有他們自己的選擇。但是，他們不曾察覺現代化論述，只是一種假面，在面具背後確實隱藏著殖民統治的本質。只要殖民體制的本質不變，台灣人的身分就永遠被編入髒亂的情境。日本人就是利用這種結構性的區隔，而自我劃入具有進步、秩序、效率的種族範疇。日本人的人格顯得特別龐大崇高，並不是因為現代化所致，而是由於拜殖民體制之賜。

小說中的陳有三目睹的台灣人，都是一些貪圖蠅頭小利、錙銖必較的自私者。他決定要脫離這種卑微的環境，然而小鎮的怠惰氣息卻滲透了他的肉體。他決定要去參加文官考試，但是朋友的犬儒主義脾性卻牽絆著他的鬥志。「從同事、朋友口中聽到的，不是人家的謠言，便是關於金錢或女人的話。他們甘於現狀，張著血眼尋求掉落於現實中的些許享樂而滿足。」陳有三看到的小鎮，其實是台灣的縮影；他觀察到的朋友，其實是他同胞的影像。

受現代教育的台灣知識分子，無論是留學東京或在本地學習，也模仿日本人在人種學上予以分類。這種情況，在被殖民的非洲，也是屢見不鮮。他們在殖民者與被殖民者之間劃分等級，非常有系統，也非常精確。殖民者的位階，當然都遠遠超越被殖民者的身分之上。[15]台灣人的落後性顯然是無法克服的。小說中發出了這樣的喟嘆：「這小鎮的空氣很可怕。好像腐爛的水果。青年們徬徨於絕望的泥沼中」。如此沉淪的意志，瀰漫了整個島上每一角落。陳有三的努力向上爬，終究是徒勞無功。

在歷史敘述的場域，在權力競爭的場域，台灣人注定要輸掉一切，只因為他們認識的現代性在時間上是遲到的了。既然已經遲到，迎頭趕上似乎就是不可能的。一九三五年，台灣博覽會在台北盛大舉行，殖民者是不可能看到台灣人的悲情。相反的，台灣人靈魂的被征服，台灣人認同的再動搖，乃是殖民成功的最佳佐證。然而，對於三〇年代的台灣作家而言，他們不能不把這種認同動搖的事實呈現出來，以做為對現代化工程的最大抗議。他們把台灣人文化認同的混亂當做「證據」，揭穿現代化的假象，讓後人看到殖民化的真相。

殘缺的現代性與抵抗文化

阿根廷思想家杜塞（Enrigue Dussel）指出：「現代性絕對是屬於歐洲的文化現象，而現代性的擴張也在本質上與帝國主義息息相關。……現代性產生時，也正是歐洲開始宣稱其為世界歷史的中心之際。從而圍繞這個中心的邊緣地區，恰恰就是歐洲自我定義的一部分」。[16]這是可以理解的，歐洲人是最早擁有現代性的思維；事實上，現代性的提法，也是從歐洲歷史的脈絡中演化出來的。他們以現代性與科學做為進入現代史的必備條件，而這種條件並不是其他邊緣國家所能享有的。他們的文化優越感及其文化擴張論，無不以現代性做為根本基礎。在亞洲，日本帝國是從模仿歐洲文化做為自我現代化的出發點。在時間上，日本比亞洲其他國家還要優先認識到現代性之為何物。這種時間上的優先性，使日本有了宣稱其文化優越性的條件。就像歐洲人那樣，日本人也藉由周邊國家的落後，來協助定義其文化中心論。日本殖民主義的擴張，與這種文化優越論的關係密不可分。

在三〇年代的兩次侵華戰爭發動之際，台灣總督府利用博覽會來展示其現代文化的優越，正是出自這種中心論的考量。台灣作家對於日本帝國主義背後所蘊藏的文化優越論，當然感受得特別刻骨銘心。因此，對於博覽會所標榜的現代化也更是體會得極其透徹。他們一方面描寫文化認同的動搖來抗議現代性挾帶殖民性的虛偽，一方面則以寫實主義技巧做為歷史敘述的形式，在殖民者壟斷歷史發言權之餘，另闢一保存歷史記憶的空間。台灣作家建構的這一條歷史主軸，完全迥異於日本官方的榮耀輝煌記憶，而呈露出台灣人民在現代化之下生活的痛苦實相。

日本人在歌頌現代化成就的一九三五年左右，台灣作家就以文學形式所進行的自我呈現，極其雄辯地詰問歷史的真實。在稍早的一九三二年，賴和發表的一篇小說〈豐作〉，是最早揭露資本主義化的現代產業如何剝削善良農民的作品。[17]在甘蔗最為豐收的一年，許多農民以為將可賣得優厚價格，以便迎接一個豐盛的年節。日本人經營的製糖會社，對於甘蔗豐收的事實並不給予如何祝福，反而還修訂了新的採伐規則，壓低甘蔗價格。憤怒的農民企圖示威抗議時，製糖會社總能依恃爪牙去分化農民。在收購之際，會社也以偷斤減兩方式欺負農民。鎮壓農民並順利購成後，官方報紙則以「前所未有的成績」的報導，盛讚製糖會社的豐收。這篇小說自始至終站在農民立場，觀察日本製糖會社設下的許多陷阱。賴和小說的書寫策略，在於鋪陳台灣社會被迫走上現代化道路時，島民必須付出多少血汗以成就帝國的榮耀。殖民史上幽黯的一面，是統治者刻意要抹煞的。官方使用各種媒體報導與文件紀錄來粉飾農村經濟的進步時，賴和反其道而行，揭露不為人知的剝削手法。賴和的批判精神，正是對現代化論述的最大針炙。

一九三五年崛起於台灣文壇的呂赫若，在日本《文學評論》發表第一篇小說〈牛車〉，便是針對現代化的神話提出質疑。[18]主角楊添丁以牛車為業，無論如何辛勤努力，他的生活不但得不到改善，反而還日益落入窘境。原來日本人為了現代化農村，特地拓寬道路，以提升運輸效率。這是資本主義的基本邏輯。楊添丁與其他純樸的農民，並不知道他們的生產方式已無法與現代化的速變競爭。或竟如賴和所暗示的，時代越進步，距離幸福卻越遙遠。傳統產業已逐漸遭到淘汰，即使有工作，也是賺不到錢。「不只是牛車。從清朝時代就有的東西，在這種日本天年，一切都是無用的。原本我家的稻穀，就是委託那個放尿溪的水車。可是，當這種碾米機出來後，那個就慢到無話可說。反正都要付出相同的工資，那就決定靠這個囉。……總之，日本東西很可怕」。這段話是楊添丁熟識的一位老翁所說。「日本東西很可怕」，足以道盡一切。他們指的是來自日本的機器、汽車等等現代產業的工具。這些先進工具的引進台灣，並沒有使島民享受到現代化的好處。道路伸進農村的深處時，資本主義就進一步向庶民生活挖掘掠奪。

現代化全然沒有改善台灣人的生活環境，農民的求生條件愈來愈惡化。拓寬的馬路不是為了使農民營生條件更加有利，反而是資本主義逼迫農民淪於生死邊緣的利器。「隨著道路中央愈來愈好，路旁的牛車道卻通行困難」。這種客觀的形容，準確地描繪了中心與邊緣的不平等關係。現代化從來就是以日本人的利益為中心，資本主義不斷擴張，台灣人就不斷被邊緣化。楊添丁終於領悟到：「再怎麼沒學問也深知，近年不景氣越發跌落到谷底，都是因為受到汽車的壓迫。機械奴！畜生！我們的強敵。日本物啊……心中燃起敵愾心」。覺悟到現代化是台灣社會的敵人，畢竟付出了極為慘重的代價。

呂赫若描寫至此，反現代化的理念油然而生。他開始意識到要把日本人崇揚的殖民化正面價值顛倒起來，予以重新再詮釋。文化差異的時間落後性，並不必然就要承受壓迫與歧視。台灣農民的勤勞性格，全然被日本殖民體制所異化。呂赫若暗示的是，台灣人並未放棄勤勞純樸的生活。只是這種文化主體受到外來強權的侵蝕後，勤勞已不再是維生的保證。更嚴重的是，勤勞文化反而受到制度化的貶抑。呂赫若的文學書寫，獲得了一種知識論的突破（epistemological breakthrough）。也就是說，現代化的價值觀念都是由殖民者片面灌輸的。如果日本人的價值觀念是正確的，則台灣人之受到剝削便是合理的。呂赫若並不接受這種神話式的宣揚。他以農民生活的窘困做為實證，翻轉了殖民者所賦予現代化的正面意義。呂赫若的批判力道，便是由此產生。〈牛車〉能夠一再被閱讀，一再被重新詮釋，就在於它堅決拒絕了現代化的虛偽與虛構。

台灣作家與殖民者的歷史敘述是否決裂，端賴於對現代化的回應態度而定。在日據時期，對現代化洗禮毫無批判的接受者，往往會淹沒在日本人建構的歷史幻影中。如果能夠自覺地反覆思索現代性的問題，從而對現代化的改造進行質疑與挑戰，就越不可能被殖民體制所收編。面對一九三五年舉辦台灣博覽會，朱點人的小說〈秋信〉，正是一篇拒絕殖民者歷史敘述的重要作品。[19]

朱點人另闢歷史視野，重新評價台灣博覽會的文化意義。為了建構強勢的現代化論述，「當博覽會未開幕以前，當局者都竭力宣傳，而島內的新聞亦附和著鼓吹，就是農村各地，也都派遣鐵道部員前去勸誘，本來不怎麼有益的博覽會，一經宣傳的魔力，竟然奏了效果，引起熱狂似的人氣」。朱點人以一種淡漠的語氣來形容這場聳動聽聞的事件，足以透露他內心的抗拒。誠如本文最初所述，博覽會的目的在於歌頌台灣總督府在殖民史上的成功。官方利用媒體、公務人員，在全島各地動員參觀這場盛會，無非是為了使殖民治績獲得合法性。〈秋信〉中的主角斗文先生，是一位傳統保守的舊式文人，目睹博覽會中日本人自誇「產業台灣的躍進，是始自我們」等語，興起了前生今世的錯覺。

朱點人有意以舊式書生來對照現代文化，寓有強烈的反諷意味。斗文先生在島都台北，抗拒博覽會的宣傳之餘，企圖尋求舊有城鎮的遺蹟，才發現已完全被改造得面目前非。斗文先生可能不在於追尋舊夢，而是企圖保存固有的歷史記憶。然而，浩浩蕩蕩的現代化潮流，挾沙河俱下，許多舊有的建築已全然消失無蹤。原有的文化主體已連根拔起被殖民格局所取代，「躍進」的字眼讓他無法看見後退的歷史。

〈秋信〉透露的一個信息是，台灣社會在現代化過程中付出的代價是無法估算的。屬於台灣人的歷史真實已淪為一片廢墟，換來的則是充滿了權力氾濫的殖民支配。自我的歷史經驗消亡時，文化主體的生命也跟著死滅了。這篇小說可能呈現了台灣傳統文化的無力與悲觀。但是，朱點人也只能以負面、消極的方式干涉殖民者所豔稱的榮耀與輝煌。換句話說，台灣人也許無法抗拒所謂殖民化與現代化的到來，但是也找不到恰當的理由來分享帝國所崇尚的光榮。朱點人筆調的黯淡，正是抗拒殖民者、歷史敘述的手勢。台灣人的歷史急速向後退卻消逝，並不意味他們的記憶就是空白的。即使他們的文化主體遭到抽離，也並不意味從此就會接受殖民者的歷史經驗。

現代性：未完的詮釋

現代性的問題，在歐洲社會，在殖民母國，可能不是那樣複雜糾葛。因為，現代性是從他們自我的歷史經驗中孕育出來的。但是，現代性議題一旦被引進未曾跨入現代世界的國度，爭辯與困惑便無可避免發生。特別是現代性伴隨著殖民體制初識所謂的落後社會時，它所引起的議論是無窮無盡的。對台灣社會而言，現代性並不是島嶼歷史的一部分，它是被殖民者強加進來的。島民開始認識何謂現代性時，他們的歷史經驗與歷史意識便不能不受到衝擊。

三〇年代台灣作家並未確切理解現代性之為何物。「現代性」一詞之受到高度注意，乃是由於後現代主義帶來了太多的爭議，使許多學者不能不回頭去定義現代性的內容，以便釐清後現代主義的界限與範疇。遠在三〇年代的知識分子，只能在殖民體制下去體驗資本主義帶來的負面影響，從而去評估工業化與都市化的具體效應。他們感到痛苦的是，生活在自己的土地上，這塊母土卻愈來愈變得陌生。這種強烈的異化，迫使他們必須在現代化與殖民化之間進行理解。現代化的影響是多重的，絕對不可能以簡單的思考做出結論。它是帝國主義擴張的重要一環，也是殖民主義鞏固統治基礎的重要武器。然而，現代化也使殖民地知識分子能夠以客觀方式來評估傳統封建文化的價值，從而也因此從一些盲昧無知的狀態中解放出來。同樣是屬於現代化的擴張，它也使許多殖民地知識分子喪失了文化主體，並且進一步向殖民者投射錯誤的認同。

日據時期遺留下來的大量文本，需要重新閱讀，並重新評估作者在文本中所暗藏的對現代性的態度。本論文嘗試從文化認同與抵抗文化兩個議題，窺探三〇年代台灣作家在接受現代化洗禮時所透露的內心焦慮。這是一篇總論式、鳥瞰式的考察，還未進入細部的文本閱讀。以現代性的議題為中心，挖掘殖民地作家的複雜心情，正是這篇論文所要預告的一個研究計畫：「現代性：未完的詮釋」。

註釋

1 台灣博覽會協贊會編，《始政四十周年記念台灣博覽會》（台北：台灣總督府，一九三六），頁一。

2 有關這次博覽會的扼要研究，參閱呂紹理，〈「始政四十周年紀念博覽會」之研究〉，收入周惠民主編，《北台灣鄉土文化學術研討會論文集》（台北：國立政治大學歷史學系，二〇〇〇），頁三二五—五六。台灣博覽會的圖片回顧，可以參閱程佳惠，《台灣史上第一大博覽會：一九三五年魅力台灣SHOW》（台北：遠流，二〇〇四）。

3 台灣社會之接受現代時間的觀念，可以參閱呂紹理，《水螺響起：日治時期台灣社會的生活作息》（台北：遠流，一九九八）。呂教授的研究指出，台灣民眾對現代時間的接受，可從鐘表的進口數量得到佐證。他以一九二〇年做為斷限，在此之前，鐘表進口總值很少超過十萬元，但在此之後，特別是一九二五年以後，進口值都超過二十萬元以上（頁三六—三七）。足證台灣人對現代時間的普遍使用，乃是與日俱增。

4 日本人所謂的現代化，有時以「文明化」來概括。具體言之，文明化與現代化是以日本的價值觀念來定義的。以日本人的定義來衡量台灣的文化，自然會產生一種優越感或優先感。被殖民的台灣人，在文明化的尺碼下，不免會產生落後的感覺。歐洲文明以殖民手段介紹到非洲時也帶有如此傲慢的優越性。長期被殖民的黑人也無法逃避莫名的遲到感。參閱 Walter Mignolo, "(Post) Occidentalism, (Post) Coloniality, and (Post) Subaltern Rationality," in Fawzia Afzal-Khan and Kalpana Seshadri-Crooks, ed. *The Pre-Occupation of Post-colonial Studies*. Durham: Duke University Press, 2000, pp. 108-110。邱貴芬也以「落後的時間性」來形容第三世界的「不足」、「缺陷」與「落後」，這點可以協助解釋日據時期台灣社會的被殖民心態。參閱邱貴芬，〈落後的時間與台灣歷史敘述——試探現代主義時期女作家創作裡另類時間的救贖可能〉，宣讀於國立政治大學中國文學系主辦，「現代主義與台灣文學學術研討會」，二〇〇一年六月二、三日。現收入氏著，《後殖民及其外》（台北：麥田，二〇〇三），頁八三—八五。

5 Frantz Fanon, *Black Skin, White Masks*. Trans. Charles Lam Markmann. New York: Grove Press, 1967, p. 197.

6 陳虛谷，〈榮歸〉，原載《台灣新民報》第三二二、三二三號（一九三〇年七月十六日、二十六日），頁一五、頁九，後收入陳逸雄編，《陳虛谷作品集》（上）（彰化：彰化縣立文化中心，一九九七），頁四二—五四。

7 蔡秋桐，〈興兄〉，原載《台灣文藝》第二卷第四號（一九三五年四月），頁一二六—三一，後收入張恆豪編，《楊雲萍．張我軍．蔡秋桐合集》（台北：前衛，一九九一），頁二〇九—一九。

8 Partha Chatterjee, *The Nation and Its Fragments: Colonial and Postcolonial Histories*. Princeton: Princeton University Press, 1993. Esp. Chap. 4, "The Nation and Its Past," pp. 76-79.

9 有關朱點人文學思考中對現代化的複雜態度，參閱陳芳明〈現代性與殖民性的矛盾——論朱點人的小說〉，收入江自得主編，《殖民地經驗與台灣文學：第一屆台杏台灣文學學術研討會論文集》（台北：遠流，二〇〇〇），頁六三—八四。亦收入本書，見頁一〇三—一二一。

10 朱點人，〈脫穎〉，原載《台灣新文學》第一卷第一〇號（一九三六年十二月），頁四二—五一，後收入張恆豪編，《王詩琅．朱點人合集》（台北：前衛，一九九一），頁二五五—七二。

11 日據知識分子在思想與行動之間的分裂情況，當以巫永福小說〈首與體〉為代表。參閱陳芳明，〈司芬克司的殖民地文學——《福爾摩莎》時期的巫永福〉，《左翼台灣：殖民地文學運動史論》（台北：麥田，一九九八），頁一二一—四〇。

12 巫永福，〈首與體〉，原載《福爾摩沙》創刊號（一九三三年七月），頁五九—六六，後收入《巫永福全集》第一〇冊《小說卷．II》（台北：傳神福音，一九九五），頁一—一八。

13 龍瑛宗，〈植有木瓜樹的小鎮〉，收入張恆豪編，《龍瑛宗集》（台北：前衛，一九九一），一三—七二。

14 賴和，〈無聊的回憶〉，原載《台灣民報》第二一六—二二二號（一九二八年七月二十二日—十一月十九日），後收入李南衡主編，《賴和先生全集》（台北：明潭，一九七九），頁二二九。

15 David Spurr, *The Rhetoric of Empire: Colonial Discourse in Journalism, Travel Writing, and Imperial Administration.* Durham: Duke University Press, 1993, pp. 68-69.

16 Enrique Dussel, "Eurocentrism and Modernity," *Boundary 2*, 20. 3 (1993): 65.

17 賴和，〈豐作〉，原載《台灣新民報》第三九六、三九七號（一九三二年一月一日至九日），頁一〇、頁一七，後收入《賴和先生全集》，頁一〇九—一一七。

18 呂赫若，〈牛車〉，原載《文學評論》第二卷第一號（一九三五年一月），後收入林至潔譯，《呂赫若小說全集》（台北：聯合文學，一九九五），頁二七—六一。

19 朱點人，〈秋信〉，原載《台灣新文學》第一卷第三號（一九三六年三月三日），後收入《王詩琅．朱點人合集》，頁二二五—三七。

現代性與本土性
——以《南音》為中心看三〇年代台灣作家與民間想像

引言

進入三〇年代以後的台灣新文學運動，出現了一個值得注意的現象，便是作家在追求現代形式的創作技巧之餘，也開始慎重考慮如何為台灣文學的主體性從事定位。在殖民體制的統治下，台灣作家一方面不能不接受資本主義所挾帶而來的「現代性」，一方面則又不能不兼顧如何維護台灣文化傳統的「本土性」。這種兩面挑戰的形勢，往往是殖民地知識分子必須思考的問題。

資本主義改造了整個台灣以農村經濟為基礎的傳統社會，這是無庸置疑的事實。日本為了鞏固它在台灣的統治地位，加速而深化地引進資本主義，透過工業化與城市化的過程，終於把台灣推入現代社會。現代化的發展，也同時造就了一批新興的城市知識分子，他們最能感受資本主義的改造力量，並且也清楚意識到台灣本土文化的急遽消逝。處在歷史轉型期的台灣作家，對於這些問題的關切顯得特別急迫。

從文學運動在二〇年代發軔之初，作家愈來愈能夠覺悟到現代性對台灣的滲透。這種現代性，是以雙刃的方式進行著。它帶來了理性的秩序，使台灣社會逐漸接受進步、準確、效率等等的觀念。不過，這種理性的秩序也帶來了壓抑性。由於台灣淪為殖民地的社會，一切秩序的掌握並非是操在島上住民的手裡，而是落在握有政治權力的日本統治者身上。因此，所謂現代性，就隱藏了極為細緻的殖民支配性格。最為顯著的事實，莫過於台灣總督府所施行的進步、準確而有效率的法治。具有現代性觀念的台灣作家，自然是期待法治秩序的出現，但是卻又無法抵抗殖民者利用法治來束縛台灣住民的生活。對台灣作家而言，現代性就構成了他們價值觀念的矛盾。

同樣的，台灣社會越受到現代化的洗禮，本土文化的主體就越受到挑戰。這不僅是來自殖民地政府的刻意扭曲與壓制，而且也來自台灣住民對資本主義的憧憬與迷信。對於台灣作家而言，本土文化並不是全然沒有缺點。在本土文化的傳統裡，封建社會的落伍道德觀念，以及漢詩形式的食古不化，都是受過現代教育的台灣作家極力批判的目標。當他們在抗拒殖民者的外來文化時，總是會回頭尋求自己文化的根鬚。但是，他們發現，本土文化不能當做抵抗行動的利器。就像現代性那樣，本土性也同時具備了積極與消極的雙重性格。在積極性格方面，它是殖民地知識分子的精神堡壘，而在消極方面，落後的本土文化則又變成社會發展的障礙。

處在現代性與本土性夾縫之間的台灣作家，對於他們所處的文化困境可以說體會得相當深刻。他們希望自己所賴以生存的社會能夠接受現代性的洗禮，同時也希望本土文化能夠得到一定程度的保存與改造。就是這種矛盾的心情之下，三〇年代的台灣作家在追求新文學的創造之際，也意識到重建本土文化的重要性。從歷史事實可以獲得如此的見證，那就是在強調本土性的基礎上，他們積極對舊詩形式進行批判，並且也積極挖掘台灣民間文學的寶藏。對他們而言，舊詩是瀕臨死亡的，而民間文學則是充滿生機的。這種民間的資源，可以用來做為新文學運動向前發展的養料。

這篇論文並不在觀察當時整理民間文學的內容，以及得到怎樣的成績，而是嘗試從現代性與本土性之間相互衝突的觀點，來考察以《南音》雜誌為中心的三〇年代台灣作家重新整理民間文學的原因。他們對民間文學究竟抱持何種態度？在尋求新文學的出路時，民間文學到底具備了何種意義？由這些問題的探究，來管窺殖民地知識分子的內心衝突與精神出路。

「碰壁」的台灣社會

最早注意到民間文學的整理，當推一九三二年創刊的《南音》雜誌。這份同仁雜誌乃是由當時的新文學作家所組成，包括陳逢源、賴和、周定山、張煥珪、莊遂性、張聘三、許文逵、葉榮鐘、洪槱、吳春霖、郭秋生、黃春成。[1]這些知識分子在二〇年代都曾參與過政治運動，等到一九三一年台灣總督府解散所有的抗日組織之後，他們才全力投入文學運動。凡是對台灣新文學稍有涉獵的人都承認，一九三二年是重要的關鍵。葉石濤指出，台灣文學在這年之後進入了「成熟期」。[2]王詩琅則以「本格化時期」來形容台灣文學發展的蓬勃盛況。[3]

《南音》便是為這文學盛況做出預告的重要聲音；因為，這份雜誌正式發行之後，台灣知識分子在日後才開始出版有意識、有組織的文學團體與文學刊物。為什麼《南音》在這段期間會強調民間文學的重要性？要討論這個問題，就不能不觀察當時整個大環境的變化。就像葉榮鐘執筆的《南音》發刊詞所說：「台灣的混沌既非一日了，但是有史以來當以現代為第一，目前的台灣可以說是八面碰壁了，無論在政治上、經濟上以至於社會上各方面，不是暮氣頹唐的，便是矛盾撞著，在這混亂慘淡的空氣中過日的我們，能有幾個不至於感著苦痛？」[4]

所謂「碰壁」，就是意味著台灣社會找不到出路。只有從這個客觀環境來看，才能理解殖民地作家在艱難政治條件下的用心良苦。這種碰壁的悶局，其實是由於資本主義發生危機而日本殖民者無法解決所導致而成的。在《南音》之前，台灣知識分子就已經意識到問題的嚴重性。一九三〇年發行的《台灣戰線》，在其創刊宣言正式昭告社會：「……將以普魯列塔利亞文藝謀廣大勞苦群眾的利益，解放在資本家鐵蹄下作牛馬一樣生活的一切被壓迫勞苦群眾。」[5]嘗試以文學作品與勞苦大眾結合在一起，是當時台灣作家的一個重要企圖。他們深切了解日本人與台灣人之間，並非只存在著種族的壓迫，而且也存在著階級的壓迫。普魯列塔利亞（proletariat），指的就是無產階級。在左翼政治團體還未遭到中挫之前，具備社會主義信仰的作家，都希望透過文學形式來表達他們對社會的關心。

但是，這些左翼文學雜誌終於都沒有得到發行的機會。包括《伍人報》、《洪水報》與《明日》在內的左派刊物，都在一九三〇這一年內悉數受到查禁。再加上左翼政治團體一一被日警解散，台灣知識分子沒有不感受到政治氣氛的苦悶。碰壁的說法，便是在如此的歷史條件下醞釀出來的。在一九三〇年由張深切所組成的「台灣演劇研究會」，曾經受到嚴重的質疑。有些左派知識分子就認為，他是在為資本家服務。他們認為，這個演劇研究會應該符合當初成立時的兩個要求：「一、將于停頓中的台灣無產階級鬥爭史上開一新紀元；二、將于混沌的台灣劇界打箇先鞭……」[6]這種對張深切提出的挑戰，正好可以反映那段時期的思想狀態。從階級分化的觀點來進行文學與藝術的運動，基本上是台灣抗日運動陣營內部分裂的一個延伸。[7]

如果進一步考察這種左翼文藝觀點的崛起，並不純然是由於台灣知識分子的路線分歧，而主要是因為日本資本主義在台灣再深化、再擴張所造成的結果。資本主義體制越高度發展，階級的分化就越深刻，於是形成了殖民者日本人／資本家與被殖民者台灣人／勞苦大眾之間壁壘分明的對立。從事文學運動的作家，無可避免地要在階級界線上做清楚的抉擇。假如是要抗拒殖民者支配的話，作家就應該站在勞苦大眾的立場。如果偏離了大眾立場，就有可能被懷疑是為資本家說話，甚至還有可能被認為是向殖民者靠攏。張深切會受到抨擊，便是在這種客觀現實的基礎上發生的。

無產階級文藝路線的要求，足以說明台灣作家與民間社會之間的互動關係。然而，當左翼政治運動者開始受到監視、逮捕、審判時，文學運動的發展方向就不能不有所調整。因此，《南音》雜誌的發行，可以說是左翼政治運動挫折之後重新出發的另一種運動。它的色彩並沒有清楚的階級立場，所以就被當時的文評家定位為具有布爾喬亞色彩的文學雜誌。[8]

《南音》是不是屬於小資產階級的刊物，自然值得進一步討論。不過，從該刊所努力的方向，就可發現雜誌的成員都特別強調台灣話文與民間文學的重要性。就像發刊詞所說，「怎樣纔能夠使思想、文藝普遍化」，《南音》所追求的目標就是要讓文學與社會相互結合起來。這個目標的追求，乃是基於如此的覺悟：「希求整個社會的進步發達已是現代的潮流，何況像台灣這樣，文化程度較低的地方，自然要比別處痛感其有普遍化的必要。」[9]這種說法，從階級立場來看的話，左翼色彩顯然是大大降低了。但是，如果不必使用嚴苛的普羅文學的定義來檢驗，則《南音》在台灣社會碰壁的困境中朝著大眾文藝的道路前進，或多或少還是帶著素樸的左翼精神。

這裡要檢討的是，《南音》的創刊詞宣言屢次提到「現代」的字眼，並且又提到「希求整個社會的進步發達」，會不會與它所預設的本土性立場違背？台灣社會之進入「現代」，顯然與日本殖民者的來台統治有著密不可分的關係；而整個社會的「發達進步」，則又受到資本主義的強烈衝擊。因此，追求進步的「現代性」（modernity），是否與日本殖民體制有相互呼應之處？從整理民間文學的立場來看，三〇年代作家對於現代性究竟持怎樣的態度？

對現代性的接受與抗拒

討論民間文學的整理之前，似乎有必要了解台灣作家對現代性的欲迎還拒的矛盾心情。台灣本土文化之受到侵蝕與扭曲，無非是因為資本主義對整個傳統社會的巨大改造。為了使資本主義能夠在台灣順利開展，日本殖民者首要的工作便是進行大規模的現代化工程。這種現代化工程，並不只是鋪設鐵路公路，建立現代產業，構築現代都市而已，同時也在整個台灣人的心靈上灌輸時間觀念、管理觀念、醫學觀念、法治觀念等等。種種歷史事實顯示，殖民者的目標便是要把「沒有秩序、沒有文明」的台灣，改造成為有組織、有規律的社會。原來的台灣，也許就是如葉榮鐘所形容的「文化程度較低的地方」。經過現代化洗禮以後的台灣，則變成一個具備充分現代化的社會。它要使無秩序的、混亂的封建社會，升格成為可以理解、可以支配的殖民地。

所謂現代性，就是「理性」的一種延伸。或者就像法國思想家傅柯（Michel Foucault）所說，理性具備了啟蒙的使命。它透過社會的機制、論述與日常實踐上，對於個人進行支配。以傅柯的語言來說，「所有的行為都被現代論述與權利知識體制的帝國主義所影響」。[10]台灣社會被整編到日本殖民者所攜來的資本主義的同時，也相當細膩地受到現代論述的滲透影響。現代論述所強調的理性，偏重於凸顯科學、制度、進步的特性。這種論述充塞於日常生活之中越普遍，就越能構成壓迫性。被消化到現代社會的台灣人，不僅生活模式與價值觀念都受到工業化、都市化與物化的制約，而且也對於以理性為基礎的科學、進步等等的現代性充滿了嚮往與迷信。如果理性是好的，則帶來現代性的殖民者也會得到首肯與默許。殖民者也利用這種理性論述的擴散，使貌似進步、科學的權力支配體制獲得合法性（legitimacy）。

獲得合法地位的現代性，更暗藏了另一種文化上的壓迫。也就是說，殖民地知識分子會誤以為殖民者是進步的、有秩序的，而被殖民者是落後的、蒙昧無知的。台灣住民一旦接受了這種刻板印象，自然在無形中認為日本文化是優越而先進的，本土文化是低劣而倒退的。這種觀念漸漸累積成為正面價值而存在時，本土文化也就慢慢受到排除、遺忘，從而全然淪為邊緣化。篤定朝向現代化社會邁進的殖民地台灣，就是在這樣的情況下，一方面受到資本主義的掠奪，一方面則又無可抗拒地接受現代性的到來。

稍有政治覺醒意識的台灣作家，對於現代性的崛起自然充滿了困惑。現代性如果是意味著另一種秩序的延伸，是對於舊日的失序的一種糾正，到底台灣人是要抗拒，還是要接受？對於這個問題體會得極其深刻的台灣新文學之父賴和，是南音社的主要成員之一，也是在文學作品中辯證地對現代性與本土性之間的消長表達了他複雜的心情。

接受現代醫學訓練的賴和，最能體會殖民者如何透過理性的假面來達到對台灣社會的控制。發表於一九三〇年的短篇小說〈蛇先生〉，賴和就有如此的感慨：

> 法律啊！啊！這是一句真可珍重的話，不知在什麼時候，是誰個人創造出來？實在是很有益的發明，所以直到現在還保有專賣的特權。世間總算有了它，人們才不敢非為，有錢人始免被盜的危險，貧窮的人也才能安分地忍著餓待死。因為法律是不可侵犯，凡它所規定的條例，它權威的所及，一切人類皆要遵守奉行，不然就是犯法，應受相當的刑罰，輕者監禁，重則死刑，這是保持法的尊嚴所必須的手段。11

法治，是現代社會的理性表徵之一。它帶來了秩序、規範與分類。在法律的劃分下，罪犯與無罪者區別了界線。問題在於，誰是罪犯？誰不是罪犯，端賴權力在握者的分類。在資本主義社會，階級的分化愈來愈深刻，法律究竟為誰而設？法治所強調的懲罰與訓誡，並非是一視同仁，而是集中施諸社會中被邊緣化的個人。台灣人既然是貧窮人口居多，那麼法律的實踐自然就只偏重在施行於被殖民者的身上。誠如傅柯所說：「訓誡『建構』了個人，就是這種權力的特殊技術，將個人當做對象，也同時當做運作的工具」。[12]台灣人民經過這樣的訓誡，也就順理成章地建構了被殖民者所應該擁有的角色與身分。

賴和透過〈蛇先生〉這篇小說，敘述一位持有漢藥祕方的中醫是如何招搖撞騙。這位虛張聲勢的中醫之所以能夠在現代社會生存下去，乃是獲得了統治者的默許。這是因為這位中醫並不會動搖統治者的合法地位，甚至還有可能讓執法者分享他以祕方騙取而來的利益。〈蛇先生〉的戲劇性結局，便是揭穿蛇先生根本沒有任何祕方可言。所謂祕方，只不過是一些於身體無害的草藥成分而已。密醫能夠行騙這麼久，當然也得力於台灣民間社會所瀰漫的無知與迷信。

賴和的〈蛇先生〉同時對現代性與本土性進行兩面挑戰。針對外來殖民者所介紹進來的現代性，這篇小說揭穿了它對台灣社會主體的傷害。台灣人會馴服地成為被殖民者，便是經過法律的訓誡而逐漸建構起來的。法律要求的是維持一定的秩序，而這樣的秩序並不是用來要求壟斷權力的日本人，而是用來支配所有台灣人。從這個觀點擴張來看，台灣本土文化會受到貶抑、扭曲、壓制，終而失去它應有的被尊重的地位，也是透過現代性的排斥與規範而慢慢建構起來。在現代性的侵吞之下，台灣社會的本土性也就無可遁逃地朝向泯滅、淪亡的道路。賴和對現代性的批判，以及對現代性所延伸出來的殖民資本主義進行抨擊，在〈蛇先生〉中可謂昭然若揭。

從另一個角度來看，賴和對於本土性也不是盲目崇拜。他從現代醫學的觀點來看傳統中醫的不理性與不科學，並揭穿封建社會的蒙昧無知。如果他沒有受過現代的科學訓練，就不可能如此透徹地分析祕藥的虛構與偽真。賴和醫學知識的獲得，誠然拜日本的現代教育制度所賜。但是，從他對於日本的法治假面之嚴厲撻伐，就可了解賴和並不全然受到所謂現代性的擺布，從而也未曾全然屈服於日本殖民體制的支配。身為殖民地的知識分子，他透過批判精神的實踐，而免於被輕易地化約到現代殖民政府與經濟的巨大結構之中。賴和利用小說的描述，號召被消音、被邊緣化的台灣人如何抗拒殖民地法治的雙重性格。然而，他也不致庸俗地把複雜的現代性簡化成為殖民權力的支配。在接受現代知識訓練之餘，賴和也依恃西醫的科學檢驗，暴露本土漢醫的欺罔與閉鎖。他不會義和團式地盲目為本土性辯護，相反的，他毫不留情地對當時流行的民俗醫療予以諷刺與嘲弄。

夾在現代性與本土性之間的殖民地知識分子，必須保持清醒的批判精神從事兩面作戰。只有對這種處境有了確切的認識，才能深刻體會他們在重建文化主體時的苦心。這裡所說的主體（subject），又不能不再次求諸傅柯的說法，主體是有雙重性的，一種是「藉由控制與依賴而成為他人所支配的主體」，一種則是「以自覺或自我認識來聯繫於他們自己的認同」。[13]賴和當然是屬於第二種主體；他所批判的對象便是針對身體受到法治規訓的一般台灣人，而這些人則是屬於第一種主體。他在三〇年代寫的一系列小說隨筆，包括〈阿四〉、〈不如意的過年〉、〈查大人〉等，都是透過對現代性的批判，藉以喚起台灣人的覺醒。[14]明乎此，《南音》集團整理民間文學的文化背景就非常清晰了。

對本土性的批判與重建

《南音》公開徵募小說、戲曲、詩歌、諺語、春聯等，在三〇年代有其一定的意義。台灣文學史家黃得時，對於這項行動曾將之形容為「發出南方特有的雄音」。[15]這種向民間汲取文學資源的努力，是殖民地知識分子在尋求文化主體重建時的一項龐大工程。不能否認的是，這群城市新興知識階層與台灣固有的民間社會可以說有相當程度的疏離。他們決心搜集並整理民間文學，乃是為了建立彼此的相互認同，從而重新塑造自己的身分。這樣的身分不是殖民體制所規範出來的，而是由他們自己建構起來的。

但是，什麼是民間文學？知識分子的民間想像是什麼？到哪裡才能真正尋求到真正的民間？這便是當時引起論爭的課題，他們有的以「大眾文藝」做為號召，有的以「鄉土文學」做為旗幟，都是為了讓文學想像與民間想像能夠聯繫起來。大眾文藝的提倡者，當推葉榮鐘為最力。在他的概念裡，大眾文藝顯然與民間故事或歷史故事有密不可分的關係。他指出，文學不再是特殊階級的專有物，而應該是接近大眾、提供大眾以娛樂與慰安。要達到這個目標，文藝就必須要通俗化。那麼，如何使文藝通俗化？葉榮鐘說：

……待望以我們台灣的風土、人情、歷史、時代做背景的有趣而且有益的大眾文藝的產生。好在這一方面材料在過去的歷史上正是不遑枚舉的，譬如開闢時代的鄭氏父子的事跡，滿清時代的朱一貴、林爽文的反亂，劉銘傳、唐景崧的經略，領台當時的情形，和當時活躍過的柯鐵虎、林少貓等的事跡以及三十年來的各種事件，莫不是絕好的資料，台灣的新進作家們探一探這樣的寶庫如何？這份豐厚的遺產是祖先用血淚積下來的啊！16

這裡所指的大眾文藝，其實就是指民間的歷史記憶。在日據時代，殖民者對台灣人施行的教育都是以日本歷史為主導。倘然有論及台灣歷史之處，也必然是以日本人的觀點來解釋。換句話說，台灣歷史主體已被抽換了，而代之以日本人的記憶。國族史的建構，早已大量滲透了日本人的形象與價值觀念。葉榮鐘所提出的大眾文藝口號，很明顯是訴諸潛藏在民間的民族集體記憶。這種記憶在殖民教育體制下早就被邊緣化，而淪於被遺忘的狀態。從現代性建構的觀點來看，日本歷史是屬於進步的，台灣歷史則是不堪聞問的。因此，葉榮鐘主張整理台灣歷史，顯然是採取以民間想像來對抗殖民者的國族想像。不僅如此，透過大眾文藝的整理，也有助於重建台灣文化的主體。

對本土文化的再認識與再肯定，是民間文學建構的重要出發點。但是，所謂本土文化並非可以盲目接受。葉榮鐘在推動大眾文藝的同時，也對台灣的傳統詩社進行批評。面對外來現代性文化的侵蝕，台灣作家也很清楚本土文化的內容並不全然都是屬於民間記憶。他指出，台灣詩社林立只不過是一種「閒人變把戲」的存在。這些詩社生產出來的作品，並沒有反映出傳統詩人對人生、社會、藝術有任何提升作用。基於這樣的態度，葉榮鐘寫了一篇〈前輩的使命〉，呼籲前輩詩人應該可以「整理過去的文藝」。什麼是過去的文藝？葉榮鐘進一步解釋：

他們（按：指舊詩人）若能夠將他們豐富的經驗做手段忠實地去追尋過去文藝的來路，則他們的前途尚有洋洋境地啊！譬如搜集我們台灣開闢以來之詩，這卻不必問其成自台灣人之手與外省人之手，祇求牠是寫出台灣的鄉土色——人情、風俗、歷史、名勝——其次就是搜羅史實，這也不問牠野史口碑，苟能夠傳達一些古人的事跡，或是歷史上的事實夠了。這樣的事實正是現在台灣所欠乏而又是青年人做不到的，他們若能夠把這一方面的事業做得好，便算是完畢他們對於這時代所負的使命了。[17]

無論這樣的批評是否出自策略性的喊話，葉榮鐘的態度畢竟還是訴諸共同的歷史記憶，亦即具有台灣鄉土特色的人情風俗。較諸二〇年代張我軍對舊詩人所進行的情緒性抨擊，葉榮鐘的態度可以說更具正面的意義。[18]他又指出，「『詩』是生出來的，是要有『情動於中』的內容的」，而不是舊詩人所沉溺的那種只徒求形式的擊缽吟。[19]綜觀葉榮鐘的大眾文藝的定義，那不是只屬於特定階級的，也不是屬於沒有生命的藝術，而是生動活潑的屬於全民的文學。因此，葉榮鐘在大眾文藝之外，又提出定義更為明確的第三文學。這是他對文藝大眾化所做的最為徹底而清楚的解釋。他認為，文學既不是過去貴族階級所支配，也不是近年宣傳的「普羅階級」所占有。他深深相信，應該有一種屬於台灣人共同記憶的全民文學，而這樣的文學不應只是拘限於特定的階級。葉榮鐘說：

> 一個社會的集團，因其人種、歷史、風土、人情應會形成一種共通的特性，這樣的特性是超越階級以外的存在。所以台灣人在做階級的份子以前應先具有一種做台灣人應有的特性。第三文學是要立腳在這全集團的特性去描寫現在的台灣人全體共通的生活、感情、要求和解放的，所以第三文學須是腳立台灣的大地，頭頂台灣的蒼空，不事模倣，不赴流行，非由台灣人的血和肉創作出來不可。這樣的文學纔有完全的自由，纔有完全的平等，進一步也纔可以寄與世界的文學界。[20]

這段說法，與眾所周知的黃石輝稍早在《伍人報》提出的觀點有相互呼應之處：「你是台灣人，你頭戴台灣天，腳踏台灣地，……所以你的那枝如椽的健筆，生花的彩筆，亦應該去寫台灣的文學了。」[21]不過，黃石輝是站在普羅文學的立場提倡文藝大眾化，而葉榮鐘基本上則是從全民的立場出發。也就是說，葉榮鐘比較相信一個社會裡一定有民間的共同記憶與情感，而這是超越階級界線的。對於這個觀點，他又再次申論「第三文學」的定義。它既不是屬於貴族階級文學，也不屬於無產階級文學，而是屬於台灣全民的。這樣的文學，是從台灣的山川、氣候、人情、風俗所發生的，也就是從台灣的特殊文化裡釀造出來的。他進一步指出，這種文學完全孕育於台灣的社會境遇，亦即台灣人所具有的一種集團的特性。[22]

從葉榮鐘的系列文字，可以發現殖民地知識分子的兩難處境。他主張重建大眾文藝，使台灣社會的心靈能趕上世界文明的潮流。從抵抗的意義來看，大眾文藝顯然是為了阻止殖民文化的蔓延擴張，同時也是為了提升台灣人民的文化信心。不過，在強調本土文化的重要性之際，也對本土的舊詩傳統強烈抨擊。

《南音》的第一篇批判舊詩的文章，出自陳逢源之手。他的觀點與葉榮鐘的文字有同條共貫的意味。陳逢源的長文宣稱：「我已斷定台灣的詩社，決不會做出所謂心畫心聲的詩，倒反挫折了幾多青年們革新的意氣。」[23]他所期待的新時代的詩，則是「要力排慣用那些難解的文字與典故的貴族詩，當要創作最平易而且最率真的平民詩」。[24]綜合他與葉榮鐘的觀點，就可知道所要求的文學是鄉土的、平民的、大眾的作品。

這裡要再次強調的是，《南音》集團對於民間文學的搜集與整理，可以說是基於當時整個文化環境的考量而做的選擇。為了對抗殖民體制所挾帶而來的現代性，他們回頭朝向民間社會去尋找根源。然而，所謂民間是意味什麼？它不是貴族的，也不是普羅階級的，而是橫跨社會階級的共同歷史情感與記憶；這樣的歷史情感與記憶，正是民間文學的溫床。

朝向民間文學的道路

對於擁有政治權力的殖民者而言，台灣民間的聲音是絲毫不存在的。日本人介紹科學文明、醫療制度、工業技術與法治秩序到台灣時，並非是為了提升島上人民的人格尊嚴與生活方式。台灣民間不僅沒有聲音，同時也是沒有主體的。然而，所謂法律的實踐與肉體的壓制，畢竟還是明顯可見的；最可怕的是，殖民者通過具有規範作用的霸權論述，把台灣人劃歸成不知文明之為何物的罕有人種。台灣人之做為「人」，就現代性的支配而言，已被壓縮成為出生率的一個數字，生產力的一個單位，戶口調查中的一個號碼。殖民者關心的是，這群人口的生育、健康、飲食、居住的模式。具體言之，日本人並不在乎台灣人是否有自己的語言或文化。從而，台灣人的歷史記憶與情感也完全被擦拭抹煞。

三〇年代是日本資本主義在台灣社會發生危機的時刻，失業的浪潮襲擊島上的每個角落。原就被消音的民間社會，在這關鍵年代更加沉淪而沉默。《南音》卻選擇社會碰壁的時期發出聲音，甚至是相當雄辯地撐起大眾文藝的旗幟；要讓受到壓抑的民間文學得到發抒的出口。在《南音》集團的另一位重要成員郭秋生，便是主張鄉土文學運動的旗手。他除了強調鄉土文學必須使用台灣話文外，也積極參與收集歌謠的工作。為了實踐他的理論，他還在《南音》雜誌上主持「台灣話文嘗試欄」。

郭秋生堅持台灣話是可以文字化的。他認為，民間文學的傳統能夠解決一部分的問題。他主張「採集過去的民謠及現行的民歌」，再就音義的一致與否來決定文字化的原則。倘然不能找到字音一致的文字時，他甚至提倡使用形聲、會意的方式來索求文字的記號。[25]

為什麼台語文字化的問題會變得那麼迫切？這是因為當時的作家非常焦慮地要把大眾文藝介紹到社會底層中患有嚴重文盲病的一般大眾，從而達到「提高台灣的文化，向上大眾的文化」之目標。[26]這種看法，幾乎可以說是南音社成員的共識：「如果台灣話文能夠成立，台灣人能夠建設『台灣話的文學』，完成『文學的台灣話』，便很容易普及於台灣大眾。」[27]基於這樣的認識，郭秋生、黃石輝、負人、賴和都熱烈參與台灣話文議題的討論。非常清楚的，這種作法是為補充傳統台灣民間文學的不足。[28]

建立民間文學的目標，郭秋生很明白指出，便是為了求得民眾的解放。他語重心長地表示：

要認識台灣話文才是新台灣建設的英物啦！堪得進出解放線上，取必勝的月桂冠是只有這箇親生子——台灣話文——會使依靠而已，畢竟是台灣人的血的權化，是受託台灣人的生命力的大本營，伊的壯烈有效的氣力，自然不是雙腳縛著鐵鍊的中國白話文好比擬的。四百外萬的兄弟姊妹！過再細詳聽阮一回呼聲！「建設台灣話文的確是台灣人凡有解放的先行條件」，無解開掩滯目睭的手巾，什麼光明都是黑暗，同樣無基礎滯台灣話文的一切的解放運動，都盡是無根的花欉。[29]

郭秋生的呼籲，誠然是把語文當做政治工具，而且當做鬆開鐵鍊的解放利器。在社會找不到出路的時候，台灣話文的重建，進而達到民間文學的重建，就變成了作家的主要思考方向。

有關台灣話文的討論，《南音》並不是首開風氣者。在此之前，連溫卿、葉榮鐘、黃石輝、郭秋生就已在《台灣民報》與《台灣新民報》展開討論。[30]不過，以集團的力量進行有系統的整理與建構，則首推南音社的成員。他們的刊物發行僅十一期，但散發出來的影響則非常深遠。正是因為有《南音》的開風氣，才有後來台灣文藝協會發行的《先發部隊》與《第一線》繼續朝民間文學的整理工作前進。[31]

自從《南音》引發了議論，民間文學的搜集一直是與三〇年代的新文學運動相始終。一九三六年李獻璋編輯出版《台灣民間文學集》時，賴和為他寫序也特別提到：「吾台開闢以來，雖說僅是短短的三百多年，但是先人遺留給與我們的，與世界各國無異，同樣有了好多的傳說、故事和歌謠；就中像鴨母王、林道乾、鄭國姓南北征的傳說……由歷史的底見地看來，尤為名貴。」[32]賴和的看法，與《南音》上葉榮鐘的文字頗有遙相共鳴之處。他們都同樣對台灣的共同歷史記憶特別重視。以民間記憶抵抗殖民者的霸權論述，力量可能顯得相當薄弱。但是，在社會碰壁的關頭，知識分子能夠找到的精神出路唯有文學而已。新文學運動的重要養分，正是來自民間文學的豐富遺產之中。

賴和在晚年專注於台語文學的經營，王詩琅長期集中於民間故事的收集，楊逵投入民間戲劇的撰寫，張深切選擇演劇的活動，吳新榮整理風土文獻，都足以證明三〇年代的新文學家對民間文學未嘗須臾或忘。他們在現代化的殖民社會全然看不到希望，在朽舊的漢詩傳統裡也找不到真正的力量，而終於在社會底層發現了豐碩的民間文學資源。民間文學的整理工作，代表了三〇年代作家既不迷信現代化，也不盲從本土的清醒文化意義。憑藉了這樣的意識，他們保持旺盛的批判精神。投入社會，走向民間，正好形塑了殖民地知識分子生動的精神面貌。

註釋

1 《南音》半月刊，係一九三二年由南音社所發行，同仁名單首見《南音》第一卷第三號（一九三二年二月十日），頁三五。

2 葉石濤，《台灣文學史綱》（高雄：文學界，一九九三）。參閱第二章，〈台灣新文學運動的開展〉，頁三八。

3 王詩琅，〈半世紀來台灣新文學運動〉，《台灣文學的重建問題》（高雄：德馨室，一九七九），頁一二七。

4 奇（葉榮鐘），〈發刊詞〉，《南音》創刊號（一九三二年元月十五日），頁一。

5 《台灣戰線》是一九三〇年由台灣共產黨領導者謝雪紅與楊克煌所創辦，該刊成員包括張信義、王敏川、賴和、張煥珪、郭德金、林萬振等人。此處所引《台灣戰線》發刊宣言，參閱王詩琅，〈思想鼎立時期的雜誌〉，《台灣文學的重建問題》，頁七九。

6 曝狂鐘，〈張深切所引導的台灣演劇研究會將走入那一條路？〉，《台灣新民報》第三三五號（一九三〇年十月十八日），頁二。

7 關於三〇年代台灣文學路線分歧與政治運動分裂的相關性，參閱施淑，〈文協分裂與三〇年代初台灣文藝思想的分化〉，《兩岸文學論集》（台北：新地文學，一九九七），頁三—二八。

8 楊行東，〈台灣文藝界への待望〉，《福爾摩沙》（フォルモサ）創刊號（一九三三年七月十五日），頁一六—二二。

9 奇（葉榮鐘），〈發刊詞〉，頁二。

10 Michel Foucault, *Politics, Philosophy, Culture: Interviews and other Writings, 1977-1984*. Ed. Lawrence D. Kritzman. Trans. Alan Sheridan and others. New York: Routledge, 1988. p. 58.

11 賴和，〈蛇先生〉，收入李南衡主編，《賴和先生全集》（台北：明潭，一九七九），頁二九。

12 Michel Foucault, *Discipline and Punish: The Birth of the Prison*. Trans. Alan Sheridan. New York: Vintage Books, 1979, p. 197.

13 此處轉引自Steven Best and Douglas Kellner, *Postmodern Theory: Critical Interrogations*. New York: Guilford Press, 1991, p. 61.

14 有關這些小說的討論，參閱施淑，〈賴和小說的思想性質〉，《兩岸文學論集》，頁一二一—三〇。

15 黃得時，〈台灣新文學運動概觀㈡〉，原載《台北文物》第三卷第三期（一九五四年十二月十日），後收入李南衡主編，《文獻資料選集》（台北：明潭，一九七九），頁三〇一。

16 奇（葉榮鐘），〈「大眾文藝」待望〉，《南音》第一卷第二號（一九三二年元月十五日），封面裡。

17 奇（葉榮鐘），〈前輩的使命〉，《南音》第一卷第三號（一九三二年二月一日），封面裡。

18 張我軍對舊詩人的批判，代表性的文章，包括〈糟糕的台灣文學界〉、〈為台灣的文學界一哭〉、〈請合力拆下這座敗草欉中的破舊殿堂〉、〈絕無僅有的擊缽吟的意義〉，均收入李南衡主編，《文獻資料選集》，頁六三—六六、六九—七一、八一—八八、八九—九二。

19 奇（葉榮鐘），〈作詩的態度〉，《南音》第一卷第六號（一九三二年四月二日），封面裡。
20 奇（葉榮鐘），〈第三文學提倡〉，《南音》第一卷第八號（一九三二年六月二十三日），封面裡。
21 黃石輝，〈怎樣不提倡鄉土文學〉，原載《伍人報》第九至十一號（一九三〇年八月十六日），轉引自廖毓文，〈台灣文字改革運動史略〉，收入李南衡主編，《文獻資料選集》，頁四八八。
22 奇（葉榮鐘），〈再論「第三文學」〉，《南音》第一卷第九、十號合刊（一九三二年七月二十五日），封面裡。
23 陳逢源，〈對於台灣舊詩壇投下一巨大的炸彈〉，《南音》第一卷第二號（一九三二年元月十五日），頁六。
24 同前註，《南音》第一卷第三號（一九三二年二月一日），頁二。
25 郭秋生，〈說幾條台灣話文的基礎工作給大家做參考〉，《南音》創刊號（一九三二年元月一日），頁一四。
26 點人（朱點人），〈南國的使者〉，《南音》第一卷第二號（一九三二年元月十五日），頁一。
27 負人，〈台灣話文駁雜㈢〉，《南音》第一卷第三號（一九三二年二月一日），頁七。
28 郭秋生，〈新字問題〉，《南音》第一卷第七號（一九三二年四月十五日），頁二四。
29 郭秋生，〈再聽阮一回呼聲〉，《南音》第一卷第九、十號合刊（一九三二年七月二十五日），頁三六。
30 參閱廖漢臣，〈新舊文學之爭——台灣文壇一筆流水帳〉，原載《台北文物》第三卷第二期、第三期（一九五四年八月二十日、十二月十日），頁二六—三七，後收入李南衡主編，《文獻資料選集》，頁四一〇—五七。
31 黃得時，〈民間文學的認識〉，《第一線》（一九三四年十一月二十五日），頁一。
32 賴和，〈台灣民間文學集序〉，收入李南衡主編，《賴和先生全集》，頁二五五。

現代性與殖民性的矛盾

——論朱點人小說中的兩難困境

引言

朱點人（一九〇三－一九四九）的作品產量並不豐富，他在日據時期所寫的中文小說也不甚流暢；但是，他的創作卻相當典型地反映殖民地知識分子的困惑與矛盾。他的文學生涯在三〇年代初期展開之際，也正是日本資本主義在台灣開花結果的時候。他投入文學工作的時間，前後僅及六年。不過，這段時期恰好也是日本資本主義發生危機，並且積極對外進行軍事擴張的階段。也就是說，從一九三一年日本軍閥製造九一八事變侵略滿洲，到一九三七年製造盧溝橋事變侵略中國為止，朱點人的創作全盛時期很完整地與這兩起事件相始終。

具備些許現代醫學觀念的朱點人，營造出來的小說頗異於同一世代作家。[1]縱然醫學訓練的根底淺薄，他所寫的文學作品往往能夠以現代理性的觀點，審視台灣社會的拙駑、愚昧與茫然。對台灣社會幽暗面採取批判的態度，並不意味朱點人就全心支持日本人攜來的現代化。在台灣社會追求現代化的過程中，朱點人非常強烈意識到這種追求其實也夾帶著濃厚的殖民性格。所謂現代化，不但隱含著日本化的傾向，更暗藏著殖民化的玄機。這樣的問題，對日據時期台灣作家可以說構成強烈的挑戰。朱點人面對這種挑戰而引發精神上的苦惱，其實也可以在其他作家的身上發現。[2]

值得注意的是，朱點人對於現代化的發展，較諸其他作家還更抱持悲觀的態度。如果與賴和、楊逵等作家比較，朱點人顯然沒有表現出鮮明的戰鬥意志。他的作品透露極為清楚的信息，現代化的趨勢似乎是無可抵擋，無論台灣社會是自願或是被迫的。因此，在這股強大歷史激流的衝擊之下，身為台灣知識分子如何自處，台灣文化如何自我定位，就成了他作品中的重要關切。

資本主義力量的不斷沖刷，徹底改造了台灣的傳統社會。不僅是台灣人自我認同的身分之消失，而且台灣人做為「人」的意義也蕩然無存。近代化的改造，顯然沒有為台灣社會攜來任何承諾，它瓦解了島上固有的文化價值，進而瓦解了台灣人的人格。朱點人小說對台灣社會的再呈現（representation），迥異於日本殖民者所豔稱對台灣社會的建設容貌。這篇論文在於討論朱點人作品中如何呈現資本主義帶來的現代性，以及伴隨現代性所帶來的侵蝕，從而窺探殖民地知識分子內心世界的猶豫、糾葛與掙扎。

朱點人的階級立場

台灣社會之所以會有資本主義的萌芽與發展，並非來自台灣歷史條件的要求，而是由於淪為殖民地而受到日本經濟體制的支配所致。日本在台灣進行的現代化改造，絕對不是為了造福台灣人民，而是為了加速扶植日本資本主義的成長。因此，資本主義對台灣社會的開發，並沒有幫助台灣人從事政治解放、經濟解放與人性解放的工作。相反的，藉著現代化的假面，日本殖民者可以更為科學及理性地對台灣人的身體與思想進行控制。這種跛腳式的資本主義，構築了日本殖民統治的重要基石。[3]

朱點人在台灣文壇登場時，正值日本資本主義遭逢世界經濟大恐慌的席捲。一九三〇年代的台灣，經歷了經濟萎頓蕭條的打擊。工廠關閉，失業率劇增，正如當時台灣左翼知識分子所說的，「失工的洪水」氾濫於島上的每一角落。就在那樣黯淡不景氣年代，朱點人在《台灣新民報》發表了引人注目的短篇小說〈島都〉。[4]這篇小說以如此的敘述破題：「蒙著蓬萊仙島的美名的孤島，近年以來，不僅自然景色，就是人工設施，也將名實相符了。」簡短的句子，立即呈現台灣社會受到現代化改造的事實。

所謂島都，指的是台灣總督府所在地的台北，小說以台北市民的廟會「建設大醮」為背景，描述在經濟艱難的時期，官方政策仍然鼓勵民間的迷信活動。表面看似繁華熱鬧的景象，其實是資本主義蠶食勞動階級的實相。小說中的人物以「史明」為主角，描寫他如何從貧苦的生活中，慢慢變成一位充滿政治抵抗意識的工人。他的父親為了迎接建醮廟會的到來，必須籌措捐款，終於被迫賣掉史明的弟弟。縱然應付了建醮活動的捐款，仍然還要面對家破人亡的歲月，他的父親最後選擇投水自盡的道路。史明便是在這樣的環境中，把自己鍛鍊成為嘗盡人間冷暖的勞動者。

對於殖民地社會日益陷於貧困的原因，史明透過生活的歷練而逐漸甦醒過來。最初，他「對於社會所體驗的也只有殘忍，所以他對人類抱有深的憎惡，對於社會抱有大的嫉恨」。但是，經濟大恐慌的浪潮襲來時，史明「方始覺到工人們所以窮苦的原因，也才了解他父親所以愈勤苦愈困窮，同時也認識了一種寄生蟲的存在，以前他所瞑想不明的迷信獎勵，這時候也被他想出了來由」。

一個致力於現代化改造的殖民政府，為什麼獎勵台灣人民浪費金錢於無謂的鋪張廟會？原來標榜文明進步的殖民者，希望被殖民者投注過剩的精力於茫昧的祭祀行為中，得以順利掌控他們的心靈。到處是充滿苦痛景象的事實，卻因廟會活動而換取暫時的麻醉。這是可以理解的官方政策。殖民者的權力支配，不僅限於政治、經濟層面而已，還更進一步滲透到社會文化的最底層。殖民者要做到這樣的支配程度，需要透過一種「寄生蟲」的仲介，那就是台灣的部分士紳階級。他們扮演買辦的角色，充當殖民體制的共犯。在民間活動裡，以「頭人」的身分催促善良百姓捐款；在工人運動崛起時，他們則又變成了鎮壓者的角色。史明有了這樣的覺悟，遂積極介入日益抬頭的工人運動。他們清楚辨識了台灣社會中其實只存在兩種階級，一種是資產階級，及其所豢養的士紳買辦；一種是受盡欺凌剝削的無產階級。

〈島都〉故事的高潮，出現在史明所領導工人抗議的場面。他選擇在一年一度的建醮廟會中，慫恿工人起來向士紳階級抗議。這些買辦最害怕工會青年參與抗議的行動，「所以就要偵察他們的組織，調查他們的內容，既曉得是史明所指導，紳士們便增加了一層不安，及至查悉了所歌唱的盡是新作的訴說下層階級的痛苦和不平的歌詞，而且又是依著××××歌的曲譜，紳士們便給工人以警告，要求工人解散唱歌隊，拒絕他們的參加，更又雇人把史明監視著」。

朱點人小說中的這段描寫，足以顯示他創作時的階級立場，小說裡所寫的「××××歌」，應該是指「共產國際歌」。由於當時的政治禁忌，不便明寫出來。不過，透過小說的敘述，可以理解朱點人的意識形態帶有濃厚的社會主義色彩。站在社會的底層，他可以看穿整個殖民體制的權力結構。這樣的結構，是以「日本人／資產階級」與「台灣人／無產階級」的形式表現出來。階級與種族的界線是那樣分明，因此小說的批判對象就顯得特別鮮明。

島都台北，是日本工業化台灣之後帶來都會化的一個新興城市。城市中工人階級的生活慘況，毋寧是整個台灣社會被殖民以後的一個縮影。「島都」一詞的使用，頗具暗諷的意味。這裡是政治、經濟的中樞，也是文化的首善之區；但實際上，這裡竟是剝削最為深刻的地方。島都的權力支配既是如此，則島上其他地區的景象幾乎可以想像。島都，在朱點人小說中就成了殖民地壓迫的一個重要隱喻。身為知識分子，朱點人頗知自己的立場與使命。他也知道，自己負有啟蒙與傳達資訊的責任，更負有喚醒大眾政治意識的使命。他在一九三一年發表的短詩〈配達夫〉（送信者），就有如此的自我期許：[5]

你是萬家的使者，
是人們盼望的焦點，
遊子思親的在為你翹首，
借錢望好音的也為盼望你而死活。

這種以「萬家使者」自況的詩句，正好可以用來為他的文學工作定位。所謂使者，應該是負有使命的知識分子。一九三二年《南音》創刊時，他也寫了祝辭。其中值得注意的，便是他對台灣社會的批判。他的焦慮與關切，可謂溢於言表：

文盲病不知道在台灣流行了幾多年頭，發生過幾多患者，到現在還在流行著；要是不講究防止的方法，無說現在，就是未來亦還是這樣。有的說，別款的流行病菌，在健康的一擊之下，就會消滅，難道這個文盲病菌，偏會生存嗎？推物（測）的原因，亦不外是為著生活問題。6

受到「進步文明」的殖民體制的壓迫，台灣社會幾乎是手無寸鐵而進行抵抗。朱點人使用現代醫學的觀點，診斷台灣社會最大的弱點乃在於患有嚴重文盲病。知識的未普及，使得文盲猶如病菌，穿透了殖民地社會的身體。朱點人在這篇短文提出一個問題：「肚子餓了，大家都曉的想食，文盲病來了，大家都曉的治療；設使同在一個時候，肚裡又餓，文盲病亦發，那要怎樣處置？」如果依照傅柯的說法，一種是屬於生理身體，一種則是社會身體（social body）。[7]在殖民地社會裡，生理上的飢餓都是優先解決，反而是精神上的飢餓視為次要的問題。所以，朱點人說，「大家都曉的大（優）先醫餓肚，而一任文盲病去發作」。

挾帶強勢資本主義文明來台灣的殖民政府，便是利用經濟政策的控制，使台灣人處在生死的邊緣，而沒有餘力進行文化的抵抗。知識權力的操縱自然就落在殖民者手上，從而在台灣社會的每個重要角落如學校、報紙、出版都變成了日本人的權力運作點。傅柯在他的《性史》（*The History of Sexuality*）指出，現代性的特徵，乃在於「從來沒有存在過這麼多的權力中心，……這麼多的流通接點與聯結點，……這麼多的場域使快感密度與權力持續得以支撐，為的只是要擴散到其他地方」。[8]傅柯指的是一般先進的資本主義工業國家如歐美者，現代性表現在各種細膩的權力支配系統中，如醫院、監獄、學校等等。那麼，可以想像的，在殖民地社會被迫進行現代化之後，現代性帶來的壓抑當亦無可避免。問題在於殖民者有計畫掌握被殖民者的生存權時，知識權力的控制就更輕而易舉。台灣社會遭受的現代性壓抑，透過殖民策略的運用，可以說較諸先進的工業國家還來得嚴重。

朱點人可能不知道這種權力運作的奧祕，但是他已經很清楚，要對抗殖民者的知識支配，就必須優先祛除文盲病的蔓延。他鼓勵《南音》要以文盲階級為對象，而逐漸深入大眾之中。他也期盼這份刊物的文學作品，「不是有錢人家的消遣品，也不是貴公子、姑娘們的玩弄物了」。這種鮮明的階級意識，可以用來理解朱點人投身於文學追求時所依賴的理論基礎。

現代化的實相與虛相

一九三五年，台灣總督府在台北舉行台灣博覽會，為的是慶祝「始政四十年」。這次博覽會展示的目的，無非是向台灣人誇示現代化在台灣的重大成就，同時也是要向全世界表現其殖民台灣的成功。總督府透過報紙的宣傳與明信片的發行，用以證明資本主義的優勢以及工業文明的進步。這種文字、圖像的再呈現，事實上是為了達到扭曲台灣歷史真相的目的。如果僅是閱讀總督府的宣傳圖片，也許誤以為台灣人民在日本殖民統治之下過著非常幸福的生活。這種知識傳播的掌控，無疑是殖民者合理化其歷史的最佳利器。[9]正是在總督府的強力宣傳聲中，朱點人寫了一篇以批判台灣博覽會為主題的短篇小說〈秋信〉。[10]

一反台灣博覽會在宣傳中的正面形象，〈秋信〉是以負面的方式來呈現這次盛會的實相。這篇小說以傳統與現代的對比方式，企圖暴露博覽會的欺罔。小說中的人物斗文先生，堅守著漢人文化，並且隱居於鄉間生活。台灣總督府在這一年竭力宣傳博覽會即將揭幕，偏遠的農村早就風聞此盛事。「去！到大台北看博覽會去！」已經成為當時的流行語言。台北，是現代化的一個象徵。因此遠赴台北絕對不只是參觀博覽會的展示，同時也是為了一睹現代都會的風采。

斗文先生始終都抗拒北上的誘惑。日本巡查也如此鼓動著他：「老秀才！你去台北看看好啦，看看日本的文化和你們的，不，和清朝的文化怎樣咧？」從這位巡查的口中，日本文化顯然是具有優越感，從而把斗文先生所堅持的漢人文化形容為「清朝的文化」。因為，清朝是被日本擊敗的。這種精神上的挑戰與羞辱，似乎沒有動搖斗文的抗拒。直到他孫兒的同窗來信邀請之後，他才勉強決定北上。傳統與現代化的相互對照，從他上車的時刻就開始發生。他的古裝，黑色碗帽、長衫、包仔鞋，與時裝的西服、台灣衫、洋服，在車廂內相互輝映。到達台北車站後，都會面貌的改變使他觸目驚心：

在混雜的人叢裡，每一移步，腳尖都要觸著人們的足跟，他一跛一跌，好容易被人波推到左邊的一角。他抬起頭來，望一望街上，許多自動車在街心交織著，十字路上高築一座城門，他猛然看見城門上寫著「始政四十周年紀念」，驚心駭魂的他即時清醒過來。巍然立在前面的雄壯的建築物，像在對他獰笑，他搖搖頭想起「王侯茅宅皆新立，文武衣冠異昔時」的字句，胸裡有無限滄桑的感慨。

舊夢的粉碎，無非是受到現代化運動的衝擊。台北市的地理空間，已因統治者的換主而徹底被改造了。如果記憶是代表舊有傳統的延續，則這樣的記憶似乎已宣告支離破碎。斗文與其說是一位守舊者，倒不如說他是一位反現代化者。他對現代化的抗拒，其實是對日本殖民化的抵制。他在觀賞博覽會展出時，終於忍不住說出他的心聲：「……說什麼博覽會，這不過是誇示你們的……罷了……什麼『產業台灣的躍進』，這也不過是你們東洋鬼才能躍進，若是台灣人的子弟，恐怕連寸進都不能呢，還說什麼教育來！」階級的界線，於此又一次清楚劃開。

「產業台灣的躍進」，在當時的社會已是普遍的話語（discourse）。這種話語表面上彷彿是肯定台灣之朝向現代化的道路邁進，但是考掘其背後的真正意涵，無非是日本獨占性資本主義的飛躍前進。為解除殖民地母國的經濟危機，日本政府把許多生產成本都轉嫁到台灣。三〇年代能夠在島上見證工業的急劇成長，只不過是為了紓解日本國內的政經困境。台灣的工業化，其實是日本工業化的延伸。介紹進來的科技，可以說帶有強烈種族性的科技（ethnoscience）。[11]台灣博覽會展出的現代化成果，並不是台灣人的成就，而是以台灣子弟的犧牲與受害，換取日本殖民者的榮耀。

然而，現代化的力量，沛然莫之能禦。抱殘守缺的斗文顯然沒有任何計策能夠抵抗。當教育權操諸日本人手上之際，傳統書生的轉圜空間已注定是要壓縮的了。小說有這樣一段描述：

當社會運動方爛的時候，他雖然沒有挺身去參加實際行動，但對社會運動一分望的文化運動的貢獻，卻是不少。台灣人會說日本話的愈多，理解漢文的愈少。他想台灣人在謀生上，果然需要日本話，但在另一方面，卻不可不使他懂得漢文。台灣人與漢文有存亡的關係的！他想要振興漢文，於是糾合些同志，創設詩社，提倡擊缽吟。

面對日本文化的侵蝕，不僅有物質層面，而且也有精神層面的。身為傳統書生的斗文，能夠掙扎的行動也只不過是回頭重組詩社而已。他的行動頗有唐吉訶德的意味，卻也充分透露傳統文化的維護已日漸式微。漢文的提倡，可能是屬於精神抵抗。問題在於，擊缽吟的方式來維繫漢文傳承的命脈，只有使傳統文化更形沒落。詩社的擊缽，最後淪落到只剩下酬唱。台灣社會的傳統，全然不能維護台灣人的尊嚴，反而對自己構成巨大傷害。這種現象並非只是出現在台灣，在其他殖民地社會也可發現。[12]在現代化的衝擊下，這篇小說具體而微地凸顯了台灣文化失去主體性之後的徬徨無依。

被殖民者畢竟再也不能讓時光倒流，他的舊時懷抱已被歷史巨輪輾壓得屍骨無存。斗文再也找不到四十年前的撫臺衙，再也找不到過去的平靜街道。他的內心，只是充滿著「興廢之感」。那種失落與空虛，恰好可以襯托出資本主義發展過程中所表現的殘忍無情。如果把一九三一年的〈島都〉與一九三六年的〈秋信〉並置比較，就可清楚發現在短短六年之內，朱點人的批判意識，已由積極轉向消極。〈島都〉中的史明，最後以失蹤的方式潛入地下運動去了。雖然都具有批判意識，〈秋信〉很明顯是消沉了許多。

資本主義的改造，在〈島都〉中是帶給台灣人經濟上的破產，在〈秋信〉中則是帶來文化上的破產。那種腐蝕的力量，歷歷可見。然而，殖民地資本主義造成的損害當不止於經濟與文化。它對愛情、親情、友情的破壞，同樣也是深刻無比。朱點人親眼看到資本主義力量的大幅崛起，也許興起一種時不予我之慨，卻也無可奈何。他能夠尋求的抵抗支點，便是在原有的社會人際網絡中去探索既存的倫理秩序。但是，他能夠發現的，竟是這樣的秩序也已全然受到資本主義的破壞了。

〈紀念樹〉是朱點人的小說裡值得注意的一篇，它的擬女性觀點，既批判資本主義使愛情變成商業化，也批判父權文化的傲慢與粗暴。[13]女主角的「我」，在新婚兩年後因患了肺結核而受到丈夫的疏離。同樣是從事教師工作的新婚夫婦，在婚前可謂彼此恩愛，在婚後則由於金錢而發生傷害。丈夫在獲知妻子罹患肺結核時，竟隱瞞實情，仍然催促妻子回校任教。因為繼續工作，才有收入，而收入的金錢才是兩人結合的條件。小說中的「我」，終於對愛情感到幻滅，遂決心回娘家定居。這離家出走的結局，是對商品化愛情的反諷，也是對父權文化的嘲弄。

資本主義帶來的傷害，也見諸於另一篇小說〈安息之日〉。[14]主角李大粒專注於營利的工作，由於事業順利，「所以在他的意識裡還存著，人若肯努力去工作，無論誰都有錢可賺的念頭」。他全然沒有意識到那是一個失業的年代，即使再勤勞的人，也沒有職位可求。因此，姪兒阿浪寄養在他家，李大粒竟然視為「偷懶」而無情將他驅逐離家。直到李大粒臨終之前，才後悔自己的恩斷情絕。視金錢如命的他，終於沒有帶走任何一分錢。

朱點人的作品彷彿是在譴責富者的薄情，但更深層的意義則是在批判資本主義對傳統倫理情感的啃噬。朱點人的故事中，安排李大粒受到鄉人的一致鄙夷，似乎在強調人情淡薄乃是人性的弱點。事實上，資本主義帶來了階級分化，並且也剝奪了無產階級的就業機會，這才是整個傳統文化崩解的罪魁禍首。那種破壞的力量，猶如水銀滲透肉體，所到之處無不造成巨創。愛情、親情尚且如此，何況是一般的友情。

在朱點人筆下，日本人的形象與資本主義的陰影好像都是屬於隱遁的存在。如果僅從文本辨讀，並不能看出殖民政府在現代化中所扮演的角色。但是，把他的小說置放於歷史事實的脈絡，就可發現資本主義的真相。自一九三一年滿洲事件之後，日本獨占資本在軍方的支持下，更加深刻地壟斷殖民地台灣的經濟資源。在「台灣軍需工業化」的政策支配下，台灣見證拓殖會社與其他財閥的龐大企業之急劇崛起。[15]這種帶有濃厚國防性格的工業，並未使台灣人民的生活獲得改善；相反的，它攜來難以想像的災難。

從小說的字裡行間，若隱若現可以嗅到當時的社會氣息。在〈島都〉裡，可以看到童年時期遊玩的平坦草原，已然「被拓殖公司充做牧場了」。農村的土地也都被「拂下給辭官退職的人」。在〈無花果〉裡，可以看見主角的初戀情人在婚後便沾染「奢華的習氣」。這篇作品最後還註明：「本篇作於一九三四年二七於防空演習夜裡」。[16]在〈蟬〉裡，可以看見戰爭的烏雲已漸漸聚攏於島上，防空演習的聲音流淌於作品之中：「幾隻飛機在空中亂舞著，有的穿入雲裡，有的在低空飛行著」。[17]在〈秋信〉裡，可以聽見日本人公然誇稱：「『產業台灣的躍進，是始自我們』啦」。凡此種種描述，都反映了日本人的政治、經濟活動，絲毫與台灣人的生活互不相涉。

朱點人的作品，不在探討台灣傳統價值沒落的原因，而是直接呈現現代衝擊造成的結果。較諸賴和、楊逵等作家的正面批判，朱點人的態度顯然是迂迴的，曲折的。事實上，朱點人的小說極其嚴肅地提出了一個迫切的問題，當傳統價值崩解時，台灣人的文化主體在哪裡？

台灣人身分的失落

日本資本主義的擴張，在台灣社會每一環節都可顯露權力支配的運作，只是島上住民不容易察覺而已。如前所述，台灣人與日本人之間的身分落差，並非只是種族差異而已，同時還有極其深刻的階級差異。透過資本主義的邏輯運作，台灣人對於自己的人種不免會產生猶豫與懷疑。「產業躍進」的政策，絕對不是政治口號而已，而是充滿繁複意義的「話語」。產業其實是暗示日本人的工業文明，而躍進則是呈現日本文化的進步性格。工業文明與進步文化，無疑是所謂現代性的再延伸。現代性的基礎，便是眾所皆知的「理性」（reason）。

在朱點人筆下，台灣人的形象大多傾向於迷信的或蒙昧無知的，是一種缺乏「理性」的人種。〈島都〉中大事鋪張的建醮廟會；〈紀念樹〉中的女性疾病，據說是肇因於犯沖；〈秋信〉裡的擊缽吟等等，種種的文化行為，顯然都與日本人的追求理性背道而馳。朱點人可能是刻意要勾勒出台灣人的落後性格，而並未意識到這是整個現代化過程對台灣社會構築出來的局限。獨占資本主義的擴張，往往以科學的、先進的面具盤踞於殖民地社會的各個層面。其實，在科學與先進的觀念背後，只不過是為日本人創造並壟斷重要權力位置的機會。在表面上，日本人是理性的，他們的文明是科學而進步的；實際上，這是掩飾了他們獨占台灣社會中經濟資源的真相。因此，在台灣人的眼中，日本人的身分自然就顯得有力而有利。自陷於傳統落後文化的台灣人，並不是他們自甘於落後；而是因為他們找不到翻身的出路。種族壓迫與階級壓迫，全然封鎖了台灣人擺脫「落後」文化的機會。日本人為台灣社會確實帶來了徹底的改造；不過，這種改造並非使台灣人的生活品質得到提升，而是使台灣人的心靈遭到人格矮化，亦即人格的殖民化。

從後殖民的觀點來看，現代化挾帶而來的理性，其實是具有膚色的，甚至是具有種族偏見的。就像歐洲人對非洲殖民之所以能夠合理化，乃是因為白人自認為天生具有欲求的力量（motivating forces）與天分（talents）。[18]同樣的，日本人較諸台灣人還優越，也是因為他們擁有與歐洲白人同樣的氣質。所以，一如朱點人筆下所描述的「產業台灣的躍進」絕對不是由台灣人創造出來的，而是由日本人開始的。台灣人受到殖民者的大力宣傳，爭相到台北去參觀博覽會，固然是要去見證現代化的成就，但是在參觀行動的背後，不也是對日本文化的優越予以承認嗎？

日本文化是優越的，從而具有日本人的身分也同樣是優越的。台灣人身分的迷惘與失落，就在這種歷史條件下發生。朱點人在一九三六年發表的〈脫穎〉，極其生動地塑造了殖民地人格形象。[19]故事背景設定於一九三一年滿洲事件爆發的前後，台灣人三貴在日本官衙被雇為給仕（工友）。薪水微薄，而且永遠都沒有升遷的機會。這種待遇，使他對自己做為台灣人的身分不禁產生嫌惡。就在對自己的種族認同發生動搖之際，三貴開始了他的夢想：「啊！內地人！生做日本人纔得豐衣足食的……」。他憧憬著能夠「轉世」，能夠獲得人格改造，這已變成了生活中的理想寄託。

朱點人說，這樣的夢想，使三貴的生命來到了「分歧點」。事實上，這是一個決裂點，亦即選擇向日本人認同，或是繼續維持台灣人的自我認同。小說中如此顯現了這樣的夢境：「滿洲事變的前夜，他夢了一個夢，夢見他已做了內地人，幸福在向他招手。醒來後不即起床，倒在幾十補（釘）的破被上，伸筋挽頷著，嚼著夢裡的餘味，做了內地人的氣氛還滯在胸裡；要如夢裡的佳境，他但願長夢不願醒。」台灣人國族認同，已不再只是於夢中蕩然無存；即使是夢醒後，在現實中，也還是找不到任何根鬚蹤影。

三貴的生命決裂點，乃是伴隨滿洲事變的爆發而導出的。他暗戀日本上司犬養的女兒敏子，卻始終得不到青睞。這種愛慕原就屬於絕望的，主要在於台灣人的被殖民者身分根本不能容許愛上殖民母國的女子，何況三貴又是出身工友階段。不過，戰爭卻為他攜來重大的命運轉折；原來日本上司的兒子在滿洲事件中陣亡，使得犬養非常害怕未來的孫兒又可能被徵召到前線。犬養希望他的女兒能夠與台灣人結婚，則他們的孩子將來就可免去被送往前線的覆轍。「若是去嫁內地人生子仍要做兵」，這是犬養的想法。象徵進步文明的日本人，果然還是流露了脆弱人性的一面。在畏死的恐懼感驅使之下，這位自視甚高的日本女子，終於注意到了三貴的存在：

戀愛之花就在這時候開在他們的不同調上，把他們推做一堆了。不久雙方的媒人便開始交涉，啥知在「身分」的一點上雙方又躊躕了好久；女家雖然（應）允，但男家的身分總被稱無到重（不夠分量）。男家對女家雖然可高攀，若一旦合婚，就要變做內地人。你嫌我推，久而久之，男家無錢可娶妻，到後來也就屈伏了。於是由女家提出一個辦法：三貴要給犬養家做養子，結婚後敏子可以辭頭路，三貴承受她的職。

這段敘述，極為真切地描繪了殖民地身分的困境。他們能夠結婚，並非是三貴的人格獲得了提升，而是他提供了犬養家族一個逃避兵役的藉口。三貴並沒有真正升格成為內地人，卻只是變成了日本人的養子，他的名字變成「犬養三貴」。縱然如此，三貴已自認為改造了全盤命運，「他從來所穿的台灣衫褲，都全部收落籠底，出勤專門穿洋服，返來換上日本衫」。台灣人身分的轉變，並非由於歧視性的制度已被消除，更不是政治、經濟上的壓迫也已泯滅。相反的，從三貴人格自我改造的事實，恰好更為細緻地劃分了台灣人與日本人之間的種族界線與階級界線。這位可憐的台灣人，也許沒有真正的「權力意志」（will-to-power），但是竟鮮明地流露了他的「遺忘意志」（will-to-forget）。在通往昇華成為日本人的道路上，被殖民者必須加倍努力地放棄自己的歷史記憶與文化傳承。〈脫穎〉的主題至此呈現出來，三貴獲得的「脫穎」，全然沒有使他從被殖民者的身分解放出來，加諸在他精神上的枷鎖並未卸除下來。他入贅於日本人的家門之後，除了在服飾上擺脫過去的穿著習慣之外，還必須更努力與他的台灣人親友隔離。他的健忘症，恐怕必須比過去還未變成日本人之前更加辛勤去營造與追求。

台灣人的自卑感，則在他變成日本人之後而日益深化。台灣人是一個不能擦拭的印記，縱然三貴是如何不斷地自我逃避。

台灣人身分的動搖，是一點一滴慢慢累積起來的。從早期的抵抗，到中期的畏懼、妥協、靠攏，以至後來的屈服與改造，軌跡甚為清晰地刻畫出日本殖民主義的滲透過程。這段發展的最大關鍵，莫過於現代化運動所造成的影響。龐大的現代化工程，對於閉鎖的被殖民者的傳統社會而言，確實具有「啟蒙」之功。它讓被殖民者見識了所謂現代世界的科學與工業，也見識了所謂現代文化的進步與開發。但是，殖民者在從事啟蒙工作之餘，並未同時引導他們去認識現代的民主政治與自由經濟。日本人帶給台灣人的啟蒙，只是展現殖民者身分的威嚴與優越。藉由知識傳播的掌控，使台灣人不能完全擺脫固有封閉社會的茫昧狀態。朱點人小說中鋪陳的現代化日本人與迷信台灣人之間的對比，就是在如此的歷史條件下營造出來的。

朱點人非常清楚現代性的背後，對台灣人而言，具有濃厚的殖民性。然而，現代化的力量是那樣強大，殖民地知識分子能夠抗拒的行動，也只是使用文學的形式表現出來。他的抵抗與批判，力量也許非常有限，但是他遺留下來的反省與想像卻是無窮無盡。

註釋

1 根據張恆豪編，〈朱點人生平年表〉，朱點人係台北老松公學校畢業，曾擔任台北醫學專門學校雇員，又在南方熱帶醫學研究所擔任助手，專研菌學。參閱張恆豪編，《王詩琅．朱點人合集》（台北：前衛，一九九一），頁二九五。

2 台灣作家陷身於現代化與日本化之間的苦惱，也在同世代作家如呂赫若的作品中發現。參閱垂水千惠，〈日本化與近代化的夾縫——談呂赫若的〈清秋〉〉，《台灣的日本語文學》（台北：前衛，一九九八），頁一三五—一五六。

3 參閱史明，〈台灣在日本統治圈內進行跛行的「近代化」（資本主義化）〉，《台灣人四百年史（漢文版）》，

Sam Jose, Calif.：蓬島文化，一九八〇），頁三三〇—三一。史明特別指出，台灣社會的現代化，必須合乎日本本國的利益，「特別要有利於日本資本主義的發展」，才有可能付諸實行。

4 朱點人，〈島都〉，原載《台灣新民報》第四〇〇—四〇三號（一九三〇年一月三十日、二月六日、二月十三日、二月二十日），後收入張恆豪編，《王詩琅・朱點人合集》，頁一四七—六二。

5 點人（朱點人），〈配達夫〉，《台灣新民報》第三七六號（一九三一年八月八日），頁一一。

6 點人（朱點人），〈南國的使者——我希望《南音》如此！〉，《南音》第一卷第二號（一九三二年一月十五日），頁一。

7 Michel Foucault, "Body/Power," in *Power/Knowledge: Selected Interviews and Other Writings, 1972-1977*. Ed. Colin Gordon. Trans. Colin Gordon, Leo Marshall, John Mepham and Kate Soper. New York: Pantheon Books, 1979, pp. 55-56.

8 轉引自Steven Best and Douglas Kellner, *Postmodern Theory: Critical Interrogations*. New York: Guilford Press, 1991, p. 51.

9 關於日本統治者利用圖片的傳播，以取得殖民體制合法性的策略，參閱陳芳明，〈殖民地社會的圖像政治——以台灣總督府時期的寫真為中心〉，宣讀於國立中興大學歷史學系主辦，「影視史學研討會：人物、傳記、影視史學」一九九七年五月十七—十八日。亦收入本書，見頁二六九—九〇。

10 朱點人，〈秋信〉，原載《台灣新文學》第一卷第三號（一九三六年三月三日），後收入《王詩琅・朱點人合集》，頁二二五—三七。

11 殖民地的科學，雖然是現代科學的一支；而這樣的延伸，事實上就是優勢種族統治者的權力延伸。參閱Sandra Harding, "Is Modern Science an Ethnoscience? Rethinking Epistemological Assumptions," in *Postcolonial African Philosophy: A Critical Reader*. Ed. Emmanuel Chukwudi Eze. Cambridge, Mass.: Blackwell, 1997, pp. 45-70.

12 後殖民論述的重要奠基者之一法農（Frantz Fanon），曾經反諷地指出，如果殖民者離去之後，被殖民者將立即回到野蠻、貶損的獸性的身分。見Frantz Fanon, *The Wretched of the Earth*. Trans. Constance Farrington, New York: Grove Press, 1963, p. 170.

13 點人（朱點人），〈紀念樹〉，原載《先發部隊》第一期（一九三四年七月十五日），頁六二—七一，後收入《王詩琅・朱點人合集》，頁二〇九—二一四。

14 朱點人，〈安息之日〉，原載《台灣文藝》二卷七號（一九三五年七月一日），頁一四三—四四，後收入《王詩琅・朱點人合集》，頁二〇九—二一四。

15 史明，《台灣人四百年史》，頁三七九—八二。

16 點人（朱點人），〈無花果〉，原載《台灣文藝》創刊號（一九三四年十一月五日），頁二八—三一，後收入《王詩琅・朱點人合集》，頁一七九—八五。

17 朱點人，〈蟬〉，原載《第一線》（一九三四年一月六日），頁一四一—五一，後收入《王詩琅・朱點人合集》，頁一八七—二〇二。

18 歐洲白人的「理性」哲學係由哲學家康德（Immanuel Kant）發展出來的。這種哲學，後來就成為近代西方人類學的基礎，也是後來西方殖民主義的張本。參閱Emmanuel Chukwudi Eze, "The Color of Reason: The Idea of 'Race' in Kant's Anthropology," in *Postcolonial African Philosophy*, pp. 116-20。

19 朱點人，〈脫穎〉，原載《台灣新文學》第一卷第一〇號（一九三六年十二月），頁四二，後收入《王詩琅・朱點人合集》，頁二五五—七二。

當殖民地的作家與畫家相遇
——三〇年代台灣文學史的一個側面

引言

台灣新文學與台灣美術是現代化的產物。如果台灣沒有淪為殖民地，如果沒有被迫接受資本主義，現代化的文學運動與美術運動可能無法提早誕生。這是可以理解的，新形式、新感覺、新思維的追求，乃是在相應的新社會誕生之後，才能醞釀孕育。倘然台灣社會仍然處在清朝的封建統治之下，傳統的思考方式也許還會持續存在於台灣。在十九世紀、二十世紀之交，台灣社會突然被推入現代化的改造之中，終於促使第一代知識分子不能不思索台灣文化的出路與發展。

台灣文學與台灣美術開始接受現代化的洗禮，無疑是一種歷史的沖刷儀式，幾乎沒有一位知識分子能夠抗拒。然而，台灣的現代化運動並非是從社會內部自動自發產生的，而是在殖民主義的要求之下而不得不展開。因此，對於二〇年代到三〇年代的台灣作家與畫家而言，從事藝術的追求，就不僅僅是追求心靈的現代化而已。他們同時面臨的重要挑戰，正是伴隨現代化運動所挾帶而來的殖民主義。更為確切地說，台灣作家與畫家如果願意接受日本資本主義所攜來的現代化，那麼，他們如何處理資本主義也同時挾帶而來的殖民化問題？陷在現代化與殖民化兩種價值衝突的夾縫中，台灣知識分子必須尋找清楚的自我定位。使藝術作品的現代性傾向日益深化之際，他們如何避免受到殖民化的滲透？同樣的，他們對日本的殖民主義進行抗拒時，又如何使藝術現代性的追求不致造成緩滯。這是一種兩難式的困境。處理現代化與殖民化兩種張力之間的台灣作家與畫家，需要保持清醒的批判精神，才能掙脫他們面臨的文化難題。

三〇年代的文學運動與美術運動，就是在特定的歷史條件之下，開始進行精神上相互結盟的工作。從一九三一年到一九三七年，亦即在九一八事變與七七事變的兩次戰爭之間，台灣社會見證了作家與畫家紛紛從事組織各種不同的文學團體與美術團體。他們的結社運動，在於集結創作力以迎接困頓時代的到來。最值得注意的是，一九三四年台灣文藝聯盟成立時，不僅全島的重要作家參加這個組織，包括作家、音樂家在內的藝術工作者，也都相偕加入這個聯合陣線的行列。這個現象，在台灣文學史上具有深刻的文化意義。

對於殖民地作家與畫家結盟的事實，歷來的文學史研究者並沒有特別注意。這篇論文在於重新評價三〇年代文學運動與美術運動嘗試合流的歷史意義，並且探討作家與畫家間如何相互支援。在殖民體制的支配下，寫實主義精神的抬頭，具備何種程度的批判意義？作家與畫家以何種藝術形式表現出來？這些問題若是能獲得答案，則三〇年代文化運動的實相大約也就能夠掌握了。

結社風氣的形成

進入三〇年代以後，知識分子強烈意識到結盟工作的重要性。促使當時知識分子投入結社運動的原因，是不難理解的。整個大環境顯示了日本資本主義也發生了空前的危機，這樣的危機表現在對外的戰爭擴張，以及對內的政治鎮壓。為了解決日本帝國之內及其殖民地所遭受的資本體制困境，對中國的侵略已成為既定的方針。為了使對外戰爭無後顧之憂，殖民政府遂對台灣的抗日政治團體展開大規模的禁止與逮捕。從台灣文化協會、台灣農民組合，一直到台灣民眾黨與台灣共產黨，都受到日警的強制解散。因此，知識分子失去政治活動的空間之後，不得不轉而投入文藝運動。三〇年代文學結社風氣的崛起，無疑是來自政治環境的刺激。[1]

合法性的文學團體，對殖民者而言，是較為溫和，也較為靜態的。但是，閱讀他們的機關雜誌，可以發現文學創作與理論所散發出來的批判精神都極其旺盛。一九三二年成立的南音社及其創刊的雜誌《南音》，以及一九三四年台灣文藝協會發行的《先發部隊》，其創刊詞都分別強調台灣社會已經「碰壁」了。他們所謂的「碰壁」，乃是指當時的政治、經濟、社會、文化等各層面的發展已經找不到出路。在資本主義瀕臨崩潰之際，他們目睹整個社會日益陷於蕭條。然而，政治運動的管道又被切斷，殖民地的鬱悶與焦慮不能獲得舒放，才使得作家迫切需要深化文學運動。

《南音》第一期，由葉榮鐘署名「奇」所寫的〈發刊詞〉，特別強調「台灣的混沌既非一日了，但是有史以來當以現代為第一，目前的台灣可以說是八面碰壁了，無論在政治上、經濟上以至於社會上各方面，不是暮氣頽唐的，便是矛盾撞著，在這混亂慘淡的空氣中過日的我們，能有幾個不至於感著苦痛？」[2]這種找不到靈魂出路的苦悶，正是那段時期知識分子內心的普遍象徵。一九三四年成立的台灣文藝協會，這個團體的主幹郭秋生，也以「芥舟」的筆名寫了一篇〈台灣新文學的出路〉，其中有一段就反映了他們共同的焦慮心情：「台灣新文學的發展行程碰壁了。或者不止於碰壁，而已顯明後退於自己完成的落日地帶，甚至漸次游離於生活線外以至開鑿葬身的墓穴。」[3]

葉榮鐘與郭秋生的喟嘆，顯示文學工作者企圖透過作家力量以突破沉淪的現狀。他們要尋找精神出路，為的是要追求自主的藝術，避免受到整個政治環境的惡化而停滯不前。島內的悶局，即使是遠在東京的台灣留學生也感受到了。就在南音社成立的一九三二年，留學日本的台灣作家與畫家組織了「東京台灣藝術研究會」。參加者除了左右兩派的文學家，更重要的是，畫家也出現在結盟的行列中。文學運動與美術運動的結合，意味著自主性的文藝精神已成為殖民地知識分子的重要支柱。

東京台灣藝術研究會的主要發起人王白淵，便是這段時期的傑出藝術評論者。最初自我期許成為台灣席勒的王白淵，在藝術創作方面終於沒有留下可觀的成績。然而，由於早年就已接觸過社會主義思潮，他的藝術觀點帶有濃厚的左翼批判色彩。左傾知識分子在階級立場與民族立場上，往往表達得非常鮮明。置身日本美術界，王白淵就曾經表白過：「以東京美術學校為中心的日本藝術，當然形成著日本上層階級的沙龍藝術，此種個人主義和民眾隔閡的藝術，一天一天不能使我滿足。」[4]這段回憶透露著他對資本主義社會中的藝術之不滿。他所憧憬的乃是席勒式的民眾關懷與土地情感。他抱持的藝術觀，與同時期台灣文學家崇尚的寫實主義精神，誠然有互通之處。

因此，一九三一年他籌組「台灣文化社」時，邀集的對象都是以左翼作家為主，包括林兌、吳坤煌、葉秋木、張文環等人。其中林兌還是台灣共產黨東京支部的祕密黨員，而吳坤煌與張文環的左傾思想在那段時期也已表現出來。「台灣文化社」乃是做為日本左翼文化聯盟的下游團體而成立的，對日警而言，屬於非法組織，因此而遭到解散。這個追求「台灣文化向上」的團體，雖沒有成功，卻為未來作家與畫家的結盟做了鋪路的工作。

到了一九三二年，王白淵等人再度集結於東京，邀請意識形態較為中立的施學習、巫永福、蘇維熊參加，共同組成「東京台灣藝術研究會」，並以蘇維熊為負責人。他們發行的刊物便是日文雜誌《福爾摩沙》，強調該組織是「以圖台灣文學及藝術的向上為目的」。[5]留日的藝術工作者就這樣集合在《福爾摩沙》的旗幟下，包括蘇維熊、吳坤煌、施學習、楊基振、巫永福、王白淵、陳傳鑽、翁鬧、張文環、吳天賞、吳希聖、劉捷、賴慶、王登山等。其中從事藝術工作的，則有王白淵與吳天賞，能寫能畫，是這行列中的重要骨幹。

相較於殖民地作家的結社風氣，台灣畫家的相互結盟可以說還要更早出現。對於美術運動而言，一九二七年是相當重要的一年。四位重要的畫家張秋海、陳澄波、廖繼春、顏水龍均同屆由東京的上野美術學校畢業。[6]他們結合倪蔣懷、楊三郎、陳承藩、郭柏川、李梅樹、陳植棋、陳慧坤、范洪甲、張舜卿，共同組成「赤島社」。[7]這個社團的組成，正好與一九二七年十月第一屆「台展」的舉行遙相呼應。民間的「赤島社」是一自發性的社團，旨在鼓勵新生代美術家的創作生命力。台灣總督府舉辦的「台展」則是由官方主辦，接受日籍、台籍畫家作品的同時展覽。[8]

對台灣知識分子而言，一九二七年也是極有象徵意義的一年。因為，台灣的抗日政治運動陣營發生了左右兩派的分裂。這項分裂，使台灣文化協會的啟蒙運動起了轉折的作用。在此之前，文協的領導者大多以右翼改良主義者為中心，他們強調合法的議會路線，期待透過台灣總督府的改革，而達到增進島民利益的目標。對於日本殖民者而言，這種改良主義被標籤為「穩健派」。但是，對於較為少壯的左翼知識分子來說，穩健派毋寧是屬於保守派。左翼運動者強調社會主義、無政府主義與民族自決等思想，被總督府視為「激進派」。[9]這兩條路線的分裂，顯示啟蒙運動開始沾染強烈的民族主義與階級意識的色彩。更為確切地說，到了一九二七年，素樸的台灣意識已經開花結果了。從這個角度來看，台灣美術運動中「赤島社」的成立，就時代意義而言，也高度暗示畫家中已有了台灣意識的覺悟。民族主義的驅力，促使他們必須團結起來，創造具有民族風格的作品。

在殖民地社會裡，民族色彩的顯露，縱然不能視為強烈批判精神的展現，但是對於強勢的帝國文化而言，這種地方性的意識至少暗藏了抵抗與競爭。也就是說，畫家開始以自己的土地做為描摹的對象時，他們的眼睛已漸漸轉移到自己所賴以生存的社會與人民之上。受到帝國現代教育的洗禮，並不必然完全都要隨著殖民者的眼睛來調整他們的焦距。赤島社的陳澄波、廖繼春等人，以作品來呈現南國風情時，一種新的意識已滲透在畫筆之中。

畫家的結盟運動在一九二七年展開時，第一代的台灣作家大多投注於政治運動當中。賴和、陳虛谷、謝春木等人，都繼續參加台灣文化協會與台灣民眾黨的組織之中。對作家而言，文學在這段時期仍然還停留在為政治運動服務的階段。他們最初會從事文學的創作，就在於對政治的關心遠超過對文學的關懷，因此並不覺得組成純文學的社團有其迫切性。必須等到一九三一年所有的政治組織被總督府解散之後，作家失去政治活動的空間，才興起籌組文學團體的意念。

台灣文藝聯盟與台陽美術協會

文學做為政治運動的附庸，是二〇年代新文學運動的主要特色。但是，在政治領導者日益受到殖民政府的監視與逮捕時，作家就不能不思考如何另闢空間。二〇年代末期，新文學運動的陣營內部開始進行有關大眾文學與鄉土文學的辯論，並且左派運動者也同時展開文藝團體的組織。這些活動，直接間接刺激了第二世代作家的創作方向。

先就論戰來說，已有部分作家正在思索要把文學創作帶到政治運動圈外。他們開始討論文學是為誰而寫？怎樣的文學性質決定怎樣的文學語言。這場論戰發生在一九二九年，一直到一九三四年才宣告結束。當時的作家黃得時在其〈台灣新文學運動概觀〉稱之為「台灣語文論戰」。[10]

而廖毓文在他的〈台灣文字改革運動史略〉則概括其為「鄉土文學論戰」。[11]無論如何，新文學運動已經到了一個追求新取向的階段，殖民地作家專注於討論應該使用怎樣的語文從事創作，並且也討論文學到底為誰而寫。這兩個問題的提出，終於使「鄉土文學」與「大眾文學」的概念得到明確的釐清。

更具體而言，作家的台灣意識就是透過這樣的論戰而開朗化。因為，在殖民體制的支配下，日文教育的普及，已經使後來的知識分子愈來愈傾向於日語思考。台灣母語在帝國語言的侵襲下，日益衰竭。習慣使用日語的知識分子與一般普遍使用母語的社會大眾之間的互動，終於產生了疏離。做為從屬階級（subaltern）的下層民眾，他們能夠發聲嗎？三〇年代初期的鄉土文學論戰關心的問題就在於此。這場語文論戰並沒有影響作家的語言使用，畢竟整個大環境的語文教育已被殖民者所盤據；然而，論戰的另一層影響，則是刺激作家的台灣意識之高漲。他們不再視文學為政治的附庸，文學本身就足以承擔喚醒民眾意識的任務。為鄉土而寫，為民眾而寫，這樣的觀念已深植在作家的思考中。

就作家結盟來說，他們愈來愈意識到如何通過不同的文學表達以求得團結的目標。他們採取的方式，就是聯合陣線（united front）。所謂聯合陣線，是屬於當時左翼運動的術語，亦即暫擱各自的政治信仰，團結一切可以團結的力量，以對抗殖民體制。在面對共同的敵人時，每位作家無須放棄自己原有的政治立場，而跨越意識形態的藩籬以達到反抗力量的凝聚。這種文學上的聯合陣線，激盪了三〇年代的作家活力，終於締結了新文學運動的盛況。[12]

在一九三〇年，左翼運動者分別發行了純文學的刊物《伍人報》、《洪水報》、《明日》，這些文學團體與日本左翼運動有微妙的聯繫，同時也帶動了台灣作家的左翼思考。這是可以理解的，在這段期間社會主義團體都遭到日警的監控，他們需要合法性的文學刊物做為掩護。一直到一九三〇年《台灣戰線》也遭到查禁，這樣的文學聯合陣線終於中挫。他們團結的企圖固然沒有成功，但是聯合陣線的策略則獲得了回應。旗幟鮮明的左翼文學團體消隱之際，較為純粹的文學刊物也陸陸續續誕生。前述的《福爾摩沙》、《南音》、《先發部隊》等刊物，便緊跟後面誕生。這些分別在日本、台灣組成的文學團體，無疑是在為更大規模的結盟預做準備工作。

對殖民地作家與畫家來說，一九三四年是整個台灣文藝復興運動的轉折年代。就在這一年集合全台作家的「台灣文藝聯盟」宣告成立，而從事西畫創作的畫家也將「赤島社」改名為「台陽美術協會」。更令人耳目一新的是，台陽的成員都集體加入了台灣文藝聯盟。對於文學運動與美術運動的發展，雙方的結盟使整個文化主體的重建奠下契機。

一九三四年五月六日，八十餘位作家自全台各地集結於台中，這是文學史上僅見的盛事。在整個日據時代，再沒有第二次能夠見證如此整齊的作家陣容。曾經參加過在此之前的東京藝術研究會、南音社、台灣文藝協會等等的成員，甚至包括左翼色彩甚濃的《伍人報》、《洪水報》、《明日》、《台灣戰線》等等的重要作家，都同時加入這空前未有的大結盟。台灣文藝聯盟的〈大會宣言〉，清楚表達了成立的動機與目的：

自從一九三〇年以來席捲了整個世界的經濟恐慌，是一日比一日地深刻下去；到了現在，已經是造起舉世的「非常時代」來了。看！失工的洪水，是比較從前來得厲害，大眾的生活是墮在困窮的深淵底下；就是世界資本主義圈的一角的咱們台灣，也已經是受著莫大的波及了。大家若稍一回頭去把咱們台灣過去的文化狀況一看，便得明白是多麼的落伍了。13

這段宣言頗有左翼色彩，對於資本主義的批判尤其強烈。不過，他們更為關切的是如何拯救經濟蕭條下的台灣文化。殖民地作家的覺醒，在這宣言中表露無遺。宣言特別強調，聯盟的成立在於「刺激文藝家們的創作慾」，並且也在於「伸展其發言權」。他們的態度，不僅作家可以接受，畫家也可以接受。凝聚在一起的文藝力量，是為深入社會大眾之中。當時參加文聯的主要作家名單如下：

北部：黃純青　黃得時　郭秋生　林克夫　廖毓文　朱點人　吳逸生　謝廉清　劉　捷　陳逢源
王詩琅　徐瓊二　陳鏡波　吳希聖　張維賢　林輝焜　李春霖　陳君玉　黃啟瑞　洪耀勳
陳泗汶　江賜金　邱耿光　楊雲萍　李獻璋

南部：蔡秋桐　郭水潭　吳新榮　黃石輝　謝星樓　徐玉書　謝萬安　張榮宗　楊　逵　楊　華

中部：賴　和　黃病夫　陳虛谷　莊明鐺　楊松茂　林攀龍　周定山　吳慶堂　林幼春　葉榮鐘
莊垂勝　林文騰　賴　慶　賴明弘　林越峰　張深切　何集壁　林松水

歷來有關台灣文藝聯盟的討論，都認為這只是作家的結合。事實上，當時的音樂家與美術家也都加入了行列。因此，台灣文藝一詞的理解，就不能狹義地詮釋「文學的藝術」，而應廣義地指涉「文學與藝術」。只有從這個角度來看，台灣文藝聯盟的歷史意義才能彰顯出來。

從美術運動來看，赤島社改名為台陽美術協會，是為了避免與左翼運動的聯想。這個組織的出現，正好與台灣文藝聯盟相互呼應。台陽的主幹之一廖繼春，在〈台陽展雜感〉一文中說：

> 台陽美術協會到底是什麼樣的組織？它擁有什麼樣的內質？今天我想將這個問題簡單地說明一下：在我等美術家共同努力下，近年來美術的愛好者已大量地增加了，但是依然有種種的誤解，以為台陽美術協會的成立是針對著台展來舉起反叛的旗幟。其實，我們只不過因為看到秋天的台灣島已有了台展在修飾著它，所以才想起應該以什麼來修飾台灣的春天，台陽展是在這種需要下組織起來的，它的傾向和它的思想與台展是完全一致的，至於與台展並立的想法我們是絕對沒有的。[14]

廖繼春發表這段文字，正是台灣總督府實施皇民化運動臻於高峰之際的一九四〇年代。在戰爭的陰影下，這位殖民地畫家竭盡思慮要澄清台陽美協與台展之間的關係，正好更加凸顯了台陽的政治意義。參加台陽的畫家，包括陳澄波、廖繼春、陳清汾、顏水龍、李梅樹、李石樵、立石鐵臣、張萬傳、陳德旺、洪瑞麟、楊三郎等。他們一方面參加台展，一方面另組團體，自然富有台灣意識於其結盟的行動之中。廖繼春站在四〇年代皇民化運動的風潮裡，回顧一九三四年台陽美協的成立，頗有政治表態的意味。如果抽離他回顧中的政治語言，幾乎可以推測他的內心深處其實另有所圖。何況，他們這群畫家又集體加入了文藝聯盟的陣營，那種間接隱晦的批判精神已是儼然可見。如果說，三〇年代殖民地畫家不具政治意識或台灣意識，那是相當嚴重的指控。

這裡必須進一步去分析，才能理解台灣美術運動的精神。台灣畫家參加官方的台展、府展，誠然是為了有更多的展示機會，使其美學成就能夠獲得更多觀賞者的首肯與承認。他們的作品與日本畫家並列展覽時，究竟是接受殖民者的利誘，還是要與殖民者的畫家競爭？如果是接受利誘，則當然是屬於一種精神上的屈從。但如果是抱持競爭的意志，則是另一種層面的心靈抵抗。要解釋畫家的心情，似乎可以從當時作家的文學活動策略去領會。

在東京組成台灣藝術研究會的《福爾摩沙》創刊詞，已經強調他們的立場：「我們是一群想重新創造『台灣人的文藝』者，決不被偏狹的政治、經濟思想所束縛。希望從高瞻遠矚的立場，觀察廣泛的問題，從事創作，以期提倡台灣人的文化生活。」[15]也就是說，畫家王白淵、吳天賞所加入的這個團體，自始就公開舉起「台灣人的文藝」、「台灣人的文化生活」等等旗幟。他們不願意受到政治上帝國主義與經濟上資本主義的束縛，企圖透過文學與藝術的形式傳達潛藏在內心的台灣民族意識。

然而，強調台灣意識的同時，並不意味他們必然與日本的藝文活動全然劃清界線。這個團體之一的評論家劉捷，在《福爾摩沙》第二期發表〈一九三三年的台灣文學界〉，就指出他們結盟的主要原因，在於要與日本的「文藝復興」風潮同步發展。[16]所謂文藝復興，是指日本殖民母國在三〇年代對左翼政治運動大規模鎮壓後，迫使許多知識分子與作家轉而投入文藝運動。這種情形，也同樣發生於殖民地台灣。不過，日本作家與藝術工作者，並沒有國族認同的問題；因為，他們完成的作品天生就是屬於日本人的。台灣作家與畫家在構思藝術作品的過程中，無可避免必須面對文化認同的問題。他們在追趕日本文藝復興的風潮之餘，也需同時提倡台灣人的主體意識。「台灣人的文藝」是在如此特定的歷史條件下，正式提出來的。他們一方面既要維護自主的精神，一方面又要與日本藝術工作者競爭。只有在美學營造方面能夠與日本藝術工作者平起平坐之後，具主體性的殖民地文藝才能夠受到承認。

台灣作家在三〇年代會發出「進軍東京中央文壇」的口號，無非是要讓殖民母國了解台灣社會的藝術信心。楊逵在一九三四年以〈送報伕〉，呂赫若在一九三五年以〈牛車〉，分別在東京獲獎，正好可以說明作家既要建立台灣文學，又要與日本作家競爭的決心。社會主義作家楊逵，在《台灣文藝》第二期發表〈台灣文壇一九三四年的回顧〉就指出，「如果回顧的話，在評論界、創作界，以及有關文學活動組織化的問題，這年的活動都是空前的」。[17]以楊逵這樣的見解來印證美術運動的實況，也是同樣可以成立的。因為參加台灣文藝聯盟的畫家，並非只限於台陽美協的成員而已。當時的水彩畫、東洋畫的藝術工作者也都紛紛加入了台灣文藝聯盟。從下列的名單，就可窺見當時的盛況。

◎參加台灣文藝聯盟的畫家名單

姓名	住所
王白淵	上海
李石樵	東京市本鄉區湯島切通ケ町三九　佐藤方
李澤潢（藩）	新竹市南門三一四
呂鐵州	台北市太平町四丁目
吳天賞	東京杉並區高圓寺七—九四二　遠藤方
林錦鴻	台北市新民報社
郭柏川	東京市世田ケ谷北澤三—一〇七七
范洪甲	高雄檢察局
陳澄波	嘉義市西門町二—一二五
陳清汾	台北市太平町三丁目　錦記茶行
陳　進	屏東高女教諭
陳慧坤	大甲郡龍井庄龍井四八〇
倪蔣懷	基隆市外八堵
曾石火	東京市本鄉區丸山福町一五

楊三郎	台北市日新町二—一五六
廖繼春	台南市高砂町
顏水龍	東京市豊島區長崎東二—七〇五虛庵
藍蔭鼎	台北市下奎府町三—一六
陳敬輝	淡水街新厝六六
郭雪湖	台北市下奎府町一—四
張秋海	東京市千駄ケ谷四—七五四

資料來源：《台灣文藝》創刊號、二卷一號、二卷三號、二卷四號

具備台灣意識的文學與藝術

作家與畫家同時參加台灣文藝聯盟，立即產生了許多對話與交流的活動。《台灣文藝》不僅開始發表藝評，並且有作家與畫家的座談，以及文學家對畫家的介紹。可以理解的，這種互相支援的情況，正是文藝聯盟成立之初所期待的。畫家對作家的支援，表現在他們為《台灣文藝》設計封面並提供插畫。從一九三四年十一月創刊開始，到一九三六年停刊為止，每期幾乎都有畫家的作品出現。為了清楚畫家支持文學運動的實況，下列作品發表的名單當可協助後人窺見三〇年代的一些側面。

◎《台灣文藝》發表畫家的作品一覽表

畫家姓名	作品內容	期刊	時間
楊三郎	封面（外國風景）	創刊號	一九三四年十一月
顏水龍	封面（台中公園林氏廟）	二卷一號	一九三四年十二月
廖繼春	封面（淡水風景）	二卷一號	一九三四年十二月
陳澄波	封面（街景寫生）	二卷二號	一九三五年二月
李石樵	封面（裸女）	二卷二號	一九三五年二月
李石樵	封面（風景寫生）	二卷三號	一九三五年三月
廖繼春	封面（風景）	二卷四號	一九三五年四月
顏水龍	內頁（人物速寫：張文環、吳天賞、翁鬧、賴明弘、雷石榆、陳傳纘）	二卷四號	一九三五年四月
M.S.（待考）	內頁（靜物）	二卷四號	一九三五年四月
李石樵	內頁（裸女）	二卷四號	一九三五年四月
顏水龍	內頁（寫生）	二卷五號	一九三五年五月
陳澄波	內頁（羊群）	二卷六號	一九三五年六月
陳澄波	內頁（新北投驛）	二卷六號	一九三五年六月

顏水龍	內頁（寫生）	二卷七號	一九三五年七月
李石樵	內頁（蜻蜓）	二卷一〇號	一九三五年十月
石川欽一郎	內頁（上野公園）	二卷一〇號	一九三五年十月
李石樵	內頁（原住民）	二卷一〇號	一九三五年十月
李石樵	內頁（山水）	二卷一〇號	一九三五年十月
石川欽一郎	內頁（不忍池）	三卷四、五號	一九三六年五月
李石樵	內頁（金魚）	三卷四、五號	一九三六年五月
顏水龍	內頁（風景）	三卷六號	一九三六年六月
陳清汾	封面（仕女）	三卷七、八號	一九三六年八月

值得注意的是，畫家在《台灣文藝》發表許多有關自己的創作態度與美學信仰，益加證明殖民地知識分子對藝術的經營已經進入專注與敬業的階段。他們對美的無上尊崇，對同時期的作家必然也產生了激盪的作用。這份雜誌特別開闢「漫談台灣的美術」專欄，供加盟的畫家各述己見。《台灣文藝》第二卷第七號，有廖繼春的〈自己的製作態度〉、陳澄波的〈製作隨感〉、李石樵的〈最近的感想〉、陳鶴子的〈懷念哥哥的畫家生活〉。該雜誌第二卷第八號，則有楊佐三郎（即楊三郎）的〈我的製作氣氛〉、張星建的〈台灣的美術團體及其中堅作家㈠〉、ＳＲ生的〈關

於新帝展〉。第二卷第一〇號，有顏水龍的〈素描的問題〉、張星建的〈台灣的美術團體及其中堅作家(二)〉。張星建的文章，連載到第三卷第二號才結束。這些事實，足以證明作家與畫家在精神上的支援，確實為三〇年代文學造成了濃郁的百花齊放的氣象。

他們團結在一起的主要動力，無非是要與殖民母國的藝術界抗衡。在《台灣文藝》的一篇短文中，就點出這種現象：「我國（指日本）是有文學中央集權化的傾向；在外國，地方主義文學很旺盛。我們的地方主義文學大大興起，非得參與日本文學乃至世界文學不可。」[18]這裡強調的地方主義，便是在強調以台灣色彩來對照日本的帝國氣象。文學如此，美術又何嘗不是如此。參加台展、府展、帝展的作品，並不必然都必須符合帝國的特質，地方色彩的日益抬頭，才足以與帝國的畫家對等比較。[19]

當時畫家強調藝術獨特性，已經非常普遍。以吳天賞為例，這位又是小說家、又是畫家的藝術工作者，在任何場合都毫不例外揭示台灣的特殊性。他在東京上野參觀美術展覽之後，對於顏水龍的繪畫就特別偏重於他的「高度獨創性」的色彩。[20]同樣的，他參加東京文聯支部的座談會時，指出台灣畫家即使是面對日本的景色，也能畫出自己特有的感受。他說：「關於題材，絕對不是問題。台灣作家即使是描繪東京與大阪，其中必然有台灣人的獨特感覺。」[21]從吳天賞的談話，可以理解即使是做為殖民地的畫家，在帝國文化的氛圍裡，仍然保持自覺自主的藝術精神。

畫家吳天賞的自信，也同樣顯現在作家楊逵的身上。他在〈藝術是大眾的產物〉一文，非常清楚地為台灣文學藝術做了明確的定位。他說：「現在就我們台灣文壇而言，與日本文壇的關係較中國文壇還要密切。要了解我們台灣文壇，就非得先了解日本文壇不可。為了確定我們的進程，就不能不注意日本文壇的動向。誠然，對日本文壇的注意，絕非是向日本文壇拍馬屁。在日本文壇，創作逐漸職業化，有多少非文學的要素粗暴地顯露出來。我們的創作尚未商品化。我們要貫徹我們的心情，能夠堅定我們創作活動的基礎就是現在。」[22]

楊逵是一位左翼作家，他特別指出台灣文壇與日本文壇的互動關係。在他的批評裡，毫不客氣地點出日本文學藝術的職業化與商品化。這種批判，出自一位殖民地知識分子之筆是強而有力的。他堅持台灣立場與大眾立場，乃在於他主張所有的藝術活動與它所賴以生存的社會是無可分割的。

台灣文藝聯盟的內部，由於有全民路線與階級路線之爭。張深切強調所有的台灣的事物都可使用藝術形式表達出來，楊逵則偏向於藝術非得站在大眾，特別是農工階級的立場不可。雖然都是建立在台灣文學藝術主體的立場上，兩人的辯論卻擴大了文藝聯盟的分裂。一九三五年楊逵退出文聯，另組《台灣新文學》的刊物。到了一九三六年，《台灣文藝》因內部的力量分散，逐漸出現脫期現象，同年八月，因後繼無力而宣告停刊。波瀾壯闊的台灣文藝聯盟終於消失在歷史的蒼茫中。殖民地作家與畫家合作的現代藝術運動，也因此成了歷史絕響。

註釋

1 有關三〇年代台灣作家結社活動的概況，可以參閱林瑞明，〈日本統治下的台灣新文學運動——文學結社及其精神〉，《台灣文學的本土觀察》（台北：允晨文化，一九九六），頁二一—三四；以及陳芳明，〈台灣文學史：第五章——三〇年代的文學社團與作家風格〉，《聯合文學》第一六卷第四期（二〇〇〇年二月），頁一五四—六三。

2 奇（葉榮鐘），〈發刊詞〉，《南音》創刊號（一九三二年元月一日），頁一。

3 芥舟，〈台灣新文學的出路〉，《先發部隊》第一號（一九三四年七月），無頁碼。

4 王白淵，〈我的回憶錄(二)〉，《政經報》第一卷第三期（一九四五年十一月二十五日）。

5 施學習，〈台灣藝術研究會成立與福爾摩沙（*FORMOSA*）創刊〉，原載《台北文物》第三卷第二期（一九五四年八月二十日），後收入李南衡主編，《文獻資料選集》（台北：明潭，一九七九），頁三五一—六一。

6 〈東京台灣青年會畢業生送別春季例會〉，《台灣民報》第一五一號（一九二七年四月三日），頁四。

7 謝里法，〈五、留日美術學生的結社——「赤島社」之成立〉，《日據時代台灣美術運動史》（台北：藝術家，一九九二），頁七一。

8 關於第一屆台灣美術展覽的介紹，參閱邱琳婷，〈一九二七年《台灣日日新報》「台展畫室巡禮」資料（稿）〉，《藝術學》第一九期（一九九八年三月），頁一三九—八四。

9 若林正丈，〈台灣總督府祕密文書《文化協會對策》〉，《台灣近代史研究》創刊號（一九七八年四月），頁一六四。

10 黃得時，〈台灣新文學運動概觀（上）〉，原載《台北文物》第三卷第二期（一九五四年八月二十日），頁一三—二五，後收入李南衡主編，《文獻資料選集》，頁二九六—九八。有關台灣話文論戰的史料，目前已有較為完整的蒐集與整理。參閱中島利郎編，《一九三〇年代台灣鄉土文學論戰資料彙編》（高雄：春暉，二〇〇三）。

11 廖毓文，〈台灣文字改革運動史略（上）〉，原載《台北文物》第三卷第三期（一九五四年十二月十日）；〈台灣文字改革運動史略（下）〉第四卷第一期（一九五五年五月五日），頁八八—一〇四，後收入李南衡主編，《文獻資料選集》，頁四五八—九六。

12 參閱陳芳明，〈台灣新文學史：第四章——文學左傾與鄉土文學的確立〉，《聯合文學》第一六卷第三期（一九九九年一月），頁一二八—三六。

13 賴明弘，〈台灣文藝聯盟創立的斷片回憶〉，原載《台北文物》第三卷第三期（一九五四年十二月十日），後收入李南衡主編，《文獻資料選集》，頁三八三。

14 廖繼春，〈台陽展雜感〉，原載《台灣藝術》（一九四〇年六月），轉引自謝里法，《日據時代台灣美術運動史》，頁一四九。

15 編輯部，〈創刊之辭〉，《福爾摩沙》フォルモサ）創刊號（一九三三年七月十五日），頁一。

16 劉捷，〈一九三三年の台灣文學界〉，《福爾摩沙》第二號（一九三三年十二月），頁三一—三四。

17 楊逵，〈台灣文壇一九三四年の回顧〉，《台灣文藝》第一卷第二號（一九三四年十二月），頁七一。

18 〈二言三言〉（未署名），《台灣文藝》第三卷第六號（一九三六年五月），頁七九。

19 關於地方主義的色彩之討論，參閱王秀雄，〈日據時代官展的發展與風格探釋〉，《台灣美術發展史論》（台北：國立歷史博物館，一九九五），頁五七—一三〇。

20 吳天賞，〈繪畫巡禮〉，《台灣文藝》第二卷第五號（一九三五年五月），頁七〇。

21 〈台灣文學當面の諸問題——文聯東京支部座談會〉，《台灣文藝》第三卷第七、八合併號（一九三六年八月），頁七。

22 楊逵，〈藝術は大眾のものである〉（藝術是大眾的產物），《台灣文藝》第二卷第二號（一九三五年二月），頁三六。

殖民地詩人的台灣意象
——以鹽分地帶文學集團為中心

引言

鹽分地帶詩人集團正式在文壇登場，是在一九三五年。這個集團是以台灣文藝聯盟佳里支部的名義在《台灣文藝》發表宣言，正式與當時的全島新銳作家結盟。從宣言內容可以理解，鹽分地帶集團的文學主張乃是以「民眾訴求」為主要考量。[1]日本高度現代化與資本主義化的工程全速在台灣展開之際，這個詩人集團之加入台灣文藝聯盟，誠然具有深刻的時代意義。他們受到正在崛起的作家吳天賞、呂赫若的關切與歡迎，象徵著一個詩的新紀元已然到來。[2]

來自台南濱海地帶的這群詩人，究竟為台灣社會釀造何種值得議論的作品，誠然是文學史上的重要議題。一九三五年，是日本殖民政府以資本主義改造台灣的關鍵性一年。就在這一年，台灣總督府主辦的台灣博覽會，旨在展示殖民政策在島上所獲得的經濟成就。殖民者誇耀其現代化的功勞時，台灣作家以小說與新詩的形式予以批評。鹽分地帶詩人便是其中批判力量的主要來源之一。

在殖民地社會，資本主義的萌芽與成長並非是自發性的，而是透過權力的強制執行之下脅迫移植的。伴隨資本主義而來的現代化，也非殖民地人民樂於接受的。然而，在強勢的政經權力支配下，台灣社會終於被迫接受了現代化與資本主義化。這種粗暴的歷史潮流，使得島上住民必須接受不平衡的政治與經濟地位。台灣社會受到的侵蝕當不止於政經方面而已，最為嚴重的乃是整個文化主體的動搖。大規模的工業化與城市化，不僅破壞了既有的生態環境，而且也扭曲了人民精神面貌。土地的兼併、工廠的擴建、人倫的毀壞、農村的崩解，使得殖民地百姓必須迎接一個大流亡時代的到來。

活躍於鹽分地帶的詩人們，顯然見證了一個時代變遷已無可抗拒，他們維護自主精神的武器，唯詩而已。一九三五年成立的佳里支部，成員包括吳新榮、郭水潭、徐清吉、鄭國津、黃清澤、葉向榮、王登山、林精鏐、陳桃琴、黃平堅、曾對、郭維鍾等十二人。[3]這個詩人集團的成立，具備幾個重要特色：第一、他們都是以日文書寫來經營詩作，這種對殖民地語言的挪用，是台灣詩人的一種困境。第二、縱然依賴日文思考，他們並未失去批判精神。社會主義的信仰，使他們特別關心現實中的不公平現象。第三、他們的地方色彩非常濃厚，作品中流露強烈的鄉土情感，這種情感是平民式的，特別重視親情、友情、愛情與鄉情。如果這三種特色可以成立的話，則他們的作品可以用來檢驗日本殖民統治的本質。從他們的詩當可窺見台灣是受到何等的掠奪，也可發現資本主義高漲時期詩人是如何呈現台灣的面貌。

佳里詩風的建立

熟悉鹽分地帶文學的人，都知道這個集團的原始推動者是吳新榮。沒有吳新榮，就沒有佳里詩風的建立。所謂佳里詩風，無非是詩人接受台南濱海地區風土人情的薰陶，表達社會底層最邊緣化的聲音。因為，鹽分地帶橫跨的地區包括七股、將軍、北門等鄉鎮，「臨近海邊，土壤多含鹽分」。[4]在如此貧瘠的土地上，人民的生活非常艱困。成長在這個區域的詩人，頗能感受生活的壓力與歲月的坎坷。吳新榮（一九〇七—一九六七）在留日時期便已接受社會主義思想，對於弱者的處境抱持高度同情。[5]一九三三年學成返鄉後，他所領導的詩人集團，也不免受其影響而帶有鮮明的左翼立場。他們與下階層民眾的感情基礎，無疑是牢固生根的土地。依賴佳里、北門等鹽分鄉鎮而生存的詩人，在發抒廣博的同情之際，對於「故鄉」的意象把握得相當吃緊。

幾乎每一位詩人，在作品中不乏讚美故鄉的頌歌。對他們而言，故鄉代表的是自我生命、歷史記憶與民族情感的總和。離開了故鄉，就等於切斷了生命的根源。在這群詩人中，首先表現故鄉意象的，當推吳新榮。在其作品中，以故鄉為主題的詩，包括一首台語詩〈故鄉的挽歌〉，二首日文詩〈故鄉〉與〈故里與春之祭〉，[6]前一首發表於留日時期的一九三一年，後二首則完成於一九三五年。遠在異域，他的故鄉想像呈現一片黯淡的色調，彷彿在黑暗深處傳來痛苦的呻吟：

各地各庄都有米機器

每日每夜鳴著聲哀悲
啊啊你看有幾人餓將死
你看有幾人白呑蕃籤枝
——〈故鄉的挽歌〉

這首押韻的台語詩，形塑了留日學生的台灣意象。身在殖民地母國，受到資本主義文化氛圍的籠罩，並沒有使他遺忘故鄉遭逢的損害。不過，這首詩並未抽離實景的描述，沒有任何想像在其中飛翔，欠缺詩的辯證與張力。就像他在後來所寫的日文詩〈故鄉〉，也還是過分淪為言詮。詩的最後三行是：

啊，殖民地的我故鄉喲
高度的資本主義在這裡
貪婪地進行著那最後的活動

詩的抽象思維在這裡是不存在的，吳新榮在這段時期仍然訴諸具象的描摹，急切要把內心的焦慮表達出來。不過，恰恰就是他焦慮之情溢於言表，讀者似乎可以體會故鄉意象在思考裡所具有的分量。吳新榮心目中的故鄉，是在資本主義壓迫下產生的。值得注意的是，詩中的故鄉雖然是指涉他的故鄉佳里，細讀的話，卻也可以體會是泛指台灣。為了強調台灣是受到壓迫的，他的書寫方式始終沒有偏離固定反應的手法。因此，詩的素質自然就被稀釋了。必須等到他發表〈故里與春之祭〉時，故鄉的形象思維才有較為飛躍的發展。這一首詩的副標題是〈將這首詩獻給鹽分地帶的同志〉，詩行之間充塞著難以言喻的幸福與自豪。詩中的河流，與他的血脈緊密聯繫在一起：

但談過初戀之人底村莊
還浮在對岸
憩息在蘆竹蔭裡的水鳥
也一如往昔歌唱著春天
而晚霞消融在水波裡
河流不是紅紅地波動著嗎？
啊，這條河是我的動脈
一切的戀愛、思慕、懷古
將會運往現實的汪洋吧

與前一首〈故鄉〉比較的話，吳新榮捨棄了僵硬的意識形態，讓沉澱在體內的情感釋放出來。這首詩，等於回應了前首詩的那種焦慮。他回歸到家鄉的原貌，一個流淌著愛意與慕情的小小村莊。這樣的村莊卻不是與世隔絕，藉著河流而銜接了「現實的汪洋」。這首詩的原鄉，有了更高層次的象徵，這裡是情感的根據地，是生命的原動力，依恃著它，他才有投入現實的勇氣。整首詩是由〈河川〉、〈村莊〉、〈春祭〉三首組詩構成，全詩染有濃厚歷史意識與節慶歡樂。這是台灣社會的原型，也就是在資本主義與殖民體制到來之前，島上維持著一片善良、和諧、夢幻的境界。此詩對前一首〈故鄉〉並置合觀，兩者之間的辯證關係立即就浮現出來。當詩人專注於回憶寧靜村莊的歷史與節慶時，已間接對日本支配性的資本主義體制提出強烈的抗議。

因此，佳里詩風的重要特色，便是通過地方色彩的渲染來凸顯本土的精神。吳新榮無疑是本土詩風的締造者之一。[7]相對於吳新榮，鹽分地帶的另一位詩人郭水潭（一九〇八—一九九四），也是建構佳里詩風的一個奠基者。在詩藝的追求上，郭水潭並不那麼執著意識形態的緊張表達方式。他的詩觀是如此相信著：「沒有落實的時代背景，就是遠離這個活生生的現實。究竟，詩就是應該這樣的嗎？」[8]這樣的見地，乃是因為閱讀當時超現實詩派「風車詩社」的作品後所做的回應。郭水潭無法忍受華麗辭藻的堆砌，而認為詩應該與現實是互通的。縱然如此，他的創作實踐也並不必然視詩為現實的一面鏡子，只在發揮反映的作用。避開控訴與吶喊，詩終究是情緒的過濾，終究是客觀事物的昇華。從這個角度來觀察他在一九三四年所寫的〈故鄉的書簡——致獄中的S君〉，長達一〇八行的詩作就負載著濃郁的鄉情與友情。[9]這首詩全然沒有讓所謂的現實奪走藝術的紀律。

S君是指佳里的同鄉蘇新，二〇年代台灣共產黨員，在一九三一年被捕判刑。郭水潭發表此詩時，蘇新已在獄中三年。對於這位幼年時的友伴，郭水潭寄以溫馨的慰藉與深切的懷念。詩中的溫馨，表現在鄉景的素描，既平凡又庸俗；但也正是藉助了這樣的氣質，看似淡漠實則熱情的友誼在詩中次第暈開。全詩的開端，始自報紙上的獄中名單中，赫然發現故人的名字，從而聯想到昔日的容顏。無盡的愁思便如此拉開，但他以家鄉的風景予以沖淡：

朋友啊
故鄉的天空正值仲春時分
糖廠煙囪的煙消失了
竹叢的新葉
冒出古怪翠綠
村裡那些乳臭未乾的娃兒
一如過去被硬拉著手
去學校註冊完畢的時候
朋友啊
會想起來的

郭水潭從最熟悉的記憶，牽起早已陌生的友誼。藉由分享著共同的鄉情，使獄中朋友於受難之際，獲得無言的溫暖。近乎散文式的鋪陳，無非是為了達到延遲的效果，使詩的節奏舒緩下來。他不訴諸懷舊或思念的直接字眼，反而迂迴訴說著年復一年重複發生的家鄉故事，不知不覺中把哀傷的情緒篩濾淨盡，而代之以會心一笑。郭水潭彷彿在引領著離鄉已久的舊友在村莊裡又走過一遍。詩中出現的鳳凰樹、廟前、池塘、祭典，猶如照相機的鏡頭在緩慢移動，一一折射到獄中的寂寞心靈。

他沒有指控殖民者的絕情殘忍，也沒有讚頌舊友的果敢行動，而只是讓已隱逸的記憶又重新穿梭過兩人的思考之中。以平淡如水來形容這首詩，並不為過。然而，此詩最成功的地方，正是在於平淡。佳里詩風的特性，從郭水潭的作品再次得到印證。

故鄉的夢幻，有其動人之處。郭水潭往往能夠利用簡單卻精確的素描，便掌握到故鄉意象的精髓。一九三五年發表於《台灣文藝》的短詩〈農村文化〉，就可窺見當時的都市風氣逐漸吹向鄉村。[10]純樸的鄉下青年匯集到甫開張的撞球場，既好奇又狡黠的姿態躍然於詩中：

不久他們學會了
在田野握鋤頭柄的粗糙的手
不知在什麼時候
優雅地操作球杆

每天晚上，向可憐的少女戲弄

都市裡的現代娛樂滲透到偏遠的農村，對於社會風氣的改變以及青年行為模式的影響非常巨大。郭水潭刻意捕捉俏皮的一面，刻畫鄉村寧靜夜晚的騷動。這首詩顯然是在預告台灣社會是如何受到資本主義的衝擊，即使是最保守的鄉鎮，也無法避開浮華的氣習。握鋤柄的手，跳躍為優雅操作球桿的手，是相當巧妙的一種轉換。郭水潭寫下這些詩行時，恰如其分地點出農村對都市文化的無可抗拒。隱約中，似乎透露著固有的善良傳統即將告終。

資本主義帶來的傷害

鹽分地帶詩人的左翼立場，使他們對社會結構的轉變特別敏感。吳新榮的階級觀察，無疑也影響了這個詩人集團的發展方向。他們知道詩不能脫離土地而存在，但是也意識到，他們的土地難以抗拒資本主義的侵蝕。因此，他們的詩學所展開的書寫策略，便是一方面呈現台灣社會純真純樸的原貌，一方面則毅然挑戰並揭露現代化的假面；亦即批判資本主義的本質，從而見證台灣社會的受害真相。吳新榮便是第一位高舉挑戰旗幟的詩人，一九三五年完成的〈煙囪〉是其代表作。煙囪是製糖廠的象徵，卻也是掠奪農村的劊子手。[11]

在吳新榮的詩中，慣於使用辯證的技巧，正反對立，在矛盾衝突的價值之間展示他的立場。

〈煙囪〉全詩是以靜謐的農村景象為開端。製糖廠的白色屋頂坐落在綠色甘蔗田的盡頭，背景是廣闊的藍天，正好襯托了黑色的高聳煙囪。在春夏之際，如此的風景是和平的。但是秋收之後，這個壯麗的景色便暴露真正的面目。詩的第二節，立即轉換成另一種風貌：

從這黑色煙囪上
勞動的嘆息就響了出來
啊，壓榨出來的是甘蔗汁
流出來的是腥味的人血！
而煤煙與沙塵
把平原把陰沉的灰色染盡
使天空變得鬱鬱悶悶的
最後腐蝕著人們的心胸

對比著第一節的乾淨亮麗，第二節描繪著極為殘酷的人間相。這種鮮明的相互照映，是左翼詩人的慣用手法，在吳新榮作品裡可謂屢見不鮮。上面的詩行，有兩組平行的景象存在著；一是資本家對勞動者的剝削，一是現代化工廠對農村的侵害。甘蔗汁與人血的彼此呼應，以及平原與人們心胸的相互鑑照；前者顯現壓榨的意義，後者則標誌著污染的事實。尤其是後者，既指涉環境污染，也意味著心靈污染。無論是正反對比，或是平行對應，都說明辯證思維在吳新榮的詩學中具有相當的分量。他的詩，足以證明當時台灣社會的景象，絕對不是如日本殖民者宣傳的那樣，是資本主義改造成功的地方，而是受盡凌辱損害的傷心地。

吳新榮目睹資本主義的擴張與再擴張，當不止於台灣。在帝國的版圖上，台灣只不過是一個中途站而已。一九三五年他寫作的〈道路〉一詩，置於其他作品之中，應可視為相當成功的。詩中的道路，是為了便於資本主義的發展而建造的，它貫穿了台灣的南北各地。[12]第二節是全詩的關鍵，因為這條道路也浩浩蕩蕩穿過了鹽分地帶：

經歷幾年長滿雜草
耐鹽分的木麻黃並排繁茂著
而不可思議地連一條車轍
也還沒在這裡發見
沒有產業的地方不會有運輸
可是不久就會明白那偉大的使命吧
延長的這一條直線越過汪洋
延續到遙遠的新加坡根據地
接著將會到達真珠灣要塞吧

而到達大陸環繞著
接上南京政府機關正門
更會到達莫斯科的司令部吧

這首詩充滿了高度的諷刺。吳新榮彷彿可以眺望到道路另一端的盡頭。凡是有產業的地方，就有道路的運輸。道路，是資本主義路線的隱喻。台灣島上有著阡陌縱橫的道路，猶如被來勢洶洶的資本主義輾壓而過。但是，資本主義在島上掠奪之後，並不只是停留在台灣。吳新榮已經預見了資本主義力量的再延續。令人訝異的是，他在一九三五年就預言似地提到「真珠港」，因珍珠港事變發生在一九四一年。資本主義的全球化在二十世紀末期終於宣告完成，台灣詩人早在三〇年代就有了遠見。這是因為吳新榮的社會主義信仰，使他可以從佳里的命運看到台灣的前景，並且從台灣的遭遇看到世界的未來。站在左派的立場，既已見證資本主義在台灣造成的傷害，他也能夠推知地球其他地方也將捲入漩渦。他的詩沒有教條式的說理，卻只集中在道路意象上的經營，便得到反諷的效果。

同樣以煙囪為主題的詩，出現在另一位詩人林芳年（一九一四—一九九八）的作品裡。與吳新榮的思維可以說是相互共鳴。林芳年在一九三六年發表〈在原野上看到煙囪〉，也是針對資本主義陰影延伸到鄉村而回應的。[13]工業化的力量是全面性的，出現於鹽分地帶的工廠再也不只是製糖會社。在那失業浪潮特別洶湧的年代，工廠的設立無疑是為失業的村民創造就業的機會。然而，已熟悉資本主義邏輯的鹽分地帶詩人，卻洞悉了工業化的實相與虛相。在資本家的剝削下，勞動者越努力工作，反而越陷於窮困。林芳年不能不有如此的喟嘆：

> 但是每次出現了一個工廠
> 我就發抖
> 因為那是酷似我們的魔窟
> 絕不維護我們……
> 我再仰望鐵筋混凝土的摩天樓
> 再看看漆黑的煙囱
> 我俯見自己的生活
> 切身感到身邊的狹窄而嘆息

這又是一次辯證的演出。就業與失業之間，並非是幸福與不幸的分野。高聳的工廠煙囪，正好對照了工人生活的渺小與狹窄。從詩的技巧，可以發現林芳年的思維方式，仍然沒有脫離左翼詩人的正反對比模式。樸素的田野，被林立的工廠覆蓋之後，農民都淪為資本家的奴隸。面對著資本主義不斷高漲，鹽分地帶詩人的抵抗行動，便是在文學作品保留著存在於農村的平民情感。

平民情感的營造與發抒

殖民力量的侵蝕與滲透，到了三〇年代已臻成熟。日本軍國主義與大和民族主義的氣焰，盛極一時。在強勢宣導下，台灣總督府積極塑造繁榮浮華的經濟成就景象。在都市裡，功利思想事實上已逐漸取代傳統情感，許多知識分子的國族認同也發生動搖。在這段期間，小說家蔡秋桐的〈興兄〉（一九三五），朱點人的〈脫穎〉（一九三六），龍瑛宗的〈植有木瓜樹的小鎮〉（一九三七），都程度不等地表現了台灣社會中已產生國族認同鬆動的現象。鹽分地帶詩人的重要精神，就在於現代社會的功利主義漸漸抬頭之際，反而朝向傳統的倫理情感回歸。他們的詩，刻畫著大部分台灣人的醇厚情感並未完全被資本主義所洗刷。

他們書寫朋友間的情誼，夫妻間的愛情，父子間的親情。詩的主題可能有所不同，但置諸於三〇年代的歷史脈絡來觀察，簡直可以體會到他們那種去殖民的強烈意志。平凡的情感最不容易處理，尤其透過詩的形式更為困難。令人訝異的是，鹽分地帶的詩人竟然有不少作品都在經營這樣的情感。他們的詩傳達著重要訊息，也就是在殖民權力的宰制下，台灣並沒有因此而支離破碎。在掠奪的瘋狂暴風雨裡，台灣人仍然堅信情感的力量；憑藉著這份力量，島上的住民還是維護了一份自信與自傲。

吳新榮的散文〈亡妻記〉，已是公認文學史上的傑作。這篇散文在悼念妻子逝世之餘，也為台灣人的尋常家庭生活重新詮釋。文中的青春與生命，充滿了希望、活力。[14]他的詩作中，有三首詩都是為鹽分地帶的朋友而作。包括前面討論過的〈故里與春之祭〉，以及〈我們是暴風雨的信奉者——給出走村莊的漢子〉和〈歌唱鹽分地帶的春天〉。其中〈暴風雨〉一詩，是寫給投靠日本當權者的朋友之忠告詩，那種公開的責備在詩史上還難得一見。[15]詩中向著背叛的朋友說，屬於鹽分地帶的人，都是暴風雨的信奉者。詩的最後九行，有著諷刺與鄙夷：

可是堅定地站在大地上的人
是永遠安如泰山的
洪水後荒野反而會肥沃，五穀會繁茂
村人再也不歡迎
撒上尿也不淋到的你啦
但村人為要不忘記你的存在
也許會為你立墓碑
不久也許會從那墓地
聽見哀悼沒落的異端者的鐘聲吧

與其說這首詩是在譴責朋友，倒不如說是在區隔嚴明的民族立場。台灣人的國族認同在三〇年代並未成熟，但至少與日本統治者的界線劃得非常清楚。詩中形容村莊的背叛者是「出走」的男人，是「搭船遠行海洋」的人；留守在村莊的，則是「堅定站在大地上的人」。在這裡，村莊等於是整個台灣的縮影，未能堅守台灣立場的人，「村人再也不歡迎」。此詩結束得相當恰到好處。以墓地傳來的鐘聲來宣告背叛者的死亡，頗能反映詩人內心的批判。從這首詩延伸出來的思考，便是友情的基礎必須建立在鄉土之情上；偏離了自己的土地，等於是偏離了人倫情感。陸地與海洋，村莊與帆船，隱喻著生根與失根、回歸與飄泊，構成另一種正反的對照。這又是典型的辯證思考，再一次顯現了吳新榮的詩風。

在表現親情方面，詩藝上超越吳新榮的，當屬郭水潭。誠如前述，平淡的素描是郭水潭擅長的技巧。他一向不同意使用奪目的字眼，在詩中往往不易找到綺麗的意象，總是隨意的幾筆，鮮明的景象浮雕般呈現出來。〈斑鳩與廟祝〉是他詩作裡的佳作，這是描寫廟裡住持在晨間開門時，望見三隻斑鳩停駐廟頂：16

這是祥兆嘛
他喃喃反覆說著
然後悠然踩著足音消失於廟裡

瞄準斑鳩而發的小石頭
在壯觀又富麗堂皇的屋頂激起回響

那些小鬼們吶喊著一溜煙似地飛跑
廟祝滾出來似地再度露面
那溫和的老人眼睛
抱怨地目送斑鳩飛走的天邊好久好久

詩裡沒有內心的告白，沒有情緒的波動，完全是透過一雙靜態眼睛的凝視，默默觀察小小事件的發生。彷彿是靜止的一架攝影機，無意間把客觀的事物變化攝入鏡頭。全詩不著一字安詳與和諧，幾近自然主義式的描寫，讓讀者不知不覺溶入畫面。斑鳩與屋頂，頑童與廟祝，一動一靜的參差出現，在畫面裡都各自安排在恰當的位置。一個寧靜的鄉村早晨，於焉展開。這是郭水潭與吳新榮在詩藝經營上最大不同的地方。吳新榮喜歡說理，不善掩飾自己的政治信仰，卻又酷嗜情緒的煽動。因此，詩的語言不免過於乾澀，意象也過於枯瘦。對照之下，郭水潭頗知以藝術強度來取代感情強度，掙脫情緒的漩渦，而求諸於外在景物的布置與渲染。他致力於憤懣的稀釋，縱然詩中具有抗議與批判，總是透過疏離淡化的手法，借景物來抒情。如果說平民情感是鹽分地帶的重要詩風，郭水潭應該是代表性的詩人。

在中國文學的傳統裡，親情的題材是相當荒蕪的。尤其是兄妹之間的感情，在文學作品裡非常罕見。郭水潭展現他的想像，再次以樸素的語言表達他對出嫁妹妹的關切。一九三七年發表的〈蓮霧之花〉與〈廣闊的海〉，是寫給已婚妹妹的連作。淺顯的文字暗藏著深情，幾乎每一行都不

是虛擲。無論就意象或節奏而言，〈蓮霧之花〉的境界已臻飽滿：[17]

院子裡的蓮霧不像那麼大的體格
插上很多小茉莉那樣的花
性急的蜜蜂嗅到了就飛來
開始糟蹋了蓮霧之花
我馬上寫信給海邊的妹妹
今夏　蓮霧的花開滿了
不久　果實會結得滿枝
妳就決定六月回娘家好了
那個時候像新鮮的初夏的果實
妹妹啊　能再一次恢復天真的少女了

整首詩以蓮霧的意象為中心，文字並不是很細膩，但敘述則近乎細節的鋪陳。從茉莉一般的蓮霧花，到蜜蜂的糟蹋，似乎與兄妹之情無關。然而，這些詩句卻具有關鍵作用，因為這是詩人與妹妹的共同記憶。家裡的果園便是貯存昔往歲月的所在，是分享年少時光的記憶花園。郭水潭再一次避開使用懷念或懷舊的字句，而純粹借用描景的方式，微妙的讓隱約的手足之情洩漏出來。值得注意的是最後兩行，蓮霧的果實忽然幻化成妹妹，而妹妹則是未出嫁之前的少女。這是一種剪輯現實的蒙太奇技巧，時間透過壓縮文字的處理而變成空間化。逝去的時光，遠離的妹妹，都在短短的詩行凝聚成蓮霧的意象，成為可以觸撫的具象。初夏的果實與天真的少女，是兩個毫不相干的現實鏡頭。詩人讓這兩個鏡頭重疊，合二為一。蒙太奇的手法是非常不合理、不講理，但在詩人筆下卻能順理成章。當下的時刻遽然消失，復活過來的反而是生動的記憶。這種溶化（dissolve）的方式，出現在三〇年代殖民地詩人的筆下，頗為不凡。全詩只有十行，想像之豐富則溢乎十行之外。同樣的技巧也運用在〈廣闊的海〉，但是節奏就沒有〈蓮霧之花〉那樣緊密。可以肯定的是，郭水潭的親情詩無疑是對資本主義的一種反動。台灣處於歷史大改造的階段之際，他不忘以親情的召喚，保留被殖民者最為純粹而善良的人性。

他的另一首動人的親情詩，則是一九三九年完成的〈向棺木慟哭——給建南的墓〉。[18]建南，是他早夭兒子的名。深沉的悲哀在詩中流動著，卻又有一種節制的力量貫穿。詩的最後十二行，分成三節結束：

可愛的吾兒，建兒喲
爸爸給你一個約定吧
約定在公墓的池邊
獨立寂寞的你的墳丘旁

種植一棵相思樹
當悲哀的時候就來看看你

啊！在你永遠歇息的地方
供獻的花被風玩弄著

萎謝了也好，可憐的花啊
往何處去？幼稚的靈魂
無心的兩隻蝴蝶
飛來，翩翩舞著，又飛走了

從約定種植的相思樹，到風中的花，到翩翩的蝴蝶，可以發現詩人不斷稀釋悲哀的情緒。意象的轉折，分為三個層次。第一層是尚未種植的相思樹，第二層是凋萎的花，第三層是飛走的蝴蝶。相思樹是他對兒子承諾的信約，供奉墓前的花與飛走的蝴蝶則是靈魂的隱喻。肉體終究是會消逝，唯信約可以長存下來。悲傷的情緒，可以隨靈魂的遠逝而淡化，唯相思樹是永久的紀念。形象思維的不斷轉換，恰恰足以讓悲情過濾並昇華。

對於親情的營造，在林芳年的作品也常常出現。〈爸爸垂老〉、〈父親〉、〈掃墓〉、〈乳兒〉，便是他對上下兩代的情感之延伸。不過，他的藝術成就不及郭水潭，主要原因在於語言的掌握並非那麼穩定。較為成功之作，當屬〈早晨院子裡的樹〉一詩。[19]短短八行，容納著無限的聯想：

那年夏天我常出去院子裡
靜聽蟬鳴
停在樹幹乒乓唱著的蟬鳴
溫柔地附和著妹妹的聲音
卻似有搖搖晃晃的心思
我凝視石榴果實的裂開
像掙扎著不灑落的露珠
那麼一口氣吞下了新鮮

這是一首成長詩。青春肉體在膨脹時混雜著苦悶與憧憬，卻又夾帶另一種不確定感。嘈雜的蟬鳴、妹妹的聲音、搖晃的心思、裂開的石榴，構成一幅狀似混亂的畫面。但是，這些都是在同一個空間裡同時發生，無形中就產生了關聯。靜聽蟬鳴，其實並不是那種恬靜；內心思考的晃動，配合著石榴的迸開，正好顯示青春肉體的騷亂。令人好奇的是詩中穿插妹妹的聲音，相當巧妙地勾勒出歲月的遠逝。成長期的生命，猶似露珠，迎接新鮮的空氣。閱讀此詩時，不必那麼精確地追問，他的心思是什麼？迸裂的石榴又是什麼？青春的煩躁與無聊，已都交給那年夏天的冗長蟬鳴。

殖民地詩人的台灣圖像，首先是保留鄉土本色，然後，繼之以平民情感的釋放。這種創作的書寫方式，有其抵抗的策略。以台灣傳統情感的原型，來批判資本主義的侵蝕。以鄉土受到傷害的實相，揭穿殖民者現代化改造的虛構。對於目睹周遭的生活，他們並不以激情的控訴口號進行吶喊，而往往是藉辯證的技巧反覆對照，或是利用景物的描寫淡化過多的情緒。無論是從詩藝的發展史來看，或是從殖民的抵抗史來看，鹽分地帶詩人留下來的豐富遺產都值得再三重估。忽略他們的存在，台灣圖像恐怕是傾斜的。

註釋

1〈台灣文藝聯盟佳里支部宣言〉，《台灣文藝》第二卷第八、九合併號（一九三五年八月一日），頁五六。

2 吳天賞，〈鹽分地帶の春に寄せア〉，《台灣文藝》第三卷第二號（一九三六年一月二十八日），頁三二一三三。

3 同前註；〈呂赫若詩的感想同誌〉，同上，頁三四—三五。兩位詩人對鹽分地帶小說家有很高的期望。

4 郭水潭，〈談「鹽分地帶」追憶吳新榮〉，《台灣風物》第一七卷第三期「故吳新榮先生紀念文續集」（一九六七年六月二十八日），頁五二。

5 吳新榮與社會主義思想接受的過程，可參閱施懿琳，《吳新榮傳》（南投：台灣省文獻委員會，一九九九）。特別是第二章〈留學日本時期〉，頁二三一—二七。

6 吳新榮的三首詩收入葉笛、張良澤漢譯，呂興昌編訂，《吳新榮選集1》（台南：台南縣立文化中心，一九九七）。〈故鄉的挽歌〉，頁五一—五二；〈故鄉〉，頁六五—六六；〈故里與春之祭〉，頁七五—八〇。

7 討論吳新榮文學的本土精神，參閱陳芳明，〈吳新榮：左翼詩學的旗手〉，《左翼台灣：殖民地文學運動史論》（台北：麥田，一九九八），頁一七一—九八。

8 郭水潭，〈寫在牆上〉，收入羊子喬主編，《郭水潭集》（台南：台南縣立文化中心，一九九四），頁一六〇。

9 《郭水潭集》，頁六九—七六。

10 同前註，頁八〇—八一。

11 《吳新榮選集1》，頁八一—八三。

12 同前註，頁八七—八八。

13 林芳年，〈在原野上看到煙〉，《林芳年選集》（台南：中華日報，一九八三），頁四二三—二四。

14 吳新榮，〈亡妻記〉，《吳新榮選集1》，頁二三三—九七。

15 吳新榮，〈我們是暴風雨的信奉者〉，《吳新榮選集1》，頁九〇—九三。

16 郭水潭，〈斑鳩與廟祝〉，《郭水潭集》，頁九五—九六。

17 郭水潭，〈蓮霧之花〉，《郭水潭集》，頁九七。

18 郭水潭，〈向棺木慟哭〉，《郭水潭集》，頁一〇二—一〇六。

19 林芳年，〈早晨院子裡的樹〉，《林芳年選集》，頁四一八。

黃得時的台灣文學史書寫及其意義

前言

台灣文學史的再書寫，已然成為現階段文學研究的重要議題。特別是新歷史主義（new historicism）的思考崛起之後，文學史的書寫策略與敘述方式都不斷受到密集的討論。[1]在台灣文學史這門研究日益成為獨立的學科之際，重新檢視一九四三年黃得時所從事的台灣文學史書寫工程，自然會產生期待上的落差。但是，無可否認的，在殖民地社會的文學史書寫，誠然具有高度的政治意涵。這種政治上的暗示，當亦包括了歷史撰寫權與歷史解釋權的抗衡頡頏。黃得時所承擔的歷史工程，當不止於他的書寫是這個領域的開山始祖，並且從後殖民的角度來看，他的思考也寓有歷史記憶再建構的批判意味。

然而，黃得時初步完成的台灣文學史，其歷史意義與政治意義並不只是局限在日據時期。他的史觀所放射出來的影響，也對戰後的台灣文學史書寫產生了積極的作用。他為日後陳少廷撰寫

《台灣新文學運動簡史》帶來正面的影響，也為稍後葉石濤所寫的《台灣文學史綱》開啟無窮的想像。這一系列的文學史書寫，有必要回歸到台灣社會的歷史經驗來進行探索。二十世紀的台灣歷史，大約穿越了三個不同的時期，亦即日據的殖民時期（一八九五—一九四五），戰後的再殖民時期（一九四五—一九八七），以及一九八七年之後的後殖民時期。這種歷史分期的方式，基本上是以威權體制的支配與瓦解做為依據。[2]

就殖民地時期而言，日本在台灣設立的台灣總督府，不僅在政治上、經濟上直接控制島上住民，更重要的是在文化上進一步空洞化台灣知識分子的思考。所謂空洞化，係指殖民者企圖抽填被殖民者的文化主體，而以強勢的帝國霸權論述予以填充。到了太平洋戰爭期間（一九四一—一九四五），台灣總督府升高文化政策的攻勢，強力推行皇民化運動，以達到台灣人主體「日本化」的目的。在「日本化」的政策完成之前，殖民政權的首要工作便是使島上住民徹底「去台灣化」。在這段期間，總督府既推行「精神總動員」，又高舉「振興地方文化」的標語，同時也鼓吹所謂的「決戰文學」。種種口號的傳播之中，當權者借用「外地文學」的假面，企圖把台灣文學整編到日本文學史的脈絡裡。

「皇民化」運動的重要任務既然是要「去台灣化」，則文學史的撰寫權之爭衡，就成為這段危疑時期的關鍵課題。依此歷史脈絡的考察之下，黃得時的台灣文學史書寫的政治意義便彰顯出來了。在日本人的歷史想像中，台灣社會並未存在自主的文學，如果有的話，他們也只承認島上日籍作家所寫的作品。在「外地文學」的尺碼檢驗下，台灣文學全然不符殖民者的規格。確切而言，在日本殖民者的歷史敘述裡，台灣作家是從未命名的，而台灣文學則是從未定義的。黃得時在如此文化壓抑的環境中，顯然並不接受這種「去台灣化」的政策。他的文學史，等於是台灣歷史的再閱讀，再書寫，再詮釋。書寫（writing）的過程，原就是一種命名（naming）的實踐。當他著手寫出文學史的第一章時，台灣文化主體復歸的企圖也就儼然浮現了。

「振興地方文化」與「外地文學」論

黃得時進行台灣文學史的書寫，是在一九四二年與一九四三年之間，也正是台灣總督府推行的皇民化運動臻於高潮之際。皇民化運動的目標，誠如荊子馨（Leo T. S. Ching）所說，並非真正要把被殖民者改造成為皇民，而是為了徹底消滅台灣人的認同與文化。[3]自一九三七年爆發侵華戰爭以降，總督府為了便於檢查與監視台灣知識分子的思想活動，遂下令禁止報刊雜誌使用漢文。[4]習慣於中文思考的作家，如王詩琅、朱點人、楊守愚等終於在戰爭期間封筆，必然與這種高壓的政策有密切關係。語言的使用自然會散發出政治暗示與象徵。因此，在考察皇民化運動的內容時，語言與政治之間的緊張性是不容忽視的。從這個角度來看，黃得時之建構文學史的企圖顯然就寓有微妙而深刻的抗拒意味。

要理解黃得時書寫的抗拒意義，似乎有必要從皇民化運動的脈絡去考察。基本上，皇民化運動可以分成兩個階段，一是早期的國民精神總動員（一九三七—一九四一），一是後期的皇民奉公會（一九四一—一九四五）。前者側重於精神的改造，後者強調行動的實踐。這兩個階段都偏重在政治層面上戰爭國策的配合，對於文學實踐的層面並未予以重視。[5]雖然，文學活動未受到鼓勵，這兩個政治動員對於戰時體制下畢竟還是產生極為強烈的衝擊。在國民精神總動員的階段，意識形態的支配高於一切，使得作家無法獲得充分的空間從事思考與創作。這說明了為什麼在一九三七年與一九四一年之間，台灣文壇竟然停頓於荒蕪的狀態。這也是黃得時在當年所說的，荒蕪景象誠然是「台灣文學運動的空白時代」；因為，受到自由主義與普羅文學洗禮的作家都無法充分表達意見。[6]

必須要等到一九四〇年大政翼贊會成立之後，日本政府透過這個組織的運作，開始在殖民地與占領地推行振興地方文化運動，台灣作家才獲得了創作的空間，而整個文壇才漸漸感受到活潑的生機。[7]

不過，「振興地方文化」的精神與內容，對於島上的日籍作家與台灣作家卻有各自的定義。從日籍作家的觀點來看，地方文化是置放在整個日本帝國版圖的脈絡中來定位的。也就是說，台灣地方文化是構成日本帝國文化豐富色彩的一環。日籍作家樂於挖掘台灣文化之美，乃在於它富有異國的情調。不僅如此，掌握地方文化的精神，為的是能夠找到開啟被殖民者的靈魂之鑰。但是，從台灣作家的立場來看，在戰爭期間從事振興地方文化的工作，是為了找到思想活動的空間。戰爭陰影與高壓政策的籠罩下，台灣新文學運動的傳統產生了嚴重的斷裂。順著「振興地方文化」口號的提出，似乎可以使台灣新文學的命脈延續下去。

因此，同樣是在「地方文化」的旗幟下，日籍作家與台灣作家之間就發生了路線的分歧。日籍作家企圖把台灣文學視為帝國的一環，是屬於「帝國文學論」。而台灣作家則是堅持台灣文學不包括在帝國文學之中，是屬於「文學一島論」的立場。帝國文學論的主張，終於導致以日本作家為中心而組成台灣文藝家協會；文學一島論的主張，則使台灣作家集結在一起而建立了啟文社。台灣文藝家協會在一九四〇年發行《文藝台灣》，啟文社在一九四一年出版《台灣文學》。戰爭期間的兩條路線，至此宣告成形。[8]

台灣文藝家協會的首腦西川滿（一九〇八—一九九九），在滿二歲時隨父親來到台灣。他的童年與青少年時期，都在台灣度過。十八歲時，回東京就讀於早稻田大學日文系。他的畢業論文，乃是以法國唯美的浪漫主義詩人藍波（Jean Arthur Rimbaud）為題。這方面的研究，影響他一生的文學品味。畢業時，他的老師吉江喬松鼓勵他返回台灣，希望他「為地方主義奉獻一生吧」。

回到台灣後，西川滿先後擔任《愛書》與《媽祖》兩份刊物的編輯。一九三九年八月，他以《台灣日日新報》學藝部主編的身分組成台灣詩人協會，發行《華麗島》詩刊。出版一期之後，台灣詩人協會改組成為台灣文藝家協會。這個協會的宗旨，便是「以台灣文藝的向上發展，以會員相互之親睦為目的」。[9]

台灣詩人協會最初是西川滿、北原政吉、中山侑等日人作家籌備組成，參加的台灣作家則包括楊雲萍、黃得時、龍瑛宗。從成員結構來看，似乎是日、台作家共同合作；因為西川滿是《台灣日日新報》學藝部主編，而黃得時是當時《台灣新民報》學藝部主編。協會的成立，是以「在台官民有志一同」的形式完成的。《華麗島》詩刊僅出版一期，卻發表了六十三人的作品，創造了一個前所未有的團結的景象。

然而，詩刊出版之後，協會立即改組，一九三九年十二月變成台灣文藝家協會，就頗具配合皇民化運動的意味。同樣由西川滿、黃得時為籌備委員，整個協會的主導權則完全落在日人手中。參加日人成員有赤松孝彥、池田敏雄、石田道雄、川平朝申、北原政吉、島田謹二、中村哲、高橋比呂美、長崎浩、中山侑、濱田隼雄等人。台籍作家則包括鹽分地帶詩人吳新榮、郭水潭、莊培初、林芳年，風車詩社的水蔭萍、李張瑞、林修二，以及張文環、邱淳洸、王育霖、王碧蕉、邱永漢、周金波、楊雲萍等。從刺激創作的角度來看，振興地方文化運動誠然使苦悶時期的台灣作家有了活動的空間。但是，從更為深層的皇民化運動角度來看，則可發現台灣作家只是扮演「被團結」的角色，使大東亞共榮文化的格局，有了跨越種族界線的包裝。

《文藝台灣》的編務，完全操在西川滿手中。就像他個人承認的，這份刊物成為他「可以充分發揮個性的雜誌」。《文藝台灣》在一九四一年二月，配合戰爭時期的新體制而改組，會長是台北帝國大學部教授矢野峰人，事務長為西川滿。他們決定了整個雜誌發展的方向，亦即朝著唯美的浪漫主義建立風格。這種耽美傾向，似乎與帝國的戰爭毫不相關，但是從文化支配的策略來看，則有其更深刻的意義。因為，美化台灣的風土人情，等於是美化了帝國的殖民統治。在他的作品裡，看不到殖民地受害受難的實況，從而得以完美地拭去了殖民者的罪惡。這種耽美的書寫，同時也在建構帝國之美，使殖民地社會浮現了幸福的景象。就這個觀點而言，西川滿對台灣寫實主義的美學之產生厭惡，應是不難理解。因此，以台灣民俗風為題材的台籍作家，就逐漸與西川滿的耽美風格、個人色彩產生了疏離。不滿西川滿作風的張文環、黃得時、王井泉、陳逸松、林博秋、簡國賢、呂泉生與日人中村哲、中山侑、坂口䙥子退出台灣文藝家協會。在一九四二年五月另組啟文社，發行《台灣文學》雜誌。因此，這兩份刊物的對立，似乎是在浪漫主義與寫實主義的立場上劃清界線。不過，一個更為重要的原因，恐怕是根源於國族認同與文學史觀的議題上發生了歧異。最為顯著的，莫過於台灣文藝家協會的評論家島田謹二，在《文藝台灣》二卷二號（一九四一年五月）發表的〈台灣の文學的過現未〉，以及啟文社的成員黃得時，在《台灣文學》二卷四號（一九四二年十月）發表的〈輓近の台灣文學運動史〉。

島田謹二提出「外地文學」一詞，來概括在台日籍作家的作品性格。雖然他解釋外地文學是一種殖民地文學，在他心目中，殖民地文學卻未包括被殖民的作家。相對於以東京中央文壇為主流的內地文學，所謂外地文學無非是帝國南方文化建設的重要一環。這種文學雖然處於帝國的權力邊緣，卻是構成帝國文化重要的組成部分。殖民地的日籍作家，寫出了母國作家所未能呈現的生活經驗。這種異國情調的書寫方式，使處於邊緣地位的日籍作家有進軍回歸到中央文壇的機會。島田謹二對於台灣的外地文學發展劃分成三個時期，第一、明治二十八年（一八九五）至三十八年（一九〇五），日本征服台灣的最初十年，代表作家為森鷗外、森槐南、山衣洲、倉達山、中村櫻溪等人。他們的作品展現了日本在日清戰爭與日俄戰爭期間的軍事征服之頌讚。第

二、明治三十八年至昭和初期（一九三一），是帝國權力鞏固的時期。代表作家為正岡子規、山田義三郎、岩谷莫哀、伊良子清白、佐藤春夫，無論是俳句、短歌、長詩、小說，都在發現並探索台灣的風土之美。第三，是滿洲事變（一九三一）到太平洋戰爭（一九四一）十年時期，內地人在台灣移民生根，作品集中描繪台灣的自然與生活。代表作家以《文藝台灣》的西川滿、濱田隼雄為主。[10]

這樣的文學史觀，便是企圖把台灣文學收編到整個日本文學史的脈絡裡。具體而言，日籍作家創造的台灣文學，僅是日本文學傳統的一小部分。他建議在台的日人作家，應該從人種學、心理學、歷史學、社會學、宗教學等的角度來了解台灣的民情，從而寫出堅實的異國情調文學。

不過，島田謹二的外地文學論，並非只是在於建立史觀而已。更重要的是，西川滿與島田都有意要在這個史觀的基礎上建構「台灣文學史」。台灣文藝家協會所發行的機關報《台灣文藝通信》第六號（一九四二年十一月三十日），具體提出該會的事業計畫，包括「台灣文學史的編纂」、「協會會員之鍊成」、「文藝演講會、文藝座談會之召開」、「北原白秋遺墨展・追悼座談會之召開」、「國民詩朗讀・短歌朗詠講習」、「已故文學者遺墨展」、「報導作家派遣」、「文藝年鑑之刊行」、「大東亞文學者大會代表派遣」等等的工作。在林林總總的任務中，最引人矚目的當推「台灣文學史」的編纂。[11]

如果這部文學史係以島田謹二的外地文學論為史觀依據，則台灣作家的藝術成就必然都要從歷史書寫中擦拭淨盡。因此，外地文學論絕對不是單純的文學詮釋，而是牽涉到政治意義特別濃厚的歷史撰寫權。在台灣島上產生的文學，完全都只能出自日本作家的手筆。這種粗暴的書寫方式，等於是直接對台灣歷史進行抽梁換柱，也等於是要使台灣知識分子的歷史記憶全盤空洞化。尤其是該協會的任務之一，便是對一般民眾從事文化啟蒙，依照這種歷史書寫的方法，所謂「啟蒙」無異是一種蒙蔽。

為什麼在「振興地方文化」的旗幟下，島田謹二等日本作家竟如此焦慮要壟斷歷史發言權？從當時大環境的演變來看，幾乎可找到一些答案。在台灣如火如荼推行的皇民化運動，特別是在一九四一年之後成立的「皇民奉公會」組織，其實都是在反映日本殖民母國本部的政策。局勢趨緊之後，為了因應太平洋戰爭的升高，東京政權提出所謂「新體制」的口號。新體制，其實指的就是戰爭體制。凡是能夠動員的一切社會力量，都必須配合新體制動員起來。文學運動當然是無可或缺的一環。日本的文學界、言論界、美術界、音樂界都在流行一句話：「必須趕上新體制的巴士」（新體制のバスに乘リ遲れるな）。正是在這種客觀形勢的要求下，一九四二年五月二十六日，日本所有的作家與文藝社團終於組成了「日本文學報國會」。[12]

日本文學報國會的首要任務，便是要召開大東亞文學者會議。受邀作家來自日本本部，滿州國、中華民國、法屬印度支那（越南）、朝鮮、與台灣。這項會議召開，既是為了落實「振興地方文化」的口號，也是為了炫耀大日本帝國的文化榮光。台灣的出席者，是龍瑛宗、張文環、西川滿、濱田隼雄。除此之外，一個不能不注意的事實，便是一九四二年八月，日本文學報國會提出了「共榮圈文學史的編纂」之構想。[13]

這種擴大文學史的書寫工程，展現的是帝國權力的蔓延與滲透。在名義上是「振興地方文化」；但是，這種文學史的收編方式，卻是文化的中央集權化。面對這樣的「歷史巴士」，遠在台灣的日籍作家自然會產生焦慮。他們一方面擔心台灣作家會與他們平起平坐而進入日本文學史，一方面也很害怕日本文學史會遺棄他們。如果這樣的理解可以接受，則島田謹二的外地文學論洩露了日人作家內心的雙重焦慮。他們既對台灣的地方文壇顯露傲慢的身段，又對日本的中央文壇流露自卑的姿態。

在日人作家自傲與自卑之間，更加清楚證明台灣文學運動史自有它特殊獨立的精神。倘然台灣沒有產生任何文學作品，則島田謹二無須慌忙否定台灣文學的存在。倘然台灣確實產生了文學，則日本文學史無論如何進行收編，也無法否定台灣文學固有的自主精神。一九四四年十二月，日本文學報國會終於完成編纂《標準日本文學史：日本語版》（大東亞出版株式會社），並且編輯了《大東亞文學代表選集：現代日本文學之部》。[14]在兩部巨書的編輯委員中，西川滿、島田謹二都不在名單之內。他們的文學，最後還是沒有受到日本文學史的承認。

外地文學論，或確切地說，殖民地文學論，是西川滿與島田謹二的史觀精髓。他們積極為日本大帝國宣揚上國文化，也努力排拒台灣作家及其作品於日本文學史之外。他們的用心良苦，竟然絲毫未能取悅於日本中央文壇。當他們也被拒絕於日本文學史之外時，他們的效忠與鍊成都化為巨大的歷史嘲弄。

黃得時的台灣文學史觀

對照於島田謹二的外地文學論，黃得時採取另一種自主的、創造性的角度來觀察台灣文學史。皇民化運動進入第二階段，亦即皇民奉公會在全島各地成立之際，台灣作家都被迫放棄保持沉默的空間，而必須呼應戰爭國策來創作。在嚴苛形勢的要求下，幾乎每位作家都要交心表態。較具批判精神的作家如楊逵、呂赫若，選擇迂迴曲折的方式在作品中表達抵抗的態度。依違於台灣人與日本人之間的中間作家如龍瑛宗、張文環，在立場上表現了某種程度的妥協。至於精神上逐漸向日人靠攏的作家如陳火泉、周金波，則以傾斜的書寫支持戰爭國策。從各種意識形態的座標來看，黃得時應該是屬於批判精神較為強烈的一位。

黃得時的史觀，完全不把台灣文學置放於日本文學史的脈絡之中。他支持「振興地方文化」的主張，但是，在皇民化運動期間，全然對日本文學不置一詞。就像他在一九四一年發表的〈台灣文壇建設論〉所說，當時台灣文壇存在著兩種文人。第一種是藉台灣為踏腳石，企圖登上日本中央文壇的人，第二種是完全無視中央文壇，而積極追求台灣全體文化之向上。[15]這種劃分方式，清楚區隔了《文藝台灣》與《台灣文學》的路線。島田謹二的外地文學論，竭盡思慮要把台灣的日人作家與日本中央文壇聯繫起來，不僅僅是為了提升自身的能見度，而且也是為了能夠獲得承認被納入日本文學史裡。所以島田謹二的論述，無非是在爭取台灣日人作家之合法性。只有具備日本血統的作家，才能獲得日本文學史的正統資格。黃得時雖未直接批判這種觀念的偏頗，卻足以突出《文藝台灣》集團利用台灣文壇躍上中央文壇的心機。表面上，西川滿等人也是在鼓吹「振興地方文化」，卻並沒有在提升台灣文化的工作上做過任何努力。

《台灣文學》的成員，相形之下，都致力於台灣文壇的建設。他們並不在乎是否被日本文學史接納，也不在乎是否為中央文壇所承認。對黃得時而言，台灣文學的發展系譜全然與日本文學無關。他在建立史觀之際，非常清楚勾勒出自己的時間意識與空間意識。就時間意識而言，台灣新文學運動並未與日據之前的台灣古典文學發生斷裂，而是一脈相承延續下去。就空間意識而言，他強調只有寫出與台灣題材有關的作品才能屬於台灣文學。這種詮釋，等於是間接批判外地文學論的非法性。

黃得時的文學史書寫，首先完成現代部分，然後才從古典文學追溯下來。現代部分係以〈輓近の台灣文學運動史〉為題，發表於一九四二年的《台灣文學》。在這篇文章裡，他把皇民化運動時期的台灣作家，與在此之前的新文學運動接軌。因此，在解釋方面，黃得時極其微妙地為《台灣文學》集團找到歷史定位。他非常肯定一九三四年台灣文藝聯盟的結合，更是肯定文藝聯盟提出的口號：「寧作潮流衝鋒隊，莫為時代落伍軍。」他也尊崇聯盟機關刊物《台灣文藝》的主張：「我們的雜誌並非『為藝術而藝術』的藝術至上派，我們是『為人生而藝術』的藝術創造派。」這些論點，似乎預做伏筆。寫到後來在戰爭時期成立的《台灣文學》集團時，他的文學信念與文學史觀就呈現出來了。他專注於區別《文藝台灣》與《台灣文學》的歧異立場：

……《文藝台灣》的同人中七成為內地人，圖謀同仁互相的向上發展為唯一目標，相對地，《台灣文學》同仁多是本島人，為了本島整個文化的向上以及新人毫不吝嗇地開放園地，努力於成為真正的文學道場。因此，前者的編輯為追求美的結果，趣味性濃，乍看非常美麗，可是相對地小而整齊且遠離了現實生活，所以一部分人的評價並不高。相反的，《台灣文學》徹底貫徹了寫實主義，非常具有野性，「霸氣」與「魁偉」充滿著篇幅（葉石濤譯）。16

以台灣作家為主的《台灣文學》集團，在精神上顯然與三〇年代的台灣文藝聯盟是可以互相銜接的。就黃得時的立場來看，《文藝台灣》的日人作家無異是脫離現實的「為藝術而藝術」的藝術至上派。「追求美」、「趣味性濃」、「非常美麗」、「小而整齊」等等字眼之形容，足以透露黃得時對《文藝台灣》的貶抑。這裡暗示了台灣文學運動的發展連續性，亦即從三〇年代的《台灣文藝》到四〇年代的《台灣文學》的寫實主義路線並未發生斷裂。這種歷史敘述，正好與島田謹二劃清界線。因為，島田的史觀集中於建立台灣日人作家與日本本國作家之間的聯繫關係，黃得時則只偏重在台灣文學運動史的自主性延續。兩人的敘述觀點，正好構築了殖民者與被殖民者的雙軌時間意識；兩條軌跡是對等的，平行的，而且毫無交集。

自主性的歷史意識，表達得最為鮮明之處，莫過於黃得時為台灣文學史的書寫所提出的辯護。一九四三年他正式發表〈台灣文學史序說〉時，就已申論建立台灣文學史的必要性。當有人質疑，台灣在改隸於日本統治之後，文學已經納入「明治文學」的脈絡裡，何需另外寫出一部「台灣文學史」？黃得時指出，這種論調好像等於是在說日本文學既已包括在世界文學之內，為何需要特別另立日本文學史？對於這種反對論，他很有信心地回應：「如同日本文學在世界文學中放射異彩的意義上，我相信台灣文學擁有清朝文學以至明治文學所未有的獨特性格，才草撰了此稿。」[17]如此清楚的歷史觀，表現在皇民化運動與太平洋戰爭臻於高潮的階段，誠然富有抗拒的政治意義。黃得時對台灣文學所持有的信心，恐怕比同時代的許多作家還更高昂。他的立場極為堅定，台灣文學在割讓之前固然屬於清朝，並不必然就完全屬於清朝文學。而在改隸之後，台灣文學也不必然就被吸納在日本文學之中。文學的自主發展，並不因政權更迭而轉移。他透視了政治權力的虛構性質，而看到了台灣文學的真實風貌。在〈輓近の台灣文學運動史〉一章中，他已經承認台灣新文學同時受到日本內地文藝復興的刺激，也受到中國新文學運動的影響。但是，文學思考的影響，並不意味必須被收編。黃得時撰寫台灣文學史的用心，就在於此。

〈台灣文學史序說〉的重要論點有二：第一、何謂台灣文學？第二、構成台灣文學的主觀因素為何？申論這兩個問題時，黃得時充分表達了台灣文學的主體性格。他認為所謂台灣文學包含了五種情況：一、作者出身於台灣，文學活動也在台灣；二、作者出身於台灣之外，卻久居台灣，而文學活動也在台灣；三、作者出身於台灣之外，一度在台灣有過文學活動，後又離開台灣；四、作者出身於台灣，而文學活動在台灣之外；五、作者出身於台灣之外，也從未到過台灣，文學活動在台灣之外，卻有作品與台灣相關。[18]以上述五種納入台灣文學發展的脈絡裡，誠然具有「收編」的意味。黃得時以第一種情形做為台灣文學的主體，但並不排除其他四種情形，正好可以反映他寬闊的歷史視野。尤其在島田謹二極力擦拭台灣作家的文學成就之際，黃得時反其道而行，一併把日本作家或清朝官員詩人都放到台灣文學史中。這種翻轉的姿態，顯然回敬島田謹二以漂亮的一擊。

不僅如此，黃得時更進一步以種族、環境與歷史三種因素來概括台灣文學的特色。多種族的移民社會，亞熱帶的美麗島嶼，以及不斷更迭的殖民歷史，正是構成台灣文學的特殊性格。而這種性格在中國文學裡從未出現，也在日本文學中未嘗發現。黃得時認為，種族和環境屬於空間意識，歷史則是屬於時間意識。[19]劃定台灣文學的座標之後，就能辨識它與清朝文學、日本文學的歧異之處。黃得時在開宗明義第一章，不憚其煩闡釋台灣文學的性格，無非是在建構一個文化主體。在他的觀念裡，文學的延續是可以超越政治，而政治干涉只會帶來文學的斷裂。

黃得時的文學史觀，建立於皇民化運動的漩渦深處。在政治權力氾濫的時刻，他仍然保持清醒的思考，並且為自己找到鮮明的發言位置，當然有其不可明說的用心。他刻意尊崇台灣文學中寫實主義的美學，因為這是台灣作家對抗殖民霸權論述的最佳思維方式，既富審判精神，又可彰顯台灣意識。同時，他以寫實主義路線為主軸，串起三〇年代作家與皇民化時期作家的共通精神。這種詮釋策略，等於是把殖民者與被殖民者的文學區隔開來。建基在如此穩定落實的史觀之上，黃得時才展開他的歷史敘述。

黃得時史觀的系譜

黃得時的台灣文學史書寫計畫，事實上並未完成。這部殘稿只包括〈台灣文學史序說〉、〈台灣文學史・第一章——明鄭時代〉、〈台灣文學史・第二章——康熙雍正時代〉、〈輓近の台灣文學運動史〉等四章而已。然而，在一個危疑時代所產生的文學史，即使再如何闕漏殘餘，仍然還是會投射高度的文化暗示。他選擇從古典文學史做書寫的起點，就在於強調時間意識的連續性，更寓有以漢文文學來抗議皇民化政策的意味。自一九三七年頒布禁用漢文政策以降，台灣作家都不能不使用日文來表達思想。黃得時的文學史工程，上溯至明鄭時期的沈光文，他的歷史敘述以日文書寫，卻在行文中大量引用漢詩。身處禁用漢文的時代，黃得時內心深處也許帶有偷渡成功的快意吧。

他是日據時期知名古典詩人黃純青的子嗣，頗具家學淵源。[20]不過，他的古典文學史的概念，頗受連雅堂的影響。在撰寫文學史之初，黃得時就大量閱讀連雅堂的作品。一九四一年，他購得《台灣詩薈》二十二冊，欣喜若狂，因為這是他長久憧憬的藏書，而且是研究文學史的重要文獻[21]。《台灣詩薈》發行於一九二五年，是日據時期漢詩的刊物。這份刊物的重要性，不只讓時人發表古典詩的創作，並且也大量刊載久佚的傳統詩文。在新文學運動崛起後，連雅堂為維繫漢詩命脈而戮力經營，其目的在於「一以振興現代之文學，一以保存舊時之遺書」。[22]

對於連雅堂的文史造詣，黃得時給予很高的評價。例如，他把連著《台灣通史》與日本學者伊能嘉矩的《台灣文化志》相提並論，認為是最尊敬的兩位學者。他認為，《台灣通史》有些論點「或出於杜撰，或偏於獨斷，卻還不失其價值」。[23]至於《台灣詩薈》，他肯定其蒐羅當時全島詩人的作品，又複刻自沈光文以降的重要詩文集。即使到戰後重印《台灣詩薈》時，黃得時也還是對此詩誌讚賞備至：「最值得一提的，是每期陸續刊登台灣先賢之遺稿和遺書，藉以闡發先賢之潛光。這對於振興文化極有意義。」[24]

連雅堂作品受到黃得時的尊崇，由此可見。但是，黃得時的文學史受到影響最清楚的事實，當來自連雅堂的《台灣詩乘》。這是一部有系統、有觀點的台灣漢詩史。黃得時的父親黃純青，對《台灣詩乘》評價甚高。他認為：「……連子雅堂，於台灣通史外，畢竭其精力於台灣詩乘之由乎？」[25]把這部詩史置放在與《台灣通史》一樣的高度，在其內心的重要性誠然無可置疑。《台灣詩乘》最初正是在《台灣詩薈》分期連載，黃得時閱讀這份詩誌時，必然獲得啟發。戰後，他的追憶承認了這個事實：

> 民國十三年二月十五日起，「台灣詩乘」連載於《台灣詩薈》雜誌十三次，但止於卷二而已。日據末期，我曾參考該「詩乘」撰寫「台灣文學史」，唯卷三以後苦於書目無法得手。適台灣光復以後，震東先生返台，出示該「詩乘」全稿六卷，如獲至寶，隨即建議當時任台灣省文獻委員會主任委員，家父純青先生予以出版。[26]

這段回憶為後人留下兩個答案：第一、黃得時的《台灣文學史》古典時期部分，全然是以《台灣詩乘》為基礎；第二、連雅堂的詩史在當時僅連載兩卷，黃得時改寫其歷史敘述時，也只能止於康熙雍正時期。這個信息極為重要，《台灣文學史》後來沒有完成，並非是迫於時局，而是《台灣詩乘》的連載中斷，使他無以為繼。

黃得時改寫連雅堂的詩史，有多處極為清楚。《台灣詩乘》共分六卷，始於明鄭沈光文，止於日據初期。連雅堂的分期方式，完全是以帝王年號為主。黃得時也是依「鄭氏時代」、「康熙雍正時代」、「乾隆嘉慶時代」、「道光同治時代」、「同治光緒時代」、「改隸以後」等六個時期來劃分章節。不僅如此，《台灣詩乘》引述的重要詩作，也重複出現在黃得時的文學史之中。因此，連雅堂的史觀，由於有黃得時的文學史書寫而獲得發揚延續。在「振興地方文化」的口號高漲時期，這種再書寫確實已經為台灣文學重新再定義了。即使黃得時述而不作，在政治危機的陰影下，仍然還是彰顯了台灣文學的主體地位。

然而，黃得時也不必然都是因襲《台灣詩乘》的體制。至少有兩個地方，他稍有突破。首先是「詩史」與「文學史」有了區隔，在內容上黃得時擴大到古文方面的作品。《台灣詩乘》只是集中於敘述舊詩傳承的流變，而《台灣文學史》也包括了詩作以外的古文。其中最值得注意的是，他特別提高郁永河《裨海紀遊》、藍鼎元《鹿洲全集》、黃叔璥《台灣使槎錄》，與江日昇《台灣外記》等經典作品的能見度。而這是《台灣詩乘》未及兼顧的。

黃得時的改寫（rewriting），既是在《詩乘》的基礎上擴大到古文方面的敘述，同時也把連雅堂的漢文著作翻譯成日語。通過翻譯，可以使原有「振興地方文化」的精神傳遞下去。黃得時可能不必表達自己的政治信仰，但他一旦選擇把《詩乘》改寫成文學史時，他的發言位置自然就非常鮮明。在戰爭期間，這種再書寫，強烈帶有再詮釋的色彩。藉他人酒杯，澆胸中塊壘，其中的微言大義，可謂深長。他的再詮釋，有意凸顯台灣文學的主體。其中較值得注意的解釋，便是把《詩乘》中所區分的「宦遊詩」與「台灣詩」反覆敘述。

《詩乘》早已注意到台灣詩史中的兩種風格，一是宦遊詩，一是台灣詩。前者是指清廷派遣來台官員所留下的詩作，基本上較偏重於個人心情的描寫。後者則是指乾嘉以來，台灣本地開始有自己的詩作，能夠表達出島上的風土人情與思維價值。這種微妙的美學變化，在黃得時的文學史裡獲得密集的注意。在每個不同的歷史階段，他分別敘述「對岸來台」的詩人與「本地出身」的詩人之不同書寫。他指出：「鄭氏時代與康熙雍正時代的文人，大部分都是來自對岸的渡台官吏；在文教振興的造福下，進入下一個乾隆嘉慶時代，本地出身的文人前後相繼輩出，誠然值得慶賀。」[27]他關注的重心，顯然是放在本地詩人的藝術成就之上。他的書寫策略，有意突出台灣文學風格的建立，全然是出自在地文人的經營與追求。他不否認，康熙雍正時期文教振興所帶來的影響。不過，真正的美學形塑，還是要經過本地文人的改造與鍛鑄。言外之意，似乎在於影射自日本渡台的官吏文人，並非是台灣風格的建構者。畢竟台灣文學傳統自有其特殊體系的沿革與創新，而這都是由於本地文學家的努力所致。

在一個漢文查禁的年代，黃得時在台灣文學史中大量摘錄漢文原作，從沈光文、郁永河到夏之芳、江日昇，其作品再三出現，既有偏重抗議精神的美學，或有頌讚山川草木的情致，無非在於對照出當時戰爭國策的怪誕荒謬；縱然這種對照方式並沒有特別鮮明而強烈。這部未完成的書寫工程，並沒有因為時代的轉換而失去其意義；相反的，戰後國民政府來台接收之後，由於台灣歷史記憶受到政治的壓制，黃得時的文學史就成為一種傳說、一種憧憬、一種理想。

對黃得時表達崇高敬意的葉石濤，便是在這部歷史殘稿之上繼續建構台灣文學史。遠在一九六五年，葉石濤寫下〈台灣的鄉土文學〉一文，就已立志要以畢生的時光寫出一部台灣文學史。他所效法的對象，正是黃得時。這種文學史觀的傳承關係，只有放在殖民地社會的脈絡裡，才會散發其幽微而深遠的文化意義。[28]黃得時之所以改寫連雅堂的《台灣詩乘》，就在於間接迂迴地抗拒大東亞戰爭國策。在日本人粗暴篡改台灣人的歷史記憶之際，黃得時以再書寫的策略重新為台灣文學的傳統辯護。同樣的，葉石濤重新改寫黃得時以日文書寫的《台灣文學史》時，也正是台灣社會正處在戰後戒嚴體制極為嚴苛的階段。面對高壓的權力支配，葉石濤也選擇改寫的方式，使遭到遺忘的歷史記憶再度浮現。

葉石濤之接受黃得時史觀，最為顯著之處有二，一是有關空間意識與時間意識的解釋，一是有關古典文學部分的書寫。在〈台灣的鄉土文學〉一文中，葉石濤如此敘述他的願望：

> 我渴望著蒼天賜我這麼一個能力，能夠把本省籍作家的生平、作品，有系統的加以整理，寫成一部鄉土文學史。可惜，這個願望始終不能如願以償。依稀記得，日據時代黃得時似乎

> 也動過這個念頭；他寫過一篇〈台灣文學史序說〉，刊登於日人西川滿主編的《文藝台灣》上。我猜想，泰納（Tiane）的《英國文學史》也許給他寫作的動機。他在開頭提到形成鄉土文學的幾種因素，如風土、種族、語言、歷史後，便致力於闡明滿清後本省文人墨客的舊文學作品及漢詩，詩社的結成，與大陸文化交流的來龍去脈。[29]

撰寫此文時的葉石濤，也許記憶有誤。黃得時的〈台灣文學史序說〉並非發表於《文藝台灣》，而是在《台灣文學》。文中提到的泰納，是一位法國文學史家，葉石濤常常引用他的論點。[30]他再度寫出〈台灣鄉土文學史導論〉時，又一次強調：「當我們回顧台灣鄉土文學史的時候，我們不得不考慮到它的根源以及特殊的種族、風土、歷史等的多元性因素。」[31]他之所以重視台灣特有的空間意識和時間意識，目的在於建構整個文學史的主體，亦即「以台灣為中心」的文學史，或是以台灣意識為基礎的文學書寫。他的觀點，在於接受到黃得時的啟發。因為，如前所述，黃得時在〈台灣文學史序說〉，便是以種族、環境、歷史來界定台灣文學的特性。要理解葉石濤高舉「台灣鄉土文學」旗幟的背後因素，就不能不追溯到日據時期黃得時的史觀。

就古典文學史書寫的影響，葉石濤在一九八七年完成的《台灣文學史綱》，更是以黃得時的〈台灣文學史序說〉為底本。就史料收集與歷史敘述而言，全然沒有超出黃得時書寫的範疇。在該書第一章〈傳統舊文學的移植〉的附註裡，他坦白承認：「以下作者所述的清朝詩人都取材於黃得時〈台灣文學史序說〉一九四三年七月《台灣文學》第三卷第三號，第五—十頁。」[32]換句話說，這方面的主要工作只是把日文重新整理改寫為中文而已。然而，這種改寫不能以因襲的角度去理解，而應該置放在戒嚴體制下的文化脈絡中檢驗。戰後台灣在解嚴之前，本土的語言、文學、歷史等等記憶都受到「以中原為取向」的中國體制之壓制。那種抽梁換柱的空洞化策略，與皇民化時期的戰爭國策可謂無分軒輊。黃得時以日文改寫中文的《台灣詩乘》，葉石濤以中文改寫日文的〈台灣文學史序說〉，都同時呈現了殖民體制下文化政策的偏頗。他們所要對抗的，乃是不同時代的相同的「外地文學論」；他們所要拒絕的，則是不同政權的文學收編策略。黃得時利用連雅堂的歷史書寫，使日據時代的台灣新文學運動與早期的古典文學接軌。葉石濤則藉黃得時的歷史敘述，把戰後台灣文學，與日據文學運動、清朝古典文學貫通聯繫。這種歷史主軸的再建構，頗具後殖民的批判意味。這也正是台灣殖民經驗最值得注意的抵抗典範。

結論：文學史的再書寫

黃得時的文學史工程，並非只由葉石濤單獨繼承。在此之前，陳少廷編撰的《台灣新文學運動簡史》，也正是黃得時文本的另一種衍異。不過，他並非直接從日文的台灣文學史沿襲繼承，而是以黃得時在戰後初期所發表的論文為基礎改寫而成。[33] 陳少廷也公開承認：「本書之完成，我首先要向黃得時教授敬表由衷的謝忱！黃教授的大文〈台灣新文學運動概說〉，是本書的骨幹，全稿撰成後，更承黃教授悉心審閱，提供極具價值的指正。」[34]

身為台灣文學史的奠基者，黃得時的史觀在皇民化運動時期與戒嚴時期都同時發揮了啟蒙與批判的精神。然而，他也並不是史觀的原始創見者，因為連雅堂已為他鋪下了歷史敘述的道路。

在殖民地社會裡，文學史的再書寫牽涉到語言的轉換與翻譯。每經過一次改寫，歷史記憶便無可避免會產生新的意義。雖然作家文本的依據是相同的，一旦經過再詮釋之後，就會出現全新的文化暗示。連雅堂、黃得時、葉石濤，甚至是陳少廷，都在不同的歷史階段透過文學史的書寫與再書寫來建構台灣主體。其中最重要的精神遺產，莫過於抵抗文化的傳承。在殖民地歷史中，能夠保留、維護、建構最佳心靈的策略，唯抵抗而已。他們的再詮釋，因襲的手法勝過創新的技藝。其中有許多細緻的觀點，需要更貼近的考察。

完成於六十年前的黃得時日文《台灣文學史》，抗拒了《標準日本文學史》的收編。風聲鶴唳的大東亞戰爭國策，對台灣作家造成深沉的傷害，卻並沒有使台灣人屈服。島田謹二與西川滿，早已被日本文學史遺忘了，縱然他們曾經占有支配者的地位。黃得時的書寫可能只是微弱的抵抗象徵，但經過不斷的再書寫，竟然成為日後文學史的重要論述。他的歷史之姿，看來是如此強悍而美麗。

註釋

1 新歷史主義（new historicism），不相信歷史是單一的、連續性的線性發展（linear process），而傾向於認為歷史敘述充滿了太多的斷裂、縫隙與匱缺。傳統的歷史主義，過於強調歷史發展是一種客觀的、規律的、目的論、科學的時間延伸。新歷史主義則認為，歷史是一種主觀的記憶再建構，一種解構式的史實再書寫。參閱 Jeffrey N. Cox and Larry J. Reynolds eds, *New Historical Literary Study: Essays On Reproducing Texts, Representing History.* Princeton, N. J.: Princeton University Press, 1993。這種思考方式，促使女性主義學者開始重視女性文學史的再書寫。在國內最典型的研究代表，當推邱貴芬教授。參閱邱貴芬，〈台灣（女性）小說史學方法初探〉與〈從戰後初期女作家的創作談台灣文學史的敘述〉，《後殖民及其外》（台北：麥田，二〇〇三），頁一九—八二。

2 這種歷史分期的討論，參閱陳芳明，〈後殖民或後現代——戰後台灣文學史的一個解釋〉，《後殖民台灣：文學史論及其周邊》（台北：麥田，二〇〇二），頁二三—四六。

3 Leo T. S. Ching, *Becoming "Japanese": Colonial Taiwan and the Politics of Indentity Formation.* Berkeley: University of California Press, 2001, p. 93.

4 台灣總督府查禁漢文書籍的具體事實，便是一九四〇年李獻璋編的《台灣小說集》被勒令禁止發行。參閱下村作次郎，〈台灣新文學の一斷面——一九四〇年發禁，李獻璋編《台灣小說選》〉，《文學で讀む台灣》（東京：田畑書店，一九九四），頁七八—一〇四。

5 有關此議題的討論，參閱江智浩，〈日治末期（一九三七—一九四五）台灣的戰時動員體制——從國民精神總動員組織到皇民奉公會〉（中壢：國立中央大學歷史研究所碩士論文，一九九七）。

6 黃得時，〈輓近の台灣文學運動史〉，《台灣文學》第二卷第四號（一九四二年十月十九日），頁六—七。

7 台灣文壇由死寂時期朝向復甦階段的史實討論，參閱柳書琴，〈戰爭與文壇——日據末期台灣的文學活動（一九三七年七月—一九四五年八月）〉（台北：國立台灣大學歷史學研究所碩士論文，一九九四）。特別是第三章〈復甦〉，頁五四—六六。

8 有關這兩條路的頡頏抗爭，可以參閱張文環作，葉石濤譯，〈《台灣文學》雜誌的誕生〉，收入葉石濤，《小說筆記》（台北：前衛，一九八三），頁四一—五三；以及池田敏雄作，葉石濤譯，〈關於張文環的《台灣文學》雜誌的誕生〉，收入《小說筆記》，頁五四—六九。柳書琴的前述論文，亦有詳細討論。又見王昭文，〈日治末期台灣的知識社群（一九四〇—一九四五）——《文藝台灣》、《台灣文學》、《民俗台灣》三雜誌的歷史研究〉（新竹：國立清華大學歷史研究所碩士論文，一九九一）。特別是第三章，〈戰時台灣的文學社群——《文藝台灣》與《台灣文學》〉，頁二八—六〇。

9 西川滿的生平及其與《文藝台灣》的關係，參閱中島利郎，〈西川滿作品解說〉，收入中島利郎編，《日本統治期台灣文學日本人作家作品集・第三卷・西川滿・II》（東京：綠蔭書房，一九九八），頁三八七—四一四。

10 島田謹二，〈台灣の文學的過現未〉，《文藝台灣》第二卷第二號（一九四一年五月二十日），頁二—二四。後收入西川滿編，《台灣文學集》（東京：大阪屋號書店，一九四二），頁三—三九。戰後此文又經過修改，收入島田謹二，《華麗島文學志：日本詩人の台灣體驗》（東京：明治書院，一九九五），頁四六〇—八二。此書是其「外地文學論」的擴增版。

11 轉引自尾崎秀樹，〈決戰下の台灣文學〉，《舊植民地文學の研究》（東京：勁草書房，一九七一），頁一七二—七三。

12 櫻本富雄，《日本文學報國會：大東亞戰爭下の文學者たち》（東京：青木書店，一九九五），頁一四—二一。

13 櫻本富雄，《日本文學報國會》，頁三三六。

14 櫻本富雄，《日本文學報國會》，頁三四五—四六。

15 黃得時，〈台灣文壇建設論〉，《台灣文學》第一卷第二號（一九四一年九月一日），頁二—九。

16 黃得時，〈輓近の台灣文學運動史〉，頁八。葉石濤譯文，見氏著，《台灣文學集：日文作品選集》（高雄：春暉，一九九九），頁一〇〇。

17 黃得時，〈台灣文學史序說〉，《台灣文學》第三卷第三號（一九四三年七月三十一日），頁三。

18 同前註，頁三。

19 同前註，頁四。

20 黃得時生平及其學術追求的研究，參閱李泰德，〈文化變遷下的台灣傳統文人——黃得時評傳〉（台北：國立台灣師範大學國文研究所碩士論文，一九九九），頁九—四七。

21 他是在張文環宅前的舊書店購得《台灣詩薈》，見黃得時，〈晴園讀書雜記〉，《台灣文學》第二卷第一號（一九四二年二月一日），頁二〇三。

22 有關《台灣詩薈》的解題論文，參閱楊牧，〈三百年家國——台灣詩（一六六一—一九二五）〉，《文學的源流》（台北：洪範，一九八四），頁一七九—二二二。

23 黃得時，〈台灣文化史の二名著〉，《文藝台灣》第六號（一九四九年十二月十日），頁五〇九—一一。

24 黃得時，〈台灣詩薈與連雅堂先生〉，收入連橫，《台灣詩薈》上（連雅堂先生全集，附錄三）（南投：台灣省文獻委員會，一九九二），頁一—四。

25 黃純青，〈出版台灣詩乘序〉，收入連橫編，《台灣詩乘》（雅堂叢刊之三）（台中：台灣省文獻委員會，一九七五），頁一。黃純青撰寫此文時，係於一九五〇年六月，擔任台灣省文獻委員會主任委員期間。

26 黃得時，〈研究歷史・振興文學・考據語源——連雅堂先生對台灣文化三大貢獻〉，《傳記文學》第三〇卷第四期（一九四三年十二月），頁一一八。

27 黃得時，〈台灣文學史㈢——第二章　康熙雍正時代〉，《台灣文學》第四卷第一號（一九四三年十二月），頁一一八。

28 葉石濤的文學史書寫及其意義，筆者已有另文討論。參閱〈葉石濤的台灣文學史觀之建構〉，《後殖民台灣》，頁四七—六八。

29 葉石濤，〈台灣的鄉土文學〉，《台灣鄉土作家論集》（台北：遠景，一九七九），頁二七。

30 泰納，原名Hipployte Tiane（一八二八—一八九三），著有《藝術哲學》。他的《英國文學史》，係以法文寫成。參閱H. Tiane, *Histoire de la litterature anglaise*. New York: F. Ungar Pub. Co., 1965 (Reprint).

31 葉石濤，〈台灣鄉土文學史導論〉，《台灣鄉土作家論集》，頁三。

32 葉石濤，〈第一章　傳統舊文學的移植〉，《台灣文學史綱》（高雄：文學界，一九八七），頁一七。

33 黃得時，〈台灣新文學運動概觀㊤〉，《台北文物》第三卷第二期（一九五四年八月二十日），頁一三一—二五；〈台灣新文學運動概觀㈡〉第三卷第三期（一九五四年十二月十日）；〈台灣新文學運動概觀㈢〉，第四卷第二期（一九五五年八月二十日），頁一〇四—一二一。

34 陳少廷，〈後記〉，收入陳少廷編撰，《台灣新文學運動簡史》（台北：聯經，一九七七），頁二〇三。

從發現台灣到發明台灣
——現階段中國的台灣文學史書寫策略

引言

中國之發現台灣文學，是相當遲晚的事。至少在一九八〇年之前，未曾聞見中國境內有任何機構或任何學者注意到台灣文學的存在。如果北京對台政策的方向沒有調整，台灣文學在中國的學術版圖上絕對不會有任何的能見度。今日台灣文學研究在中國之所以能夠蔚為風氣，並非是由學者自發自主地去發展、渲染、擴充，而是由於北京官方的指令所致。觀察中國學者在這方面的研究，就可發現他們的研究立場全然是為了配合北京對台政策的轉變。

自一九八〇年以降，參與台灣文學研究的工作者，在北京高舉「一個中國，和平統一」的旗幟下開始收集台灣文學的史料，並且也進行分析與詮釋。他們的書寫策略與思維模式，全然沒有偏離北京決策者所規範的方向。因此，中國的台灣文學研究，在現階段所具備的政治意義可謂高於學術意義。誠如參與研究的工作者劉登翰所說，中國出版的台灣小說選、散文選、詩選，以及相關的《台灣香港文學論文選》，「都把對於台灣文學的介紹與研究納入政治的範疇，要求為它『實現祖國統一大業發揮應有的作用』」。[1]這種說法，無疑是公開承認台灣文學研究之濫觴乃是隨著政治氣候的轉變而發生的。事實證明，必須等到北京對台政策進行重大調整之後，台灣文學的存在才被發現了。

近二十年來，台灣文學研究在中國的崛起，可以說是一段從「發現台灣」到「發明台灣」的過程。因為，台灣文學在台灣的發展，並不需要受到中國學界的發現才能證明它的存在。問題在於，中國發現了台灣文學之後，究竟是以怎樣的治學態度來看待？最初台灣文學被發現時，中國學界仍然停留在探索陌生領域的狀態。他們積極轉載台灣作家的作品，出版台灣文學的選集，卻並未實際做深入的分析研究。從一九八〇年到一九八二年，中國發行的文學刊物如《當代》、《收穫》、《上海文學》、《安徽文學》、《十月》、《清明》等等，都零星看見台灣作家的小說，特別是台灣的海外作家的作品，次第受到介紹。

隨著北京對台政策之轉為積極，台灣文學研究也漸漸邁入學術研究的領域。自一九八二年之後，以「台灣香港文學學術討論會」為名義的學術活動成為定期舉行的儀式。到了九〇年代以後，這樣的活動又擴大成為「台灣香港澳門暨海外華文文學學術研討會」。從這種調整，也可反映台灣文學研究全然是配合北京對外政治活動層次的提升。然而，也正是有這樣的轉變，台灣文學研究也開始有了「發明」的傾向。當這方面的學術研究必須依照政策的規定去進行時，許多文學史上的議題都無可避免會受到變造與創造。

對於台灣文學的變造與改造，在一九八六年以後節奏就更為加快。這是因為中國學界開始進入台灣文學史書寫的階段，也是官方正式收編台灣文學的最新發展。如何把台灣文學史套入中國文學史的脈絡裡，是現階段中國學界認真思考的一個問題。到目前為止，台灣文學的研究成果也透露了中國的書寫策略。這篇論文，主要在於考察這些書寫策略的主要特色。

「東方化」台灣：以想像取代現實

台灣是中國的「東方想像」。在此，「東方」具有兩個意義。第一是地理學上的意義。台灣是中國東方海上的一個島嶼。自有歷史記載以來，台灣在中國文獻上都是神祕的、定義不明的名詞。從晚明陳第的《東番記》，[2]到清初郁永河的《裨海紀遊》，[3]都強烈顯現中國官員對這個島嶼充滿了憧憬與幻滅。無論是「蓬萊仙島」式的欲望投射，或是「瘴癘之地」式的貶抑之詞，都可照映出近代以前中國對台灣的奇異幻想。第二、由於有高度的想像，「東方」遂產生了富於政治暗示的文化意涵。到清末割讓台灣為止，在帝國繪製各種版本的地圖上，從未描摹一幅完整的台灣圖像。然而，台灣圖像在中國史籍中是何等殘缺，傳統書生與現代學者都依照自己的想像，來形塑並解釋台灣文化的內容。這種建構台灣想像的方式，便是屬於「東方化」台灣（Orientalizing Taiwan）的一種策略。一如薩依德（Edward W. Said）在其《東方主義》（*Orientalism*）一書所說，西方白人還未到達並理解東方之前，就已事先建構一個東方圖像。他們以這樣的圖像來取代真正的東方，而這就是薩依德所說的「東方化東方」（Orientalizing the Orient）。[4]

同樣的道理，中國學界在發現台灣文學之後，也是依照「統一大業」的想像來取代台灣文學的真正內容。從這個角度來看，中國的書寫方式，是一種「東方化東方」的策略，也是對台灣文學進行「東方化台灣」的具體實踐。把台灣文學整編到中國文學史的脈絡裡，牽涉到歷史解釋的立場，亦即所謂史觀的建立。史觀問題必然會觸及中國社會與台灣社會在近代發展的內容及其性質。但是，在進行台灣文學研究之前，中國學界已事先預設一個立場，全然無視台灣文學在日本殖民統治下所產生的差異性。這種毫無差別的解釋立場，構成中國境內「台灣學」的主要基礎。「台灣學」的性格，與西方學界營造出來的「東方學」（Oriental Studies），在思考模式上幾乎是相互呼應的。

中國的「東方學者」（Orientalists），基本上並沒有實際的台灣歷史經驗，甚至也不具備台灣經驗的任何經濟基礎。他們欠缺嚴謹的理論訓練，也欠缺審慎的文本分析能力，更欠缺獨立自主的發言位置。事實上，他們並不需要任何具體而實際的歷史經驗。在中國學術風氣開始進入重大轉型之際，他們固守著北京的對台政策，自甘接受官方的政策指令。他們的歷史詮釋與文學詮釋，從未踰越北京官方所規範的上限，這正是他們「東方化」台灣的最高原則。他們較為重要的工作，便是如何取得台灣文學的作品與史料，然後進口集中於幾個學術機構從事加工與創造。這些透過迂迴、輾轉取得的作品與史料，就成為他們書寫台灣文學史的重要根據。自一九九〇年以後，中國的台灣文學史書寫，仍然停留在靜態的階段。他們窺探台灣，凝視台灣，想像台灣，卻並不理解台灣。他們的文學史書寫，全然在於滋養北京對台政策的思考。

最早具有企圖心要建構文學史的，反映在封祖盛所寫的《台灣小說主要流派初探》。該書〈前言〉清楚表達了作者的「東方想像」：

台灣省的文學，一直作為中國文學的一個分支而存在，發展。在歷史上，台灣省曾先後被荷蘭、日本的殖民主義者占領，成為他們的殖民地，幾達一個世紀。中國新民族主義革命取得了勝利，新中國成立後，國民黨當局又把台灣省置於自己控制之下，使它和祖國大陸隔絕。因此，台灣文學的某些方面不同於中國大陸各省文學的特點，就更加鮮明、突出了。儘管如此，它著重反映的始終是中國的人生，滋潤它成長的始終主要是中華民族的文化。因而它也就始終是中國文學的一個組成部分，與整個中國文學血肉相連，而非像某些研究者說的那樣，是什麼介乎中國文學與日本文學之間的「孤兒文學」。5

對於「台灣文學的某些方面不同於中國大陸各省文學的特點，就更加鮮明，突出」的論點，封祖盛並未做任何深刻的分析。他立即獲得圓滿的結論：「儘管如此，它著重反映的始終是中國的人生。」台灣文學竟至於如此空泛而貧乏。殖民地社會中的矛盾與掙扎，台灣社會受到的資本主義改造與現代化洗禮的過程，都不在封祖盛的思考之內。先有前提與結論，然後再去尋找證據來支撐書寫的立場，正是東方想像的重要特色。

由劉登翰、莊明萱、黃重添、林承璜主編撰寫的《台灣文學史》，可能是部頭最大的著作。在展開歷史書寫之前，他們已集體預設一個立場。整個台灣文學史的發展，便順理成章依照他們的主觀意識鋪設了既定的軌跡。在該書〈總論〉，鮮明地呈現了他們的台灣想像：

毫無疑問，台灣文學是中國文學的一個組成部分。這一為海峽兩岸所共識的命題，包含著兩層意思：一、台灣文學是中國文學的一個分支，它們都共同淵源於中華民族的文化母體；二、台灣文學在其特殊歷史環境的發展中，有著自己某些特殊的形態和過程，以它衍自母體又異於母體的某些特點，匯入中國文學的長河大川，豐厚了中華民族的文學創造。6

為了使這種想像變成真實，他們不憚其煩地從事歷史考證，溯自三國時代的「夷州」，宋代以後的「澎湖」，以至鄭成功時代的「台灣」等等。歷史上的夷州、琉球之說，至今仍然紛紜未定。但是，在台灣文學史的書寫過程中，這些歷史想像就成為重要的依據。只有通過這樣的推理，才能使其預設的立場合理化並合法化。

「同質化」台灣：排斥文學的差異性

台灣文學研究乃是中國「東方學」的重要一支。為了把台灣文學史納入中國文學傳統的脈絡之中，中國的東方學者用心良苦把台灣社會與中國社會等同起來。這是文學史書寫的一個重要策略，亦即把具體的歷史經驗抽離出來之後，台灣社會的內容與性質便全然毫無二致。換言之，他們刻意把中國視為文化主體，而台灣是構成這個主體的一個部分。由於歷史經驗的抽離，中國與台灣之間遂並不存在任何的差異性。

以莊明萱、黃重添等著的《台灣新文學概觀》（上冊）為例，在解釋台灣與中國之間的關係時，就直接表明：「從政治背景看。一八四〇年爆發鴉片戰爭以後，台灣同胞和祖國大陸人民一樣，經受帝國主義、封建主義的雙重壓迫。」這種敘述方式，全然視台灣社會的殖民經驗為無物。緊接著這段陳述之後，歷史立即跳接一九一九年的五四運動，台灣青年立即響應中國的「反帝反封建」運動。沿著這樣的思考模式，便獲得如下的結論，台灣新文學「是中國新文學的一個支流，具有愛國的反帝反封建的性質。即使一九四九年以後，它所表現的現實意識，仍是以往精神的回響與延續」。[7]

要「東方化」台灣，便是優先依照中國歷史的模式為台灣文學量身訂製，也就是把台灣文學「同質化」（homogeneonized）於中國文學，或者如劉登翰等著的《台灣新文學史》（上卷）指出，台灣人民「總是把祖國的命運當做自己的命運，把祖國人民鬥爭的目標當做自己的鬥爭目標，把祖國人民鬥爭的經驗，當做自己鬥爭的前導」。[8]

毫不區別地看待中國歷史與台灣歷史，正是把台灣文化主體抽梁換柱的最好策略。為了進一步同質化雙方的關係，中國的東方學者還從美學層次去分析。林承璜的《台灣香港文學評論集》

有極其奇異的見解：「海峽兩岸文學的主潮都是現實主義民族文學，現實主義是中國文學的傳統，它深深地影響著當代在大陸的文學和在台灣的文學，所以它們三十多年雖然被切斷了聯繫，但各自都恪守和遵循著中國悠久的文學傳統——現實主義的軌道行進。」[9]

或者，就像另一位文學史書寫者古繼堂的《靜聽那心底的旋律：台灣文學論》也有同樣的見解：「台灣新詩的孕育，誕生，成長和發展，和大陸新詩有著非常相似的經歷。台灣新詩是在『五四』運動直接影響和孕育下誕生的，是台灣抗擊日本帝國主義侵略、占領和奴役為中心內容的台灣新文學運動的一部分。」[10]這種在兩個文化之間劃上等號的思考方式，一直都是這些東方學者遵守的共同原則。

對他們而言，中國遭逢的帝國主義（imperialism）經驗，以及台灣承受的殖民主義（colonialism）經驗，完全是沒有兩樣的。從具體的歷史事實來看，帝國主義與殖民主義有其本質上的差異。

中國近代史，無非是一部充滿血淚的帝國主義侵略史。猶似台灣近百年來的歷史，乃是一部受損害、受侮辱的殖民統治史。不過，中國的文化策略似乎有意在帝國主義（imperialism）與殖民主義（colonialism）之間劃上等號。這種混淆的歷史解釋，達到了創造性模糊的效果，然而卻禁不起檢驗。帝國主義，以嚴格定義說，乃是強權使用軍事侵略方式，迫使弱國必須接受不平等條約，必須開放門戶接受資本主義式的剝削與掠奪。在政治上、經濟上，弱國無法維護獨立自主的身分。然而，在文化上，弱國就不必然完全喪失其主體性。相形之下，殖民主義帶來的傷害較諸帝國主義還嚴重，因為，強權者不僅在借來的空間進行直接的政治、經濟支配，並且在文化上展開奪胎換骨的工作，終至使殖民地人民喪失其固有的歷史記憶與文化傳統。

比較帝國主義下的中國與殖民主義下的台灣，就可發現雙方在政經結構與文化性格方面已產生極大的歧異。中國受到資本主義的侵蝕，大部分集中於沿海地區的城市，但是整個廣大的農村腹地並未受到多少動搖。帝國主義者在中國可能培育了不少代理人，卻未直接在中國本部建立永久文化的政權。中國知識分子強烈感受到國家的危機，不過，他們的思維方式與語言使用卻絲毫不必受到帝國主義的影響。殖民地台灣的政經發展則全然不同，而文化主體的喪失更是較諸中國還更不堪設想。台灣總督府的設立，周密而徹底掌控了殖民地人民生活的全部內容。台灣島上幅員極小，並不存在類似中國的農村腹地，因此就完全不能避免資本主義的深刻滲透。自三〇年代以後，日語思考逐漸成為台灣知識分子的書寫依據。包括最具左翼批判精神的作家楊逵、王白淵、張文環、吳坤煌、蘇維熊、呂赫若、吳新榮、郭水潭等人，都已承認不使用日語便不足以表達他們的文學思考。右翼現代主義作家如巫永福、翁鬧，以及風車詩社的楊熾昌、林修二、李張瑞等，又何嘗不是需要訴諸日文才能進行文學創作。相形之下，中國三〇年代作家並沒有被迫使用帝國主義者的語言來從事文學想像的工作。殖民主義對於文化主體所構成的傷害，由此可以證明較諸帝國主義還來得深化深刻。

迂迴討論帝國主義與殖民主義之間的分野，主要在於指出強勢的中國論述長期蒙蔽並阻撓台灣的後殖民視野。中國透過國際上有利而有力的發言位置，使許多後殖民研究者，無法分辨台灣歷史經驗與中國歷史經驗有何不同。從後殖民的觀點來看，台灣文學絕對是屬於第三世界的文學。台灣作家在語言思考與國族認同上的混亂，乃是不折不扣第三世界文學的主要特色。中國社會並沒有這種現象，即使以最寬鬆的定義來看，中國文學並不能劃入第三世界的範疇。飽受帝國主義侵略的中國，未曾喪失過歷史記憶與歷史發言權。中國文學的傳統，也從未因帝國主義的干涉，而發生過斷裂。甚至在國族認同與文化認同方面，中國知識分子也不曾受到嚴厲的政治挑戰。當其文化主體仍然保持得極為完整時，中國自然就不符合第三世界文化的規格。

然而，自一九七〇年以降，中國自封為第三世界的代言人；在聯合國，在任何國際場合，北京自命為亞非拉的人民仗義執言。恰恰就是占據了這種發言的位置，遂使許多國際學者誤認中國的歷史經驗乃是第三世界文化的重要一環。詹明信（Fredric Jameson）便是持這種看法的代表之一。中國利用這種政治上的優勢，遂企圖以強勢的中國論述收編台灣的歷史經驗。這種政治基調，正是日後中國學者篡改、誤讀、曲解台灣文學史的最高指令。

「陰性化」台灣：抽離台灣作家的主體

在收編台灣文學的過程中，有一個重要的工作，便是如何把台灣作家轉化為具有中國意識、中國精神的作家。為了獲得完美的解釋，中國的東方學者特別強調台灣文學受到中國五四運動的影響。只要影響論能夠確立，台灣文學之匯入中國文學的歷史主流就得到合理化的解釋。這種詮釋的主要策略，便是認為台灣作家似乎沒有自己的主體。也就是說，台灣作家被陰性化（feminization）之後，就立刻成為靜態的、被動的作家，可供中國文學工作者肆意填補他們的想像。

以田銳生的《台港文學主流》一書為例，在第一章討論台灣文學發展歷程述略時，特別加重五四運動在台灣文學史上的分量：

當然，台灣新文學運動不是偶然的，它是在祖國新文化運動的影響下而誕生的。一九一九年，偉大的「五四」運動爆發了。這一場轟轟烈烈、所向披靡的民主革命運動，以它徹底的、毫不妥協的戰鬥精神和嶄新的姿態震撼了世界的東方。它為正在尋求民族解放新出路的台灣同胞指明了方向，於是，台灣同胞毫不猶豫地跟定祖國母親的步伐，滿懷信心地開展了波瀾壯闊的新文化運動。[11]

五四運動的影響，誠然對台灣新文學運動產生過衝擊，但不宜過分誇大。中國的東方學者，酷嗜強調留學北京的台灣作家張我軍的歷史影像。事實上，張我軍對台灣文學的重要性，乃在於他對台灣舊詩壇的抨擊。然而，在白話文的書寫方面，張我軍並沒顯著的貢獻。何況，自張我軍以降，台灣作家所寫的白話文，也都大量滲透台語與日語於其中。由於台灣是屬於殖民地社會，在日本強勢文化的教育體制之下，作家都不能不使用日語做為主要的表達工具。五四運動在台灣作家中並沒有成為思想啟蒙的關鍵。台灣最具批判性的左翼作家，完全都是以日文從事文學書寫，包括楊逵、王白淵、張文環、吳新榮、劉捷、吳坤煌、郭水潭、呂赫若等等。在他們的文學思考裡，五四運動並未有絲毫的影響作用。

陰性化台灣作家的顯著例子，可以藉助汪景壽的《台灣小說作家論》來說明。該書討論日文作家楊逵時，對於這位左翼運動者的階級立場與國際主義色彩全然視而不見。甚至對於楊逵的日文書寫，也並未嚴肅看待。為了強調楊逵具有「中國傾向」，作者發揮了他豐富的想像力：「特別是像楊逵這樣的作家，處於日本侵略的高壓之下，被迫用日文寫作，然後轉譯為中文，文字粗疏在所難免。即使如此，他的小說創作仍然繼承著民族文學的優秀傳統，內容方面具有堅定的不屈不撓的民族意識，藝術方面則始終保持著鮮明的中國作風和中國氣派。」12

楊逵在從事日文創作時，從來沒有與中國「民族文學」或「中國作風」、「中國氣派」聯繫起來。真正與楊逵過從甚密的，是日本左翼文學刊物《文學評論》的成員。楊逵的文學理論，也是受日本左翼文學理論家德永直的影響甚大。楊逵的小說，完全是在鼓吹當時盛行的「全世界無產階級聯合起來」的口號，而這正是三〇年代國際共產運動在台灣社會的反映。依照汪景壽的解釋方式，楊逵似乎完全站在中國的立場。這種解釋，並不符合台灣的歷史事實，當然也不符合楊逵的精神面貌。

另外一位台灣文學研究者周青，在討論朱點人的作品時，也是刻意把這位日據作家的思想主體抽離出來，而注入研究者的主觀願望。朱點人在一九三五年發表小說〈秋信〉，乃是批判台灣總督府統治四十週年的慶祝活動。日本人在台北舉行盛大的台灣博覽會，一方面是為了向島民誇耀現代化的成果，一方面則是向國際宣揚殖民地統治的成功。小說中的主角斗文先生，在參觀博覽會之後，既憤懣於日本人虛偽的政治宣傳，也失落於台灣歷史記憶的沉淪，精神轉趨黯淡。小說中最大的批判，便是指向日本人在台灣展開的現代化運動。然而，無法抗拒歷史洪流的斗文先生，挫敗地面對整個台北都市面貌的劇烈轉變。他頹然坐在植物園，使手中的邀約信隨風飄落。周青對這篇小說的解釋，竟然有出人意表的聯想：

最後，斗文先生氣憤憤地走出會場，就奔赴植物公園的撫台衙前憑弔一番往事，然後從身上摸出孫子同窗寄給他的那封信，他「眼前偏在箋末搜出四個印刷……蓬萊面影……來」。朱點人運用高超的象徵手法，讓印有「蓬萊面影」——即「台灣寶島」的信箋，「乘著風飄到地面的一葉梧桐的落葉上去」落葉歸根了。「蓬萊面影」的「落葉歸根」，暗示著被日本帝國主義占領的寶島台灣，終歸要回到祖國懷抱！這就是朱點人創作〈秋信〉的崇高意圖。[13]

一封印有「蓬萊面影」的信箋落在梧桐葉上，竟然引申為葉落歸根；而葉落歸根，又可聯繫到「終歸要回到祖國懷抱」。這種想像，全然出自周青的主觀意志，並未照顧到朱點人的思考主體。小說中對於資本主義的批判，以及日本殖民體制藉由現代化運動的擴張而建立起來的霸權論述，乃是朱點人積極抗拒的。在周青筆下，朱點人的批判精神又被另一套霸權論述扭曲變造了。

台灣作家被陰性化之後，自然就能夠成就中國文學的豐富。沒有台灣文學的陰性化，中國的偉大就不能夠膨脹起來。這種文學史的書寫策略，可以稱之為「採陰補陽」的史觀。以武治純研究吳濁流的文學為例，典型地表現了這種史觀的演繹方式。他說，

> 總而言之，在現代台灣文學發展中的吳濁流精神，也就是台灣文學的主流精神，歷史已經在證明著，濁流先生的文學精神、文學活動，正如台灣最長的河流——濁水溪流注入寶島大地和台灣海峽一樣，已經匯入了台灣人民和全國人民文學事業的主流！[14]

武治純對吳濁流作品的分析，較諸中國其他的研究者還深刻一些。但是，寫到最後的結論，卻突然顯露「採陰補陽」的身段，使他的整個治學態度全然傾斜。

結語

近二十年來在中國的台灣文學研究中，常常會出現各種「發明」與「創見」。這種東方主義式的書寫策略，在一定程度上反映了中國在建構霸權論述的苦心。從發現台灣到發明台灣的演變中，「東方化」、「同質化」、「陰性化」的種種策略，已經成為台灣文學史書寫的固定模式。以這種僵化的模式來理解台灣文學，只有愈來愈偏離台灣文學的主要內容。

在台灣，有關台灣文學史的討論已越趨成熟。這不僅是由於史料不斷出現，新世代研究者也不斷誕生，從而新的思考方式與研究成果也不斷問世。中國的東方想像，已完全不能被台灣學者所接受。當台灣發展出自己的文學史書寫時，東方主義的想像就永遠停留於想像。

參考書目

Gauri Viswanathan ed., *Power, Politics, and Culture: Interviews with Edward W. Said*. New York: Pantheon Books, 2001.

Paul A. Bové ed, *Edward Said and the Work of the Critic: Speaking Truth to Power*. Durham: Duke University Press, 2000.

Edward W. Said, *Orientalism*. New York: Vintage Books, 1979.

Edward W. Said, *Culture and Imperialism*. New York: Vintage Books, 1994.

丁帆等，《中國大陸與台灣鄉土小說比較史論》（南京：南京大學，二〇〇一）。

古繼堂、黎湘萍等著，《台灣地區文學透視》（西安：陝西人民教育，一九九一）。

王宗法，《台港文學觀察》（合肥：安徽教育，二〇〇〇）。

古繼堂，《台灣新詩發展史》（北京：人民文學，一九八九）。

古繼堂，《靜聽那心底的旋律：台灣文學論》（北京：國際文化，一九八九）。

田銳生，《台港文學主流》（開封：河南大學，一九九六）。

汪景壽，《台灣小說作家論》（北京：北京大學，一九八四）。

林承璜，《台灣香港文學評論集》（福州：海峽文藝，一九九四）。

武治純，《壓不扁的玫瑰花：台灣鄉土文學初探》（北京：中國廣播電視，一九八五）。

封祖盛，《台灣小說主要流派初探》（福州：福建人民，一九八三）。

張毓茂主編，《二十世紀中國兩岸文學史》（瀋陽：遼寧大學，一九八八）。

第三屆全國台灣與海外華文文學學術討論會大會學術組選編，《台灣香港與海外華文文學論文選：第三屆全國台港與海外華文文學學術討論會》（福州：海峽文藝，一九八八）。

許俊雅，《台灣文學散論》（台北：文史哲，一九九四）。

陳虹如，〈郁永河《裨海紀遊》研究〉（台北：國立台灣師範大學國文研究所碩士論文，二〇〇〇）。

陸傳傑，《裨海紀遊新注》（台北：大地地理，二〇〇一）。

黃重添等，《台灣新文學概觀》（上下冊）（廈門：鷺江，一九九一）。

福建人民出版社編輯，《台灣香港文學論文選：首屆台灣香港文學學術討論會專輯》（福州：海峽文藝，一九八三）。

福建省台灣研究會編，《台灣文學的走向》（福州：海峽文藝，一九九〇）。

劉登翰，《台灣文學隔海觀：文學香火的傳承與變異》（台北：風雲時代，一九九五）。

——等主編，《台灣文學史》（上卷）（福州：海峽文藝，一九九一）。

——等主編，《台灣文學史》（下卷）（福州：海峽文藝，一九九三）。

廣東省社會科學院文學研究所選編，《台灣香港澳門暨海外華文文學論文選：台灣香港澳門暨海外華文文學國際學術研討會》（福州：海峽文藝，一九九三）。

註釋

1 劉登翰，〈台灣文學研究十年〉，收入福建省台灣研究會編，《台灣文學的走向》，頁四。

2 有關《東番記》的扼要研究，參閱許俊雅，〈陳第與東番記〉，《台灣文學散論》，頁一九九—二三四。

3 《裨海紀遊》的研究，在台灣逐漸蔚為風氣。最近的成果，參閱陳虹如，〈郁永河《裨海紀遊》研究〉，以及，陸傳傑，《裨海紀遊新注》。

4 「東方化東方」，即是想像的實踐，也是再呈現（representation）的實踐。參閱 Edward W. Said, *Orientalism*, pp. 49-72.

5 封祖盛，〈前言〉，《台灣小說主要流派初探》，頁一。

6 劉登翰、莊明萱、黃重添、林承璜主編，《台灣文學史》（上卷），頁四。

7 黃重添等，《台灣新文學概觀》（上冊），頁五—六。

8 劉登翰、莊明萱、黃重添、林承璜主編《台灣文學史》（上卷），頁三四六—四七。

9 林承璜，《台灣香港文學評論集》，頁二—三。

10 古繼堂，《靜聽那心底的旋律》，頁二三二。

11 田銳生，《台港文學主流》，頁一。

12 汪景壽，《台灣小說作家論》。

13 周青，〈朱點人的幾篇小說初探〉，收入《台灣香港文學論文選》，頁一〇四。

14 武治純，《壓不扁的玫瑰花》，頁二一四。

台灣文壇向左轉
——楊逵與三〇年代的文學批評

前言

楊逵在一九三〇年代初登文壇時，台灣左翼政治運動已呈斷裂狀態，而新文學運動則正要邁入文學史家所謂的成熟時期。具有農民運動經驗的楊逵，高舉馬克思主義的旗幟介入文學運動，使受到重挫的社會主義思想，藉文學形式得到延續伸張的機會。在政治運動轉型為文學運動之際，楊逵所扮演的角色應該得到更多的注意。

如果二〇年代的馬克思主義傳播是依附政治組織的擴張而得以蔓延，則這樣的傳播在三〇年代的文學結盟中是以什麼形式建立依存關係？如果二〇年代的左翼知識分子強調的是政治革命路線，則三〇年代左翼作家主張的又是怎樣的文學路線？台灣農民運動在一九二九年遭到大逮捕，台灣共產黨在一九三一年又受到大破壞，馬克思主義的傳統幾乎瀕臨滅絕。在那樣危疑的年代，還未被捕入獄的左翼知識分子採取何種策略使馬克思主義衍傳下去？隱藏在歷史迷霧中的這些問題，似乎可以在楊逵的實踐運動中尋找答案。

從正統馬克思主義的觀點來看，楊逵的思想尺寸顯然是扞格不合。這樣的意識形態置放在殖民地運動中有其尷尬之處，卻也有其特殊的意義。台灣的左翼政治運動在一九二七年左右分裂，漸漸出現激進路線。台灣文化協會的左傾化、台灣農民組合的左傾化，以至台灣共產黨的左傾化，都是激進路線的具體反映。在一九二七年參與台灣農民組合的楊逵，由於在思想上與行動上還不夠左，終於在一九二九年被逐出農民運動的陣線。

楊逵的社會主義路線，其實是要在左派革命主張與右派改良主義之間取得平衡。確切地說，他的反殖民行動既是堅持鮮明的階級立場，也是支持合法的抗爭路線。這說明了為什麼在一九二○年代的左翼政治組織中，他被視為右派；而在一九三○年代的文學結盟中，他又被劃為左派。如此雙面不討好的立場，終於讓他被迫離開所參與的組織。他退出農民組合（一九二九），以及退出台灣文藝聯盟（一九三五），與其說是意氣之爭，倒不如說是意識之分。有關楊逵的兩次出走，在許多研究中已有細緻的討論。這篇論文的目的，並非側重在事件因果的討論，而是企圖從楊逵的左翼思維方法及其理論實踐的層次，重新檢討他的馬克思主義究竟是什麼內容？

或者從另一個角度來看，二○年代末期的楊逵，與三○年代的楊逵，思想上是否前後連貫？他如何把政治運動的主張，轉化為日後文學批評的理念？他的左翼立場在一九三○年代的文學批評中占有怎樣的發言位置？楊逵在晚年回憶時，曾經以「人道的社會主義者」一詞自我定位。[1]這樣的命名，顯然是在總結他畢生的左翼道路。如果這個稱號能夠成立，就值得拿來與他的政治經驗與文學經驗相互印證。

農民運動者楊逵

青年馬克思主義者楊逵，在一九二七年從留學的日本回到台灣時，才二十二歲。他面對的政治運動形勢是台灣文化協會宣告分裂，而農民運動正日益蓬勃發展。二〇年代初期以台灣文化協會為主導的啟蒙運動，乃是以喚起民族主義意識為重心。在「台灣是台灣人的台灣」的旗幟下，文化協會致力於團結一切不同政治立場的成員。在這段時期，文化協會的階級路線並不明顯，而是偏重於強調全民路線。然而，隨著日本資本家與財閥的次第進駐台灣，台灣農民與工人受到的壓迫日趨嚴重，遂刺激了台灣社會內部階級意識的覺醒，從而也促成了階級運動的開展。一九二六年台灣農民組合的成立，正是殖民地政治運動朝向階級化的一個印證。

楊逵在一九二七年九月加入農民組合時，是一個遲到的運動者。農民運動自一九二五年的二林事件發生後，就已構成反殖民運動中最為澎湃的一環。由於階級意識的高漲，再加上左翼知識分子的介入，農民運動的力量也開始衝擊文化協會的結構。客觀形勢的要求，使文化協會不能只是從事思想啟蒙的工作，而必須在階級運動擔負起領導的任務。「投入實際運動」的要求，正是於這樣的情勢下在知識分子中間提出的。[2]文化協會的分裂，顯示了這個團體已無法勝任領導階級運動的一個結果。楊逵參與實際運動時，農民組合在簡吉的領導下正臻於全盛時期。[3]因此，楊逵並沒有經驗過農民組合的最初鬥爭與籌建過程的艱辛。縱然是一位遲到的運動者，楊逵已是具備了充分的馬克思主義思想以及付諸實際運動的膽識。他成為農民組合的一員後，又在同年十月加入分裂後的左傾文化協會。在這兩個組織中，他都膺選為中央委員。足證這位新進者的社會主義理念，已經受到兩個左翼團體的重視。

日本在一九二八年被捲入經濟恐慌之際，台灣的左翼運動者無不相信革命的時機已經到來。這樣的信念因台灣共產黨在同年的成立而日益強化。然而，革命時機真正到來了嗎？對於這個問題的認識，使台灣左翼知識分子產生了歧異的見解。就楊逵的立場來看，革命似乎並不是那樣立即而迫切。他的政治理解終於與農民組合領導者簡吉發生分歧。要釐清楊逵在一九二八年被除籍的原因，顯然必須在革命的問題上重新考察才能獲得答案。

台灣農民組合的最初路線，基本上是接受日本勞農黨的指導。在運動策略上是為了維護農民的權益，因此採取的鬥爭方式與日本農民組合頗為接近。[4]楊逵參加農民組合所抱持的態度，是屬於日本勞農黨式的，亦即支持合法性的鬥爭。這並不意謂他不是馬克思主義者。從他早期的文字看來，楊逵的社會主義思想是極為濃厚的。台灣文化協會在一九二八年發行機關刊物《台灣大眾時報》，在於宣揚階級意識與鬥爭理論。[5]楊逵便是這份刊物的主筆之一，曾經使用楊貴本名發表一篇政論〈當面的國際情勢〉。這篇簡單的文字分成四大段落，第一是指出帝國主義對蘇俄展開反革命的戰爭。第二是指出這樣的戰爭，其實是帝國主義資產階級與全世界無產階級之間的鬥爭之再擴大。第三是指出日本將聯合英美的力量，對中國進行侵略干涉。第四是指出日本資本主義的命運與全世界資本主義的命運是一樣的。[6]總結這四個論點，楊逵認為，國際矛盾的激化，必然導致日本國內階級矛盾的激化。除了他預測「日本將與英美聯合」的見解並不準確，全文的邏輯思考極為嚴謹。對於一位二十餘歲的左翼青年而言，這種政治分析的能力顯然遠遠超過他的年齡。更值得注意的是，楊逵的這種看法無疑是受到列寧思想的影響，特別是列寧的經典著作《帝國主義是資本主義發展的最高階段》。在這篇文字裡，列寧認為帝國主義走向崩解之際，也正是資本主義面臨潰敗的時候。楊逵正是基於這樣的認識，也預言日本的資本主義將隨著帝國主義的擴張而出現危機。這也是楊逵決心投入階級鬥爭的主要原因。

不過，他雖然堅持階級鬥爭的路線，卻不是一位冒進主義者。做為合法性團體的農民組合，提供了楊逵一個採取行動的恰當場域。然而，他並未警覺在積極獻身於農民運動時，台灣共產黨的勢力正逐漸滲透到這個合法團體的權力結構。這種路線的調整，意謂著合法性的階級運動開始朝向非法的革命運動發展。

台灣農民運動在一九二五年發軔時，純粹是針對台灣糖業株式會社的掠奪剝削。簡吉將這樣的鬥爭，從蔗農問題擴及全體農民的所有問題。也就是說，農民組合所關心的並不只是糖廠的土地兼併與甘蔗收買價格的問題，同時也關心「小作改善」、「業佃事業」等等涉及農民權益的相關問題。[7]台共在一九二八年建黨後，謝雪紅在上海被捕而遭遣送返台。這項遣返，反而使謝雪紅獲得機會在台灣內部展開台共組織的活動。這位台共領導人，積極吸收的重要運動者，一是農民組合的簡吉，一是文化協會的王敏川。[8]她成功地爭取簡吉入黨，而與王敏川結為盟友。農民組合與文化協會，因為這樣的結盟而成為台共的外圍組織，從而這兩個原屬於合法的團體在運動策略上就不能不採取調整。一個更為左傾化、更訴諸激進運動的階段就要展開。

楊逵會脫離農民運動，自然是因為他的意識形態與台共的政治路線扞格不合。如果「人道主義者」一詞可以成立，則楊逵所具備的這種思想應該在這段時期就已經開始形塑。要理解農組的路線變更，就必須考察台共的農民運動綱領；從而透過這個內容的認識，來探討楊逵受到排擠的原因。

對於正統馬克思主義而言，農民問題並不是最主要的關切。馬克思觀察西方資本主義社會的發展，尤其是工業革命以後，工人階級的意識不僅成熟，而且也成為社會革命的主要力量。馬克思認為，是工人，而不是農民，將領導社會革命，顛覆資本家的經濟支配。馬克思對工人革命的預測，終究沒有在歷史上實現。使這樣的革命成為真實，反而是俄國與中國的農民革命。這是因為馬克思的革命理論受到列寧的修正。列寧在沙皇時代的俄羅斯社會精確地觀察到，俄國的無產階級並不是工人，而是廣大的農奴。身為馬克思主義者的列寧，遠在一八九三年就已撰寫〈農民生活中新的經濟變動〉，指出俄國農民在經濟懸殊的不平待遇下，開始從出賣自己的農產品而淪為出賣自己的勞動力。[9]列寧對農民問題的重視，改寫了馬克思主義發展史。從而，農工並論，成為社會主義思想中最重要的議題。也就是說無產階級不再只是純指工人階級，而是包括農民階級在內。[10]這種對馬克思主義的擴充解釋，不僅影響了中國的毛澤東，同時也為殖民地知識分子帶來了無限的啟發。楊逵的社會主義信仰，印證了這個事實。終其一生，無論是參與政治運動或文學運動，他未嘗須臾離開對台灣農民運動的關切。即使在晚年回顧時，楊逵仍然強調：「台灣新文學與台灣人的命運，特別是農民的生活有著血肉的關係。」[11]在楊逵的遺稿中，有一篇未完的譯文是〈戰略家列寧〉，足以反映他在思想形成過程中所受的影響。[12]

楊逵當然不是台灣知識分子中唯一受到列寧思想引導的人。事實上，所有受到莫斯科第三國際領導的共產黨員，無不服膺列寧的理論與戰略。日本共產黨如此，台灣共產黨亦復如此。不過，楊逵在參加農民組合時，領導者簡吉還未與台共的謝雪紅接觸。因此，確切地說，在農民組合內部真正具有馬克思主義與列寧主義的思想者，唯楊逵而已。這也說明了楊逵加入組織，為什麼能夠那麼迅速就入選中央委員。相較之下，簡吉似乎對左翼思想還感到非常陌生，因為他基本上是運動實踐者，並不是思想理論家。也就是說，簡吉在領導農民組合時，並未有清楚的階級運動觀念。不過，對楊逵而言，農民運動無異是明確的階級運動。

楊逵參加農民組合的時間，前後未及一年，亦即從一九二七年九月至一九二八年六月。縱然時間是如此短暫，卻對楊逵日後的文學生涯產生極大的衝擊。這不僅僅是豐富了介入現實社會的經驗，同時也培養了他的政治理念。對於農民組合的問題，他始終堅持合法的路線，縱然他所信仰的社會主義思想不容於當道。正是在合法性的問題上，楊逵漸漸與簡吉的關係疏離。

他所翻譯的一篇文字〈働勞者階級的陣營〉，其中提到「合法性與非合法性」的問題：「共產黨對資本家階級的各種攻擊，若不要敗戰，總要與合法組織並行，建設非合法組織來準備合法組織被蹂躪後的政治鬥爭會得繼續。」[13]這段譯文在於指出，左翼運動者（包括共產黨員）不能放棄任何合法鬥爭的機會。以合法掩護非法，是必要的。這樣的認識，使楊逵理解到農民組合必須在合法鬥爭的路線上為農民爭取權益。他相當清楚，農民組合一旦轉化為非法性活動，則將失去鬥爭的空間。當時，楊逵可能不知道台共已經成立；縱然知道，他當能分辨台共活動的性質應是屬於祕密的，隱藏在合法組織背後的。如果合法組織不存在，則非法團體如台共者，就將被迫走上第一線。

在同樣的這篇譯文裡也談到，「共產黨決不可墜於辯論俱樂部」。以這段話來檢驗楊逵的行動，也是恰如其分的。在他的信念裡，所有的理論都是為了用於實踐，而非訴諸空談。在左翼運動中誠然有路線的問題，但是路線並不是空洞的主張，應是符合客觀形勢的要求，一如譯文所陳述的那樣：「黨不只是要演鬪說，更加爭而且要證明有指導工人大眾的能力。他們若只在個小集會、討議工人得勝不得勝、那是個宗派，絕不是黨。」[14]在翻譯這段文字時，楊逵的體會可能比同時代的左翼運動者還要來得深刻。他顯然是見證太多空發議論的知識分子；也目睹不少加入黨組織的人勇於劃分宗派而怯於行動實踐。在黨與宗派之間，正是決定台灣農民組合走向分合的關鍵問題。

楊逵被開除離去，與組合內部的宗派有必然關係。這個事件來自於台共之介入。台灣共產黨在一九二八年四月成立於上海，就已經提出農民問題的綱領。由於台共也是接受蘇聯第三國際的指揮，在很大程度上也受到列寧思想的影響。列寧把工人革命路線化成為農民革命，主要是針對俄國並非是高度工業化的國家，同時也不是成熟的資本主義社會。因此，如果堅持正統馬克思主義的工人運動，必然不符合俄國社會的人口結構。台共也接受農民革命的策略，也正是基於殖民地台灣並非成熟的資本主義工業社會，工人意識尚未完全成熟，從而工人運動也無法形成氣候。相形之下，農民在台灣人口中占據百分之八十以上，而且以佃農居多。在一般農業社會，佃農與地主之間的矛盾糾紛往往是個別的、地方局部的。但是，台灣畢竟是殖民地，地主是日本的糖業會社與巨型財閥。也就是說，台灣佃農面對的不是個別的地主，而是整個權力壟斷的殖民統治者。這已不是單一的壓制，而是一個政府的集體壓迫。正如楊逵後來所說的，台灣農民面對的是「日本的製糖會社、三井、三菱財閥公司」。[15]二〇年代台灣農民運動要對抗的，是台灣總督府，亦即殖民體制的全部。台共的農民運動策略，在這個認識上與楊逵應是一致的。

不過，最大的不同是，楊逵認為農民才是抵抗殖民體制的主力。而台共在建黨之初所提的〈農民問題對策〉卻指出：「台灣革命的主導權，應屬工人階級無疑。就台灣各階級的勢力關係與階級結構來看，勞動者（即工人）才是台灣革命的指導者。因此，革命的指導權並不在農民手上。不過，農民是台灣革命獨一無二的同盟軍。」[16]這種看法與楊逵的見解劃清了界線。就台共的立場而言，農民只是殖民地抵抗運動的同盟而已。工人是否為台灣反抗運動的主力，自然不是這篇論文的重點。不過，這裡要強調的是，楊逵與簡吉之間的緊張關係，背後誠然與台共的干涉有關。

楊逵在農民組合最為活躍的階段，也正是處於被迫離開的前夕。從一九二八年二月至六月，他在竹山、小梅、朴子、麻豆、新化、中壢等地深入參加農民運動。但是，謝雪紅也是在這段期間著手建立台共的組織。由於謝雪紅人單勢薄，她亟需藉助台灣農民組合與台灣文化協會的兩大組織來壯大台共力量。然而，在農民組合內部的最大障礙是楊逵，而文化協會裡的主要阻力則是連溫卿，他們兩人的運動觀與台共有很大分歧。因為，楊逵與連溫卿都是社會主義者，同時也具備豐富的實務經驗。尤其是連溫卿也正積極準備組織「台灣總工會」，正好與台共構思籌備的「台灣赤色總工會」發生領導權的衝突。[17]謝雪紅遂分別在農民組合與文化協會同時展開對楊逵與連溫卿的批判排擠。

論者恆謂，連溫卿與楊逵的運動策略較近於日本「山川主義」的政治路線；謝雪紅與簡吉的思想立場則較近於日本「福本主義」的主張。連溫卿接近山川主義的原因，是早在一九二一年的日本左翼女性山口小靜。這位女性頗信服山川主義的思想，透過她的媒介，也使連溫卿開啟山川主義的路線。[18]所謂山川主義，是日本左翼運動者山川均的主張。山川均認為，激進的共產黨運動如果不能得到相應條件的呼應，則應適時解散，改而投入合法的政治運動。如果這種主張可以成立，連溫卿與楊逵的合法鬥爭路線，顯然是符合山川主義的要求。所謂福本主義，係由日共福本和夫所提倡。他強調共產黨運動應該採取精英式的結盟運動，凡不符合路線要求的，則應排除於運動之外。從這樣來看，謝雪紅的行動模式似乎比較貼近福本主義。福本主義所謂的菁英，其實就是上述楊逵譯文中提到的「宗派」的觀念。

楊逵與簡吉之間的關係，可能有一些私人情感的思想。[19]不過，從意識形態的觀點來看，簡吉接受了台共的左傾路線主張，楊逵則是堅守著合法鬥爭的策略。在日本警察檔案裡，認為農民組合的內部分為兩派：一是「幹部派」，包括簡吉、趙港、顏石吉、張行、陳德興、彭宇棟、莊萬生、陳崑崙。另一是「反幹部派」，包括楊貴、謝進來、謝神財、陳培初、尤明哲、張滄海、吳石鱗、賴通堯、葉陶等。檔案指出，簡吉等人所遵循的路線，是日本共產黨的一九二七年綱領，而這也是台共所採取的路線。楊逵等人則是屬於「左翼社會民主主義」的山川路線，亦即合法與強烈實踐傾向的路線。[20]

一九二八年六月二十四至二十七日，農民組合在台中召開中央委員會。會中，楊逵被批判為混亂組合的領導。由於，幹部派係屬壓倒性多數，楊逵終於遭到除名。楊逵遂與葉陶、謝進來發表共同聲明書，指出中央委員會製造莫須有的罪名來誣衊，並以「反動」的帽子加在楊逵身上，全然不符事實。聲明書又特別強調，在日本殖民者加強壓迫之際，台灣政治運動者更應強化統一路線。所以，聲明書表示，反統一路線者便是「反階級」。在聲明書最後提出五項呼籲：「一、反對以思想對立的理由除名；二、克服因鬥爭而造成的分裂；三、確立批判的自由，公開的理論鬥爭；四、確立民主主義，反對各種委員的官僚式任命；五、反對閉門主義」。[21]

非常清楚的，楊逵是絕對堅持實踐的運動者。他是左派，但是並不酷嗜宗派；他具備理論，卻不崇尚空論。縱然他被迫在農民組合中消失身影，楊逵仍然活躍於殖民地抵抗運動的陣營。對於台共而言，楊逵可能不夠「左」。然而，標籤式的路線問題並不必然就是正確的選擇。一九二九年，農民組合遭到全台大逮捕，正是極端左傾化造成的結果。革命條件在未成熟之際，激進的主張必然邀來殖民者的高度反撲。所謂「人道的社會主義」可能需要從這樣的歷史經驗去理解，方可得到釐清。他選擇既合法又鬥爭的路線，是否能開創新局，歷史並未給予明確的答案。但是，他主張相互包容的穩重路線，在有壓迫的地方就進行反抗，可能才是「人道的社會主義者」的真諦。

左翼文學批評路線的形成

楊逵的左翼政治運動經驗，以及在政治運動中所堅持的社會主義立場，對於他日後的文學理念自然具有深刻的暗示。如果在左翼陣營中他遵循的不是冒進路線，而是合法鬥爭的策略，則這種中間偏左的立場，在他三〇年代的文學運動中也相當清楚表現出來。無可否認的，參與三〇年代文學工作的作家往往為兩個議題感到苦惱，一是民族立場，一是階級立場。這兩種立場之間的協商與衝突，正是當時第三世界知識分子所共同面臨的問題。

面對帝國主義的威脅與侵略時，第三世界作家在思考上會本能地尋求民族主義的團結來對抗。但是，在殖民地社會，被殖民者受到的欺凌並不只是來自民族的壓迫，同時也是來自階級的壓迫。在殖民地台灣，日本人並非只是憑恃民族主義的優越感在政治上壓迫台灣人；更重要的是他們也通過資本主義的掠奪在經濟上壓迫台灣人。具體而言，民族立場與階級立場的問題有其重疊的地方，並不能全然分割而予以區別看待。

然而，資本主義在台灣擴張時，也造就了一部分的民族資本家。甚至還有少數民族資本家如林獻堂者，也在台灣民族運動中扮演著積極支持的角色。由於有民族資本家的介入，使當時許多參加政治運動的知識分子產生錯覺。有的認為，過分強調階級立場的對立，終究會產生分化民族立場的結果。因為，民族主義在於凸顯敵我立場，而階級問題則是屬於社會內部的矛盾。正是在這樣的認識上，二〇年代的台灣政治運動開始出現了歧異的路線。基本上，右翼運動者都是站在民族主義的立場進行合法抗爭，而左翼運動者則是站在階級立場進行較為冒進的鬥爭。一九二七年台灣文化協會的分裂，大約就是沿著這兩條路線的相互抗衡所造成的結果。陳逢源與許乃昌在一九二六、一九二七年之交展開的「中國改造論」之論戰，正是左派與右派路線之間的一次重要對決。

陳、許的「中國改造論」論戰，相當典型地反映了馬克思主義在台灣社會傳播的深刻程度，並且也預示了稍後台灣文化協會的左右分裂。代表右翼立場的陳逢源認為，在資本主義尚未發達之前，不可輕易奢談共產革命。他以中國社會的隱喻來考察台灣社會的發展階段，強調應該讓資本主義優先有長足的發展，才能具備實力對抗外來的工商資本。基於這樣的認識，陳逢源訴諸民族意識的喚醒，從而造成全民的團結一致。他刻意避開階級的問題，高舉民族主義的旗幟，使整個社會脫離帝國主義的支配。

代表左派的許乃昌，把問題拉回階級立場的討論上。他認為，資產階級在一定程度上與帝國主義有共謀的關係。資產階級絕對不可能促成「富國強兵」，在當時的歷史階段，只有無產階級的力量才能完成真正的社會改造，亦即共產革命。因此，許乃昌強調的，是無產階級，不是資產階級，才能使階級鬥爭與民族解放同時進行。[22]總結陳、許的兩種立場，可以確切理解左右兩派路線在民族主義與階級問題上的重大分歧。陳逢源過於站在民族主義的立場，並且又為資本主義辯護，顯然完全忽視了帝國主義在社會內部的滲透與分化。這足以說明社會主義青年為什麼無法接受右翼政治運動者的立場，從而在台灣文化協會內部直接奪取領導權。楊逵回到台灣時，文協的分裂已是造成的事實。他在一九二七年涉入農民運動時，縱然具備了豐富的馬克思主義理論，他的中間偏左路線畢竟腹背受敵。他站在民族的立場，卻又過於照顧階級的議題；同樣的，他堅守階級的立場，卻又右偏向民族主義的色彩。對於左派陣營而言，楊逵顯然是右派；對右派組織來說，他又被劃為左派，正是這樣的立場，使他與連溫卿同時被逐出左翼陣線。

一九二九年楊逵脫離農民組合時，台灣文壇開始展開一場前所未有的「鄉土文學論戰」。這場論戰的重要性大約有三：第一、台灣新文學運動的第二代作家是透過這場論戰的洗禮而誕生的，包括劉捷、林克夫、櫪馬、朱點人、賴明弘、郭秋生、黃石輝、黃得時、廖毓文等。他們在論戰中建立自己的文學觀，也開創了三〇年代文學盛放的局面。第二、二〇年代的馬克思主義傳播，在政治團體遭到解散後，又繼續藉著文學論戰而開展下去。質言之，三〇年代左翼文學路線的形成，事實上是從稍早的左翼政治運動轉化而來。寫實主義與批評風格的建立，在論戰中表達得非常清楚。第三、「鄉土文學」的概念，也是透過作家往返的論辯過程中塑造起來。換言之，所謂台灣文學主體性的討論，可以歷史地追溯到論戰的這段時期。因此，要檢驗楊逵的左翼文學立場，似乎有必要檢驗台灣鄉土文學論戰的內容。

這場論戰始於一九三〇年，止於一九三四年。幾乎當時所有的文學報刊雜誌都刊登了論戰的文章，左派雜誌如《伍人報》、《台灣文學》、《福爾摩沙》，右派刊物如《南音》，報紙如《台灣新聞》、《新高新報》與《台灣新民報》都捲入了漩渦。從整體內容來看，這場論戰其實可以分成兩大議題，亦即台灣話文的問題，以及鄉土文學的問題。前者在於討論作家應該使用何種語言，文學究竟為誰而寫；後者則集中討論作家應該寫什麼，怎樣表達文學的內容。參與論戰的作家，雖然是圍繞在文學語言與文學內容兩大議題，但仍然沒有脫離左右兩派的意識形態。

這是可以理解的，台灣文學左翼路線的崛起，乃是鑒於日本資本主義被捲入世界經濟大恐慌而爆發的政治危機。殖民地的知識分子更加迫切感受到文化運動的重要，而在文化運動中強調社會主義的立場。一九三〇年六月，《伍人報》創刊，這是由台灣共產黨員王萬得，結合左翼作家周合源、黃白成枝等籌設的文學雜誌。這份刊物被台灣總督府定為位為普羅文學雜誌，正是台灣鄉土文學論戰點燃烽火的起點。黃石輝在該刊發表了一篇連載長文〈怎麼不提倡台灣鄉土文學〉，以台灣大眾為主體，闡釋他的文學觀點。他被廣為引用的一段話，正如下述：

> 你是台灣人，你頭戴台灣天，腳踏台灣地，眼睛所看的是台灣的狀況，耳孔所聽見的是台灣的消息，時間所歷的亦是台灣的經驗，嘴裡所說的亦是台灣的語言，所以你那枝如椽的健筆、生花的彩筆，亦應該去寫台灣文學了。

黃石輝的主張可能稍嫌粗糙，不過，在這段話裡已清楚把台灣文學定位在一定時間意識與空間意識之上。所謂時間意識，便是他指稱的台灣歷史經驗。所謂空間意識，則是黃石輝清楚指出的台灣天地、台灣事物、台灣語言。確立了孕育台灣文學的現實條件之後，他進一步申論：

> 你是要寫會感動激發廣大群眾的文藝嗎？你是要廣大群眾心理發生和你同樣的感覺嗎？不要呢？那就沒有話說了。如果要的，那麼，不管你是支配階級的代辯者，還是勞苦群眾的領導者，你總需以勞苦群眾為對象去做文藝，便應該起來提倡鄉土文學，應該起來建設鄉土文學。

一個重要的概念「鄉土文學」就在這裡正式提出。也就是說，台灣文學既然是以確切的時間、空間意識為基礎而釀造的，則這樣的文學更應該以具體的群眾為對象。黃石輝眼中的群眾，就是勞苦群眾。說得更清楚一點，那就是以農民與工人為主的無產階級。文學若是以勞苦群眾為對象，則創作的語言就不能不以他們的語言為訴求。這種話文，便是黃石輝所說的台灣話文。在殖民地社會裡，作家回歸到自己的土地、語言來從事文學創作，自然寓有重建文化主體的意味。不過，從他的主張來看，朝向社會主義文學的建立已隱然可見。

普羅文藝運動在三〇年代是普遍的國際現象。無論作家強調的是鄉土文學或大眾文藝，基本上都在啟發讀者的階級意識，使他們關心社會最底層的農民、工人生活實況。藉由文學的傳播，知識分子可以認識殖民體制與資本主義的真正本質，從而培養抵抗的意識。一九三一年七月，黃石輝繼續在《臺灣新聞》發表〈再談鄉土文學〉，堅持作家應該建設台灣白話文主張，便是在既有的漢字基礎上表達台語，若是遇到無字可用時，則「採用代字」或「另創新字」，其目的便是讓台灣讀者容易理解文學的內容。他說：「因為我們所寫的是要給我們最親近的人看的，不是要特別給遠方的人看的，所以要用我們最親近的語言事物，就是要用台灣話描寫台灣的事物。」為了使這樣的文學主張能被廣泛接受，黃石輝在文中提出組成「鄉土文學研究會」的構想。

呼應黃石輝的鄉土文學觀最為強烈的，莫過於郭秋生。這是一位受到忽視的文學家，在此有必要予以介紹。郭秋生（一九〇四—一九八〇），使用過的筆名包括芥舟、TP生、KS、街頭寫真師等，是台北新莊人。他的社會主義傾向非常鮮明，擅長小說與散文創作。在鄉土文學論戰期間，極力支持黃石輝的立場，而且更為激進。在一九三一年的《台灣新民報》郭秋生發表〈建設「台灣話文」一提案〉，建議作家應向市井小民索取語言的資源：

> 所以吾輩說，當面的工作，先要把歌謠及民歌，照吾輩所定的原則整理整理。而後再歸還「環境不惠」的大多數的兄弟，於是路傍的賣藥兄弟，的確會做先生，看牛兄弟也自然會做起傳道師傳播直去，所有的文盲兄弟姊妹，隨工餘的閒暇儘可慰安，也儘可識字，也儘可做起家庭教師。[23]

郭秋生的文學觀念無非是以識字無多、甚至是文盲為對象。他認為要建立台灣文學，當前的工作便是整理民謠、兒歌，並且以此為媒介可以與底層的民眾溝通。他的看法，顯然是以文學做為思想傳播的工具，以達到掃除文盲的目的。因此，郭秋生的重點，乃是集中在知識的啟蒙，而非文學藝術的提升。

黃石輝和郭秋生的論點，是三〇年代把社會主義思想滲入文學批評之中的最初少數幾位作家。如果把他們的見解視為左翼文學路線形成的起點，應該是可以成立的。他們的文字中提到的「大眾」其實是有階級性的，也就是指農民工人而言。然而，也正是他們文字有強烈的社會主義立場，很迅速就引起其他作家的回應。在話文議題的討論方面，非常清楚地區分了兩大派別，一是台灣話文派，一是中國白話文派。支持台灣話文論者，有黃石輝、郭秋生、鄭坤五、莊遂性、黃純青、李獻章、黃春成、賴和等。支持中國話文論者，包括廖毓文、林克夫、朱點人、賴明弘、林越峰等。24

不過，這場論戰的最大成果並不在於話文方面，而是鄉土文學概念的建立。因為，在殖民地社會語文的使用與推廣，掌控權並不在台灣人手上。當時文壇的一個既定事實是非常顯著的，作家混合使用著日本、中國、台灣等三種話文。支持台灣話文的黃石輝、郭秋生固然強調文學有其階級性，贊成中國話文的廖毓文，也同樣主張文學有其階級立場。廖毓文回應黃石輝的文字裡就指出，十九世紀德國鄉土文學的最大目標，是在描寫鄉土特殊的自然風格和表現鄉土的感情思想。不過，他又表示，這種鄉土文學的內容過於空泛，既無時代性，又無階級性，一到今日就完全銷聲匿跡。顯然，廖毓文也是支持文學應有階級性的主張。[25]如果鄉土文學必須使用台灣話文才能成立，則使用日文的台灣作家就被排除在外。不過，日文書寫的台灣作家就不能寫出鄉土文學嗎？這個問題，在論戰中其實已得到解決。

一位署名「清葉」的作家，在一九三三年的《台灣新民報》以日文發表文字指出，鄉土文學並不必然要以台灣話文來寫。他寧可以「台灣文學」來取代「鄉土文學」一詞。他說：「我把台灣當成自己的鄉土，從這鄉土產生的所有文學，我主張稱為台灣文學。當然，不論是都會文學、田園文學、農民文學、左翼文學、專業文學也都包括其中。」他又主張：「如果鄉土沒有拘限於都會和田園的話，我將我們台灣稱為鄉土也是妥當的。將隨著台灣而生的所有文學，說成是鄉土文學，也是根據上述的原因而來。」[26]清葉的這篇文字，似乎把話文論戰的焦點轉化到鄉土文學的方向上。從此而降，論戰才開始熱烈討論鄉土文學的內容。

林克夫便是其中一位。他指出鄉土文學的內容應表現客觀現實的題材，「如台灣的方言、風俗、習慣、民情、地理及生活狀態、經濟問題、階級問題，而把大自然做背景，尤其是台灣特殊事情的意識沃羅基。」[27]所謂意識沃羅基，當是ideology轉譯的。他認為鄉土文學應該集中在蓄妾制度、聘金制度、農村、工場等等社會問題的描寫與反映。這樣的內容，既是批判封建文化，也是批判資本主義制度，其階級立場至為鮮明。林克夫是支持中國話文的作家之一。

論戰至此，話文議題與鄉土文學議題逐漸有了區隔。張深切對這個問題說得最為透徹：「台灣鄉土文學和台灣話文，原來是截然兩個問題，為什麼偏要掛上鄉土文學的招牌，打著台灣話文的混仗。」[28]這是明智的觀察，使混亂的論戰開闢了新的方向。他也贊成在使用中國話文時，對白之間穿插台灣話文亦無不可。不過，對於鄉土文學的內容，張深切也不了了之。他只是抽象地表示：「鄉土文學裡頭，還可以分作形式論、內容論、價值論、使用價值論、交換價值論等。」說完這樣的泛論，張深切便揚長而去。但至少很清楚的是，台灣鄉土文學不必然要與話文問題混雜在一起。

一九三三年，東京台灣藝術研究會發行《フォルモサ》（福爾摩沙）時，在其發刊詞就已主張要推廣「台灣的文藝運動」。[29]把台灣文學當作文藝運動來推展，正預告了三〇年代文壇開始呈現活潑的狀態。值得注意的是，左翼批評家吳坤煌，在該刊第二期發表〈論台灣的鄉土文學〉，幾乎就是為鄉土文學論戰做一總結。這是一篇重要的經典文獻，因為文中對於浪漫的、情緒的鄉土之愛做了嚴厲批判，要求作家更為嚴肅看待台灣的社會現實。也就是說，鄉土文學不應該只是停留在歌頌美麗南國的表象，不應只是感傷流淚地表現脆弱的鄉愁，而是需要具備勇氣來挖掘社會現實的矛盾。

吳坤煌以著殘酷的文字表示，「現實的台灣早已沒有一絲過去的影子，正以她屬於二十世紀的面貌向我們逼近過來。這樣的故鄉為什麼仍然藏著過去的浪漫傳說呢？何況，台灣也是世界的一小塊區域。只要是走在世界歷史的一頁上面，就沒有例外。這裡也有世界的經濟恐慌，或是思想性的浮動波浪蜂擁而至。」[30]他特別揭示自己的馬克思主義立場，認為鄉土文學必須朝向批判精神的建設去發展。他引用列寧的觀點，強調無產階級文化不是對傳統文化的全盤否定。在過去的文化形成過程，資產階級的價值觀念誠然滲透在其中。因此，對於資產階級文化，既不是完全抗拒，也不是照單全收。這種作法，等於是淪為機械論。因此，他贊成列寧的說法，對於資產階級文化應該是「加工地、加以批判並將之確立勞動運動之上。」在這篇重要文字最後，吳坤煌刻意引用斯大林的文學觀：

民族性的資產階級統治下的民族文化為何？這個文化就內容方面是資本主義的，就形式方面是民族性的，其目的所在就是用民族主義來給大眾下迷藥，並打算成為比在資產階級統治下更堅固的勢力。無產階級ㄨㄨ（專政）下的民族文化為何？這個文化在內容方面是ㄨㄨ（共產）主義式的，在形式方面是民族性的。其目的是要教育大眾國際主義的精神，從而建立比ㄨㄨ（資本）主義社會還要堅固的社會。31

引文中的「ㄨㄨ」部分，是當年在殖民地檢查制度下自動選擇隱去政治敏感的字眼。為求其通順可解，此處特就其上下文語意恢復原有文字。吳坤煌在討論鄉土文學時，毫不懈怠地提醒讀者不要只注意到台灣文學中的民族主義立場。他引述斯大林在於指出，民族主義的迷藥有時會蒙蔽對資產階級統治本質的認識。這裡就回到了殖民地知識分子原先面對的課題：究竟是民族立場重要，還是階級立場重要？吳坤煌的文字認為，只有階級獲得解放，民族解放才得以完成。如果這樣的理解沒有錯誤，則吳坤煌這篇文字的重要性就不能忽視。這是楊逵的左翼文學批評出現之前，對鄉土文學的民族立場與階級立場闡述最為清楚的一篇文字。[32]

楊逵的左翼文學批評

楊逵曾經有過參加鄉土文學論戰的紀錄。根據黃石輝的文章，得知楊逵在一九三二年的《台灣新聞》發表一篇相關的文字。由於尚未獲見，迄今還不能確知他的立場與觀點。[33]但是，在他其他的批評文字中，可以看見他對這場論戰的一些觀察。在語文使用的態度上，他頗自知殖民地知識分子的困境。在稍晚的一九三五年，楊逵撰寫一篇〈台灣的文學運動〉於日本的《文學案內》。這是一篇報導性的文字，不過卻精確道出台灣作家的語言苦惱。楊逵指出：「台灣住民本來就幾乎是漢族，因此在文學方面也曾經是大陸的殖民地。但是，自從日本帝國接收台灣以來，逐漸禁止漢文教育，在初級、中級教育方面又強制使用日本語，因而產生了語言上的畸形兒。」[34]

以畸形兒來概括台灣作家在語言上的錯亂歷史背景，誠屬入木三分的觀察。他已察覺到同時期的作家，在日文、中文、台語方面表達上的貧困。這當然有其歷史的因素。在清朝移民社會，台灣曾經是大陸的文學殖民地；言下之意等於也在指出，在日本統治之下，台灣也還是日本的文學殖民地。正是在這樣的歷史因素下，他認為自《伍人報》以降的話文論戰，「最後還是留下無法解決的懸案。」換言之，他對進行長達四年以上的台灣話文論戰，並未有積極的評價。其實楊逵本人就沒有立場在話文的議題上發言，他自己就是典型的「畸形兒」，在那段時期只能使用日文從事文學創作與表達文學思想。做為一位左翼作家，顯然他就不能像黃石輝、郭秋生等人那樣，主張鄉土文學必須使用台灣話文從事創作。從這點就可理解，論戰硝煙遍布之際，楊逵並未介入發言。

因此，在文學批評的出發點上，楊逵顯然有意避開話文的敏感問題。或者更為確切地說，在他的鄉土文學概念裡，語言文字的表達工具並不是普羅文學的充分條件。對他來說，階級問題才是鄉土文學的主要內容。這是因為他已注意到台灣社會現實中的「畸形兒」現象，殖民地嚴重的失語現象。更重要的是，台灣社會已經受到資本主義的深刻侵蝕，文化內容與文學形式遭到更為徹底的改造。台灣話文是否能擔任起批判、挑戰殖民體制的任務，是否能勝任迎接現代化運動所帶來的破壞，在整個論戰中並未有確切而明晰的討論。楊逵較為關切的是，台灣文學的階級立場與藝術營造的問題。

一九三四年五月，楊逵以小說〈送報伕〉在日本文壇登場，震驚台灣文學界。這位作家的誕生，與同時期的許多作家有許多不同之處。首先他是一位馬克思主義者，在理論上受過一定的訓練。他同時又是一位有實際經驗的農民運動者，在行動上介入社會底層甚深。〈送報伕〉的得獎，證明他確實有能力成為傑出的文學創作者。在藝術營造上，他絕對是超越同輩作家。最後，他又是一位文學批評者，能夠從事鑑賞藝術與批評藝術的工作。吳坤煌的文學批評甚佳，卻並不是出色的作家，縱然他寫過幾首詩作。因此，楊逵在鄉土文學論戰中的缺席，頗為稀罕。

從他最初的批評文字，就可發現他的階級立場是很堅定的。尤其是農民階級立場非常顯著，這可能與他的農民運動經驗有密切關係。正是農民組合的活動，使他在文學思考上從未偏離普羅階級的運動方向。在這樣的經驗基礎上，楊逵把社會主義思考帶進了三〇年代的文學批評中。

楊逵說：「要評論勞動者的心理，必須想辦法研究和作品中勞動者處於類似處境的勞動者的心理狀態。」[35]這種說法，除非是批評者有過實際經驗，否則無法成立。楊逵在面對〈送報伕〉受到批評時，終於以這樣的語言回應，足證他對自己作品的理直氣壯。具體而言，楊逵的階級立場並不是向壁虛構，也不是理論演繹，而是透過實際運動的參與而形塑出來。他特別強調馬克思主義傳統中的實踐（praxis）精神。即使離開農民運動之後，仍然還是藉由文學形式來傳達他的左翼思想。

在文學批評中堅持階級立場，可以在楊逵「大眾化」的概念上獲得印證。楊逵已不止一次引用美學家克羅齊的說法：「藝術家不僅是以自我貫徹為目的去創作，並為了促使他人也採取一樣的態度而創作。」通過這段引述，他再三重申作家並非只是為了表現自我：「從歷史的使命來看，普羅文學本來就應以勞動者、農民、小市民做為讀者而寫。當然，應該寫的重點是勞動者、農民的生活，但也不必受限於此，應該從勞動者的立場與世界觀，積極地書寫知識分子、小資產階級、資產階級等敵人及其同路的生活。這種世界觀不是概念式的，而是充分地消化後，具體書寫於作品當中。」[36]他心目中的大眾讀者，其實就是勞動者、農民、小市民。更確切地說，他所指的大眾也是具有鮮明的階級性。楊逵也很清楚，作家本身就是知識分子，在創作時必須向勞動階級認同，但是不必機械地、教條地只描寫普羅大眾，而是批判性地、有機地去描寫資產階級與知識分子。

楊逵的這種階級立場，似乎受到托洛斯基（L. Trotsky）的啟發。托洛斯基也提到知識分子的角色：「我們的藝術是知識分子的表現，他們擺盪於農民與普羅階級之間，而不能全然融入其中的任一階級，但他們比較傾向於農民，這是由於他們的中介位置，也是由於他們的連繫。他不能成為農民，但他可以歌頌農民。」[37]縱然被排斥於農民運動之外，楊逵仍然沒有遺忘對農民的關懷。在〈送報伕〉之後，楊逵完成的〈水牛〉、〈模範村〉、〈無醫村〉等，無不以農村生活為背景。這種主題的選擇，正是他階級立場的表現。他歌頌農民，為他們發出內心欲言又止的聲音。

從這樣的思考延伸出去，楊逵提出了藝術批評的準則。他無法接受批評家只是局部地、枝節地討論文字技巧與語言韻味。他指出，這是把作品放在「解剖台上」。他有非常生動的比喻：「……他們只專心致志於解剖，把活生生的人支解了，像屍體一樣地處理，……。」[38]對楊逵而言，文學作品有其整體性的結構，在於完整地反映社會大眾的現實。

楊逵的批評立場，並非封閉而絕不通融。事實上，由於具備了生動的政治運動經驗與活潑的文字創作經驗，他容許想像與虛構可以滲透在其創作之中。他特別指出：「所謂小說，本來目的是賦予某一個主題生命，以幾個事件和各形各色的人物來組成，並不是一成不變按事實來寫。因此寫小說時，需要作者的想像力，關於現實社會的廣泛知識，以及不同個性的人物心理變化的知識。說難聽一點，就是需要說謊的天才。」[39]這種說法放在三〇年代的文壇，顯然頗有藝術上的突破。當話文論戰臻於熾熱之際，幾乎每位作家都在為語文使用奮力辯護，並竭盡思慮為鄉土文學從事命名與定義，很少在創作技巧上提供藝術的思索。楊逵指出「說謊的天才」的見解，必須在八〇年代後現代主義瀰漫文壇之後，才有類似的看法，如張大春、楊照等。在殖民地社會中，作家的情緒與思考處於緊張狀態，似乎很難像楊逵那樣有如此逸出常軌的提法。

他對於教條的左翼作家也提出如此的建議：「抬出馬克思的剩餘價值論，描寫馬克思少年們高談闊論的場面，大眾當然會離去。可是如果描寫的是正在工廠上演的事實，例如再怎麼工作都吃不飽而且常常遭遇到種種慘劇的勞工；以及乘坐自用轎車到處跑，整天耗在茶室，而且不斷累積數萬、數十貫金錢的資本家，勞工就一定不會離去，而且能夠了解馬克思想。」[40]這是相當生活化地把馬克思主義思想藉文學形式傳播出去，也是極其生動地說明了他如何把創作與理論結合起來。

在這樣的認識基礎上，楊逵才提出「寫實主義」一詞。楊逵在一九三五年發表的長文〈新文學管見〉，最能總結他在文學創作與文學批評上的經驗。這篇文字分成「論文學的本質」、「文學史的一瞥」、「新的文學」、「結論」等四個部分，反覆申論他個人的文學態度。其中最值得注意的是他提到寫實主義的意涵：「寫實主義之病根並非在於寫實主義本身，而是在於誤把自然主義的末流誤當成寫實主義。寫實主義是要在自然、人生、社會的真實性中了解這些概念，絕對不是唯心式的觀念論，也不是唯物式的機械論。寫實主義並非是把個體當成個體來觀察，而是把個體當作全體中的一部分來觀察，並試圖由個體與全體的相互關係、全體中個體與個體之間的關係，來了解個體。所謂『見樹不見林』這類的想法，和寫實主義是無緣的。」[41]

對於西方寫實主義傳統而言，楊逵的見解並未有特殊之處。但是，在殖民地台灣的三〇年代，他的文學觀念置於同輩作家中顯然是特別出色的。對於資產階級所偏愛的自然主義，那種膚淺的反映論，以及頹廢的無批判論，楊逵抱持高度批判的態度。楊逵在這裡把現實（reality）與真實（truth）做了嚴明的區隔。現實社會中的事實常常藏有假象或虛象，楊逵則強調文學的真實。正如前述的〈文藝批評的標準〉，文學縱然可以虛構，卻必須具備社會學與心理學的基礎。他小說中的人物可能只是個體，卻是整個社會的縮影。就像〈模範村〉並非只是一個特定的村落，而是整個台灣的具體而微。這種個體與全體之間有機地、辯證地聯繫，正是楊逵寫實主義的精髓。見微知著，以小搏大，也是他文學批評的真正力道。

從這樣的思維推衍下去，他文學批評中所堅持的階級立場正好可以與民族主義的立場銜接起來。民族主義的立場，對右翼作家來說，往往使用「全民立場」來取代。但是，對於楊逵來說，他並不使用這種定義不明的名詞。民族主義的迷藥，蒙蔽了讀者對階級問題的認識。楊逵抗拒唯心的觀念論，亦即以民族來掩蓋階級議題。他同時也抗拒唯物的機械論，亦即以階級來概括民族立場的議題。他知道這民族與階級之間的辯證關係。因此，一九三四年他加入台灣文藝聯盟之後，就立刻與聯盟領導者張深切發生衝突。因為，張深切刻意使用全民文學的立場來排斥左翼的階級文學。在文學理念上，兩人似乎無法取得溝通的管道。幾乎可以預見，楊逵在加入不到一年之後就選擇離開，另外創立台灣新文學社，顯然並不令人感到意外。

張深切的文學觀是以民族路線為基礎，楊逵的文學理念則是以階級路線為主調。在殖民地社會，這兩條路線既是相互重疊，也是相互分離的。這主要因為，階級問題並非純粹是屬於民族內部的矛盾，它還牽涉到外來殖民者的敵我關係。就重疊的部分來看，在殖民地社會台灣所有的階級都受到程度不等的壓迫。因此，從被壓迫的角度來觀察，這應該是全民共同面對的問題。在這樣的立場上，民族路線自然就具備一定的意義。但是從分離的部分來看，民族問題並不能等同階級問題。因為，台灣社會內部縱然有民族資本家、小資產階級與農民工人之分，但從人口結構來看，資產階級與小資產階級畢竟是占少數，大多數的底層人民都是屬於農民與工人，尤其是農民多於工人。換言之，只是主張民族主義路線，將會輕易漠視階級問題的存在。然而，若是凸顯階級路線，則民族壓迫的問題自然也就包括在內。

一九二九年矢內原忠雄在其著作中指出，「在馬克思主義社會鬥爭理論上，應占主導地位的工業勞動者階級，在缺乏純粹大工業的台灣，發達自欠充分。」因此，他說，台灣的社會基礎「還不足以成立純粹排他的無產階級運動。」[42]矢內原忠雄是正統的馬克思主義者，對於階級運動仍然停留在以工人為主體的認識上。他並未意識到，台灣農民在殖民體制的掠奪下已完全無產階級化了。楊逵在這個問題的看法上顯然與矢內原忠雄不盡相同。他在列寧思想的影響下，把台灣的抵抗運動定位在階級運動上，主要是因為大多數的資本家都是日本人。批判資本家，自然就寓有抵抗日本人的意味。質言之，在殖民地台灣，民族問題不能涵蓋階級問題，但是階級問題必然包括民族問題在內。

因此，當楊逵提出「大眾文學」的口號時，其實就在於表示大眾是有階級性的，而文學也是有階級性的。在他一篇未發表的文字〈作家．生活．社會〉，就清楚指出：

「小說」是以最踏實的階級為背景，循著踏實的道路前進。我們將兩者區分為布爾喬亞小說與普羅小說。過去，反對封建制度而起的布爾喬亞階級是真摯的，因此，反映這個階級的小說也是真摯的。然而，自從他們沉迷於私有制之後，他們已無法用科學的方式認知，於是產生了矛盾。此刻，比較認真的人形成了懷疑派，其他人則擁護該階級的方向，大力隱藏這個方向，以掩勞工階級之耳目。43

楊逵在這裡表達階級觀念最為清楚。文學既然都有階級性，則布爾喬亞在批判封建制度過程所產生的文學，自然是深刻而真實。然而，布爾喬亞文學之所以喪失其真摯，乃在於他們失去了自我批判，而一味沉迷於私有制的占有，甚至對勞工階級蒙蔽真相。說得更為確切些，楊逵所謂的真摯，其實是在指批判精神。忠於自己的階級，又勇於批判自己的階級，真摯的文學就在其中產生。這樣的見解，置諸於殖民地社會的脈絡中，顯然有其非凡之處。因為，在台灣能稱得上布爾喬亞的，占大多數是日本的資本家，他們全然沒有自我批判的精神。從這個觀點來看，文學的階級問題就有它的積極意義。

一九三五年二月號的《台灣文藝》，同時刊登了張深切的〈對台灣新文學路線的一提案〉與楊逵的〈藝術是大眾的〉。這兩篇文章的並列，非常鮮明地對照出兩位作家的美學觀念全然不同。張深切的文字預定討論四個文學上的變革，亦即路線變革、形式變革、取材變革、描寫變革。不過，寫完路線變革後，張深切竟偏離主題，而終至失去焦點。由於這篇長文的結構散漫，毫無邏輯可言，張深切的文學見解停留在混沌狀態。不過，從文字的最後結論部分，似可推知其文學主張：

> 台灣固自有台灣特殊的氣候、風土、生產、經濟、政治、民情、風俗、歷史等，我們要把這些事情，深切地以科學的方法研究分析出來——察其所生、審其所成、識其所形、知其所能——正確底把握於思想，靈活底表現於文字，不為先入（為）主的思想所束縛，不為什麼不純的目的而偏袒，祇為了（貫）徹「真、實」而努力盡心，只為審判「善、惡」而研鑽工作。這樣做去，台灣文學自然在於沒有路線之間，而會築出一有正確的路線。44

張深切強調的不是階級文學，而是全民文學；亦即主張作家應認真挖掘台灣特殊的文化性格。他反對有「先入為主」的思想，而應以靈活文字表達真實與善惡。如果這就是文學路線，則張深切的看法似乎只是延續三〇年代初期鄉土文學討論的思考而已。張深切緊接著發表的〈對台灣新文學路線的一提案（續篇）〉，反而離題更遠。全篇只在反覆申論文學與道德的關係。其中較值得注意的是，他認為「文學道德已然是置於道德的裡頭，自然在這裡並沒有什麼左派右派的分別」。不僅如此，他又指出：「階級爭鬥，雖然是人類歷史上的一個血痕，然而道德爭鬥更是歷史上的全篇血跡。」[45]張深切在文藝聯盟裡面，並非是重要的文學創作者，在文學批評上也並不具分量。他的道德觀與階級觀，全然與文學聯繫不起來。然而，在《台灣文藝》編輯群中，他是領導者之一。這樣的見解，顯然不是楊逵能夠接受的。

結語

對於左翼文學而言，對於寫實主義而言，楊逵的審美觀念顯然超越同時代的作家。當他提出創作小說「需要說謊的天才」時，便能觸及到文學的本質。所有的文學書寫，都在於挖掘人的真實。透過想像，透過人物心理，可以到達文字所不能企及的境界。楊逵並不僵化而教條地固守當時寫實主義的「反映論」，反而鼓勵作家在現實中營造虛構。當他這樣說時，未嘗有偏離階級立場的任何意味。只要立場是清楚的，則文學採取何種方式來表現都可得到首肯。

三〇年代的台灣文壇，正處於日本軍國主義氣焰甚熾的時期。在那樣危疑的時代，楊逵並不可能輕易放棄階級立場。尤其是面對日本資本主義對台灣社會的瘋狂掠奪，放棄階級立場就等於放棄民族立場。他終於選擇離開《台灣文藝》，可能是為了編輯權力被壟斷而招致。然而，最重要的是，他急切要創辦一份刊物，使台灣社會的階級立場充分顯現出來。《台灣新文學》在一九三五年的創刊，應該是在階級路線的召喚下誕生的。這份刊物問世時，台灣的民族立場也因此而得到彰顯。有關這精采的一頁，需要另文討論。

離開農民運動，楊逵是被迫的。離開文藝聯盟，則是他出於主動的。在進退之間，楊逵的理念與行動始終一貫。做為一位左翼知識分子，他非常清楚實踐比理論還重要，正確的實踐比正確的理論還值得欲求。在歷史上，他可能曾經背負「分裂」的污名。不過，他展現的行動格局足以為他產生雄辯。空發議論的知識分子，怯於行動的理論學者，都應該在楊逵身上看到值得學習的風範。

註釋

1 在八〇年代接受年輕記者的訪問，楊逵再三自稱是「人道的社會主義者」。參見林進坤訪問，〈楊逵訪問記〉，《進步雜誌》，創刊號（一九八一年四月），頁二五。以及陳春美訪問，〈追求一個沒有壓迫、沒有剝削的社會——訪人道的社會主義者〉，《前進廣場》，第十五期（一九八三年十一月）。此文收入彭小妍主編，《楊逵全集》，第十四卷資料卷（台南：國立文化資產保存研究中心，二〇〇一年），頁二六六—二七一。

2 「投入實際運動」的口號，代表二〇年代台灣知識分子投入社會運動的覺悟。參閱謝春木，《台灣人の要求——民眾黨の發展過程を通じて》（台北：台灣新民報社，一九三一年）。（復刻本、東京：龍溪書社，一九七四年），〈第一章：十年來の社會運動・九、農民組合〉，頁三三。

3 簡吉所領導的農民組合，造成二〇年代末期政治運動的高潮。參閱陳芳明，〈簡吉：日治下左翼運動的實踐者〉，收入黃秀慧主編，《漫漫牛車路——簡吉與台灣農民組合運動》（台北：台北市文化局，二〇〇四年），頁八〇—八一。

4 台灣總督府編，《台灣總督府警察沿革誌》（台北：台灣總督府警務局，一九三九年）。（復刻本、改名《日本統治下の民族運動》，東京：台灣史料保存會，一九六九年），頁五八六—五八七。

5 《台灣大眾時報》發行的始末，參閱陳芳明，〈《台灣大眾時報》與《新台灣大眾時報》〉，《殖民地台灣：左翼政治運動史論》（台北：麥田，一九九八年），頁一九三—二一四。

6 楊貴，〈當面的國際情勢〉，《台灣大眾時報》，創刊號（一九二八年五月七日）。（復刻本、台北：南天書局，一九九五年）。此文收入彭小妍主編，《楊逵全集》，第九卷詩文卷（上）（台南：國立文化資產保存研究中心，二〇〇一年），頁八〇—八二。

7 有關台灣農民組合在一九二七年之前的合法鬥爭路線，參閱宮川次郎，《台灣の農民運動》（台北：拓殖通信社支社，一九二七年）。

8 參閱陳芳明，《謝雪紅評傳》（台北：前衛，一九九一年），頁一〇三—一〇六。

9 列寧，〈農民生活中新的經濟變動〉，收入中共中央列寧著作編譯局編譯，《列寧全集》，第一卷（北京：人民出版社，一九九〇年），頁一—五五。

10 列寧，〈無產階級和農民〉，《列寧全集》，第十二卷，頁八八—九一。

11 楊逵，〈台灣新文學的精神所在——談我的一些經驗與看法〉，彭小妍主編，《楊逵全集》，第十四卷資料卷，頁三四。

12 楊逵譯，〈戰略家列寧〉，彭小妍主編，《楊逵全集》，第十三卷未定稿卷，頁五二二—五二八。

13 楊逵譯，〈勞働者階級的陣營〉，彭小妍主編，《楊逵全集》，第十三卷未定稿卷，頁四八〇—四八一。

14 同上註，頁四八一。

15 戴國煇、內村剛介訪問，葉石濤譯，〈一個台灣作家的七十七年〉，收入《楊逵全集》，第十四卷資料卷，頁二五四。

16 台共的〈農民問題對策〉這份文件，收入山邊健太郎編，〈日本共產黨台灣民檢支部東京支部員檢舉顛末〉，《台灣（二）》（現代史資料22）（東京：みすず書房，一九七一年），頁一五六—一六四。有關台共與〈農民問題對策〉的討論，參閱陳芳明，〈第三章林木順與台灣共產黨的建立〉，《殖民地台灣：左翼政治運動史論》（台北：麥田，一九九八年），頁四七—九八。

17 有關連溫卿參與政治運動始末及其與台灣文化協會的分合關係，參閱陳芳明，〈連溫卿與抗日左翼的分裂——台灣反殖民史的一個考察〉，《殖民地摩登：現代性與台灣史觀》（台北：麥田，二〇〇四年），頁二六五—二九二。

18 有關山口小靜在台的政治活動，參閱宮川次郎，〈台灣に於ける極左傾的內地人〉，《台灣の政治活動》（台北：台灣實業會社，一九三一年），頁二八〇—二八三。山口小靜在靜修女中擔任作文老師，於一九二四年因肺病逝世於台灣。

19 楊逵在晚年回憶時多處提到，他是在農民組合認識葉陶的。而葉陶是因為受到簡吉的影響而加入農民運動的。楊逵自稱「剛從日本歸來，見得廣，話題多又年輕，葉陶自然同我親近」。簡吉可能因此而萌生排斥之意。見王麗華記錄，〈關於楊逵回憶錄的筆記〉，《楊逵全集》，第十四卷資料卷，頁七八。

20 台灣總督府編，《台灣警察沿革誌》，頁一〇八一—一〇八二。

21 同上註，頁一〇八四。

22 關於陳逢源與許乃昌的「中國改造論」論戰，可以參閱芳園（陳逢源），〈我的中國改造論〉，《台灣民報》，第一二〇號（一九二六年八月二十九日）；許乃昌，〈駁陳逢源氏的中國改造論〉，《台灣民報》，第一二六—一二九號（一九二六年十月十日—十月三十一日）；芳園，〈答許乃昌氏駁中國改造論〉，《台灣民報》，第一三〇—一三九號（一九二六年十一月七日—一九二七年一月九日）；許乃昌，〈給陳逢源氏的公開狀〉，《台灣民報》，第一四二—一四三號（一九二七年一月三十日—二月六日）。在此論戰過程中，還穿插了一篇蔡孝乾的〈駁芳園君的中國改造論〉，《台灣民報》，第一三四號（一九二六年十二月五日）。

23 郭秋生，〈建設「台灣話文」一提案〉，《台灣新民報》（一九三一年八月二十九日），連載三十三回。收入中島利郎編，頁九三。

24 廖毓文，〈台灣文字改革運動史略〉，原載《台北文物》，四卷一期（台北：一九五五年五月五日），後收入李南衡編，《日據下台灣新文學5：文獻資料選集》（台北：明潭，一九七九年），頁四九五。

25 廖毓文，〈給黃石輝先生——鄉土文學的吟味〉，原載《昭和新報》，第一四〇—一四一號（一九三一年八月一日—八日），後收入中島利郎編，頁六五—六六。

26 清葉著，吳枚芳譯，〈具有獨特性的台灣文字之建設——我的鄉土文學觀〉，原載《台灣新民報》，第九一三號（一九三三年九月四日）。收入中島利郎編，前引書，頁三二八—三二九。

27 克夫，〈對台灣鄉土文學應有的認識〉，原載《台灣新民報》，第九四〇—九四五號（一九三三年十月二日—七日）。收入中島利郎編，前引書，頁三七二—三七三。

28 張深切，〈觀台灣鄉土文學論戰後的雜感〉，原載《台灣新民報》，第九七二號（一九三三年十一月三日）。收入中島利郎編，前引書，頁四一七。

29 編輯部，〈創刊之辭〉，《フォルモサ》，第一號（一九三三年八月），（東方文化書局復刻本），頁一。這份刊物的編輯暨發行人是蘇維熊，發刊詞當出自彼之手筆。

30 吳坤煌，〈台灣の鄉土文學を論ず〉，《フォルモサ》，第二號（一九三三年十二月），頁一一。譯文引自吳坤煌作，彭萱譯，〈論台灣的鄉土文學〉，中島利郎編，前引書，頁四七九。

31 同上，頁四八九。

32 有關吳坤煌論文的扼要討論，參閱施淑，〈文協分裂與三〇年代台灣文藝思想的分化〉，《兩岸文學論集》（台北：新地，一九九七年），頁二二六—二二八。

33 黃石輝，〈答負人〉，《南音》，第一卷第八期（一九三二年六月十三日），（東方文化書局復刻本），頁二六。

34 楊逵，〈台灣の文學運動〉，原載《文學案內》，第一卷第四號（東京：一九三五年十月）。涂翠花譯，〈台灣的文學運動〉，收入彭小妍主編，《楊逵全集》第九卷詩文卷（上）（台南：國立文化資產保存研究中心，二〇〇一年），頁三六五。

35 楊逵，〈台灣文壇一九三四年の回顧〉，《台灣文藝》，第二卷第一號（一九三四年十二月）。邱振瑞譯，〈台灣文壇一九三四年的回顧〉，《楊逵全集》，第九卷詩文卷（上），頁一二一。

36 楊逵，〈藝術は大眾のものである〉，《台灣文藝》，第二卷第二號（一九三五年二月）。邱振瑞譯，〈藝術是大眾的〉，《楊逵全集》，第九卷詩文卷（上），頁一三八。

37 Leon Trotsky, *Literature and Revolution*, Translated by Rose Strunsky, New York: International Publishers , 1925 , p.11.

38 楊逵，〈文藝批評の基準〉，《台灣文藝》，第二卷第四號（一九三五年四月）。增田政廣、彭小妍譯，〈文藝批評的標準〉，《楊逵全集》，第九卷詩文卷（上），頁一六五。

39 同上，頁一六八。

40 楊逵，〈お上品な藝術觀を排す〉，《文學評論》，第二卷第五號（一九三五年五月）。涂翠花譯，〈摒棄高級的藝術觀〉，《楊逵全集》，第九卷詩文卷（上），頁一七六。

41 楊逵，〈新文學管見〉，原載《台灣新聞》（一九三五年七月二十九日—八月十四日）。陳培豐譯，〈新文學管見〉，《楊逵全集》，第九卷詩文卷（上），頁三一五。

42 矢內原忠雄著，周憲文譯，《日本帝國主義下的台灣》（台北：帕米爾，一九八七年），頁一八四。

43 楊逵，〈作家．生活．社會〉，《楊逵全集》，第十三卷，頁五四九。

44 張深切，〈對台灣新文學路線的一提案〉，《台灣文藝》，第二卷第二號（一九三五年二月一日），頁八六。

45 張深切，〈對台灣新文學路線的一提案（續篇）〉，《台灣文藝》，第二卷第四號（一九三五年四月一日），頁九四—九九。

第二輯

現代性與台灣史觀

殖民地時期自治思潮與議會運動

一、自治運動的歷史意義

一部台灣抗日運動史，可以說就是一部台灣的自治運動史。這種自治主義，並非只是停留在「地方自治」的層面，而是具有「民族自決」的意義。民族自決的概念之介紹到台灣，始於一九一八年美國總統威爾遜（Woodrow Wilson）在第一次世界大戰後所提倡。威爾遜強調的自決觀念，在於每個民族有決定自己命運的權利，無論任何人均不能干涉，也不能剝奪每個民族的生活、教育、道德、習慣、語言等等的基本權利。[1]

在此之前，台灣知識分子有過「同化主義」的提法，亦即主張台灣人接受日本的統治之後，也同時接受其語言、習慣，使台灣人與日本國民獲得同等的政治待遇。[2] 一九二〇年，東京的台灣留學生提出「自治主義」，開始對同化主義展開挑戰，這項主張獲得留日學生的認同。因此，原先以同化主義為基礎的「六三法撤廢運動」，遂逐漸蛻化成為以自治主義為基礎的議會設置請願運動。[3]

這是一個相當重要的轉變，雖然同化主義與自治主義，都是屬於日本殖民地統治的體制內改革，但是前者係以日本的統治做為主體，而後者則是以台灣人民的意願做為主體。六三法的撤廢運動，只是一種消極的抵抗；議會設置請願運動，卻是屬於一種積極的爭取。最重要的是，「台灣議會」一詞終於在歷史上首度宣告誕生。

如果台灣政治史上有所謂議會路線的出現，那麼，一九二〇年代議會設置請願運動便是此一路線之濫觴。請願運動所領導的議會路線，後來就為右翼政治團體所遵循，這包括台灣文化協會（一九二一），台灣民眾黨（一九二七），以及台灣地方自治聯盟（一九三〇）等政治組織。以台灣民眾黨為例，它在建黨時就提出了「確立民本政治」的主張，並強調「根據立憲政治之精神，反對總督專制政治，使司法、立法、行政三權完全分立，應予台灣人享有參政權」。[4]同樣的，台灣地方自治聯盟成立的重點雖然放在「地方自治」之上，但是該盟的「趣意書」就有如此明確的立場：

近代有政治自覺之民眾，排除官僚之支配，要求自己處理地方的公共問題，因而形成近代的地方團體之行政組織。世人稱地方團體之行政為地方自治者，由於民眾自行處理，或參與自己有利害關係之地方公共事務之行為而來也。地方團體決定意志之機關，必需由民眾選出之代表者而構成之，是為現今地方自治不可或缺之根本要件。地方團體而無民選議決機關，則斷無地方自治之可言。[5]

這裡觸及了近代民主政治的原則，觸及了人民的意願，也觸及了公民選舉辦法的問題。從這些政治要求來看，台灣人在一九二〇年代至三〇年代之間，自治思潮的發展可以說已臻於成熟的境界。

聯合陣線為基礎的議會運動

一九二〇年代的議會運動，是殖民地時期台灣社會追求自治的起點。台灣總督府無視六三法對台灣人民參政權之全盤否定於先，又無視民族自決主張之做為國際主流政治思想於後；終於激起第一代台灣知識分子的結盟，而促成議會設置運動的加速成熟。提出議會觀念第一人，應屬一九二〇年的林呈祿無疑。他撰寫的〈六三問題的歸著點〉一文，抨擊日本內地延長主義的荒謬，首度公開強調台灣社會的特殊性格，從而主張台灣應該設置議會，以監督六三法所賦予台灣總督的膨脹權力。[6]

以這樣的觀念為基礎，台灣議會設置運動集合了新興的台灣知識分子，開始向東京的帝國議會請願，要求殖民母國的政府能夠容許殖民地台灣擁有一個議會機構。也就是說，在總督府的體制之外特別立法，承認台灣社會的特殊性，而在島上成立一個權力監督的機構。這種提法，顯示台灣知識分子的政治思想已臻於成熟。他們的邏輯是，既然日本殖民母國已是立憲國，則在帝國統轄下的殖民地也應該延伸如此同等的憲法精神。如果只容許一個權力上毫無制衡的總督府存在，那絕對是違背立憲精神，不符合近代國家的規格。若是台灣議會能夠設立，由島上住民投票選舉議員。在這樣的立法權與預算審查權的監督下，當可使總督的權力獲得節制。帝國的殖民地立法權，部分轉移到台灣，便是議會設置運動的最高目標。這種帶有濃厚烏托邦色彩的政治運動，從發起的時刻開始，便注定是一場徒勞無功的努力。然而，台灣人民對於近代民主觀念的認識與追求，卻是從如此沾染悲劇精神的運動中培育起來的。從一九二一年到一九三四年，前後長達十四年的時間，知識分子團結在議會期成同盟的旗幟下，遠赴東京議會請願共計十五次。每次陳情，都是希望透過對日本議員的遊說，能夠在帝國議會中反映台灣社會亟盼民主政治的意願。

縱然這是一個沒有成功的運動，殖民地知識分子卻因此而有了相互激勵的機會，從而帶動了近代式的民族民主運動。所謂近代式的民族民主運動，指的是這樣的請願運動是跨越各個階級的。確切地說，議會設置的觀念，建基於國族範圍內的全民利益之上。要促成這樣的行動，就有必要獲得來自各個階級的支援。因為，沒有一個單獨階級的力量能夠抵抗龐大的殖民權力支配者。

十五次的請願運動，直接間接喚醒了台灣的國族意識。所謂本島人與日本人之間的民族界線之所以能夠劃分得那樣鮮明，就在於透過這種政治運動而呈現出來。而國族意識的釀造，則是依賴跨越階級的聯合陣線來產生行動。這種聯合陣線，便是無須刻意區分階級的各自利益，而在批判總督體制與六三法的共同目標下，採取一致的抵抗運動。沒有這種聯合陣線的觀念，就不會出現二〇年代台灣文化協會的組織，也就不會促成三〇年代台灣文藝聯盟的團結。

從歷史角度來看，議會設置運動具有高度精神抵抗的意義。第一、從積極方面看，它首度使台灣住民意識到政治自主性（political autonomy）與文化主體性（cultural subjectivity）的存在。透過先後十年的努力，也連帶刺激了許多抵抗殖民體制的政治組織誕生。從左派的台灣農民組合（一九二六）、台灣共產黨（一九二八），到右派的台灣民眾黨（一九二七）、台灣地方自治聯盟（一九三〇）等等團體的次第浮現，便顯示台灣社會追求主體的意志是何等強烈。[7]第二、從消極方面看，議會設置運動毋寧是一種去殖民化（decolonization）的具體實踐。透過連續不斷的行動，台灣知識分子抗拒了殖民體制所帶來的巨大文化傷害。以如此的抵抗意志為基礎，台灣社會才能夠建立自己的文化信心。

為了配合整個議會觀念的展開，參與議會設置運動的成員都意識到有必要在島內成立一個互通聲息的團體，那就是一九二一年十月十七日成立的台灣文化協會。這個團體的倡議者之一蔣渭水，特別強調患有嚴重的「知識營養不良症」。[8]如果要負起日華親善的歷史使命，台灣人就應該在知識上有所精進。蔣渭水的觀點，便是認為任何的政治運動，若是沒有經過民眾在知識上的啟蒙洗禮，就不能得到廣大的回應。

台灣文化協會的成立，乃是以既有的聯合陣線為基礎，結合來自全島各地的各個階級知識分子，左派的連溫卿、李應章，右派的蔣渭水、蔡培火，都暫時放棄意識形態的分歧，一起加入文化協會的組織。通過這個組織的擴張，以及機關雜誌《台灣》（一九二〇—一九二二）、《台灣青年》（一九二二—一九二四）、《台灣民報》（一九二三—一九二七）的發行，使台灣社會內部的各種議題的討論，得以在民眾中間傳開。凡屬國族、階級、性別的議題，機關雜誌均持續展開討論。正是有這種大眾媒介的存在，才使得二〇年代的島上住民漸漸形成了「想像的共同體」（imagined community），而終於使整個民族運動蓬勃發展起來。

殖民地的農民運動、學生運動、婦女運動都是透過文化協會的主導而有了開展的機會。這是值得注意的現象，因為所有個別的政治運動都呈現追求主體的意志。這種意志表現越強烈，就越能提升台灣人企盼自治的信心。有較為激進的運動在背後支持，才使得議會設置運動顯得更為溫和。如此一緩一急的相互呼應，更能顯現聯合陣線策略的圓熟。

中間偏左的議會運動

文化協會組織，經過五、六年的擴張與再擴張，使得內部的政治主張開始出現分歧多元的現象。原來是以新興知識分子為主體的組織，以啟蒙運動為主題的團體，卻因日本資本主義的高度發達而受到強大的衝擊。資本主義在島上的發展，跨過一九二〇年代以後，基本上是宣告成熟了。不僅是日本財閥先後進駐台灣，而象徵資本主義成長的製糖會社，為強化其國際市場的競爭力，也積極而放膽地在島上肆行其掠奪土地的行動。

資本主義體制的升高，也加速刺激台灣社會內部階級意識的覺醒。文化協會最初成立的宗旨，乃是以知識與思想的啟蒙為目標，到了二〇年代中期也不能不注意到階級運動的孕育。特別是一九二五年以降，農民運動發生的頻率不斷加快，文化協會也必須相應地調整它的政治節奏。二林事件中農民運動的爆發，背後的思想指導者，正是文化協會重要成員之一的李應章。這個事實顯示，文化協會在歷史新階段來臨之際，不僅要繼續其原有的啟蒙工作，同時也開始介入階級性的反殖民運動。

不過，階級議題的提出，對以議會路線為主的文化協會也產生了全新的挑戰。議會路線雖然對殖民式的總督體制具有批判的態度，在政治策略上採取的則是屬於體制內的合法改革。這種改良主義的精神，自然就與較為激進的、訴諸抗議示威的農民運動有很大的落差。部分協會成員之介入階級運動，無形中也使左翼思想在組織內部滋長蔓延。台灣抗日運動陣營之出現左右兩條路線，便是在這樣的歷史條件下逐漸成形的。倘然左右翼的知識分子相信聯合陣線是值得實踐的，則反殖民運動就有可能以結盟的形式延續下去。然而不然，左右雙方的政治主張存在過大的歧見，使得聯合陣線的策略不能不暴露裂痕。從下列表格的對照，當可比較出雙方在思想上所以分歧的理由。

	階級屬性	**運動策略**	**運動路線**	**最高目標**
右翼	資產、小資產階級	體制內改革	議會路線	權力制衡
左翼	農民、工人階級	體制外鬥爭	群眾路線	權力對抗

透過簡單的比較當可發現，台灣文化協會的最初創建者基本上是以少數菁英為中心來領導啟蒙運動。他們的議會主張，縱然是日本當權者不樂於接受的，卻並未踰越體制內的合法要求。畢竟資產、小資產階級在經濟利益的考量上，與權力支配的殖民者是較為接近的。他們要求的政治改革，是漸進的、溫和的。但是，伴隨著啟蒙運動的成長，也無形中使新生代知識分子對殖民體制的統治本質有了截然不同的認識。在島外的留學生，受到民族自決與殖民地革命思潮的影響，開始對於議會路線的改良主義精神產生不滿。他們認為文化協會有其階級的局限，無法勝任新形勢的挑戰。見證到文化協會對於階級運動的卻步，年輕知識分子意識到一個新的歷史階段必須由他們來領導跨越。因此，到了一九二六年台灣農民組合的團體建立之後，文化協會內部左右兩翼的辯論也隨之展開。

挾帶島外政治理論思想的年輕知識分子，在一九二七年的文化協會改組中奪得了領導權，使得右翼最初創建者不能不選擇退出組織，而另外建立一個政治團體，那就是近代史上第一個合法的政黨：台灣民眾黨。文化協會自此左傾化，屬於較為激進的階級運動，自此也宣告成熟。在左右對立的過程中，以連溫卿、王敏川為中心的青年，主張認同階級路線分明的政治主張。議會路線與階級路線的分歧，終於使聯合陣線的運動發生了分裂。

強調台灣自治的議會路線，在台灣民眾黨成立後反而獲得彰顯的空間。最主要的原因在於，《台灣民報》的發言權，仍然掌握在右翼知識分子的手上。思想傳播的擴張，使得政治意識的啟蒙得以持續下去。從台灣民眾黨成立的宣言可以發現，他們的政治主張仍然堅持合法的路線。宣言是如此表示：「如有阻礙我等政治地位之向上，威脅我等經濟生活，阻止我等社會之進步者，則我等不辭以合法的手段與之周旋到底。」[9]換言之，他們的運動策略無論是如何激進，都不可能踰越日本殖民當局所規範的合法範圍。

與積極介入農民運動、高舉左翼旗幟的左傾文化協會比較之下，台灣民眾黨的議會主張顯然是相當溫和。然而，從建黨綱領而言，台灣社會的政治主體性卻是非常鮮明。綱領包括三點：一、確立民本政治，二、建設合理的經濟，三、改除社會制度之欠陷。[10]這些扼要的主張，具有濃厚的資產階級色彩。也就是說，他們要求的是，在合法的範圍內追求合理的改革。

仔細考察民眾黨的組成分子，事實上也還是帶有聯合陣線的高度意涵。因為，蔣渭水退出文協，並不意味他不具有階級意識。只是他不樂於見證抵抗運動的分裂，而決定與右翼運動者合作。從民眾黨第二次大會宣言的內容就可理解，蔣渭水對於資本主義的掠奪性格之認識是很清楚的。宣言表示：「世界帝國主義受歐洲大戰之影響，發生經濟恐慌，為解決此一困難問題，勢必對他國之勞工大眾及殖民地之弱小民族予以榨取。然而，帝國主義潮流的刺激，乃幡然覺醒，奮勇推進其反抗運動。」[11]

蔣渭水的觀點等於是在宣告，弱小民族的解放運動，其實是與勞工的階級運動是同條共貫的。要對抗以資本主義為假面的帝國體制，就有必要結合勞工大眾，累積政治運動的實力。然而，蔣渭水的這種階級意識，並非是黨內其他右翼領導者能夠接受的。特別是蔡培火對於勞工階級一詞尤其敏感，認為這是重蹈文協時期的覆轍。蔣渭水與蔡培火之間的對立，典型地暴露了黨內「水火不容」的事實。一方堅持必須聯合勞工階級，一方則強調應遵循純粹的議會路線。

黨內的對峙，終於使台灣總督府有機可乘，順勢製造雙方的矛盾。蔣渭水語重心長地指出：「左右的分裂，是政府所喜歡的。」這是可以理解的，部分台灣領導者強調他們不怕分裂時，日本殖民者也不怕台灣人分裂。因此，民眾黨活動期間，就開始出現兩條路線，一是支持台灣議會期成同盟的路線，認為改良主義的要求是能夠實踐的，一是支持工友總聯盟的路線，認為結合勞工階級的主張是可行的。

然而，隨著日本對外戰爭政策的升高，帶有階級色彩的民眾黨就愈來愈難得到台灣總督的寬容。這是因為日本的資本主義在一九二八年就產生了嚴重危機，必須謀求對外攫取經濟資源。在戰爭陰影籠罩下，台灣總督府對於階級訴求意味濃厚的民眾黨，開始採取敵意的態度。一九三〇年元月蔣渭水領導的中央常務委員修改黨綱如下：一、改除政治經濟社會的束縛，二、擁護並伸張民眾日常的權益，三、反對總督專制，並努力獲得政權。[12]這樣的主張，等於是直接向總督府體制挑戰。由於日本當局不能接受如此激進的要求，民眾黨不得不經過兩次的修正，而變為：一、期實現政治的、經濟的、社會的自由，二、反對專制政治，努力獲得政權。蔣渭水之偏離議會路線，而直指政權之取得，至此已經相當清楚。階級路線與議會路線的內鬨，再加上總督府的挑撥離間，終於造成民眾黨的分裂。

右翼的議會路線

一九三〇年，民眾黨內部的右翼領導者林獻堂、楊肇嘉、蔡培火、蔡式穀等人，決定另組純粹以議會路線為訴求的團體，亦即台灣地方自治聯盟。重組團體的主要理由，乃在於他們認為議會的「單一路線」是值得追求的。如果政治運動混雜了階級因素，將可能混亂這條路線。而更重要的是，他們認為：「完成地方自治，係民眾黨長期以來的重大改革，然而實行單一政策，如不吸收黨員以外的頹廢資產家，則無法展開有力的運動，完成地方自治。但是，若將這些頹廢資產家置於黨的指導之下，縱使他們贊成該政策，亦將危及其他政策。所以唯有重新組成結社，以資吸收之。」[13]

這種看法等於為自治聯盟定下了基調。民眾黨本來就是以資產階級為領導中心，只是蔣渭水認為要擴大反抗力量，就有必要與農工階級的力量結盟成為聯合陣線。蔡培火等人則認為，一旦結合了農工力量，將使一般所謂頹廢的資本家不敢投入運動之中。頹廢資產家，指的是較具政治冷感或懼於改革的多數資產、小資產階級。如果要使他們加入陣營，就不能太過強調階級路線。而且，他們真的加入的話，將與黨內的階級政策發生矛盾。畢竟資產階級與勞動階級的經濟利益是相互衝突的。因此，朝著議會的「單一政策」目標，台灣地方自治聯盟終於選擇退出民眾黨而另外成立。台灣總督府也立刻批准這個組織立案，一個純粹由右翼知識分子領導的議會路線於焉誕生。

一九三一年，日本發動九一八事變的前夜，台灣總督府下令解散所有的政治團體，包括左傾的台灣文化協會、台灣農民組合、台灣共產黨，以及中間偏左的台灣民眾黨，全部都不能倖免。唯一容許存在延續下去的，唯台灣地方自治聯盟而已。縱然自治聯盟是極右的合法組織，但是誠如前述，台灣人對議會政治的憧憬與追求，也是因為有這個組織的誕生而得以呈現出來。

自治聯盟的中堅領導者楊肇嘉，在其回憶錄中就指出，他在一九三二年七月於東京訪問齋藤首相時，曾經提出如下的要求，包括：一、立即賦予台灣人民以言論、集會、出版的自由，二、改善台灣警察行政，三、改革台灣司法制度，四、台灣之公共組合應自治化，五、救濟台灣農村，六、在台一切行政應重新整理，七、即時實行台灣地方自治，八、台灣應實施義務教育，九、徹底實施共學制度，消滅日、台學生的差別待遇。[14]從這些政治主張，就可反映出台灣的知識分子所了解的「自治」概念的程度。這些政治主張中幾乎又在後來二二八事件的四十二條政治要求中重複提出。時代雖然已經改變，但統治者的本質並沒有改變，因此台灣人的共同政治願望必然不斷提出。這個問題事實證明了，台灣自治運動的傳統誠然是橫跨了日據時代與國民黨時代。[15]

綜觀殖民地時期議會路線的發展，始於聯合陣線的策略，歷經中間偏左的試驗，止於右翼路線的抉擇，可以窺探日據時期知識分子之用心良苦。右翼議會路線之能夠存在，無非是受拘於時代條件的限制。他們的要求停留在最低限度的階段。從他們提出「地方自治改革大綱」的內容，就可了解：一、賦予人民以普選公民權，二、確立州市街庄之自治權，三、將官派諮詢機構改為民選決議機構，以明確其職務權限，四、改革執行機構之組織以明確其職務權限，五、確立州市街庄之財政管理權。這種提法，在整個殖民地時期並未實現。

必須強調是，如果沒有日據時期的議會路線之孕育，就不可能使戰後的民主運動能夠釀造成熟的政治主張。在殖民地社會，議會路線沒有成功，並不意味台灣的抵抗運動沒有成功。從歷史條件來看，經濟權並不掌握在台灣人手上，資本主義的發展也不是以台灣人的意志為轉移。更重要的是，當時台灣社會並未產生強而有力的中產階級，使得議會路線欠缺雄厚的基礎。中產階級的成熟，必須等到二十世紀的七〇年代才具體見證。從戰後民主運動的曲折經驗來看，當可體悟殖民地時期議會路線之坎坷崎嶇。

註釋

1 威爾遜的民族自決主張，最扼要的討論，請見Arthur Stanley Link, *Wilson the Diplomatist: A look at His Major Foreign Policies*. New York: New Viewpoints, 1974, pp. 116-17。最新的討論，可以參閱August Heckscher, *Woodrow Wilson*. New York: Scribner, 1991。

2 同化主義的擁護者，以蔡培火為代表。參閱蔡培火等著，《台灣民族運動史》（台北：自立晚報叢書編輯委員會，一九七一）。

3 關於自治主義與同化主義之間的辯論及其消長，參閱周婉窈，《日據時代的台灣議會設置請願運動》（台北：自立晚報社文化出版部，一九八九）。特別是第二章第二節，〈同化主義與自治主義的爭論〉，頁三六—四五。

4 葉榮鐘，《台灣民族運動史》，頁三六八。

5 同前註，頁四四九—五〇。

6 林呈祿，〈六三問題的歸著點〉，《台灣青年》第一卷第五號（一九二〇年十二月十五日），頁二四—四一。

7 有關政治主體性之追求，參閱陳芳明，〈台灣政治主體性的建立之歷史考察——以抗日運動為中心（一九二〇—一九三一）〉，《探索台灣史觀》（台北：自立晚報社文化出版部，一九九二），頁二六—四三。

8 蔣渭水，〈五個年中的我〉，《台灣民報》第六七號（一九二五年八月二十六日），頁四三—四五。

9 〈台灣民眾黨宣言書〉，參閱謝春木，《台灣人的要求》（台北：台灣新民報社，一九三一），頁八九—九〇。

10 台灣總督府警務局編，《台灣總督府警察沿革誌》，現在改名為《日本統治下的民族運動》（東京：台灣史料保存會，一九六九），頁四三四—三五。

11 同前註，頁四四九—五〇。

12 參閱《台灣民報》第二九五號（一九三〇年一月十一日）。

13 謝春木，《台灣人的要求》，頁二九五—九六。

14 楊肇嘉，《楊肇嘉回憶錄》第二冊（台北：三民，一九六七），頁二六七—七二。

15 從自治傳統的觀點來解釋台灣近代史的反抗運動，可以參閱 George H. Kerr, *Formosa: Licensed Revolution and the Home Rule Movement, 1895-1945*. Honolulu: University Press of Hawaii, 1974。

殖民地社會的圖像政治

——以台灣總督府時期的寫真為中心

引言

後／殖民的再呈現（post/colonial representation），往往密切涉及到書寫者的種族、性別與階級等等的立場。所謂再呈現，是指在歷史發展過程中出現的人物、景觀、事件，如何透過文字書寫或圖像媒介的不同方式來保存歷史記憶的一種策略。[1]不同的再呈現方式，決定不同的歷史記憶。不同的政治結構與權力分配，也決定不同的再呈現方式。因此，書寫者的種族、性別與階級差異，通過了政治結構與權力分配的運作之後，便無可避免地影響了再呈現的策略，從而也影響了歷史記憶的保存。

歷史記憶的再呈現，無疑是一種權力關係的整體表現。殖民地社會歷史，如果是透過帝國主義者的眼睛來呈現，必然大量滲透了殖民論述（colonial discourse）與殖民敘述（colonial narrative）。殖民論述或敘述，代表了殖民統治者的價值觀念與歷史解釋。在帝國之眼的審視下，被殖民者的生活方式並不可能忠實保留在歷史紀錄之中。被殖民者的形象與身分，可能未存在於客觀的現實裡，而是存在於帝國主義者的想像。誠如薩依德（Edward Said）在其《東方主義》（*Orientalism*）一書指出的，所謂東方，其實是由西方殖民者想像創造出來的。[2]殖民者看待被殖民者時，只不過是依照其權力支配的意志來塑造歷史想像；而這樣的歷史想像，並不全然符合被殖民者的願望。

台灣淪為日本的殖民地，也同時淪為帝國主義權力支配的實驗場域。歷史記憶的傳承，並非是以殖民地社會的台灣人民為主體，而是以日本統治者的意志為主導。到目前為止，有關日據時期的台灣歷史遺留下來的卷帙浩繁之史料，在殖民主義的掌控下，有多少史料滲透了日本統治者的想像，又有多少史料反映了台灣社會的現實？這是值得審慎考察的問題。

這篇論文的重點，放在台灣總督府時期所攝的寫真史料之上。由於歷史相片的大量出土，在很大程度上有助於殖民時期的記憶重建。然而，依賴這些官方照片來詮釋歷史之際，究竟照片背後所呈現的權力關係為何？這恐怕是對台灣史研究者的一個重要挑戰。西諺有云：一張圖像勝過千言萬語。其主要意義在於指出，圖像較諸文字還更真實，並且更具有說服力。問題在於，一張照片的誕生也能隱瞞許多事實。在照片所呈現的事實內容之外，恐怕才是重要歷史事件發生之處。何種事實值得攝影，何者不值得攝影，恰恰就是權力掌控者經過深思熟慮之後決定的。因此，照片的再呈現與不呈現，正是權力支配的極致表現。

本文利用的寫真集共有三部，亦即《台灣懷舊》、[3]《台灣回想》，[4]以及《見證台灣總督府》。[5]這三部攝影集，乃是隨著近十年台灣研究熱的崛起而次第出版。這些官方影像的印行，代表的是日本人的記憶，還是台灣人的記憶，頗值得玩味。本文的討論，企圖釐清這些問題。

日本殖民主義的眼睛

日本分別在一八九五年與一九〇五年分別擊敗滿清中國與沙皇俄國，在短短十年之內一躍成為亞洲的帝國主義者。在取得台灣之前，日本從未有過任何殖民統治的經驗。因此，藉助歐洲殖民帝國的歷史經驗，例如英國、法國與荷蘭等等，就成為日本全力以赴的學習目標。不僅如此，日本殖民者還誇稱要超越歐洲殖民的先進國家。歐洲帝國以百年的時間才完成的殖民大業，日本帝國在數十年之內就企圖要完成。[6]日本的殖民統治，縱然如矢內原忠雄所說的是一種「早熟的帝國主義」，[7]但不容置疑，台灣社會便在這種早熟的政治理念下加速殖民化。

台灣總督府的建立，乃是日本殖民主義的執行機構。以一八九六年第六三號法律為法源基礎的總督府，囊括了在台的行政、財政，甚至軍事指揮的權力。除了日本帝國議會能夠節制之外，台灣總督等於是台灣統轄範圍之內的皇帝。[8]

高壓的軍事與警察護衛，終於使台灣總督府順利完成了引進資本主義的鋪路工作。台灣之邁向現代化，無疑是跟隨資本主義到來的；然而，台灣的資本主義化，卻不是根據社會內部自主意願，而是被迫接受的。台灣的資本主義愈發達，現代化的速度就愈提升；現代化的指標愈高，殖民主義的滲透就愈深化。倘然，資本主義與現代化是歷史發展過程無可避免的趨勢，則台灣社會在接受這項趨勢時，顯然也無法逃避殖民體制入侵的事實。

對台灣總督府而言，資本主義的建構乃是其施政的優先考慮。為了使資本主義得到充分發展，台灣總督必須在台灣採取高壓的統治。從日本人的立場來看，台灣住民是粗野的，猶如日本近代思想家福澤諭吉所說，台灣人是「蠻民」，是「沒有文明」的人。[9]因此，把近代化介紹到台灣，固然是要攜「文明」給島上住民；更重要的是，使資本主義的發展可以獲得更為有利的空間。對付「未開化」的台灣住民，台灣總督府施行嚴苛的警察制度，進行長期而徹底的鎮壓。但是，有壓迫，就有反抗。台灣人民的武裝抗日，前後長達二十年。[10]繼之而起的政治運動，也先後綿延十餘年。[11]當所有的政治活動遭到禁止後，台灣知識分子又展開長達十餘年的文學抵抗運動。[12]

因此，殖民地社會的歷史原是沿著兩條路線在進行，一是統治者的鎮壓史，一是被治者的反抗史。歷史撰寫權與歷史詮釋權，並不公平地照顧到這兩條路線。在殖民地，統治者的政治權力可以影響到歷史書寫，而且也進一步可以剝奪被殖民者的發言權。與其他殖民地社會所發生的情況一樣，外來統治者往往掌控了所有的歷史紀錄與歷史解釋。

在殖民主義眼睛的凝視下，台灣是如何被呈現出來的？這個被稱為「南國」的台灣殖民地，原非日本所屬的領土。當權者對這塊新地的認識，並非來自歷史的理解，而是透過武裝的接收過程逐漸獲致。在其權力營造的追逐中，台灣是一個陌生，甚且是一個恐懼的島嶼。台灣的他者性格（otherness），就在殖民主義的眼睛下，與日本的自我中心（self-center）形成強烈對比。抱持自我中心態度的日本人，對於非我族類的台灣人自然產生各種不同的想像，例如馴服的與未馴服的台灣人，或是開化的（civilized）或未開化的（uncivilized）台灣人。這種劃分的方式，強烈含有權力支配的意味。具體而言，凡是接受日本的統治便是良民，採取拒絕行動便是屬於暴民。

日本人在台灣製造的歷史紀錄，自然也是隨著這種權力支配的態度來進行。在所有的歷史紀錄中，並非止於狹義的歷史書寫。凡是到過台灣的日本人，都或多或少留下他們的印象。這些印象或訴諸文字，如官方報告、旅行文學、法律契約、書信、日記等等，都呈現了日本人眼中台灣社會的吉光片羽。

倘然文學與日記等等傳統書寫的形式可以供作文本（text）來分析的話，則圖像也可視為另一種文本。文字書寫是一種符號的表示，圖像也是另一種符號的呈現。因此，從官方報告或文學作品去解讀日本統治者暗藏的權力支配，當然是可以成立的。同樣的，通過照片與繪畫的呈現方式，也可以窺探統治者的權力運作。

現代化加速並大規模侵入台灣，極其劇烈地改造了整個傳統的社會。這種轉變的過程，都在日本人遺留下來的各種文本中可以發現。不過，這裡要提出一個問題是：日本人並不可能也不願意完整呈現全部的轉變實相。在其凝視下，做為他者的台灣總是被選擇性地呈現出來。原因是不難理解，因為現代化工程的建構，乃是伴隨殖民化的鞏固而展開。被殖民的台灣人，不是毫無條件、毫不設防接受現代化。在現代化腳步逐漸加速之際，台灣社會的抵抗運動也日益升高。可以理解的，日本樂於記錄下來的歷史，絕對是它帶來現代化的成就，而不是台灣人抵抗運動的事實。所以，問題的重點就在這個地方，僅僅依賴日本人留下來的文字或圖像，能夠看到真正的歷史嗎？在文字沒有記錄的地方，在寫真沒有拍攝的地方，恐怕才是台灣人歷史發生的場域。

從現存的日據時期相片來看，大約可以分成四類，亦即日本人的（Japanese），日本化的（Japanization），未日本化的（un-Japanization），以及抗拒日本化的（anti-Japanization）。日本人的寫真，自然是以官方建築、日本生活方式為主。日本化的寫真，則是呈現台灣社會如何變成日本價值觀念的一部分，例如台灣鄉鎮之都市化，或是糖廠、港口的改建。未日本化的寫真，包括了台灣的山川景觀或原住民的生活等等。抗拒日本化的寫真，則以抗日政治運動的知識分子之活動為中心。在這四種照片的紀錄中，當以抗拒日本化的寫真為最稀少，甚至是不存在的。換句話說，在殖民地社會存在著鎮壓與抵抗兩條路線的史實，實際上只剩下單元的、片面的官方紀錄。

台灣總督府時期的寫真，來自官方與民間。官方的攝影機，集中於呈現台灣現代化的實際情況；民間的攝影機，則掌握在日本商人、觀光客、知識分子的手上，較為注意台灣的自然景觀與風土人情。從表面上，這些寫真並沒有任何政治的涵義。他們透過相片所呈現的美感經驗，顯然與台灣住民有很大的差異。日本人與台灣人之間的審美差異，正是政治權力支配最為活躍之處。

帝國之眼．殖民之美

照相術的出現，發生於十九世紀的前半葉。攝影的普遍化，跟隨資本主義制度的崛起，同時也跟隨現代化的擴張，而逐漸滲透到世界的各個角落。尤其是殖民主義的全球侵襲，也相當程度提升了照相技術的普遍化。權力與照相術的結合，也在一定程度上強化了殖民者的歷史書寫權。屬於現代化科技之一的攝影，也因此隨著日本殖民體制的建立而在台灣廣泛使用。不過，所謂廣泛使用，並非指台灣民間的接受，而是指日本官方與享受殖民體制的一般日本人之使用。鏡頭全然操控在日本人手上，從而怎樣的權力，決定怎樣的鏡頭；同樣的，怎樣的鏡頭，決定怎樣的歷史紀錄。[13]

攝影本身釋放出來的說服力量，較諸文字的效果還來得雷霆萬鈞。在日據時期台灣社會最為流行的寫信，便是在民間廣泛傳遞的明信片。《台灣懷舊》的編者松本曉美指出，「至少在一九〇〇—一九一〇年期間，在台北、台南、台中、高雄等都市，出售和製造明信片的工廠，起碼有二十家以上」。他又說：「這些發行人因為沒有印刷設備，只好將在台灣拍攝的底片，送回東京或其他日本的印刷廠，製成美術明信片後，再送回台灣。」[14]從這段序言，幾乎可以推測當時的攝影技術，顯然還是受到日本本土的支配。具體而言，東京是整個帝國的審美中心，殖民地的美的呈現，都必須通過中心的過濾或選擇才得以完成。

相片顯示出來的意象，頗富寫實主義（realism）的色彩；它幾乎是客觀事物的具體翻版，有時還比現實更具美感。相片的說服力，較諸文字力量還更強烈的原因，乃是它給人們一種「眼見為真」的錯覺。美術明信片的流通，證明它在台灣社會接受程度的深刻與普遍。明信片的深刻流傳，正好可以協助日本殖民力量得到伸張的空間。

操在日本人手中的攝影鏡頭，究竟以什麼為對象？在回答這個問題之前，應該先討論什麼是殖民之美？護航資本主義前進的殖民者，大約是以現代化做為審美的最高標準。凡是符合現代化要求的，便可劃入美的範疇。因此，什麼是現代化？怎樣才能達到現代化？對殖民者而言，便是一種美的歷程。從這個觀點來看審美的形成，似乎可以從歷來台灣總督的施政方針窺見端倪。

以第一任總督樺山資紀（一八九五－一八九六）為例，他施政的重要任務，便是如何把滿清台灣改造成為日治台灣。亦即把屬於中國制度的台灣，改造成能接受現代化的台灣。他的首要工作，便是建立社會新秩序。換言之，樺山總督使用高度武裝力量的平定，以達到治安的目的，從而掃除一切通往現代化道路的障礙。緊接的第二任總督桂太郎（一八九六，任期僅四個月），與第三任總督乃木希典（一八九六－一八九八），則繼續在行政、醫療、教育、警備等等制度方面進行奠基的工作。[15]

台灣的加速現代化，一般都以第四任總督兒玉源太郎（一八九八－一九〇六）及其民政長官後藤新平做為起點。在這個任期內，台灣社會見證了極為殘酷的鎮壓手段，同時也見證了日本文化的大量移植，例如：神社的創建。在兒玉總督與民政長官的聯合治理下，資本主義首度引進台灣，最顯著的事實便是台灣銀行的設立，以及台灣製糖株式會社的建立。也就是說，日本在台的掠奪機器，就是在這段期間完成的。不過，在日本人的立場，這些政績才是台灣現代化的重要基礎。

倘然資本主義制度與現代化是殖民體制的最高方針，則有關其統治歷史的紀錄也依此標準來撰寫，就不是令人感到意外的事。一九三五年台灣總督府出版的《施政四十年的台灣》，便是依照現代化的開發來描述的。除了分成「自然篇」、「人口篇」、「統治篇」之外，這本書的重點集中在「教化篇」、「財政篇」、「產業篇」、「貿易篇」、「金融篇」和「交通篇」等等。這本書最能代表日本在台灣統治成績的程度，是殖民開發的典型紀錄。一九三五年在台北舉行的「台灣施政四十週年紀念博覽會」，除了展現整個日本帝國的生產力，而且也在向世界宣告日本在台灣現代化工程的成功。[16]因此，在治績的假面下，台灣社會由封建社會過渡到資本主義社會的變貌，就成為攝影鏡頭的焦點集中所在。

配合台灣總督府的施政方針，當時印行的美術明信片也都側重在都市建設與實業開發的議題之上。以《台灣懷舊》與《台灣回想》所搜集的明信片來看，風景與原住民風格的主題居多，然後才是經濟建設與產業發展的題材，為數最少的，則是一般平民的相片。這個事實顯示，台灣住民的生活絕對不是攝影的主要對象。殖民之美的要求，如前所述，便是以現代化與資本主義化為檢驗的標準。

比台灣人更愛台灣

攝影寫真的大量普遍化，使日本殖民體制得到美化的效果。照片本身對台灣社會的再呈現，看來是那樣真實而不容辯駁。在寫真烘托出來的世界裡，簡直看不到有血有肉的台灣住民。面對厚厚的兩冊照片集，只能證明日本人以極其從容的態度觀察台灣，甚至是以無憂無慮的心情欣賞台灣。

以「阿里山神木」（圖一）為例，這是最著名的台灣風景相片。即使到了日本投降之後，世人都知道「台灣有個阿里山」。從這張照片，可以看到台灣的寧靜與壯美。然而，台灣歷史並不發生在相片之內，而是發生在相片之外。如果只是觀察這張相片，讀者只會相信日本人確實是在保護台灣林木，而且將之尊崇為神木。倘然以這張相片做為文本來解讀，整個構圖釋放出來的符碼，都強烈暗示日本人是非常熱愛台灣的。但是，歷史事實顯然不是這樣發展的。

日本人熱愛阿里山，乃是因為那裡充滿了林木的資源。為了開發山林，日本人在後藤新平治台期間，早已完成了土地調查與山林調查。這些深鎖於阿里山的原始林木，在日本殖民體制建立以後，便有計畫遭到開採與砍伐。因此，在這張相片中，看不到淌下血汗的台灣工人，看不到被驅趕的原住民，更看不到日本人炮製吳鳳故事所構成的文化傷害。在這裡呈現的阿里山，是沒有傷害的；相反的，它是祥和的、絕美的。同樣的，從阿里山所看到的新高山（即玉山，圖二）之頂峰，呈現了台灣自然景觀的壯闊與深邃。這些景觀，除了原住民曾經眺望過之外，島上的住民從來沒有窺探的機會。理由無他，這是日本的國有財產，是台灣人民的禁地。沒有入山許可證，一般平民並不獲准進入山區。

無論是阿里山或新高山的景觀，都凸顯了日本人占據的特殊位置。那樣的位置，剛好是台灣人缺席的地方。台灣人從台灣土地的景觀中消失，無疑是權力支配的一個結果。相片顯示的權力

圖一　樹齡悠久的神木，3000年來看盡阿里山的變遷。（創意力文化事業有限公司提供圖片）

運作，目的何在？非常清楚的，它在於證明台灣土地並不屬於台灣住民；更進一步而言，它也在於證明台灣住民已喪失自主意願。台灣是日本人借來的空間，然而，在這個空間裡，日本人可以予取予求，如入無人之境。權力支配如此，正是殖民主義的極致表現。

再以另一著名相片「台中公園」（圖三）為例。這座公園原屬中部橋仔頂望族林家的花園，後被開闢成為台中公園。一九○八年縱貫鐵路通車時，兒玉源太郎在此舉行盛大的通車大典。從這張相片，再次印證了日本人對台灣社會環境的改造。然而，企圖從相片投射出來的意象去理解當時台灣人的心情，絕對找不到線索。類似這樣的風景相片，包括台北公園、高雄壽山公園，都先後印行於一九○○年至一九三○年之間。這段

圖二　圖中可見攀登新高山的日本人，站在木台上高舉雙手，希望能湊成4000公尺高度。目前該處矗立著于右任銅像。（創意力文化事業有限公司提供圖片）

期間，正是資本主義高度發展的時期，也是台灣抗日運動臻於高峰的階段。

解讀台中公園之類的寫真，幾乎使人相信台灣人民生活的平靜與幸福。發生在照片之外的洶湧澎湃的反日情緒，就不是攝影機鏡頭所能照顧的。自二〇年代以後，台灣社會開始出現台灣文化協會（一九二一）、台灣農民組合（一九二六）、台灣民眾黨（一九二七）、台灣共產黨（一九二八）與台灣地方自治聯盟（一九二九）等等以維護台灣主體的政治組織。他們或被逮捕，或被監禁，或被解散，與美術明信片呈現的景象對照之下，抗議的聲音與悲憤的吶喊都變成無聲的背景。

與糖業相關的題材之明信片，更加可以說明它的欺罔性格。以蔗園的寫真（圖四）為例，這一系列的相片都在呈現台灣甘蔗田

圖三　花草繁茂，崗巒起伏，碧水瀲灩更添幾許情趣。（創意力文化事業有限公司提供圖片）

園的繁榮氣象。明信片拍攝的風景，是示範蔗園的代表。在這張圖片中，被欺負的農民是看不見的，至於資本家的剝削，生產的數字與價格的控制，農民土地被沒收的實情，都沒有被攝入。台灣農民運動的崛起，便是起因於蔗農的遭受掠奪與欺侮。誠如矢內原忠雄指出，一部台灣糖業史，就是一部殖民血淚史。[17]

殖民者的攝影鏡頭，輕易避開了台灣社會的抗議與挫折。他們可能並不預設立場要為自己美化，然而，權力的掌控自然而然引導他們刪除不公不平的一面，淨化了台灣社會受到壓迫的事實。可以理解的是，鏡頭是權力的一種延伸，也是現實社會的一個過濾器。殖民化台灣變成現代化，現代化的台灣變成日本化，歷史紀錄就是這樣保留下來的。

圖四　大日本製糖公司，依次為其甘蔗園、打狗港的倉庫、海岸維護工程、該公司及第一工廠、第二農場。（創意力文化事業有限公司提供圖片）

權力的優越與尊崇，在有關原住民的相片中表現得更加鮮明。日本人對於原住民的調查與觀察，幾乎就是台灣總督府的重要施政方針之一。人類學家如伊能嘉矩與鳥居龍藏的調查報告，典型地代表了日本人在這方面的努力。[18]從明信片的圖像，可以發現日本人鏡頭酷嗜強調原住民的「奇異」風俗與「野蠻」習慣。以獵人頭的寫真（圖五）為例，原住民顯然是應攝影者的要求，坐在被砍人頭之後共同捧杯飲酒。這些相片的呈現，主要在於證明日本文化之優越；在優越的另一面，則是以歧視為基礎。照片的進一步暗示，在於顯現日本人是如何能夠與「番族」相處。無論多麼蠻勇的原住民，在鏡頭之前是靜態的，被凝視的，甚且是被馴服的。權力的從屬關係，至此已然表露無遺。

原住民的情感與生活，僅是如此表現嗎？

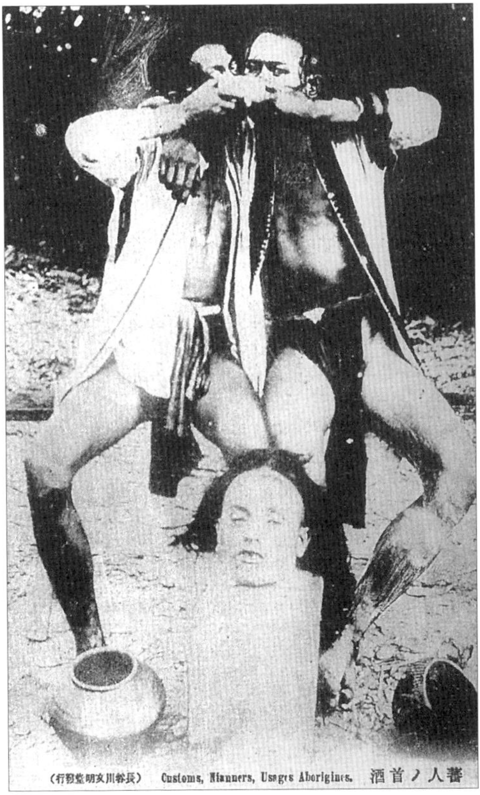

圖五　出草後飲酒狂歡。（創意力文化事業有限公司提供圖片）

照片的局限性，幾乎不能完整呈現出來。受到歧視、排斥。羞辱的原住民，在一九三一年的霧社事件中全面爆發。[19]然而，霧社的反抗者並沒有在明信片的影像之中。取而代之的，反而是日本觀點的「霧社紀念碑」（圖六）的寫真。在相片裡，攝影者還刻意安排數位原住民坐在碑前的階梯，呈現一副安詳的氣氛。碑上的文字刻著：「霧社事件殉難殉職者之墓」等字樣，彷彿是紀念犧牲受害的原住民。非常諷刺的是，所謂殉難殉職者，是指以武裝鎮壓原住民的日本警察與士兵。這些殉難者，其實是攜帶槍砲，甚至包括了瓦斯炸彈，對泰雅族原住民展開滅絕種族行動。有誰能從這樣的相片判讀曾經有一場滅種的戰爭發生過？在鏡頭過濾後沉澱的景象，其實埋葬了曾經有過的怒血。抵抗精神之歸於沉寂，恰恰就是權力者的期待。

圖六　霧社事件紀念碑。（創意力文化事業有限公司提供圖片）

台灣人的痛苦之愛

安定與和平，是殖民體制努力追求的社會新秩序。所謂安定，就是台灣農民馴服地鞭打水牛在耕田（圖七）。這種意象，不僅出現在明信片，也出現在立石鐵臣的木刻，更出現在石川欽一郎的水彩作品。這是日本人最熟悉的農村風景，也是日本人對台灣人的典型印象。在廣漠的水田裡，農民默默耕種，彷彿有一種逆來順受的宿命感。從未到過台灣的日本人，便是透過這樣的形象來理解他們所憧憬的「南國」。但是，住在台灣的每一位人民，是不是每天都戴著斗笠、牽著一隻水牛？是不是每一位住民都沒有自主的意願？

日本人祈求的和平，絕對不是台灣人的安居樂業，而是台灣總督府從和平中建立起

圖七　水牛原產於印度，經由廣東、福建傳入台灣，水牛的特性是刻苦耐勞，且個性溫馴，是農家犁田、拉車的重要動力來源。（創意力文化事業有限公司提供圖片）

來的經濟繁榮。明信片拍攝的各個港口的建設，並不只在展示台灣的經濟發達而已，更且在於誇稱其現代化的成功。以基隆港起重機為題材的相片（圖八），正是這種殖民之美的另一種呈現方式。這些系列的相片，不僅流傳於台灣、日本等帝國之內的領土，而且也流通於國際社會。這種說服力，遠遠超過文字的宣傳，也大大勝過台灣人民抵抗的意志。

圖像政治的奧妙，徹底表現了這方面的權力關係。誠然，相片的意象不斷在告訴世人，日本人比台灣人還更愛台灣。這樣的信息貫通於每一張相片，也滲透了台灣社會最基層，果真如此，台灣人的愛如何表達出來？

當歷史書寫，包括文字與圖像，全面由殖民者壟斷，本地的聲音自然就遭到消音。

圖八　碼頭倉庫前並排的電動起重機，蔚為基隆碼頭壯觀的一景（攝於1933年）。（創意力文化事業有限公司提供圖片）

從後殖民的觀點來考察，並不能如此毫無批判地接受日本人的「台灣之愛」。日本人對台灣的愛戀，並非是台灣的風土人情，而是經濟資源。他們所占據的權力位置，絕對不能感受台灣人的痛苦於萬一。即使是一位平民的日本人，沒有分享到台灣總督府的官職，但是，他天生地已得到殖民主義的優越地位。這樣的日本人，無需經驗台灣人的痛苦，從而他呈現出來的文本性格（textuality），自然也不會傳達台灣人的痛苦感受。日本人的台灣之愛與台灣人的台灣之愛，因此而劃清了界線。

從這個觀點來看，在台灣的日本文學家表現出來的文本，豈非與美術明信片的文本有同條共貫之心理狀態？以皇民化時期的日本作家西川滿為例，他的耽美風格至今還是得到肯定的評價。台灣文學史家張良澤有過這樣的看法：「西川滿的小說十之八九都是寫台灣正史、台灣風俗文物、台灣生活抒情，而在那麼多作品文字當中，卻沒找到一句罵台灣人或卑視台灣事物的話。結果有了自省，認為憑什麼說西川滿是『御用作家』或『欺台作家』？」[20] 誠然，在西川滿的文學裡，確實找不到一句罵台灣人或卑視台灣事物的話。猶如美術明信片，也未嘗有任何醜化台灣人的圖像。但是，文本政治（textual politics）與圖像政治（pictorial politics），具有相互呼應的作用。

西川滿根本不可能寫出像賴和與楊逵那種充滿痛苦與抗議的作品，他的美感經驗充滿了異國情調與原始神祕。那副閒適的情調，顯然不是台灣作家能夠企及的。為什麼會有如此截然不同的表現？原因無他，權力的關係位置，區別了台灣觀點與日本觀點的界線。

台灣歷史記憶的重建，在最近十年已形成龐沛的運動。隨著運動的日益升高，台灣總督府時期的寫真也不斷被挖掘出來。面對這些相片時，台灣社會確實是經過美化與包裝。塗飾之後的相片，台灣人民的表情也一併被拭淨，遑論台灣人的感情與思想。歷史書寫的方式，不能全然依賴殖民者遺留下來的史料。在文字拭淨的地方，在攝影鏡頭避開的地方，恐怕才是台灣人歷史書寫的介入之處。

註釋

1 關於後殖民再呈現的問題，可以參閱 Francoise Lionnet, *Postcolonial Representations: Women, Literature, Identity.* Ithaca: Cornell University Press, 1995, pp. 1-21.

2 Edward W. Said, *Orientalism.* New York: Vintage Books, 1979, pp. 10-22.

3 松本曉美、謝森展編著，《台灣懷舊：1895-1945 the Taiwan，絵はがきが語る50年》（台北：創意力文化，一九九〇）。

4 謝森展編著，《台灣回想：1895-1945 the Taiwan＝思い出の台灣寫真集》（台北：創意力文化，一九九三）。

5 施淑宜（總編輯），《見證—台灣總督府＝Witness-the Colonial Taiwan 1895-1945》（上下兩冊）（台北：立虹，一九九六）。

6 杉山靖憲，《台灣歷代總督の治績》（東京：帝國地方行政學會，一九二二）。

7 矢內原忠雄著，陳茂源譯，《日本帝國主義下之台灣》（台中：台灣省文獻委員會，一九五二），頁一八七。

8 有關六三法的討論及其爭議，參閱吳密察，〈明治三五年日本中央政界的「台灣問題」〉，《台灣近代史研究》

（台北：稻鄉），頁一一三—五四。

9 吳密察，〈福澤諭吉的台灣論〉，《台灣近代史研究》，頁八三—九九。

10 日本接收初期的台灣武裝抗日運動，參閱翁佳音，《台灣漢人武裝抗日史研究（一八九五—一九〇二）》（台北：國立台灣大學出版委員會，一九八六）。

11 台灣近代史政治運動之研究，參閱許世楷，《日本統治下の台灣——抵抗と彈壓》（東京：東京大學出版會，一九七二）。

12 日據時期台灣新文學運動的抵抗精神之討論，參閱葉石濤，《台灣文學史綱》（高雄：文學界，一九八七），頁七五—九五。

13 照相的權力影響之討論，參閱 Steven Cagan, "Notes on 'Activist Photography'," in *Late Imperial Culture*. Eds. Román de la Campa, E. Ann Kaplan and Michael Sprinker. London: Verso, 1995, pp. 72-96。

14 松本曉美，〈序〉，《台灣懷舊》，頁五。

15 杉山靖憲，《台灣歷代總督の治績》，頁二〇—四五。

16 有關日本施政四十週年的台灣博覽會，參閱井出季和太著，郭輝編譯，《日據下之台政》第三冊（台北：台灣省文獻委員會，一九七七），頁一三二三—三二五。

17 矢內原忠雄，《日本帝國主義下之台灣》，頁二七三。

18 伊能嘉矩著，楊南郡譯註，《台灣踏查日記》（上下兩冊）（台北：遠流，一九九六）；楊南郡譯註，《平埔族調察旅行：伊能嘉矩〈台灣通信〉選集》（台北：遠流，一九九六）。這些調查報告顯現的文本，值得進一步分析其背後的權力位置。

19 霧社事件震撼三〇年代的國際社會，台灣的抗日運動也受到無與倫比的衝擊。參閱戴國煇編撰，《台灣霧社蜂起事件：研究と資料》（東京：社會思想社，一九八一）。

20 轉引自陳千武，〈譯者的話〉，收入陳千武譯，《西川滿小說選》第二冊（高雄：春暉，一九九七），頁五。

日據時期台灣左翼文學的研究及其限制

引言

打開二〇、三〇年代世界史的政治地圖，當可發現左翼的思潮以跨越國界的形式衝擊全球各地的都會與鄉村。特別是第三世界的知識分子，對於帝國主義與資本主義的侵蝕感受得非常深刻，因此他們的批判精神與抵抗行動，往往是透過接受左派思想訓練的方式而具體表現出來。當時所謂的左派思想，包括廣義的社會主義、正統馬克思主義以及無政府主義，基本上都是站在抗拒的立場，針對資本主義體制及其背後的帝國主義者進行抨擊與批判。左派思想在台灣的傳播，相較於其他殖民地社會而言，可以說稍微遲些。這是因為新興知識分子的崛起相當緩慢；必須等到一九二〇年代初期，才見證了台灣留學生在東京、上海等大都會中活躍的跡象。正是依賴了這批留學生從事的啟蒙運動，台灣社會才漸漸與當時國際上盛行的先進思想有了接觸。社會主義、馬克思主義與無政府主義等等的左翼思想，便是通過做為媒介的留學生而大量輸入台灣。

左翼運動所造成的風潮，使二〇年代台灣的反殖民陣營有了全新的格局。凡是熟悉台灣抗日運動史者，都知道最初的政治運動乃是以追求議會制度的設置為終極目標。議會設置運動的成員，大致以台灣土著資產階級與右派知識分子為主要骨幹。他們也是後來台灣文化協會、台灣民眾黨、台灣自治聯盟的重要創建者。由於宣傳機器大致掌握在這股右派運動者手中，例如《台灣民報》與《台灣新民報》都屬於這些團體的機關報。這些報紙側重在右翼運動的記載，使左派運動的史實真相遂不彰於世。尤其到了戰後實施高壓的反共政策，使得台灣社會一面倒向右傾斜，左翼史的發言權全然遭到剝奪，以致有關日據時期政治運動的歷史解釋，幾乎被右翼知識分子所壟斷。[1]

然而，右翼歷史解釋的氾濫，並不意味左翼運動的史實必須受到全盤否定。隨著後戒嚴時期的到來，與左翼相關的議題逐漸被開發出來。從左翼思考所延伸出來的女性主義、後殖民主義等等理論，開始受到台灣學界的接受之際，有關日據時期的左翼政治運動與文學運動也慢慢得到一定程度的注意。這篇論文基本上是延續我在九〇年代完成的三部專書之後的一些思考，亦即《謝雪紅評傳》、《殖民地台灣》與《左翼台灣》。[2]這三部書能夠出版，顯示現階段台灣學術空氣之朝自由開放，誠然已經確立。不過，由於左翼史的研究目前還停留在萌芽的階段，從事史料的搜集，並非易事。本文僅就十年來研究左翼史的經驗，提出個人的一些心得。

官方史料的局限

無論是日據時期的殖民體制，或是戰後時期的戒嚴體制，都是屬於極右的統治者。凡是被認為是參加左派運動者，均遭到逮捕監禁；在戒嚴時期，甚至還受到處決的命運。他們的思想紀錄與活動事跡，悉數遭到官方的破壞。即使有少數紀錄可以在官方檔案中發現，他們的生平、傳記也無可避免受到扭曲與醜化。日據時期的左翼政治運動，前後橫跨十餘年之久；亦即從一九二〇年代初期到一九三〇年代初期之間，正是台灣反殖民精神最為蓬勃旺盛的時期。如眾所知，要了解這段時期左翼政治活動的史料，當以台灣總督府警務局編的《台灣總督府警察沿革志》為主要關鍵。這部史料原是殖民時期日本警察制度沿革的紀錄，其中包括領台時期對台灣民變的鎮壓，對台灣政治運動的觀察與監視，以及對警察制度本身的內部記載。有關台灣近代式民族民主運動的紀錄，大部分都收集在這部史料的第二編《領台以後的治安狀況》中卷。[3]

《警察沿革志》共分八章如下：第一章文化運動，第二章政治運動，第三章共產主義運動，第四章無政府主義運動，第五章民族革命運動，第六章農民運動，第七章勞動運動，第八章右翼運動。這部資料豐富的警察檔案，都是日本殖民者鷹犬在監視、檢查、逮捕台灣政治運動者的過程中蒐集到的第一手文件。史料的可信度相當高，不過在某種程度上也帶有欺罔的性格。因為，這是透過警察的眼睛凝視之下的政治活動紀錄，認為值得保留的就收入檔案之中，而不值得保留者則逕予捨棄。所以，在編輯的流程上出現很多缺口，從而在歷史事件的敘述上也不免有跳躍的現象。在使用這部史料時，似乎有必要保持批判性接受的態度。特別是日本警察為了便於權力執行的考量，對於台灣抗日運動的性質採取武斷式的分類；因此，一些屬於左翼陣營的領導者，有的被劃入政治運動，也有的分別被劃入農民運動與勞動運動之中。這種分類方式，等於打散了政治運動既有的歷史脈絡，很難讓後人認識較為完整的面貌。事實上，在台灣的反殖民浪潮中，政治、社會、文化運動往往是分不開的。在不同性質的運動之間，知識分子總是扮演多重的角色，並且是相互支援、彼此重疊的。他們之中有很多人既是政治領導者，也是文學工作者。如果依照台灣總督府的分類方式，令人誤解政治運動、文化運動似乎是涇渭分明的活動。使用這部史料時，可能需要交叉求證（cross-examination），才能建立使人信服的線索。

到目前為止，《警察沿革志》是收集左翼運動最為豐富的檔案。除非有新的史料出現，否則這部沿革志的重要性是無可取代的。書中的第三章〈共產主義運動〉，可以發現許多原始的文件，包括初期社會主義思想的傳播，台灣共產黨從成立到分裂的內部檔案，以及共產黨遭到大逮捕後所進行救援活動的組織概況。從這些資料，大約可以窺見二〇年代左翼運動的活潑蓬勃狀態。不過，從史料性質來判斷的話，當可理解這些檔案、文件的來源。一種是日本警察從事監視、觀察而做出的一些研判；亦即以日本統治者的立場來推斷台灣社會反殖民運動的結構與方向。一種是在進行誣控與逮捕時所沒收、查禁的資料；亦即左翼運動者的組織名單、結社章程、宣傳刊物等等的內部文件。這兩種資料顯現出來的，正好是左翼運動者靜態的一面。也就是說，如果只依照這些史料就企圖了解日據時期左翼運動的全貌，顯然是不可能的。因為，運動領導者的生平背景，教育成長過程，交友往來，政治理念的形成，以及運動者與運動者之間的矛盾衝突，似乎都不是透過這些靜態的資料就能窺探究竟的。如果只是依賴《警察沿革志》的記載，台灣的政治運動者彷彿淪為被凝視的「他者」；他們的一切舉止行為與思想模式都在總督府的掌控之中，全然沒有任何主體性可言。

假使《警察沿革志》的官方立場是如此清楚的話，則其他日本警察的檔案自然也都帶有強烈的權力支配色彩。要理解台灣共產黨的成立，另有一份重要資料是不可忽視的，那就是東京警察的檔案《日本共產黨台灣民族支部東京特別支部員檢舉顛末》。[4]這是台灣共產黨於一九二八年四月在上海租界地成立後，立即在東京組織了一個黨支部。台共東京支部之被破獲，乃是日共遭到大逮捕的延伸。留日的台灣左翼知識分子受到株連者，不在少數。從《檢舉顛末》這部檔案，可以發現部分留學生是如何與社會主義思潮接觸的。檔案中收集的被捕者口供，包括陳來旺、林兌、林添進、陳逸松等，相當充分顯示留學生反殖民的精神極為高漲。

在檢舉過程中，台灣知識分子無論有否具備黨員的身分，都成為被審問的對象，從他們的口供中能夠證明左翼思想在留學生之間已蔚為風氣。他們對台灣社會的殖民地性格，認識得非常清楚。基於對殖民體制的反抗，他們之吸收社會主義思想，並且採取組黨行動，顯然富有高度去殖民（decolonization）的意味。閱讀《檢舉顛末》這份史料時，幾乎可以理解二〇年代在東京的台灣知識分子之焦慮心情。在史料中，台灣知識分子的口供縱然是被脅迫提出的，不過在字裡行間能夠解讀出他們強烈的抵抗意志。那種追求政治主體重建的決心，躍然紙上。

然而，官方檔案畢竟有其局限。從統治者的立場來看，所有參與政治運動的知識分子全然都是罪犯。保留他們政治活動的紀錄，乃是保留他們的罪證。在左翼史上的一些重要議題，並非官方史料能夠提供線索或答案。史料裡遺留下來的缺口，猶待後來的研究者深入去探索並填補。例如，台共為了發展其組織，曾經在各地成立以社會科學研究會為名義的讀書會。在台北、台中、高雄，都有這方面的組織。根據《警察沿革志》所知，當時讀書會的成員閱讀了許多左翼書籍，包括《資本主義的騙局》、《勞動者的明日》、《無產階級政治教程》、《殖民地問題》、《共產主義ABC》……等。這些日文書籍至今應該還可以尋獲；倘能重新考察其內容，當可理解日據時期左翼運動者對社會主義的認識究竟到達何種程度。從這些書籍也可推測左翼運動者的思想狀態，更可推測與當時國際社會主義思潮的互動關係。

靜態的檔案，也許不能解決許多歷史上的問題，卻能提供很多的想像。例如台共內部發生過的派系鬥爭，以謝雪紅為首的「舊中央」，與以王萬得為首的「新中央」，曾經互相指控。謝雪紅被認為是「不動主義」或「機會主義」，而王萬得等則被冠以「冒進主義」或「冒險主義」的罪名。[5]但是，什麼是「冒險主義」，就不能只是就台共運動本身來觀察，而必須結合當時日共與台共的盛衰消長一併檢討。因為，在一九三〇年左右，不僅日共受到嚴重打擊，中共在那段時期的革命路線也頗受挫折。台共成員的運動策略，在很大程度上同時受到日共與中共起伏的影響衝擊。要進一步考察這方面的微妙關係，就不能只是以《警察沿革志》為唯一依據，而更應該參閱中共黨史與日共黨史的原始資料。

如果要做更為細膩的考察，台共與中共之間的關係似乎還留下相當大的空間等待探索。僅從日本警方的檔案，是很難看到其間的真相。事實上，中共檔案也未嘗提供任何線索。我曾經寫過一篇〈翁澤生的中共路線〉，企圖探討這個問題。到目前為止，除了證明中共未曾協助過台共的發展之外，也證明了它對台共內部的分裂扮演過極為吃重的角色。[6]就目前官方史料提供的信息而言，一個較為安全的結論應該是，中共宣稱曾經領導過台灣的政治運動，乃屬過於誇大膨脹的說法。

總而言之，《警察沿革志》與《檢舉顛末》二書固然保留了相當豐富的資料，但殖民統治者的立場限制了當年收集史料的視野。正因為如此，左翼研究者就不能完全相信官方檔案的可信性。同時，在官方史料之外，恐怕有必要大量涉獵來自民間的史料。

民間史料的延伸視野

完成《謝雪紅評傳》以後，我曾經認為左翼史的史料基本上已都被開發出來。不過，這種態度證明是錯誤的。一九九八年台北出版了謝雪紅的《我的半生記》，已使左翼史的開拓又有了新的可能。[7]由於這冊回憶錄的出版，幾乎可以推測台共成員必然也留下筆記、札記、口述歷史之類的史料。在二二八事件後逃亡到中國的台共黨員包括謝雪紅、楊克煌、蘇新、蕭來福、王萬得、林樑材、詹以昌、潘欽信等人，都先後加入了中國共產黨。入黨之後，他們都繳了一份《自傳》給中共中央。這些史料如果公諸於世，當有助於後人對左翼史的了解。在現階段期待中共公布史料，幾乎是緣木求魚。不過，謝雪紅本人在一九五二年手寫的筆記本，目前已攜回台灣由我收藏。只是筆記內容與日據左翼史毫不相涉，而是謝雪紅對中共中央政策的反映。[8]

留在台灣的台共黨員如簡吉、林日高，都分別在五〇年代初期遭到警備總部的槍決。他們的「自白書」與「判決書」如果沒有被毀的話，應該還放在原警備總部的檔案之中。倘能避開官方立場與意識形態的限制，則這些史料的公開必能帶來新的線索。至於倖存者如郭德欽、莊春火、簡娥等人，除了公布少數訪談錄，未聞有任何回憶錄遺留下來。[9]民間史料與官方檔案最大的分野在於，前者側重本身的抵抗意志與行動，而後者則強調運動者的「罪證」。因此，要了解殖民地政治運動的主體，就必須大量挖掘反抗者的第一手資料。問題在於，戰後戒嚴體制的權力氾濫，使得左翼運動者未敢承認自己曾經創造出來的歷史。[10]

不過，有幾位台共黨員的著作，雖未能視為原始史料，卻也值得參考。這些著作如下：

蕭來福，《台灣解放運の回顧》（台北：三民，一九四六）。

蘇　新，《憤怒的台灣》（香港：智源，一九四九）。

林木順，《台灣二月革命》（香港：新台灣，一九四八）。

楊克煌，《回憶二二八起義》（武漢：湖北人民，一九五五）。

楊克煌，《台灣人民民族解放鬥爭小史》（武漢：湖北人民，一九五六）。

蕭來福的書係以日文寫成，唯全書未嘗觸及台共史實。不過，該書仍強烈透露左翼的歷史解釋，與前述葉榮鐘的右翼觀點，恰好構成鮮明的對比。蘇新的著作，完成於逃亡香港期間，歷史解釋已漸漸偏向中共的立場。對日據時期的左翼運動，敘述較少。[11]林木順一書，係由楊克煌執筆。在楊克煌的三部作品中，當以《台灣人民民族解放鬥爭小史》討論最多左翼抗日的歷史。他代表的是謝雪紅這一派系的立場，因此對激進的冒險主義者頗多微詞。從上列的書籍來看，可以發現當年在同樣的歷史現場出現的運動者，並不必然持有同樣的觀點。這是研究左翼史者不能不注意的。

這種錯綜複雜的因素，往往構成日後研究者的重大障礙。其中最大的關鍵，乃在於社會主義思想的傳播來源極其多元。這牽涉到台灣是屬於殖民地社會的重要背景。留學中國與留學日本的台灣青年，分別使用中文思考與日文思考。在莫斯科共產國際的領導下，又分別有中共系統與日共系統的脈絡。中共是屬於半殖民半封建社會的革命運動者；而日共則是屬於資本主義社會的革命運動者。台灣是殖民地運動的舞台，與中日兩個社會全然不同，從而組織與運動的策略也有很大的分歧。然而，在領導上卻更形複雜，台共在整個共產國際的擴張版圖中被分派接受日共的指導。因為，台灣淪為日本的殖民地，在組織上應受日共節制。但是日共在一九二六、二七年受到大逮捕的株連，已無暇顧及台共的發展。共產國際遂委託中共代為協助。歷史誤會從茲產生，再加上中共革命策略起伏的影響，台共的領導無可避免發生混亂。以當時中共的實力來看，根本也不可能給予任何領導或協助，最多只是在台共內部製造另一宗派而已。許多錯覺與誤解，隨著台共的成長而擴大。

對於台灣整個歷史而言，台共可能是過於細微的議題。但是，檢驗這個議題時，卻可發現重大的歷史意義。也就是說，台灣既然是屬於殖民地社會，承擔的歷史任務就有所不同。更具體而言，日據時期的政治運動並不能只是局限在台灣人與日本人之間的對抗而已，還應該注意到台灣社會的性質。由於台灣的幅員小，在殖民體制支配下，其現代化、城市化、資本主義化已發展得相當成熟；然而，這樣的發展卻又完全掌控在日本人手中。這使得台灣知識分子接受現代化與資本主義的洗禮之餘，又同時要從事對殖民政府的抵抗。這種社會性質，與中國社會維持一個自主的政府，並且又建基在農業經濟之上的性格，彼此有很大的差距。從這個角度來看，要判讀台灣左翼史的史料，絕對不能站在日共或中共的觀點來詮釋。長期以來，中共的歷史解釋充滿太多強烈的霸權式政治色彩，以致混淆了後人對台灣左翼史的認識。

這種混淆當然有其歷史因素。由於台共早期的一些成員，曾經在中共創辦的上海大學進修過。坊間所謂的「上大派」，便是指這些成員，其中較值得注意的是翁澤生與蔡孝乾。翁澤生本身同時具有中共與台共黨員的身分，他在上海透過對上大派成員的影響，而達到對島內台共的指揮。蔡孝乾則是在一九二八年四月台共甫建黨後被破壞之際，立即展開逃亡。事後加入了中共，並且參加兩萬五千里長征。是唯一與毛澤東等領導人共患難的台灣人。美國記者史諾（Edgar Snow）在其《中共雜記》，對蔡孝乾在延安的情形有所描寫。[12]蔡孝乾曾以蔡乾的筆名在延安寫了一本宣傳小冊子《日本帝國主義之殖民地：台灣》（延安：新華，一九四二），頗能反映他在那時期的思想狀態。一九四六年他潛回戰後初期的台灣，並以「台灣省工作委員會」的名義開始吸收中共的地下黨員，唯成果不彰。一九四七年二二八事件後，台灣社會人心不滿，左翼青年對中共開始產生憧憬，可謂不乏其人；蔡孝乾的吸收黨員工作才有了發展。但一九四九年就遭到逮捕，供出黨員人數近九百人。他的身分，使人聯想到台共與中共之間有密切關係。歷史解釋的混亂，因此加劇。由於國民黨內戰失利，在台灣實施高度的反共政策，並且以白色恐怖手段對知識青年進行鎮壓。國民黨積極宣傳台共與中共具有屬從關係，遂影響了台灣左翼運動的歷史解釋。

被逮捕以後的蔡孝乾，向國民黨交心寫了一冊《江西蘇區．紅軍西竄回憶》（台北：中共雜誌研究社，一九七〇），主要在於記錄他參加中共長征的經驗。這部回憶錄的可信度並不很高，時間、地點、人物均與史實有所出入。其中書前提及台共建黨的部分，更是充滿了想像，有為自己的逃亡合理化之嫌。蔡孝乾的回憶若是如此不可靠，則與台共無任何牽扯的中國學者，在敘述台共與中共之間的關係時，顯然更不值得採信。

從政治運動當事人的傳記或回憶錄著手，當可補充官方檔案所留下來的缺漏。通過對民間史料的考察，可以了解左翼史的發展過於錯綜複雜，其中包括宗派的問題，政治立場的分歧，運動策略主張的迥異等值得深入探勘的議題。從表面來看，這些議題彷彿微不足道；進入實質的研究之後，才會發現涉及的範圍極其廣泛。

開拓左翼史的領域

左翼史的研究，並不必然以台共為主要骨幹。研究台共，乃是因為它是明顯易見的左翼思潮、行動、組織的一個大集合。在抗日運動史上，「左」的問題，既有嚴格的界線，也有寬鬆的定義。以民眾黨為例，這是一個被公認為具有右翼色彩的合法政黨；但在黨內，主張與農工結盟的蔣渭水就被定位為左派。然而，蔣渭水當初在一九二七年退出文化協會時，則是被連溫卿認為是右派的。連溫卿是一位社會主義者，自然毫無疑問。不過，一九二九年台共滲透左傾的文化協會後，連溫卿與楊逵同時都被冠以右派而被謝雪紅驅逐。謝雪紅身為台共領導人，竟然也被黨內的激進派認為不夠左，最後都遭到「機會主義者」的指控而被開除黨籍。真正的極左派，當以王萬得、蘇新等人為代表。[13]足證左的定義，乃是因各人政治立場的強弱緩急來決定的。

縱然蔣渭水是一位右派人士，他在後期開始接觸社會主義的事實，則是無可否認的。他在《台灣民報》發表的文字，逐年顯現他思想狀態的轉變。在右翼陣營中，蔣渭水的政治立場轉變最為劇烈。由於他的存在，才使蔡培火等人的極右立場表現出來。因此，在檢驗左翼運動的發展時，蔣渭水這位橫跨左右的領導者是不能忽略的。他在《台灣民報》與《台灣新民報》刊登的文章，已收輯成集。[14]

另一位頗受爭議的人物，便是連溫卿。台灣文化協會在一九二七年與一九二九年分裂兩次，連溫卿都是扮演重要的角色。在一九二七年，他與激進的上大派結盟，奪得文協的領導權，使右翼運動者林獻堂、蔡培火等憤而退出。到了一九二九年，連溫卿反而被指控過於溫和保守，而被台共領導者開除。這是抗日運動史上的一樁公案，卻由於左派發言權一直操在台共手中，以致連溫卿的歷史評價始終褒貶不一。不過，一九八〇年代連溫卿在戰後留下一部《台灣政治運動史》出土，為一九二九年的分裂事實提供了另一觀點。[15]對於二〇年代後期的左翼史，此書有相當細節的描述，是這個領域中彌足珍貴的史料。

與連溫卿一起被逐出文協的楊逵，在一九二七年參加台灣農民組合。左翼陣營內訌驟起，楊逵被劃入連溫卿的同黨，終於不能免於受到鬥爭。早年留學日本時，他就已接觸到社會主義思想，是左翼運動者的先驅。[16]直到晚年，他對於在左翼陣營中遭受鬥爭的舊事仍耿耿於懷。在整理他的遺稿中，已發現數篇他翻譯日本勞農黨的文件。這些收入了中研院文哲所彭小妍主編的《楊逵全集》。所有的遺稿整理既已完成，楊逵的歷史評價將有所調整，甚至有關左翼史的歷史解釋也將刷新。《楊逵全集》已經在二〇〇〇年出齊。楊逵在離開政治運動之後，立即投入了文學運動。在抗日史上，損失了一位農民領導者，卻獲得了一位傑出的文學創作者。他留下來的小說作品，樹立了文學史上的里程碑。倘然新文學運動曾經出現左翼文學的全盛時期，則楊逵的貢獻應是無可磨滅的。

從楊逵的例子，似乎可以得到另一線索，那就是左翼史並不止於政治運動而已，文學運動也應考量在內。這個說法若是可以成立，則左翼文學家還應包括王白淵、張文環、吳新榮、王詩琅、楊守愚等人。這些作家在日據時期與戰後初期，都因為介入帶有左翼色彩的組織或活動，而都有牢獄之災。王白淵與張文環都是一九三二年東京台灣藝術研究會的創建者，這個研究會以左翼青年為主要成員。王白淵的詩集《荊棘之道》，既有社會主義色彩，也有浪漫主義傾向，是文學史上公認的傑出作品。[17]三〇年代左翼文學的發展，王白淵肯定有推波助瀾之功。

同樣屬於台灣東京藝術研究會的張文環，也是該會在一九三三年發行機關刊物《福爾摩沙》的編輯。張文環的社會主義信仰也許沒有王白淵那樣鮮明；不過，他的小說強調對封建社會的批判，以及對鄉土民俗的熱愛，是日據作家中頗受爭議的一位。《張文環全集》，共六冊（豐原：台中縣文化局，二〇〇二），在清大中文系陳萬益的主持下，已經完成編輯出版。這部全集的出版，對台灣文學的歷史解釋將有相當程度的衝擊。

如果楊逵是以左翼小說家做為歷史定位的話，則吳新榮以左翼詩人的身分進入歷史，這個說法應該不會受到挑戰。一九二八年在日本留學時，吳新榮便因參加左派的留學生組織——社會科學研究會而被日警逮捕。獲釋後，仍然堅持他的社會主義信仰。一九三二年回到故鄉佳里，吳新榮立即糾合本地文人郭水潭、莊培初、林芳年、王登山等人，出版詩誌，建立旗幟鮮明的左翼詩學。[18]台灣文學史會出現鹽分地帶文學這個名詞，吳新榮應居首功。對於自己接觸社會主義思想並參加左翼政治運動的過程，吳新榮的回憶有極其清楚的紀錄。目前，關於他的重要作品出版有二，一是張良澤編，《吳新榮全集》，共六冊（台北：遠景，一九八〇）；一是呂興昌主編，《吳新榮選集》，共三冊（新營：台南縣立文化中心，一九九七）。所有吳新榮的手稿、剪貼簿，已存藏於台北吳三連台灣史料中心。

王詩琅與楊守愚都是屬於無政府主義者。台灣共產黨的黨員如蔡孝乾、王萬得，早期也曾經加入無政府主義的組織。王詩琅、楊守愚都沒有變成共產黨員，而把他們的政治信仰反映在文學作品之中。在現階段，可以尋得這兩位作家的作品集，包括張良澤編，《王詩琅全集》，共十二冊（高雄：德馨室，一九七九）；張炎憲、翁佳音合編，《陋巷清士：王詩琅選集》（台北：稻香，一九九二），以及施懿琳編，《楊守愚作品選集》，上下冊（彰化：彰化縣立文化中心，一九九六）；許俊雅編：《楊守愚選集》（台北：國立台灣師範大學，一九九六）。

從較為寬廣的角度來看，左翼史如果可以包括政治運動與文學運動的話，則此領域還有待更為深入的開發。歷來有關左翼運動或左翼文學的議題，一直是台灣文學界的禁區。解嚴十數年來，史料的不斷出土已經使舊有具備右翼色彩的史觀開始受到挑戰。台灣政治史或台灣文學史到了需要重新改寫的時刻，已在不久。

等待全新的研究與詮釋

左翼史在台灣的發展，其實是做為全球社會主義運動的一環而進行的。從二、三〇年代到九〇年代的今天，左翼史的研究還是非常荒蕪。究其原因，無非是戰前殖民體制與戰後戒嚴體制長期支配的一個結果。台灣學界一面倒向右傾斜，即使到今天，恐共懼左的陰影，仍然揮之不去。對於左翼研究的莫名敵視，是解嚴後台灣社會的一大諷刺。解嚴的最高目標，乃在於求得心靈的終極解放，也是要從任何的權力中心支配中祛除巫魅。反殖民、去殖民的口號在台灣頗為盛行，但是一旦觸及左翼思考，許多學者反而卻步不前，甚至無須任何根據就妄加議論。這種思維模式，何異於戒嚴時期的思想檢查？因此，學界出現了一種離奇現象，亦即一方面高舉去殖民的旗幟，一方面卻又成為舊式威權體制的共謀。解嚴與戒嚴，竟然可以在學界相互替代而確立。

十餘年來，我從事左翼史料的蒐集與研究。在解嚴前，是為了對威權體制進行一種精神上的抗拒；在解嚴後，繼續進行這方面的研究，則是為了抗拒學界的故步自封。我並不認為，以一己之力就能夠打開風氣，但是抗拒偏頗的學術風氣，應該是解嚴後的一項重要功課。事實上，左翼文學史上的許多議題還沒有得到恰當的解決，仍然亟待新世代的學者去探究。

以一九二七年文協左右兩派的分裂為例，坊間史家的討論都認為是日本左翼陣營裡福本主義與山川主義的對峙在台灣延伸的一個結果。如果這個說法可以接受，那麼何謂福本主義？何謂山川主義？到現在還沒有出現深刻的研究。福本和夫的思想裡，受到匈牙利左翼理論家盧卡奇（György Lukács）的影響。一般說法，都指連溫卿乃是受到山川主義的影響，那麼誰受到福本主義思想的左右呢？盧卡奇的文藝理論究竟有沒有透過福本主義而對台灣文學運動產生衝擊？福本主義與山川主義已成為左翼史上耳熟能詳的名詞，然而實際情況表現在什麼地方，台灣研究者似乎還未有具體的議論。

同樣是一九二七年的左右分裂，許多專書也都指出是受國共分裂的影響。歷史真相如何，至今也沒有真正的研究出現。會有這種說法的產生，大約是來自《警察沿革志》的推理判斷。但是，日警的見解，是否能夠成為歷史定論，應該有必要再考察。

台灣史是各種政治信仰爭奪解釋權的戰場，左翼史研究更是如此。在史料不斷出土的今天，有些眾口鑠金的說法，需要重新再三討論。歷史本來就是建構的、後設的，則歷史的改寫與再詮釋也就不是令人感到訝異的事。左翼史料的蒐集，乃是為了平衡偏頗的右翼史觀，也是為了糾正中共解釋的誤用與濫用。左翼史的研究，是不折不扣的去殖民行動。

註釋

1 最能代表右派的歷史解釋，當推葉榮鐘。他在檢討日據的政治運動時就說過：「台灣近代民族運動係由資產階級與知識份子領導。是故左翼的抗日運動與階級運動均不在敘述之列。」參閱葉榮鐘，〈凡例〉，收入蔡培火等著，《台灣民族運動史》（台北：自立晚報叢書編輯委員會，一九七一），頁一。他的政治立場與歷史觀點，全盤否定了左翼運動的存在。這種看法，在解嚴以前的台灣史學界頗為盛行。此書後來收入《葉榮鐘全集》第一、二冊，《日據下台灣政治社會運動史》（台中：晨星，二〇〇〇）。

2 這三本書的出版時間如下：《謝雪紅評傳：落土不凋的雨夜花》（台北：前衛，一九九一）；《殖民地台灣：左翼政治運動史論》（台北：麥田，一九九八）；《左翼台灣：殖民地文學運動史論》（台北：麥田，一九九八）。

3 《台灣總督府警察沿革志》的第二編《領台以後的治安狀況》中卷，已經全部譯成中文。參閱王乃信等譯，林書揚等編輯，《台灣社會運動史（一九一三年—一九三六年）》全五冊（台北：創造，一九八九）。

4 《日本共產黨台灣民族支部東京特別支部員檢舉顛末》，已收入山邊健太郎編，《台灣(二)》（現代史資料二二）（東京：みすず書房，一九七一）。

5 關於台共「舊中央」與「新中央」之間的對峙鬥爭。參閱陳芳明，《謝雪紅評傳》。特別是第七章〈悶局裡的風暴〉，頁一六七—九〇。

6 陳芳明，〈翁澤生的中共路線〉，《殖民地台灣》，頁九九—一二四。這篇文章旨在探討中共創黨元老瞿秋白，與台共建黨的重要領導者謝雪紅、翁澤生有何種程度的聯繫。必須承認的是，台共檔案能夠提供的線索可謂稀少。

7 謝雪紅口述，楊克煌筆錄，《我的半生記：台魂淚(一)》（台北：楊翠華，一九九七）。這本書係楊克煌的女兒楊翠華自北京攜回台灣的。在一九四七年二二八事件後，謝雪紅在逃亡到中國前夕也曾留下一部《彼女の半生記》，唯原稿已散佚。參閱古瑞雲，《台中的風雷》（台北：人間，一九九一）。

8 這份筆記本的部分內容已發表在《台灣日報》副刊，一九九七年二月二十四日至二月二十八日。

9 參閱莊春火，〈我與日據時期的台共——前台共中央委員的回憶〉，《五月評論》第三期（一九八八年七月）；郭德欽，〈謝雪紅與二二八——兼記二七部隊的奮鬥〉，《太平洋時報》，一九八九年三月十五日。

10 有關左翼領導者荒廢歷史記憶重建的緣由，參閱陳芳明，〈左翼運動史與政治變遷〉，《殖民地台灣》，頁二四五—七一。

11 蘇新文集在台灣有較為完整的出版。參閱《未歸的台共鬥魂：蘇新自傳與文集》（台北：時報文化，一九九三），以及《永遠的望鄉人：蘇新文集補遺》（台北：時報文化，一九九四）。書中所收，除〈蘇新自傳〉較涉及日據時期的事實外，大部分文字都完成於中共建國之後，其中不乏交心表態的書寫。

12 Edger Snow, *Notes on China.* Cambridge: Harvard University Press, 1965, pp. 85-86.

13 關於日據時期從右派到左派的思想光譜之劃分，可以參閱陳芳明，〈左翼史觀的追求與塑造〉，《殖民地台灣》，頁一五一二八。

14 蔣渭水著，王曉波編，《蔣渭水全集》（上下冊）（台北：海峽學術，一九九八）。

15 參閱連溫卿，《台灣政治運動史》（台北：稻鄉，一九八八），這是由張炎憲教授所發現，稍後他與翁佳音合編，付梓問世。有關連溫卿的生平與思想，參閱陳芳明，〈連溫卿與抗日左翼的分裂——台灣反殖民的一個考察〉，見本書，頁三一一—三三八。

16 楊逵的生平與重要作品選輯，參閱陳芳明編，《楊逵的文學生涯》（台北：前衛，一九八八）。

17 王白淵的日文詩集《棘の道》已全譯成中文，見陳才崑譯，《荊棘的道路》（上下冊）（彰化：彰化縣立文化中心，一九九五）。

18 關於吳新榮的新詩成就，參閱陳芳明，〈吳新榮：左翼詩學的旗手〉，《左翼台灣》，頁一七一—一九八。

連溫卿與抗日左翼的分裂
——台灣反殖民史的一個考察

引言

連溫卿（一八九五—一九五七）在台灣抗日運動史上是最受爭議，但受到最少討論的一位領導者。他受到最多爭議的原因，在於他的政治路線曾經導致台灣文化協會先後兩次分裂。他受到最少討論的原因，在於史學家對於台灣左翼政治運動的研究極其欠缺，從而對於他的政治理念也很不熟悉。日據台灣政治史的研究在近年來日益開放，然而，連溫卿的歷史地位似乎還未能確定下來。

成立於一九二一年的台灣文化協會，是台灣抗日陣營中第一個組成的文化團體，也是殖民地知識分子追求自我認同的第一個組織。連溫卿是文化協會的創建者，參加之初還未全面接受社會主義的影響。一九二三年，他開始接觸到日本左翼領導者山川均的思想，遂對台灣抗日運動漸漸形塑個人的政治主張。台灣左翼運動中所謂的「山川路線」，大約在這段時期萌芽。

以連溫卿為中心來探討日據時期的左翼運動史，可以獲得較為周延的理解。因為，對於左翼運動史的解釋權，一直掌握在台共成員的手中。有關左翼史的書籍，都出自台共的觀點。稍早如蘇新的《憤怒的台灣》（香港：智源，一九四九；台北：時報文化，一九九三），稍晚如楊克煌的《台灣人民民族解放運動小史》（武漢：湖北人民，一九五七），都是以有利台灣共產黨的立場來重建史實。因此，有關台灣文化協會的分裂，幾乎都一面倒把責任轉嫁給連溫卿。

同樣的，相對於左翼運動的態度，右翼史家似乎也採取否定的態度。稍早如葉榮鐘的《台灣民族運動史》（台北：自立晚報叢書編輯委員會，一九七一），就批評左翼運動者之擅長搞分裂，連溫卿也連帶受到貶抑。稍晚如王育德的《台灣：苦悶的歷史》（台北：自立晚報社文化出版部，一九九三），對連溫卿的評價也不高。究其原因，乃由於連溫卿被劃入激進派的範疇。因此，從左、右兩派的觀點來看，連溫卿等於是被夾在中間，腹背受敵。

本文旨在利用新出土的連溫卿史料，重新評價台灣文化協會分裂（一九二七）與再分裂（一九二九）的原因。他在中文專著《台灣政治運動史》一書中，對於分裂的過程史實著墨甚多，與其他左翼人士的觀點有極大歧異之處。對於重建左翼運動的歷史，連溫卿的紀錄當有助於研究者取得一個較為平衡的觀點。

在左翼陣營裡，連溫卿被批判為「山川均反革命勞農派的私生子」與「左翼社會民主主義者」，必然有背後的政治理由。歷來的研究者，對於這些指控都未能深入探討，以致忽略了分裂的真正原因。這是因為台灣學界缺乏「左」的思考緣故。本文的目的，便是重新以較為深刻的探討，對呈現空白狀態的左翼分裂之原因，予以釐清並填補。

左翼思潮的最初接觸

連溫卿在一九二一年台灣文化協會成立時，是一位重要的創建者。一九二七年台灣文化協會第一次發生分裂時，他也是一位重要的主導者。一九二九年台灣文化協會第二次發生內訌時，他更是一位重要的當事人。從一九二〇年到一九三〇年，是台灣抗日運動最為完整的十年，幾乎殖民地台灣的各種社會要求與政治主張，都在這段期間發展出來。從左右結盟的台灣文化協會（一九二一）的建立，到左派的台灣農民組合（一九二六）之創建，到中間偏左的台灣民眾黨（一九二七）的組成，到極左的台灣共產黨（一九二八）之結合，到極右的台灣地方自治聯盟（一九二九）之建造，足以顯示社會內部各個階級的政治意願，都在這些思想光譜有所差異的反殖民組織中得到表達。在如此起伏跌宕的發展過程中，連溫卿是全程走完這一段關鍵年代的爭議性政治人物。

連溫卿，本名連嘴，一八九五年四月九日出生於台北市。他是戰後民主運動中非常活躍的領導人黃信介的舅舅。連溫卿並未接受過完整的教育，在公學校畢業後，便開始自修。正是透過自修的途徑，他漸漸與左翼思潮接觸。其中值得注意的，他最早在一九一三年參加了世界人工語（Esperanto）運動，這是以拉丁語為主的一種語言學習，企圖跨越種族、國籍、語言的疆界，而達到相互溝通、相互交流的目的，以求得世界之和平。[1]

連溫卿與左翼思潮的接觸，也是在學習世界語的同時開始的。一九二一年，由於參加世界語運動的關係，他認識了一位日本女性山口小靜。她的父親是台灣神社的宮司山口透。透過這個家族，連溫卿有機會認識了日本的社會主義者山川均。一九二四年，他赴日本出席世界人工語大會，借住山川均家。兩人過從甚密的緣故，連溫卿在思想上頗受山川均的影響。他也提供台灣社會的一些資料與數據給山川均。後者在一九二六年發表〈殖民政策下の台灣〉，便是獲得連溫卿的協助。[2]

一九二一年台灣文化協會成立之初，連溫卿是其中的一位發起人。誠如他所說的：「台灣文化協會之成立，是在喚起反日本帝國主義之意識；不消說，反對日本帝國之意識，是先以反對日本資本的意識為出發的。這意識的普遍與發展終使台灣的階級崛起。」[3]他的回憶文字寫於一九五〇年代白色恐怖時期，並不能真正把他內心對文化協會的看法說出。然而，當他把文協定位為「反對日本資本的意識」時，其實就寓有反資本家、反資本主義的意味。換句話說，連溫卿的左翼立場在戰後反共時期並未改變。他的社會主義思想，正好可以追溯到二〇年代與山川均的接觸。一九二三年，在文化協會內部，他與謝文達、蔣渭水、石煥長、蔡式穀等五人，發起成立「社會問題研究會」，主張「就社會組織的缺陷引發之各種問題，在同人間研究適當的解決方法」。[4]文化協會左翼路線的形成，當以此為濫觴。同一時期，連溫卿也在文協外面參加翁澤生等人所組成的台北青年會，這是以推展青年學生運動為主旨的團體。[5]

根據日本官方的觀察，到了一九二四年以後文協成員基本上分成三派，亦即連溫卿所代表的共產主義派，蔣渭水所領導的受中國革命影響的勢力，以及蔡培火所主張的台灣民族運動派。[6]這種分類法可能稍嫌粗糙，不過，至少已經觸及了文協在日後即將發生內訌的重要因素。連溫卿不宜稱之為「共產主義派」，而應該是溫和的社會主義者。蔣渭水的思想雖趨近社會主義，但他未能全部克服資本階級傾向的立場。他的政治主張，較近於跨越階級路線的全民革命思考。因此，他是屬於折衷派。蔡培火則是極端保守派，他被歸類為「合法民族運動派」，極為允當。連溫卿的社會主義信仰，終於促使他奪得了文化協會的領導權，使這個原屬聯合陣線的文化團體走上左傾的道路。蔣渭水在文協領導權落入連溫卿手中後，在一九二七年與蔡培火退出，另組中間偏左的台灣民眾黨。蔡培火必須等到一九二九年，發現蔣渭水的思想具有左傾色彩，遂又退出台灣民眾黨，而與楊肇嘉、葉榮鐘等人重組極右路線的台灣地方自治聯盟。這種路線的形成，並非來自一朝一夕意識形態的對立，而是因為整個殖民地社會的大環境釀造出來的。

日本學者矢內原忠雄在一九二九年就對台灣的抗日運動提出這樣的觀察：「台灣階級運動，必然具有應帶民族運動性的社會的理由。」他指出，資本家或巨型現代產業，都是在日本人的獨占勢力之下；而台灣的階級中，並不純粹是無產階級。要走純階級鬥爭的路線，必然要排斥其他不符階級路線的運動者。他又指出，台灣民族資本家與一些中產階級，基本上是同情農民與工人的。因此，他說：「台灣的階級運動，一方面是以其殖民的事情為基礎，同時又帶有民族運動的性格。而在另一方面，也是台灣的民族運動帶有階級運動的性格。」[7]矢內原忠雄的看法，在於強調當時台灣的反殖民運動應該是屬於全民革命的性質，並不屬於階級革命的範疇。因為，他注意到台灣是屬於殖民地社會，內部的每一階級都受到強弱不等的壓迫。

連溫卿在這段時期，並沒有矢內原忠雄的這種認識。在受到山川主義的影響後，連溫卿對於階級路線的主張極為堅持。山川主義的主要重點在於，日本資本主義尚未成熟，對於革命形勢還不是很有利；因此，共產黨這種激進的組織還不能以「合法」的姿態出現。他主張共產黨應該解散。山川均認為，無產階級意識是隨著革命情勢的成熟而成長，因此應該使其自然發生，而不是以宣傳的方式助其發生。他進一步指出，不能把列寧主義毫無選擇套在日本社會裡。日本應該發展適合於本身社會條件的革命路線，而不是盲目聽從於莫斯科的共產國際。[8]

如果連溫卿在思想上受到山川主義的影響，那就是在於合法的階級革命路線。當時，台灣最大的抗日團體，當推台灣文化協會。它的合法性，當然無庸置疑，但是它的階級路線，太過於傾向資產階級與中產階級。因此，如何改變台灣文化協會的階級路線，使中產階級的性格，轉向成為農民、工人為主導的性格，就成為連溫卿的實踐對象。

台灣抗日運動到了一九二六年誕生台灣農民組合的團體後，就開始注入階級的色彩。台灣文化協會能否勝任新形勢下的政治任務，便面臨了嚴重的考驗。文協與農民運動、工人運動之間的互動關係為何，正是當時知識分子最為關注的議題之一。清楚的證據，表現在一九二六年底至一九二七年年初，發生於文協機關刊物《台灣民報》上的「中國改造論」論戰。[9]這個論戰的主要意義，表面是在討論中國社會是否已進入資本主義社會，實質上則在討論殖民地台灣是否已具備資本主義社會的性格。這次辯論一方面顯示台灣的左翼思潮已漸臻成熟的階段，一方面也暗示了台灣社會主義者的焦慮，他們關心的問題在於革命的條件到底有沒有成熟。

「中國改造論」的論戰，預告了抗日政治運動路線的分裂。在這個問題上，連溫卿扮演了主導的角色。從現在才問世的林獻堂《灌園先生日記》，就透露了連溫卿積極介入的事實。連溫卿一方面催促林獻堂交出文協成員的名單，一方面則宣傳林獻堂將在改組後出任委員長。[10] 一九二七年文協的改組，連溫卿提案將總部遷往台北，這是因為地緣上的關係，可以使組織脫離中部知識分子的操控，也較接近他在北部所主導的工人運動陣營。對於「中國改造論」的論戰，連溫卿在當年八月提出〈台灣社會運動概觀〉一文，清楚表示了他對階級路線的支持。他說：

台灣社會運動的發展是以一九二七年一月，台灣文化協會改組後，極其多忙長成起來，遂見有二個潮流的對峙，先是未改組以前，即有由中國改造問題、而引起對資本主義的論爭，亘三箇月間，而雙方的主張，台灣有資本主義也是沒有？很引起一般社會的留意，一是主張，台灣雖沒有所謂資本家，那自然就沒有資本主義的存在，所以台灣要豫先使台灣人的資本家發達起來，能夠到達和日本資本家對抗的地位，才是合理的，欲著到這個目的，須要以民族運動去進行的，他的主張，和這個主張，卻是相反，台灣雖有資本家也沒有發展到能夠獨立的地步，因為在台灣的資本主義，已經鞏固了地盤的緣故，而被壓迫、榨取的台灣人，不是祇限於少數資本家及地主而已，此外還有最大多數的勞働者及農民的存在，所以欲解放台灣人，應該要主張階級爭鬥，前者的主張是因為以少數的利害關係為根本的要求，所以能和當局所標榜的「內地延長主義」一致，其限界昂以獲得政治上的獨立為止，換句話說，是以他們所主張的「台灣議會」設置為其極限，而後者的主張是以最大多數的台灣無產階級的解放為其目的，所以不同的是當然結果，而互相駁擊也是脫不難的，因為無產農民、及勞働者的利害關係不能和那少數地主、資本家的一致的緣故。

因為有這兩個潮流磅礴了台灣，遂給台灣文化協會釀成分裂的動機，而使民族主義者總退卻，即結成了勢力組織著「台灣民眾黨」，以和台灣文化協會對立，自是以後，從來少數者的運動，即變做大眾的運動。[11]

在這篇文章裡，他非常樂觀地認為，台灣的罷工運動「急激的如洪水般流溢著全島，而使支配階級寒心瞠目」。他的觀察與判斷，自然使他對文協領導權的爭取特別積極。

連溫卿與一九二七年台灣文化協會的分裂

連溫卿的山川主義傾向，在一九二四年以後就愈來愈鮮明。尤其是山川均領導的日本勞農黨，無論是政綱或策略，都對連溫卿產生指導作用。在文協分裂前夕，他發表了一篇〈過去台灣之社會運動〉，強調台灣社會在大正十二年（一九二三）後農民與工人的生活情況在不景氣的大環境中愈來愈惡化。他認為，農民與工人運動並不能完全取法於日本殖民母國的模式，而主張台灣的運動應該是屬於政治問題。因此，他認為農民工人運動「可以組織的統一之，不以地方的利害打算，應以全島的目標方可」。[12]他的見解，已透露將要朝全島工人統一運動的目標去追求。為達此目標，他需要有一個全島性的組織從事指導的工作。因為，這符合山川均所堅持的「合法」路線。連溫卿在一九二七年一月三日舉行的文協台中臨時總會中，邀請許多少壯派出席。其中屬於他領導的大甲、彰化的青年會會員，以及台北無產青年會成員，在會場中占大多數，因此在投票過程中，順利取得領導權。[13]在會議過程中，連溫卿修改了文協的固有綱領「企進大眾文化之實現」，認為過於抽象，遂提出如下十大項目：一、農村文化之向上，二、商工知識之增進，三、自治精神之涵養，四、青年成學之獎勵，五、女權運動之提倡，六、婚姻制度之改良，七、鴉片吸食之廢除，八、惡習迷信之打破，九、衛生思想之普及，十、時間恪守之獎勵。[14]從這幾條主張，當可窺見連溫卿思想之精髓。

首先，他的左翼立場是非常堅定的，「農村文化」與「商工知識」其實是指農民與工人議題的關切。不僅如此，他注意到弱勢女性的解放問題。對於落後的傳統文化，如婚姻、鴉片、迷信，他抱持改良的主張。而對於現代化的時間觀念，他強調必須遵守。從這幾個提法，就可襯托出連溫卿在重建台灣文化主體的目標上之積極追求。他以階級運動對抗殖民體制，以現代化思想來提升落後的傳統文化。這是殖民地知識分子所能表現出來的典範，連溫卿在這方面的思考，有待另文深入探討。

轉向後的新文協，在階級立場上特別引人矚目。一九二七年十月十四日召開改組後的第一次全島代表大會，發表一份宣言書，公開表示「文協還是農工小商人及小資產階級的戰鬥團體」。這份宣言鄭重指出：

> 數十年來，我們台灣的民眾，狂熱地高唱振興產業與推行產業革命，拚命想要打破封建時代的手工業和農村制度，使其片瓦不留。如今，舊式生產方法已經瀕臨滅亡，近世機械工業的隆盛，亦將達到極點。產業界煥然一新，大工廠已蝟集都市，在農村，機械的聲音也已轟然震耳，全島大小銀行林立，金融機關亦已達完備之域。
>
> 然而，據此文明之利器所榨取我們台灣民眾的大利潤，到底流向何處耶？勤勞的台灣民眾之努力換來何物呢？事實是：農、工、小商人等無產階級日趨貧困，且小資產家亦像秋風落葉般跌落為下層階級。我們的勞動反而全部造成了我們生活上的絕大威脅，建築在大資本階級產業組織之上的政治組織，只擁護特殊（榨取）階級，對我們台灣民眾施加威壓，為強制收買土地而支出巨額的產業補助金，對佃農及勞働爭議即以強壓姿態面臨，解散集會，逮捕許多社會運動的鬥士，投進黑暗的鐵檻裡。[15]

基於這樣的觀察與認識，新文協領導的社會運動已確立在階級路線之上。為達此目的，新文協一方面拉攏既有的台灣農民組合，一方面積極擴張在工人運動方面的影響力。高舉這樣的階級路線的旗幟，自然迫使蔡培火、蔣渭水等舊幹部在一九二九年十月一日聯名退出新文協，並發表〈文化協會脫離聲明書〉，另組台灣民眾黨。[16]這樣的分裂，使台灣抗日運動的力量隨之分散。由於《台灣民報》係由舊幹部出資，他們建立台灣民眾黨之後，便將這份機關刊物變成黨的喉舌。[17]連溫卿主導的新文協失去了宣傳刊物，遂不能不重新創辦《台灣大眾時報》。[18]同樣的，為了對抗台灣民眾黨蔣渭水所領導的台灣工友總聯盟，連溫卿也在新文協倡議組織台灣機械工業聯合會。《台灣大眾時報》與工會運動，是他掌握領導權後新文協的主要工作，值得稍加理解。

《台灣大眾時報》是抗日運動史上第一份純左翼政治刊物，在一九二七年六月，新文協與台灣農民組合共同投資的一份機關誌。刊物的主要撰稿人，也都是由兩個團體的主要領導人負責。新文協的王敏川、莊泗川、蔡孝乾，農民組合的簡吉、楊貴都發表過文章。其中以連溫卿的兩篇文章最長，一是前引的〈台灣社會運動概觀〉，一是〈台灣殖民政策的演進〉。前者在於探討台灣社會運動應該採取怎樣的階級路線，後者則在分析殖民體制在台灣的統治本質。[19]〈台灣殖民政策的演進〉一文的副題是〈日本資本主義的發達及其發展〉，以大量的數據與事實說明台灣總督府藉資本主義的擴張，對台灣社會進行大規模的掠奪。文中極為精闢的論點是，縱然殖民政府對台灣社會採取開放政策，如撤廢文盲，提升教育，鼓勵新興商人，其目的並不在於尊重台灣人；而是為了解決日本所面臨的資本主義危機，並且也是為了進一步支持日本的南進政策。在一九二八年台共還未成立之前，連溫卿對殖民政策的揭露，可以說具有了社會主義者的敏銳觀察與批判能力。

連溫卿在新文協內並未占有實際的領導地位，從下列的分配位置就可看出：

	主務	部員
組織部	王敏川	洪石柱　林冬桂　連溫卿
教育部	林碧梧	王敏川　邱德金　連溫卿
宣傳部	鄭明祿	張信義　高兩貴
庶務部	林冬桂	吳石麟　鄭明祿
會計部	張信義	林碧梧
婦女部	黃氏細娥	

從這樣的任務編組可以發現，新文協的實際領導人是王敏川，因為他擔任組織部的主務，連溫卿僅是組織部與教育部的部員。然而，連溫卿卻與王敏川在工會運動的議題上發生了衝突，肇下新文協再度分裂的因素。

誠如前述，連溫卿認為社會運動應該採取全島統一策略。一九二八年五月二十日，新文協以全島工友會代表大會籌備處之名義，把討論台灣總工會的組織的議案發給全島左翼團體。為了名稱問題，緊張關係立即產生。連溫卿主張「台灣總工會」，王敏川則主張「台灣勞動運動統一聯盟」。北部工人代表支持連派，中南部的代表則傾向王派。雙方僵持不下之際，連溫卿因台南墓地事件遭到檢舉，兩派的爭議暫告平息。[20]

王敏川之所以堅持統一聯盟的名稱，主要是因為台灣共產黨於一九二八年四月十五日成立於上海。[21]台共的勞工運動綱領指出：「台灣的左翼勞動組合在文化協會的指導下蒙受福本主義的影響而陷於宗派主義的謬誤，右翼工會則被民眾黨幹部改良主義之欺瞞所誤導。故黨應該派黨員到勞動運動的前線，以克服左翼工會的謬誤，暴露右翼工會指導者的欺瞞，使工會大眾左翼化，展開左右兩翼的共同戰線，以促進台灣總工會的組成，再以此為產業別、地方別組織來設置工會支部，置於黨的影響下，從日常鬥爭中吸收優秀工人分子到黨來，將所有的鬥爭導向無產階級獨裁的方向，加盟工會國際以遂行無產階級的國際性任務。」[22]台共所說的左翼工會謬誤，便是指連溫卿的策略的左傾路線過於強烈。不過，他被標籤為「福本主義」似乎不符合事實。因為，福本主義走的是閉門的菁英道路，恰恰與山川主義相反。顯然，台共當時為了搶奪工人運動的領導權，遂任意拈來政治標籤來扭曲連溫卿的主張。

台共的策略較偏向王敏川的主張，因為王敏川的「台灣勞動運動統一聯盟」正是傾向於把左、右工會結盟起來，而連溫卿的「台灣總工會」則是純粹的左翼工會。台共有意拉攏王敏川的行動，似乎因此而確立。事實上，連溫卿具有介入運動的實際經驗。他在農民運動方面主動與台灣農民組合結盟；在工人運動，他獨立在北部發展，頗具影響力。這正是台共最引以為憂的，因為農工的主導權不能奪得，就不可能發揮黨的力量。

為了打擊連溫卿，台共主席林木順在一九二八年八月寫了一份〈台灣農民對策〉，就指控連溫卿是「逃避主義者」、「投機主義者」。這份文件指控說：

連派乃是根本反對民族鬥爭。這是因為他們對台灣民族革命沒有理解，完全無視台灣客觀的形勢發展，此乃他們最大的謬誤。共產國際規定，在殖民地，共產黨最重要的初步任務，乃是動員勞農大眾打倒帝國主義，為民族的獨立而鬥爭。連派由於反對共產主義的緣故，當然對此任務無法理解。台灣革命的現階段鬥爭目標，便是獨立運動，打倒帝國主義，建設最大多數的民主共和國的勞農獨裁制。[23]

林木順的這些譴責，可以說是莫須有的。因為，他引用「共產國際的規定」，就立即認為連溫卿不理解台灣民族的解放任務。如此牽強的指控，無須任何事實證據，其主要目的乃在於製造搶奪領導權的理由。這篇文章確立了連溫卿與楊貴為台共鬥爭的假想敵。在行動上，實施這項策略的，則屬謝雪紅。她在一九二八年十月被遣送返台以後，便在農民運動與工人運動方面分化連溫卿的領導權。首先，她吸收台灣農民組合的領導人簡吉入黨；其次，她又與新文協的王敏川建立友好關係。這雙管齊下的工作，很快就見到效果。[24]台灣農民組合與新文協在一九二九年初開始，就陸續傳出對連溫卿的批判聲音。林木順在一九二九年撰文，正式把連溫卿稱為「是當今台灣左翼指導者的代表，他的解黨主義，是山川主義在台灣不折不扣的私生子」。[25]這項抨擊，推翻了連溫卿是「福本主義」的罪名，現在又被搖身變成「山川主義」，這恰好證明台共爭奪領導權的心切，也正好可以反證連溫卿在當時的地位。因為，在行動與理論方面，他都是很傑出的。

在同一篇文章裡，林木順又再次責難：「連溫卿所謂的全島左翼總工會結成論，與我們（台共）

的是根本對立的。不僅有否定共產黨的意味，而且也有拒絕與左翼組成共同戰線的意味。這是徹頭徹尾的分裂合理化論，主張永久分裂之必然，正是社會民主主義的分裂論。」他進一步指出，連溫卿一派「在台北地區的工會占有了勢力，而台北地區正是台灣的主要工業地帶，我們勢必要在這個地區擴大革命的勢力。因此，與連溫卿的左翼社會民主主義的鬥爭，是有必要一再強調的」。26

仔細分析台共的策略，愈來愈清楚可以看出，連溫卿與台共之間的問題，並非在明顯的路線分歧之上，而純粹是領導權的爭奪。

連溫卿與一九二九年的文協再分裂

一九二九年，台灣農民組合經過大檢舉之後，島內台共的力量也等於遭遇了一次空前未有的挫折。但是，從另一個角度來觀察，日警的破壞行動，似乎也間接為台共做了一次「清黨」的體檢工作。因為農民組合的一些游離分子，震懾於日警的高壓政策而紛紛退出組織。所以，留下來的成員反而更加堅定而積極，並且也更富理想色彩。有了這樣的發展，台共在「二一．二二事件」之後，就更篤定掌握了農民組合的領導權。台共既然有信心能夠領導農民運動，它下一步的發展，自然就朝向島內的工人運動了。

一如前述，台共要在工人運動方面發展，就必須挑戰新文協的工會領導權。根據林木順的

〈關於台灣勞動組合統一問題的訂正與補充〉，台共將對新文協領導者連溫卿展開鬥爭，這已是既定的方針。這項鬥爭的工作，當然就由謝雪紅承擔起來。

當時，島內工人運動劃分成為兩個系統，一是由台灣民眾黨蔣渭水所領導的台灣工友總聯盟，成立於一九二八年二月十九日；一是由台灣文化協會連溫卿組織起來的台灣機械工會聯合會，成立於一九二八年一月一日。這也就是台共所說的，前者屬於右翼工會，而後者屬於左翼工會。台共當然只有先奪取左翼工會的領導權，然後才有可能與右翼工會談聯合的工作。

連溫卿的思想背景，自然決定了他對政治運動所採取的方向。山川主義強調的是，公開、合法的政黨活動。當時，日本勞農黨就是受山川主義指導而成立的左翼政黨，連溫卿領導的台灣文化協會，有意以勞農黨為榜樣，要在現存的台灣政治體制裡從事合法的活動。

論者恆謂，連溫卿之所以遭到台共的排斥，是由於山川主義在日本已經沒落，而被福本主義所取代。[27]這並不是正確的，因為福本主義本身也遭受到強烈的批判，台共並未全然遵循福本主義的路線。連溫卿的招忌，固然有意識形態的因素；但最主要的原因，則是連溫卿準備成立「台灣總工會」。台灣總工會的構想，與台共籌畫中的「台灣赤色總工會」發生了衝突。所以台共之抨擊連溫卿，完全是領導權的問題。僅從思想背景來看連溫卿受到排斥的事實，似乎難以釐清問題的重點。

連溫卿在組成台灣機械工會聯合會之後，便積極朝向台灣總工會的組織而努力。連溫卿要建立總工會，為的是要與右翼的台灣工友總聯盟爭奪工人運動的地盤。一九二八年六月，連溫卿邀請全島代表到台北協議如何成立總工會的問題。在會中，為了名稱的問題就發生了爭論。以連溫卿為首的成員，一般以「非上大派」來概括，主張把擬議中的工人團體命名為「台灣總工會」。[28]但是，以王敏川為首的所謂「上大派」，就堅持要叫做「台灣勞動運動統一聯盟」。上大派在一九二七年就已經形成，他們大多是從中國上海大學出身的。王敏川本人是日本早稻田大學畢業，並沒有特別的思想色彩，在意識形態上與上海青年毫無淵源可言。王敏川的早期政治活動，其實與右翼領袖如林獻堂、蔡培火較為接近。[29]上大派的青年支持他，並非由於政治思想的結合，而是為了借重他的聲望。對王敏川來說，他並未特別強調左派的色彩；在新文協裡，他自始至終都站在小資產階級的立場，而主張與工人階級聯合。他這樣的觀點，後來就獲得謝雪紅的支持。

因此，討論王敏川與上大派青年之間的關係，並不宜從階級鬥爭的觀點來看。[30]在抗日運動陣營裡，聯合陣線是必要的，王敏川的作法正好符合聯合陣線的戰略，這也是為什麼謝雪紅支持他的原因。一九二八年自上海回來的台籍青年，有不少是參加了中共或共青團。他們並未立即加入台共的組織，而是如前所述，他們加入中共的台灣支部。像王萬得、劉守鴻等人，對王敏川的態度，就不同於謝雪紅。他們支持王敏川，乃是要利用王敏川打擊連溫卿，等到把連溫卿擊垮後，便準備著手解散新文協。謝雪紅與上大派青年之間的主要分歧點，就在這裡。因此，從連溫卿的問題，一直到新文協解散的問題，都牽涉到台共內部對政治運動的看法。未能了解到這點，就不能了解謝雪紅與上大派青年決裂的癥結何在。

台共的成員中，第一位參加新文協的是吳拱照。他是在一九二八年五月，在上海由翁澤生介紹而加入台共的。後來吳拱照因廣東青年團事件被捕，於同年十一月被遞解返台並獲釋。吳拱照在台灣獲釋後，就立即與謝雪紅聯絡。謝雪紅以黨中央名義命他加入文協，不久，吳拱照成為文化協會台南支部的書記。[31]吳拱照潛伏在文協裡，隨時提供文協的情報給謝雪紅，所以謝雪紅對該協會內部的動態，瞭若指掌。

台共在建黨時，就有文協對策的提出。當初，台共希望能夠改造文協成為一個合法的大眾黨。但是，經過「三．一五事件」之後，整個形勢對於合法的大眾黨不利。謝雪紅重新調整黨的方針，仍舊把文協當做小市民與學生階層的大眾團體，成為島內無產階級的外圍組織。到了一九二九年十二月，台共的成員已大致控制整個文協。這包括文協台北支部的王萬得、李振芳；台中支部的吳拱照、莊守、詹以昌；台南支部的李曉芳等等。[32]其中的詹以昌，後來還經吳拱照的介紹，擔任王敏川的祕書。[33]莊守則是在「四．一六事件」以後從日本回到台灣，同年十月加入新文協。他們在文協裡擔任內應，並且與台中農民組合本部的台共趙港、簡吉保持密切聯絡。謝雪紅對新文協的操縱，在一九二九年裡大致建立了起來。

然而，謝雪紅對連溫卿展開鬥爭，並不親自出馬，而是透過台灣農民組合的台共成員出擊。謝雪紅對工人運動所持的見解，就是要在左翼陣營裡建立統一同盟。如果連溫卿組成台灣總工會的話，那麼這個工會就不可能由台共來指導。只有從連溫卿手中奪下領導權，台共才有可能把「台灣總工會」的構想轉化為「台灣赤色總工會」。

一九二九年十一月三日，新文協的全島代表在彰化街舉行第三次代表大會。出席者共五十二名，來賓四十名，列席旁聽者六十餘名。這次大會的主要任務，便是如何著手把連溫卿除名。會中修正了會則，通過除名的辦法。以台中本部為中心的新文協成員，與台中的農民組合本部攜手合作，對文協台北支部的連溫卿進行抨擊。在大會上，出現了一份給出席代表的傳單，題為〈關於排擊左翼社會民主主義者連溫卿一派，向代表諸位致檄〉。這篇檄文，指控連溫卿派的人士洩露組織機密，擾亂農民組合的重整，企圖搞內部分裂等等。[34]在上述文件的指控中，主要目的在於把連溫卿形容為「地盤主義者」與「分裂主義者」。

這份檄文是以「台灣農民組合本部」的名義發出的，文協的第三次代表大會遂接受此一抗議。接著，於十一月十九、二十日舉行的中央委員會，正式對未出席的連溫卿提出譴責。文協中央委員認為：第一、連溫卿污辱了文協的體面；第二、連溫卿擾亂了文協的體制；第三、連溫卿濫用職權，傷害文協的威信；第四、連溫卿一派捏造會員的資格；第五、連溫卿派人擾亂了反抗運動的戰線。基於這樣的理由，文協中央決定關閉台北支部，並且在十二月三十日發出通知，把連溫卿一派人士除名。

連溫卿等人被驅逐之後，文化協會的領導權便落入台共手中了。就現在的資料來看，在整個鬥爭連溫卿的過程中，根本沒有牽涉到意識形態的問題。台共對連溫卿一派的鬥爭，都集中在一些人事上的細節，而並沒有提出較高層次的見解。這一點更加可以證明，台共與連溫卿之間的關係，只是領導權的爭奪而已。等到完全控制文協之後，台共成員便開始面臨內部權力鬥爭與運動觀點的爭議。因為，到一九二九年年底為止，農民組合與文化協會已經變成台共的外圍組織。在台共之外，其他較為重要的政治團體，只剩下右翼的台灣民眾黨。而民眾黨內部也正瀕臨分裂的邊緣，到了一九三〇年，林獻堂、蔡培火、葉榮鐘、蔡式穀等人，就以蔣渭水左傾為由，退出民眾黨，另外宣布成立台灣地方自治聯盟。[35]

連溫卿在戰後受台北市文獻會之邀撰寫《台北市志初稿：社會志——政治運動篇》，完成於一九五二年，亦即後來《台灣政治運動史》的張本。[36]他對於台共之奪權陰謀，瞭若指掌。在這部手稿中，格於五〇年代客觀政治形勢的險峻，他以「上大派」來影射台共。書中談到當年台灣總工會籌組之際，台共的運作與背後動機如下：

當時之上大派已經會議討論，企圖藉此機會獲得勞動運動之指導權。彼等思若贊同總工會之立即組成論，恐怕不能獲得勞動運動之指導權，加之台灣農民組合幹部亦以台灣有特殊事情，已公然主張它應有社會運動之指導權，故若贊同總工會之立即組成論，欲獲得勞動運動之指導權可謂等於無。「上大派」亦以該會為細胞組織之據點，若能以此企圖而獲得成功，則全島之政治、社會、勞動經濟諸運動指導權之獲得並非不可能，此種事實愈使總工會之結成不得不延緩下去。其始對此態度尚屬消極，其後則漸趨於積極，終發展至於文化改組（按：指新文協）後之對連、李除名。[37]

連溫卿的存在，等於構成台共發展的障礙。所以，對他進行再三的攻訐抨擊，都使用極為牽強的罪名，而終於達到剷除連溫卿的目的。一九二九年十二月二十八日，新文協台北特別支部發表「通知書」，正式解散該支部的運作，因為這是連溫卿活動的據點。解散之後，連溫卿從此就離開了抗日運動的陣營。

一九三〇年二月至三月間，連溫卿到日本訪問，這是他第二次的日本之旅。從他遺留下來的日記，可以發現在旅途上，仍然遭到日本警察的盤問追蹤。但是，他並未放棄左翼運動的信仰，仍然購買左翼書籍，聆聽左翼團體的演講，拜訪日本左翼政治運動人士。[38]就在這段期間，他在日本也留下兩篇文字，一是〈台灣的日本殖民政策之實態〉，[39]一是〈日本帝國主義在台灣的土地收奪過程〉。[40]這兩篇上乘的文字，相當出色地表現了連溫卿的左翼立場與思辯能力。

對於文協的分裂與再分裂，他在第一篇文章中的結語部分，有極其精闢的見解，既指出台灣抗日運動的弱點，也同時為自己的政治立場辯護，值得深思：

> 正如其他各民族運動一樣，台灣初期運動的領導人都出自大資產階級，他們當時雖說是自己帶頭行動，實際上，是被知識階級及小資產階級押送到前線，依此說法，在一九二七年所成立的台灣文化協會以及宣稱拿生命做賭注的台灣議會設置請願活動，一經統治階級施予經濟壓迫，遂自行退縮了，變成不活躍的運動。保守的他們認為激進的小資產階級與學生對付統治階級「過激」，然後，又對大眾之間所展開的潮流深感威脅，因而妨害群眾運動，咒詛階級鬥爭，從而在一九二七年醞釀再組織新的民眾黨，包括富裕階層的小資產階級與民族主

義者，現在，台灣自治促進聯盟的再分裂其實已種根於當時。如矢內原忠雄和後藤貞治等，判定文協的分裂是起於連溫卿陰謀利用二十名無產青年所致，民眾黨此種自圓其說的宣傳，被當局所引用，取代了事實的真相。此間，正處於創造歷史的開端，席捲全島的農民運動，自以為是社會運動的指導團體，以不民主的方式選舉代表前往日本內地，造成了今日內部對立衝突的狀態。雖然表面上分裂後的文協與民眾黨對立著，但是城市勞工已經如狂飆似地成長起來，在統治階級與大資產階級感到威脅之瞬間，激進的小資產階級與自由主義者也同感威脅。現在，兩者還繼續為領導權而明爭暗鬥，意識上，使得左翼工會的組成怠慢下來，失去它的支持。雖然如此，台灣無產階級由先進的被壓迫民族運動吸取教訓——就是從日本殖民政策、帝國主義的榨取下，掙得完全的自由。[41]

這篇文字完成於一九三〇年八月十三日，可能是連溫卿仍在旅日途中。一位被除名於政治運動之外的左翼知識分子，並沒有因為失去參與的空間，就喪失社會主義的立場，更沒有欠缺對台灣社會的高度關切。他在離開政治運動後的思維方式與政治主張，可能需要更長的文字來討論。

本土的社會運動思想家

在台灣的社會主義傳播過程中，大約是經由兩個途徑傳入島內，一是從東京的留學生輾轉介紹，一是通過留學中國的知識分子的引進。他們有的受到日共的啟蒙，有的受到中共的影響。在這些左翼積極活動家中，連溫卿是一個非常特殊的例子。他既未留學中國，也未深造於日本，而是在島內受到社會主義思潮的薰陶。

他的學經歷僅是公學校而已，不像其他在中國、日本的留學生那樣，至少都是高等學校畢業，然後在兩地的大學中留學或遊學。他是依賴自修的能力，逐步建構自己吸收左翼知識的能力。由於他一直留在台灣，所以行動的實踐比其他左翼運動者還要務實。然而，他理論方面的見解，也毫不遜於同時期的左翼運動者。他被新文協除名，並未有助於整個反殖民運動的提升。恰恰相反，連溫卿被迫離開抗日的陣營後，新文協的氣勢也逐漸沒落了。

當年也參加對新文協鬥爭的台共黨員蘇新，晚年對連溫卿的除名事件有一番自我反省。他認為在新文協的第二次分裂中，不應該使用「左翼社會民主主義」、「右翼社會民主主義」或是「馬克思主義」來進行所謂理論鬥爭，因為新文協畢竟不是政黨。他又指出：「開除連溫卿一派的作法是輕率的，理由也不充份。當時，文協幹部和農組幹部以『密探』、『內奸』這樣的罪名開除連溫卿，如果證據確鑿，罪有應得。……但是如果沒有事實根據，對於連溫卿說來，是一項莫大的侮辱，而且在歷史上留下永遠洗不清的污點。」42

歷史的迷霧，並未能掩蓋連溫卿所應獲得的恰當評價。他不是台共黨員，但社會主義信仰卻極堅定。在第一次文協分裂中，堅持要與右翼政治運動者決裂，可能不是正確的判斷。在第二次新文協的分裂，他反而成了被鬥爭的對象並且背負了許多不白之冤。在分裂與再分裂的過程中，前後未及三年。連溫卿的崛起與顛仆，恰當地說明了殖民地抵抗運動的起伏升降。重新探索連溫卿的政治生涯，當不只可觀察左翼運動的成敗，也可考察整個抗日運動的得失。

註釋

1 有關連溫卿與世界語的關係，參閱史可乘（連溫卿），〈人類之家，台灣ＥＳＰ學會〉，《台北文物》第三卷第一期（一九五四年五月一日），頁四九—五〇；張炎憲，〈社會民主主義者——連溫卿〉，收入張炎憲、李筱峰、莊永明編，《台灣近代名人誌》第四冊（台北：自立晚報，一九八七），頁一〇四—一〇五。

2 這段史實參閱戴國煇，〈台灣抗日左派指導者連溫卿とその稿本〉，《史苑》第三五卷第二號（一九七五年三月），頁五七—六〇。

3 連溫卿，〈台灣文化協會的發軔——台灣政治、文化、社會運動的第一頁〉，《台北文物》第二卷第三期（一九五三年十一月十五日），頁六九。

4 台灣總督府警務局編，《日本領台以後之治安狀況》中卷一（台北：台灣總督府警務局，一九三九）。此書又稱為《台灣警察沿革誌》，中譯本為警察沿革誌出版委員總策畫，《台灣社會運動史》（一九一三—一九三六）第一冊（台北：創造，一九八九），頁二四六（以下引用此書中譯本，簡稱《社會運動史》）。

5 翁澤生的生平與參加政治運動的事實，參閱陳芳明，〈翁澤生的中共路線〉，《殖民地台灣：左翼政治運動史論》（台北：麥田，一九九八），頁九九—一二四。

6 《社會運動史》第一冊，頁二五四。

7 矢內原忠雄著，周憲文譯，《日本帝國主義下之台灣》（台北：帕米爾，一九八七），頁一八二－八三。此書係在一九二九年問世，但出版後遂即遭台灣總督府查禁。

8 山川主義內容討論，係參閱史明，《台灣人四百年史：漢文版》（San Jose, Calif.：蓬島文化，一九八〇），頁五六五。

9 陳逢源，〈最近之感想(二)：我的中國改造論〉，《台灣民報》第一二〇號（一九二六年八月二十九日），頁八－一〇；許乃昌，〈駁陳逢源氏的中國改造論〉，《台灣民報》第一二六－一二九號（一九二六年十月十日、十七日、二十四日及三十一日），頁一〇－一三、頁一〇－一二、頁九－一一、頁一〇；芳園（陳逢源），〈答許乃昌氏的駁中國改造論〉（一至八），《台灣民報》第一三〇－一三三號、一三五－一三七號、一三九號（一九二六年十一月七日、十四日、二十一日、二十八日、十二月十二日、十九日、二十六日、一月九日），頁二－三、頁二－三、頁一〇－一一、頁一一－一二、頁八－九、頁一一、頁一一－一二、頁一二－一三；蔡孝乾，〈駁芳園君的「中國改造論」〉，《台灣民報》第一三四號（一九二六年十二月五日），頁一〇－一三；許乃昌，〈給陳逢源的公開狀〉（上）（下），《台灣民報》第一四二－一四三號（一九二七年一月三十日、二月六日）頁一一－一二、頁一一－一四。

10 林獻堂著，許雪姬主編，《灌園先生日記．(一)一九二七年》（台北：中央研究院台灣史研究所籌備處、中央研究院近代史研究所，二〇〇〇），一月二十三日條，頁五〇；一月二十七日條，頁五六；一月二十九日條，頁五八。這些記載，足以透露當時連溫卿的焦慮與急切。

11 連溫卿，〈台灣社會運動概觀〉，《台灣大眾時報》創刊號（一九二八年三月二十四日），頁一五－一六。

12 連溫卿，〈過去台灣之社會運動〉，《台灣民報》（一九二七年一月二日），頁一二。

13 台灣文化協會分裂的詳細經過，參閱林柏維，《台灣文化協會滄桑》（台北：臺原，一九九三），第六章，

14 〈文化協會之分裂〉，頁二二三—三五。

15 《社會運動史》第一冊，頁二五六。

16 〈文協舊幹部脫離關係〉，《台灣民報》第一七六號（一九二七年十月二日），頁四。

17 〈政治結社與言論機關〉，《台灣民報》第一六六號（一九二七年七月二十二日），頁一。

18 有關這份刊物的創辦經緯，參閱陳芳明，〈《台灣大眾時報》與《新台灣大眾時報》〉，《殖民地台灣》，頁一九三—二一四。

19 連溫卿，〈台灣殖民政策的演進㈠㈡㈢〉，《台灣大眾時報》第六號（一九二八年六月四日），頁一二—一四；第七號（一九二八年六月十一日），頁一四；第八號（一九二八年六月二十五日），頁一四—一六。其中第七號與第八號的文章順序顛倒。

20 《社會運動史》第一冊，頁三〇三。

21 有關台共成立經緯，參閱盧修一，《日據時代台灣共產黨史：一九二八—一九三二》（台北：自由時代，一九八九），頁五五—五九；簡炯仁，《台灣共產主義運動史》（台北：前衛，一九九七），頁六三—八六。

22 《社會運動史》第五冊，頁一二三。

23 林木順，〈農民問題對策〉，收入山邊健太郎編，《日本共産黨台灣民族支部東京特別支部員検擧顛末》，《台灣㈡》（現代史資料二二），（東京：みすず書房，一九七一），頁一六一—六二。關於林木順對連溫卿的抨擊，可參閱陳芳明，〈林木順與台灣共產黨的建立〉，《殖民地台灣》，頁四七—九八。

24 謝雪紅在台灣進行台共的重建運動之相關史實，參閱陳芳明，《謝雪紅評傳：落土不凋的雨夜花》（台北：前衛，一九九一），頁一〇七—一一。

25 林先烈（林木順），〈台灣勞動組合統一問題についての訂正と補充〉，《マルクス主義》第五六號（一九二九年四月），頁四一〇—一一。

26 同前註，頁四一一—一二。

27 見彰生，〈台灣的社會運動者連溫卿〉，收入陳永興、李筱峰合編，《台灣近代人物集》（台北：自印，一九八三），頁九五。

28 《社會運動史》第五冊，頁一〇九。

29 楊碧川，〈王敏川〉，收入《台灣近代人物集》，頁七三—八七；莊永明，〈更留癡態在，書卷當良儔——王敏川傳略〉，《自立晚報》，一九八七年八月二十五日，第一〇版。此文收入《王敏川選集》（台北：台灣史研究會，一九八七），頁一〇—一三。

30 王曉波認為，王敏川是主張「階級鬥爭」的，這點並沒有史實根據。見王曉波，〈敢將此心向日月〉，《自立晚報》，一九八七年八月二十六日，第一〇版。又見《王敏川選集》，頁一—九。

31 《社會運動史》第三冊，頁二四五。

32 參閱蕭友山（蕭來福），《台灣解放運動の回顧》（台北：三民，一九四六），頁三〇—三一。

33 參閱詹以昌，〈懷念王敏川先生〉，《台聲》第六期（一九八四年），頁五四。詹以昌的這篇文章說，「連溫卿因左傾的『福本主義』被排除出會」，這是對史實記憶的錯誤，因為連溫卿從來就不是福本主義的信徒。

34 《社會運動史》第一冊，頁三四三。

35 蔡培火等著，《台灣民族運動史》（台北：自立晚報叢書編輯委員會，一九七一），頁四四五—四六。

36 連溫卿這份手稿被發現的曲折經過，頗富傳奇性。參閱張炎憲、翁佳音，〈撥雲見日又一聲——代序〉，收入連溫卿著，張炎憲、翁佳音編校，《台灣政治運動史》（台北：稻鄉，一九八八），頁一—一〇。

37 連溫卿，《台灣政治運動史》，頁一八七。

38 連溫卿，〈連溫卿日記——一九三〇年の三十三日間〉，《史苑》第三九卷第一號（一九七八年十一月），頁七九—九九。根據發現這份日記遺稿的戴國煇教授所說，這份日記的原名是〈旅行をろりたる人的日記〉，係日本學者比嘉春潮所提供。日記原稿寫在《月刊台灣大眾時報》的稿紙上。參閱戴國煇，〈連溫卿の二つの日記〉，《史苑》第三九卷第一號（一九七八年十一月），頁九九。

39 連溫卿，〈台灣に於ける日本殖民政策の實態〉，《史苑》第三五卷第二號（一九七五年），頁六一—八三。

40 連溫卿，〈日本帝國の台灣に於ける土地收奪の過程〉(一)(二)，《史苑》第三七卷第一號（一九七六年十二月），頁三六—五七；第三九卷第一號（一九七八年十一月），頁五一—七七。

41 此文有中文譯本，參閱連溫卿著，佚名譯，〈日本對台殖民政策的真相〉，《台灣思潮》第一期（一九八一年五月一日），頁六二。

42 蘇新，〈連溫卿與台灣文化協會〉，《未歸的台共鬥魂：蘇新自傳與文集》（台北：時報文化，一九九三），頁一〇〇—一〇六。

鄭成功與施琅
——台灣歷史人物評價的反思

一、前言

鄭成功是中國史家一致公認的民族英雄。他高舉「反清復明」的旗幟進入歷史舞台，又因驅逐據台的荷人而以「收復台灣」的功名鞏固他在中國史上的地位。

自十七世紀以降，似乎還沒有一位中國英雄人物獲得像他這樣高的評價。相對於他至高無上的地位，鄭成功的一位部將施琅，則因為背叛投降而受到後世的譴責。施琅不僅勾結滿清軍隊攻打台灣，而且也使鄭氏王朝從此覆亡。施琅的歷史地位甚低，自是可以理解；他所背叛者，畢竟是一位無可匹敵的民族英雄。因此，在中國史學上，鄭成功與施琅始終是以一正一反的人物形象出現。

但是，這種兩極化的評價，在最近幾年卻開始發生動搖的現象。鄭成功的歷史地位雖然沒有降低，但施琅所得到的評價卻漸漸提升。

這種現象，相當值得注意。歷史人物的再考察與再評價，亦即坊間所說的歷史翻案，在中國史學上不乏先例。

三國時代曹操之於劉備，北宋時代王安石之於司馬光，滿清時代洪秀全之於曾國藩，都隨著朝代與政權的更迭而得到不同的評估。在這些翻案的過程中，政治性的解釋往往大於歷史事實本身的意義。

這種現象，在高度中央集權的中國，可謂屢見不鮮。歷史的撰寫，往往淪為統治者的工具。鄭成功與施琅的翻案問題，顯然也是為了配合統治者的政策而提出的。

施琅的歷史地位之所以引起中國學者的注意，其實是一九八〇年以後的事了。在一九八〇年以前，北京控制下的台灣史研究，並沒有過施琅歷史地位的討論。從一九四九年到一九七九年，整整三十年的時間裡，中國的歷史工作者完全集中在鄭成功的事跡上進行檢討。直到一九七九年中國與美國外交關係正常化之後，北京的台灣史研究才有了新的取向。施琅的地位問題，便是在這個情形下獲得新的檢討。

由於施琅的歷史解釋，不但牽涉到現階段北京對台政策的制定，而且也涉及台灣歷史研究的方向；因此，施琅的評價問題，就不純粹止於史學的討論，它同時也是現實政治中一個生動的主題。基本上，這種現象是中共在一九四九年建國以來就已經存在，歷史研究往往必須為政治服務，甚至必須配合階段性政策的方向。

台灣史研究，自然也不能例外；對北京的決策者來說，這是實施對台政策過程中不可或缺的一環。施琅地位的平反與提升，正代表此一趨勢的延伸與強化。

台灣史研究在台灣的蓬勃發展，是一九八〇年以後才開始的；在時間上，正好與中國境內重新出發的台灣史研究相互脗合。不過，雙方最大的不同處在於：前者是以民間為中心的自發性研究，後者則是一種受到官方控制、指揮的被動性學術。台灣的歷史工作者，在面對中國官方建立起來的歷史解釋，以及這種解釋所帶來的傷害與曲解，自然不能不保持高度的警覺。

本文的目的，並不在於重建鄭成功與施琅的生平事跡，而在探討中共史家建立台灣史觀的政治意義，並分析他們在評價這兩位歷史人物時所發生的矛盾現象。

鄭成功——一個神化的英雄

鄭成功從人格提升到成為神格的英雄，是漸進、累積的。有關這方面的討論，到目前為止，最好的研究作品是美國教授 Ralph C. Croizier 所寫的《國姓爺與中國民族主義》。[1]這本書值得注意之處，便是它異於中國史家對鄭成功的極力推崇，而代之以冷靜的研究方法，解析鄭成功與南明皇室的相互關係，以及他遠征台灣的主要意義，最後並分析鄭成功在中國、日本，以及在國民黨與中共時代的歷史地位。

鄭成功之所以能夠被肯定為民族英雄，當然是由於他效忠明室、抵抗滿清和驅逐荷人。但是，如果從史實來看，鄭成功的這些業績並沒有如史書所說那樣輝煌。《國姓爺與中國民族主義》

一書就指出，鄭成功雖然奉明室為正朔，但他終其一生，卻從未實踐「勤王」的使命。確切地說，鄭成功對明朝的忠誠，語言的表達遠大於具體的行動。鄭成功以恢復明朝的名義北征三次，但都失敗了。在極端挫折的情況下，鄭成功接受在荷蘭殖民者擔任通譯官的漢人何斌的建議，決定東取台灣。

鄭成功在一六六一年四月，在鹿耳門登陸，包圍荷蘭人的熱蘭遮城，終於迫使荷蘭人投降。台灣攻克之後，鄭成功在島上建立一府二縣。據劉良璧的《台灣府志》說，鄭成功將台灣「改為安平鎮，赤崁城為承天府；設縣二：曰天興，曰萬年，總號東都。」這項舉動，等於是把反清復明的事業暫置一旁。因為，鄭成功以廈門為根據地，至少還以「思明」命名，強烈暗示他對明朝的懷念。如今，他以台灣為東都，自封為王的意味掩蓋了反清復明的意義。

事實上，鄭成功在台灣的統治僅一年餘。就在攻下台灣的第二年，亦即一六六二年五月，他就病逝了。他的兒子鄭經繼承王位，進一步把東都改名為「東寧」。鄭氏的反清事業，從此便宣告結束。《國姓爺與中國民族主義》的作者認為，鄭成功的統御能力是值得懷疑的，他手下的兩員大將施琅與黃梧都背叛投清，都源自鄭成功本人的猜忌與剛愎自用。鄭成功對施琅、黃梧家屬的屠殺，更是顯示他暴戾性格的一面。

如果鄭成功的政治生涯沒有那麼輝煌，為什麼他會被尊為民族英雄？

從統治者的觀點來看，鄭成功對皇帝的忠貞，當然是值得鼓勵的。清人雖然是以異族入主中國，但是他們接受漢化後，也尊崇儒家的忠君思想。康熙皇帝在一七〇〇年正式褒揚他們是明室忠臣，便是漢化的一個明證。這是鄭成功在官方歷史上確立其歷史地位的第一步。不過，在整個清朝時代，鄭成功的忠臣角色大於他的民族英雄的角色。劉銘傳在一八七五年尊鄭成功為「延平郡王」，仍然還強調他忠君的思想。

鄭成功被染上種族主義與民族主義的色彩，還必須等到二十世紀中國革命運動展開之後。從種族主義的觀點來看，鄭成功反清復明的立場，自然是符合孫中山「驅逐韃虜」的宣傳口號，這是鄭成功由一個福建的地方英雄飛躍成為中國民族英雄的主要原因。從民族主義的觀點來看，中國在十八世紀以後，就從來沒有發現任何一位人物能夠成功擊退帝國主義的侵略。在屈辱的受害史上，要尋找一位驅逐外敵的歷史人物，只有往上追溯。鄭成功是一位恰當的人物，可以做為抵抗帝國主義侵略的榜樣。

基於客觀形勢的要求，鄭成功的民族英雄地位在一九三〇年代更進一步確立。這是因為中國開始受到日本帝國主義者的侵略，近代性質的民族主義也開始在中國境內抬頭。中華民族主義的萌芽，是孫中山提倡革命以後才有的。只是，在中國國民革命初期，種族主義與愛國主義的性格是非常強烈的。正式使中華民族主義以較成熟的面貌出現，還是要等到五四運動爆發之後。[2]不過，中華民族主義的傳播，在五四時期仍然僅限於知識分子的圈子裡。刺激民族主義臻於開花結果的階段，則是日本帝國主義者在一九三一年發動的九一八事變所造成的。

到了一九三七年抗日戰爭爆發，民族意識才普遍傳播中國內地的農村，中華民族已是中國人民所共同認同的情感。在民族主義高漲時代，當時的國民政府為了加強民族教育，許多歷史上的忠君人物都一律塗上民族主義的色彩，像岳飛、史可法、文天祥，一直到鄭成功、曾國藩、劉銘傳，都被供奉成為民族英雄。

在這些民族英雄中，鄭成功較具特殊的意義。由於日本是占據台灣的帝國主義殖民者，而鄭成功則是中國歷史上第一位「收復台灣」的英雄人物。因此，標榜鄭成功的功績，一方面富有反抗日本的精神，一方面也暗示收復台灣的決心。所以，在一九三〇年代，鄭成功之被視為中國全民的民族英雄，已殆無疑義。

鄭成功的歷史地位之再度提高，則是在國共分裂之後。國民黨退居台灣，中共則完成政權的建立，鄭成功都被雙方用來做為政治宣傳。對於一位民族英雄來說，這自然是極富諷刺的事。國民黨推崇鄭成功的反清復明，因為這符合「反攻復國」的宣傳；中共則強調鄭成功驅逐荷人的事跡，因為這可用來強化中共要「解放台灣」的口號。

神格英雄的人格分裂

在政治宣傳的攻勢下，鄭成功以兩種面貌出現。

在台灣這邊，國民黨之所以高度稱頌鄭成功，主要是藉他的英雄行為來類比「反攻大陸」的政策。國民黨重視的是鄭成功的奉明朝為正朔，以及他的「民族氣節」與恢復中原的志向。因為奉明朝為正朔，等於暗示國民黨仍然代表中國；而推崇他的民族氣節，則是鼓勵民眾必須效忠黨國，不能輕易變節投降；至於恢復中原的企圖，可以用來合理化國民黨的「反攻大陸」之國策。[3]

在中共那邊，鄭成功則以另一種面貌出現。自中共建國以後，北京的對台政策乃是以反抗美國帝國主義為基調。這樣的政策認為，台灣是「中國神聖領土的一部分」，而現階段的台灣為「美帝國主義占領」。為了配合北京對台政策的實施，中共在解釋鄭成功的史實時，就不能不刻意突出驅逐荷人的事跡。以一九五五年，方白撰的《鄭成功》為例，該書在描述鄭成功軍隊攻克熱蘭遮城時，是如此形容的：「鬼子滾蛋了，祖國的戰士們在延平郡王的率領和指揮下，解放了這塊美麗的土地，所有知道這件大事的台灣人民，不管是赤崁城附近或其他更遠的地方，都在狂歡中慶祝這次的勝利。」[4]這種語言，可以說完全是當時政策的一個具體投射。

一九五六年出版的另一冊《鄭成功》，更是把重點放在「解放台灣」的口號上，作者朱偰在全書的結論說：「我們今天研究鄭成功的歷史，他的時代背景和家庭出身，對他的反抗清朝和解放台灣作出正確的評價，對於全國人民一致要求解放台灣，更具有重大的意義和鼓舞的作用。」[5]以這樣的觀點來對照台灣的官方歷史解釋，剛好成為強烈的對比。站在國民黨的立場，鄭成功與荷蘭人的抗爭才是值得重視的。尤其是在反美高漲的時期，鄭成功的逐荷之舉，確實可以鼓舞民族情緒。

然而，中共與國民黨的決策者忽略的一個事實是，日本人也肯定鄭成功的英雄形象。究其原因，原來鄭成功的母親是日本人。如眾所知，鄭成功的父親是海盜起家的鄭芝龍。有關鄭成功的出生地，日本人比中國人還清楚。鄭芝龍娶日本平戶的田川氏，連橫《台灣通史卷二・建國紀》載：「父芝龍，娶日本士人女田川氏。以天啟四年（一六二四）七月十四日，誕於千里濱。是夜萬火齊明，遠近異之。」這是鄭成功在日本的神奇傳說。到現在，日本還存有「兒誕石」的古蹟，相傳就是鄭成功的出生地。

日本人重視他，主要是因為他是第一位日本人的後裔遠征台灣。一八九五年滿清割讓台灣給日本時，日本人也有「收復先人土地」之說。事實上，鄭成功生前與日本的關係極其密切。他的「國姓爺」之名，其實是日本人為他取的。鄭芝龍的日本朋友五島一官，曾經在福州居留三年，返國後他告訴友人，國姓爺城內的男女風俗、節日儀式，城內正朔，松竹裝飾，都很像日本的樣子。足證鄭成功非常思慕他日本的故鄉。[6]

更值得注意的是：鄭成功曾經與日本德川幕府有過密切的往來。[7]不僅如此，鄭成功還要求日本出兵，前後共二十三次，以便攻打清兵；但都沒有成功。[8]縱然如此，鄭成功卻是家喻戶曉的歷史人物，這應歸功於日本江戶劇作家近松左衛門的傑作《國姓爺合戰》，此書在一七一五年問世之後，就使鄭成功成為日本民間的英雄人物。[9]

日本統治台灣時，就完全把鄭成功「日本化」了，一九一五年鹿島櫻巷所寫的《國姓爺後日物語》，以及一九四二年石原道博的《鄭成功》，都完全把鄭成功從中國史的脈絡抽離出來，塑造為日本的歷史人物。[10]

在統治者的歷史撰寫權指揮下，鄭成功的性格可以說完全被扭曲了。縱然他被所有的權力人物視為英雄，但仔細觀察的話，鄭成功的崇高評價只不過是被用來當做政治工具而已。這種情況在中國與台灣，尤為顯著。

為滿清政權辯護

倘若鄭成功的事跡可以用來解釋統治者的政策，那麼他的周邊人物應該可更容易用來詮釋決策者的立場。背叛鄭成功而投降清朝的施琅，他的歷史地位在一九八〇年以後開始獲得全新的評價。為什麼中共要對這一位降將進行再考察？一言以蔽之，這也是為了配合對台政策之新階段而展開的。

施琅一生投降三次。他原來跟隨鄭芝龍從事海盜事業。鄭芝龍在一六四六年投降清朝時，施琅也跟著投清。然而，到了一六四九年，施琅又轉而投靠鄭成功，成為鄭氏集團裡的主要將領，並與鄭成功結拜兄弟。後來，施琅部下曾德逃至鄭成功兵營，為施琅所截並殺之。為了曾德事件，鄭成功大怒，遂拘押施琅之弟。此舉，終於迫使施琅投降清朝。施琅背叛於一六五一年，鄭成功聞訊，立即下令格殺施琅父、弟及其家屬。這份不共載天之仇，成為施琅敦促清人攻打台灣的主要原因。[11]

從史實來觀察，施琅之投降清朝與上疏清廷攻打台灣，完全是出自私怨，無關民族主義或統一祖國的想法。但是，在最近幾年來，中共的史家卻開始把施琅的史實與民族主義與統一台灣漸漸聯繫起來，並且發展出一套全新的歷史解釋。在過去相當長久的時間裡，至少在一九八〇年以前，中共的台灣史研究從未提到施琅在歷史上所扮演的角色。一九六二年二月，中國的學者在福建舉行紀念鄭成功收復台灣三百週年，也同時召開鄭成功研究學術討論會。會中，出席者都集中討論鄭成功驅逐荷人、收復台灣鬥爭的重大意義，也討論他抗清的性質和評價問題。整個會議涉及的主題，還包括：一、鄭成功代表什麼階級利益的問題；二、鄭成功時代對外貿易性質的問題；三、鄭成功與康熙的問題，以及四、關於鄭芝龍的評價問題。

在這幾個問題中，施琅的評價則未嘗有隻字片語提及，較為耐人尋味的，則是對康熙皇帝的地位探討提出一個看法：「鄭成功驅逐荷蘭殖民者，收復台灣的鬥爭，對康雍乾盛世的形成，不能說沒有一些關係，可以說康熙繼承了鄭成功某些未竟之功。」[12]這個見解，等於是為中共官方的對台政策埋下伏筆。

更進一步來說，鄭成功堅決抗清的立場固然是值得頌揚的；但是，如果鄭氏王朝繼續堅持下去的話，就暗示台灣可以成為一個分離的王朝。當年，台灣的國民黨，在許多歷史解釋中往往以鄭氏王朝的抗清來暗喻「反共抗俄」的政策。中共如果過分讚美鄭成功的抗清行動，無疑是首肯國民黨在台另立國家的合理性，同時也間接承認國民黨的反共立場。

因此，中共史家在評價鄭成功時，必須限制在一定的程度範圍之內。也就是說，他們有意著重在鄭成功「驅逐帝國主義」與「解放台灣」的政治意義上。至於鄭氏的抗清，就必須謹慎加以處理。

從這個觀點出發，中共學者就有必要解釋康熙皇帝舉兵攻台的史實。

因為，在歷史上，中國之統一台灣是完成於滿清康熙皇帝的統治下。中共為了使其對台政策有一合理的歷史根據，就不能不重新思考康熙的評價問題。具體一點來說，在台灣史的研究方面，北京有意以「滿洲皇帝」自況。[13]因此，中國史家在一九八〇年以後，就積極準備有關滿清統一台灣的史料，做為新的歷史解釋基礎。[14]

如果康熙攻打台灣的史實是可以合理化的話，那麼協助康熙平定鄭氏王朝的施琅，就有必要受到全新的評估，從而鄭成功的歷史角色也必須重新塑造。基於這樣的理由，自一九八〇年後，北京便統一指示中國各地從事台灣史研究的學者，要針對施琅的地位進行平反的工作。從此，有關施琅評價與再評價的文章，便陸續發表出來。

根據全新的歷史解釋，康熙之所以要攻打台灣，乃是因為「清廷對全國的統治基本鞏固，整個社會行將進入和平穩定、休養生息階段的形勢下，清聖祖愛新覺羅・玄燁（康熙）及時地制定了正確解決台灣問題的方針。」

在統一台灣的過程中，施琅始終是這一方針的積極謀畫者和直接執行者，僅用了兩年多時間，便重新統一了台灣。[15]從這個解釋，可以發現中共史家已開始修正鄭成功的反清復明的立場。因為，鄭成功死後，「客觀形勢逐漸發生變化，台灣做為抗清基地的意義已經消失，鄭氏政權逐漸成為國家走上統一的障礙」。

這是一個歷史解釋的重大轉折。首先，滿清政權已經不再是入侵的外族了。相對的，鄭氏王朝的反清立場不能過分強調。其次，施琅背叛鄭成功的史實，必須給予一個較具說服力的解釋。

然後，要尋找一些史實，來解釋滿清統一台灣的必然性。上面的這些觀點，在過去鄭成功研究的作品中，全然沒有出現過。

先就清朝做為外族政權的問題來說。中國學者的歷史解釋，是經過迂迴曲折的推理建立起來的。因為，在平定台灣之前，清廷正忙於對付國內的「三藩之亂」。等到清人安內之後，他們才有餘力正式攘外。因此，要解釋康熙統一工作的正面意義，就必須先譴責「三藩之亂」的反面意義。

中國的學者對三藩之亂的新解釋是：「清朝政府平定三藩的叛亂，適應了我國多民族國家走向統一的歷史趨勢，符合各族人民的利益與願望。而吳三桂等逆歷史潮流而動，破壞國家統一，堅持割據分裂，殘害人民，只求私利，最後必然走向可恥的失敗。」確立了這樣的解釋，中國學者才進一步肯定康熙的征台行動。這種說法，等於是暗示吳三桂引清兵入關，乃是「順歷史潮流」。沒有吳三桂，就沒有滿清的統一中國。

如同前述的理由，中國學者認為：「台灣自鄭成功死後，由其子鄭經繼續統治。這時的國內形勢較之清初，已發生了重大變化，國內滿漢之間的民族矛盾已相對地緩和，統一與分裂的矛盾，急須解決。但鄭經集團仍以南明王朝為正統，割據台灣，已經失去了原來抗清鬥爭的意義與作用，成為國家走向統一的障礙。」[16]經過了這樣的推理，滿清的外族政權色彩就全然淡化了。換句話說，只要能促成中國統一，則由任何民族來執行統一的政策都是可以接受的，因為中華民族畢竟是「多民族國家」。順著這樣的理路來思考的話，中國學者的歷史解釋也可套用在日本之侵略中國。如果歷史給日本人更多的機會統一中國，則「多民族國家」的中國，最後也會接受侵略的事實。畢竟「統一」是檢驗歷史的最高標準。

至於清朝統一台灣的必然性，中國的官方解釋就更完備了。他們一方面認為，康熙取台灣「是從鞏固封建統治這一狹隘階級目的出發的，並不是主觀上為了中華民族的發展或勞動人民的利益才這樣做的」；但是，另方面他們卻又指出，康熙實現對台灣的統一，「鞏固了東南海疆的安寧，客觀上對台灣海峽兩岸社會經濟的發展，都起了一定的積極作用，產生了深遠的歷史影響。」[17]

這些論點，主要是為了補足清朝是外族政權的缺憾，同時也是為了使當前北京對台政權有一較為扎實的歷史根據。誠然，這樣做，自然使人想到滿清政權與中共政權的關聯性。為了替這樣的歷史解釋辯護，有一篇文章特別提到，在研究康熙征台的史實時，不要否定台灣鄭氏的抗清活動，「說他們搞封建割據、破壞統一」，更不要把康熙的軍事行動說成「符合於全國人民特別是台灣人民多年來的願望和要求」。[18]可惜的是，這樣的見解在現階段中國的台灣史研究裡，可以說屬於鳳毛麟角。

在為清朝辯護的文字裡，他們還進一步強調台灣在經濟上必須併入中國的必然性，他們是這樣推理的，台灣與中國的經濟斷絕，將使台灣的經濟發展失去中國人力、物力的支援。從而，台灣的對外貿易，尤其是對中國的貿易，受到嚴重損失。

不僅如此，台灣與中國的隔絕，將使荷蘭殖民者有捲土重來之機。[19]然而，從史實來看，中國史家顯然忽略了一個事實，滿清取得台灣後，便實施嚴厲的海禁政策，杜絕漢人移民到台灣開發。這樣阻撓「人力支援」的事實，似乎不符中國學者的解釋。再就貿易來說，清朝之取台灣，並非是從「統一」的立場出發，而是因為鄭成功壟斷了對外貿易，滿清要與他爭利。[20]

總的來說，為了配合北京的統一台灣政策，中共學者在解釋鄭氏王朝過渡到滿清政權的史實時，不得不以各種輪替方式來建立迂迴的理論。因此，他們對鄭成功反清復明的立場，就必須限定在狹隘的意義上。為了進一步建立合理的民族主義，以便為統一政策做鋪路工作，他們也必須在滿漢之間的緊張關係問題上，發展出種族調和論。

但是，最重要的一點是，要解釋滿清的統一政策時，施琅這位關鍵人物的歷史地位有必要予以恰當的看待。

因為，施琅是變節投降的鄭氏部將，他在清朝政權裡獲得水師提督的地位，率兵攻打澎湖，進而滅亡鄭氏王朝。對清廷而言，這是應該大書特書的功勞。然而，在中國傳統史學裡，施琅一直受到譴責，甚至被視為「貳臣」。這是對歷史人物評價中，所能貶損的最大羞辱用語。但是，中國史家為什麼在最近必須為他平反？這個問題，自然值得深思。

施琅——中國史學上的後起之秀

中共官方的歷史解釋，是建立在歷史規律性的理論之上。他們主張歷史決定論，也就是說，

「台灣自古屬於中國的領土」這一命題，便是無可動搖的金科玉律。凡是違反此一命題的史事與人物，就必須以新的歷史解釋矯正，給予全新的評價。如果不能符合此一歷史規律的，就難以躲過貶損的命運。

以吳三桂與施琅來比較，就可發現二者評價的差異。吳三桂引清兵入關，結束明末割據的局面，完成中國的統一，他的地位應該是相當高的。從中國是「多民族國家」的觀點來看，吳三桂勾結清兵之舉，完全是符合歷史的規律。然而，吳三桂最後卻叛變了，企圖從事封建割據，所以中共史家才會認為他躲不過可恥的失敗。倘若吳三桂沒有經過「三藩之亂」，他的歷史地位應該是高於施琅的吧。依此推理，吳三桂原應是中國的偉大民族英雄。

施琅受到中共官方的重視，便是因為他符合了中國史觀的規律性。他們為施琅所做的最佳辯護是：儘管過去史家有稱他為「豪傑」，有的則視他為「叛徒」，但歷史是最公正的見證。他們堅稱：「歷史表明，只有遵循歷史規律，適乎歷史潮流，個人才能在歷史上起到他應有的作用。正因為這樣，施琅統一台灣的歷史作用也是不容抹煞的。我們應該按照歷史的本來面目，對他作出公正的評價，從而恢復他應有的歷史地位。」21

從歷史的規律性與決定論來看，康熙的征台自然是符合這條法則的。因此，在康熙的統治下，多少漢人被屠殺，專制獨裁如何殘酷建立起來，似乎成為次要的問題。在其特定史觀的指導下，只要能促成中國統一，則統治者如何暴戾，都可獲得適當的掩護。

在統一台灣的問題上，康熙不再是入關的外族了，他反而成為中華民族的英明君王。康熙既然不是外族，那代他執行統一戰略的施琅，其叛節投降的事跡就變成次要的問題。相反的，他的地位不僅得到提升，甚至他獲得與鄭成功平起平坐的地位。[22]

有一種說法是這樣的，鄭成功與施琅雖然處於敵對的位置，他們征台的動機也不盡相同。但是，「他們對台灣戰略地位的重要性則有同樣的認識，都堅定地主張保衛台灣。從他們兩人對於台灣的認識來說，我們說：施琅不是鄭成功的叛徒，而是他的繼承者」。[23]根據這樣的看法，施琅就不宜再被視為鄭成功的叛徒了。因為，研究施琅，「對了解明末清初的階級鬥爭、民族鬥爭的狀況和當時台灣與大陸關係的變化，台灣的國際地位及其對後來的影響等問題，無疑是有幫助的」。[24]

然而，把施琅的地位提升，就不能不合理化他叛變通敵的行為。施偉青的《施琅評傳》，是中共官方解釋的總集成。書中對鄭成功的跋扈與刻薄就首度提及，這是過去中共的鄭成功研究過程中從未出現的。這種地位的倒置，是值得注意的。

從前有關鄭成功的研究作品裡，施琅曾經被形容為「背叛明朝，投降滿清的漢奸。」[25]現在這樣的用詞已全然刪去。

在施偉青筆下，施琅變成一位「事親孝悌」、「接受儒家思想薰陶」的正面人物。他進一步說，施琅降清變成他唯一的道路，「由於他的父、弟被殺，成功已成為他之不共戴天的仇敵，為報仇雪恨，他必須投清。鄭成功不理智的處理辦法，促成了施琅的投清，使原來的得力助手，變成了難於應付的勁敵，這暴露了鄭成功治軍的一些弱點」。[26]從這個論點就透露出，中國史家對鄭成功的評價，不再是那樣至高無上了。為了肯定施琅日後征台的行動，鄭成功的歷史地位必須調整，否則就難以為施琅辯護。

中共的這種翻案作法，也連帶影響了海外的中國學者。汪榮祖的文字，便是個例子。他不但為施琅平反，甚至還認為施琅的地位比鄭成功還高。

他說：「鄭氏將台灣自荷蘭手中奪回，成為中國人的土地；而施氏攻克台灣，清朝置為府縣，始與大陸統一。……故就台灣內屬而言，施氏功勞猶高於鄭氏。但在歷史上，鄭氏被褒為民族英雄，留芳百世；而施氏被貶為叛將貳臣，遺臭萬年。這種道德裁判多少帶有舊時代的標準，所謂忠奸之分大都以一家一姓為對象；只講道德的對錯，而忽略事理的是非。」[27]

汪榮祖的解釋，自然不脫中共所建立的歷史規律性的原則：亦即統一是常態，是盛世；分裂是變態，是衰世。具體來說，這樣的解釋是為了強化「台灣自古屬於中國」這一命題的合理性。

小結

施琅以後起之秀的姿態，出現於中國史學研究之中，全然異於傳統的歷史解釋。這顯示了現階段中國的台灣史研究，已不折不扣成為決策者的統治工具。

如果施琅的地位是那樣崇高的話，為什麼在一九八〇年之前，從來沒有一位歷史工作者為他辯護、翻案並提升？同樣的，鄭成功如果沒有像過去史家所說是一位完全無缺的民族英雄，為什麼在一九八〇年之前，沒有一位史家指出他暴戾、自私、猜忌的性格？

一九八〇年會成為鄭成功與施琅歷史評價的一個分水嶺，毫無疑問的，這與中共改變對台政策有著密不可分的關係。中共人代會在一九七九年一月一日發表〈告台灣同胞書〉，公開呼籲台灣當局響應「和平統一」的號召。在這個新政策的指導下，他們也希望國民黨官員能夠出現類似施琅這樣的人物。這說明為什麼中國學者要為施琅翻案的主要原因。

一個有趣的現象是，在台灣的鄭成功研究裡，施琅的地位問題絕少受到討論。在國民黨指導下的台灣史觀，絕對不可能出現為施琅翻案的問題；因為，在台灣的權力人物也擔心自身的陣營產生施琅型的人物。

對於台灣人民而言，鄭成功與施琅的評價問題，並非在於把重點放在「反清復明」或「解放台灣」的意義上。如果是以台灣社會的發展為主體的話，那麼這段歷史的研究，其重點應該是放在鄭成功與滿清的統治下，台灣人民接受了怎樣的政治、經濟制度？鄭成功是不是民族英雄，或者，施琅的地位是否比鄭成功還高，對於台灣社會而言，這些問題並不是主要關切的。28

站在台灣社會的立場來評價鄭成功與施琅，才是比較安全的。因為，一個史觀的建立，絕對不是隨著當權者的意願而改變。滿清政府、日本政府、國民黨和中共在解釋鄭成功與施琅的史實時，都是根據統治者的利益來構思。

他們從來沒有考慮到，在鄭成功統治下，台灣社會是怎樣的性質。荷蘭統治下的台灣，固然是一殖民地社會；然而，鄭成功攻取台灣後，有很多政治、經濟制度是繼承荷人留下來的。同樣的，施琅率領清軍攻打台灣後，有一些制度也是延續鄭成功的剝削體制。因此，對當時的台灣人民來說，他們重視的應該是政治制度、價值觀念、生活水準的提升，鄭成功有沒有變成中華民族英雄，並不能幫助辯護台灣社會的殖民地性格。

追求一個穩定的、長久的台灣史觀，才是台灣史研究的一個重要課題。面對中共的歷史解釋，台灣的歷史工作者必須有所警覺。然而，歷史研究並非是透過辯論才獲致的，而必須是以科學的、落實的精神，針對史料進行謹慎的判斷與整理。這樣的工作，完全要獨立於任何政治干涉之外，台灣史研究才有可能建立一個持久的、符合台灣社會格局的史觀。從這個觀點來看，台灣史研究的道路畢竟還是崎嶇、漫長的。至於中共對鄭成功、施琅的重新翻案，只能視為這條漫長道路上的一些噪音而已。

註釋

1 Ralph C. Croizier, *Koxinga and Chinese Nationalism: History, Myth, and the Hero*. Cambridge: East Asian Research Center, Harvard University, 1977, p. 119.

2 參閱 Chow Tse-tsung, *The May Fourth Movement: Intellectual Revolution in Modern China*. Stanford, Calif.: Stanford University Press, 1967，尤其是pp. 21-25。

3 這種歷史解釋的最典型著作，參閱黃天健編撰，《海天孤憤：鄭成功復國史記評》（台北：正中，一九五〇）。特別是書前作者所附撰之〈我寫《海天孤憤》——獻給自由中國的復興志士們〉，頁五—二〇。

4 方白，《鄭成功》（北京：中國青年，一九五五），頁九二。

5 朱偰編著，《鄭成功：明末解放台灣的民族英雄》（武漢：湖北人民，一九五六），頁六八。

6 寺尾善雄，《明末の風雲兒鄭成功》（東京：東方書局，一九八六），頁一。

7 黃玉齋，〈鄭成功與日本德川幕府〉，原載《台灣文獻》第一三卷第一期，後收入鄭成功研究學術討論會學術組編，《台灣鄭成功研究論文選》（福州：福建人民，一九八二），頁二四九—六二。

8 寺尾善雄，《明末の風雲兒鄭成功》，頁二〇一—一八。

9 同前註，頁二三六—四四。根據作者指出，從十八世紀到十九世紀，日本有關鄭成功的民間作品還包括《國姓爺後日合戰》（一七一七），《國姓爺忠義傳》（一八〇四），《國姓爺一代記》（一八五五），《國姓爺姿寫真鏡》（一八七二）等等。

10 參閱，Ralph C. Croizier, *Koxinga and Chinese Nationalism*, pp. 59-62.

11 有關施琅叛變經過，最詳細者，參閱施偉青，《施琅評傳》（廈門：廈門大學，一九八七），頁二六—四七。

12 鄭學檬、陳孔立，〈鄭成功研究學術討論會上幾個討論問題的綜述〉，原載《廈門大學學報》第一期（一九六二年），後收入廈門大學歷史系編，《鄭成功研究論文選》（福州：福建人民，一九八二），頁三六九—七七。

13 為了合理化統治者的立場，國民黨的行政院長俞國華在二二八事件的問題上，也以滿洲皇帝來比喻國民黨。俞國華在一九八八年十二月三十一日與海外學人見面時，答覆賓州大學教授張旭成提出的問題，堅持國民黨不必為二二八事件的歷史悲劇道歉，他說：「民族與民族之間的紛爭，自古已有。當年滿洲人入關殺了很多漢人，滿洲皇帝也未向漢人道歉。」見郭宏治，〈俞國華嚴重失言〉，《新新聞》第九六期（一九八九年一月九日），頁一二—一四。對於這個問題的討論，參閱許倬雲，〈讓我們替這件悲劇舉行一場哀悼儀式〉，《新新聞》第九六期（一九八九年一月九日），頁一五—一七，以及陳芳明，〈民族情緒與共犯結構論〉，《民眾日報》，一九八九年二月二十七日。

14 最清楚的一個例子，便是中國學者收集康熙攻打台灣的相關史料。參閱廈門大學台灣研究所、中國第一歷史檔案館編輯部編，《康熙統一台灣檔案史料選輯》（福州：福建人民，一九八三），頁三三八。此書的出版，是在紀念康熙統一台灣三百週年。

15 彭雪鶴、李長久，〈「為國事重，不敢顧私也」——評施琅在統一台灣過程中的作用〉，收入北京市社會科學研究所《北京史苑》編輯部編，《北京史苑》第一輯（北京：北京，一九八三），頁一四三。

16 戴逸主編，《簡明清史》第一冊（北京：人民，一九八〇），第五章，〈清朝中央集權統治的加強及其政權機構〉，頁二六四。

17 陳在正，〈論康熙統一台灣〉，收入陳在正、孔立、鄧孔昭等著，《清代台灣史研究》（廈門：廈門大學，一九八六），頁八四—八五。

18 孔立，〈康熙二十二年——台灣的歷史地位〉，《清代台灣史研究》，頁九一—一〇八。

19 林仁川、陳支平，〈試論康熙年間台灣與大陸統一的經濟必然性〉，收入《清代台灣史研究》，頁一二四—一三八。

20 韓振華，〈一六五〇—一六六二年鄭成功時代的海外貿易和海外貿易商的性質〉，收入《鄭成功研究論文選》，頁一三八—一八七。

21 許良國，〈略論施琅統一台灣的歷史作用〉，收入施聯朱、許良國主編，《台灣民族歷史與文化》（北京：中央民族學院，一九八七），頁四二五。

22 孔立，〈施琅史事的若干考辨〉，《清代台灣史研究》，頁一七八—九三。

23 傅依凌〈《施琅評傳》序〉，收入施偉青，《施琅評傳》，頁一—三。

24 施偉青，〈前言〉，《施琅評傳》，頁二一。

25 朱偰，《鄭成功》，頁六二。

26 施偉青，《施琅評傳》，頁四七。

27 汪榮祖，〈施琅與台灣〉，《台灣研究》第三期（一九八八年九月），頁五八。

28 有關台灣人的史觀，可以參閱王育德，《台灣：苦悶的歷史》（東京：台灣青年社，一九七九），第三章〈國姓爺的明暗兩面〉，頁五二—六七，以及史明，《台灣人四百年史：漢文版》（San Jose, Calif.：蓬島文化，一九八〇），第七章，〈鄭氏王朝封建統治下的台灣〉，頁九九—一一四。

台灣歷史的孤兒蔣渭川

——一個後殖民形象的重建

引言

從封閉到開放，似乎可以概括台灣五十年來有關二二八事件歷史的討論。這樣的發展，無疑是去殖民化（decolonization）的一個過程。沒有政治發言權的台灣社會，隨著本土民主運動的累積實力，終於也在歷史研究上逐漸爭回撰寫權與解釋權。這段曲折而漫長的抵抗運動，已為戰後的世界後殖民史留下了可貴的見證。在台灣去殖民化的過程中，蔣渭川（一八九六—一九七六）歷史地位的升降起伏，是值得注意的一位。

蔣渭川在二二八事件中曾經被國民黨利用，以安撫動蕩的民心。然而，他也是受害最慘烈的其中一位。歷史並沒有還給他公道，許多台灣人還誤解他是事件的受惠者。錯綜複雜的政局，使人很難辨認蔣渭川的正確歷史地位。究其原因，國民黨在台灣建立的殖民體制使台灣人民失去認識歷史真相的機會。

國民黨的殖民主義，依恃的是一套牢不可破的武裝戒嚴體制；它一方面徹底剝奪了台灣人民對事件真相的認知權利，一方面則大量壟斷歷史解釋權。至少在一九八七年解嚴之前，凡有關事件紀錄的書籍，都一律是國民黨的官方出版品。[1]歷史的呈現與消音，全然由國民黨來主控。這是典型的殖民主義。

殖民主義在台灣的式微，可以從二二八事件史的檢討與再檢討獲得印證。在戒嚴體制瓦解之後，歷史解釋權逐漸從官方手中轉移到民間；許多曾經被視為高度機密的國家檔案，也漸漸從禁錮的狀態釋放出來。由於官方文件的次第公布，儘管開放的程度還不夠全面，國民黨在事件之初建構的殖民心態終於也不能不曝光。從現階段有限的官方資料來看，在事件中頗受爭議的蔣渭川，當年誠然受到國民黨官員的愚弄、利用與遺棄。蔣渭川先是落入國民黨「以台制台」的策略之中，繼而在利用價值被充分榨取之後，又幾乎遭到滅口的噩運。殖民者的掠奪與剝削，在蔣渭川的政治命運中見證了鮮明的軌跡。

歷來有關蔣渭川的討論，大多集中在他與國民黨派系以及台灣地方派系之間的糾葛。[2]這種派系分析的方法，似乎只能用來解釋國民黨官員所採取的「以台制台」策略，卻對殖民主義的統治本質毫無觸及。以僵硬的、教條式的派系理論來看待蔣渭川及其同時代的人物，並不能掌握事件發生時政局之瞬息萬變。把政治派系當做靜態的研究對象，不僅不符史實，而且還為當年國民黨的殖民心態找到開脫責任的藉口。

本文的目的，不在重建蔣渭川的傳記，也不在於分析他與各個政治派系之間的互動關係；而是利用現存史料，包括官方檔案與蔣渭川文件，窺探事件發生過程中國民黨的殖民本質。蔣渭川之受害，絕對不是由於他隸屬何種派系；因為，在事件中的台灣知識分子、政治人物、士紳、商人都毫不例外被犧牲掉。他們罹難，只不過是具備了台灣人的身分，如此而已。蔣渭川即使是國民黨員，也不能倖免於難。本文的分析，係以蔣渭川的個案研究為中心，一方面補充歷來派系研究者之缺漏，一方面則從小歷史（petite history）來考察一個大時代。

國民黨員蔣渭川

蔣渭川可能是國民黨來台接收後少數參加黨組織的台灣士紳之一。早期受其胞兄蔣渭水的影響，蔣渭川對於國民黨所信奉的三民主義持有一份特殊的情感。他自己也有如此的自白：

> 渭川等自光復後，最致意的就是自昔時已有信奉的國民黨問題，將來要實現國民黨清一色的台灣，要怎樣努力獲得優黨員，而且也考慮有無入黨的資格，所以也不顧及他人致力於獲光復財的工作，乃致力於學習國語及國歌，研究三民主義，並慶祝光復、歡迎政府，及其他抹殺日本色、光復祖國色的等種種籌備工作，而一面學習研究，一面傳授民眾唱國歌，並宣傳祖國精神、三民主義等不斷的努力。[3]

從這段紀錄，就可發現蔣渭川在思想上、行動上如何努力擺脫日本殖民文化的影響，顯然，身為台灣士紳的蔣渭川，在日本投降後，立即以國民黨體制做為認同的目標。他的去殖民化與恢復主體，無非是通過學習國語、國歌的過程來完成。蔣渭川積極要洗滌被殖民者的身分，希望能升格成為國民黨黨員，那種心情豈不就是歷史轉型期台灣士紳的寫照。

他以日據時代其胞兄蔣渭水所領導的台灣民眾黨為基礎，開始著手組織政治團體。在不同的自白書裡，蔣渭川再三解釋自己組織的政治團體，乃在於擁護祖國，支持國民黨。最後，他計畫組成「台灣民眾同盟」，接受國民黨台灣黨部的指導。不過，這個團體在籌備過程中，旋已改名「台灣民眾協會」。成立後，他再次依台灣行政長官公署的規定，定名為「台灣省政治建設協會」。這整個過程，蔣渭川有極其扼要的解釋：

……（台灣民眾同盟）籌備中途有歸自祖國的台灣革命同盟會張邦傑、呂伯雄等亦皆參加，因張邦傑氏深知國內情形，現任長官公署參議，諸種便利起見，乃以張氏為主體進行籌備。至三十五年一月六日舉行改組成立大會，名稱改變台灣民眾協會，舉張邦傑為主任委員，其他常務委員各擔組長。至四月七日依官命開臨時全省代表大會，將名稱改為台灣省政治建設協會，委員制改作理事制，是時張邦傑已離台赴滬，是以舉蔣渭川外八名為常務理事，分擔各組組長主任，此乃台灣省政治建設協會之來由。[4]

蔣渭川的這份資料，寫於二二八事件的逃亡期間，頗有自我辯護的意味。事實上，他並不知道中國政治之險惡。任何政治組織，在國民黨統治下視同組黨，自然為當權者所嫉視。當年國民黨省黨部李翼中在一九五二年的追憶中，就特別提到這件事：

政治建設協進會為蔣渭川、張邦傑等領導之民眾黨而改組者。余初抵台灣，偶過延平北路，見民眾黨籌備處之稱，赫然榜於三民書店門首，以省黨部職員朱炎之聯絡，得在廖進平家晤蔣渭川，因告以不宜組黨之義。旋改為民眾協會，而其組織為執行委員會下設各部，殊不明人民團體之體制。協會會員多為前民眾黨份子，無慮數萬人，頗為活躍，致為長官陳儀所注意，欲將之解散。以余未能同意，又欲余善為勸喻，余乃派省黨部委員林紫貴、徐白光與蔣氏商榷，依人民團體之組織改為政治建設協會，後張邦傑仍被驅逐出境。[5]

李翼中的回憶與蔣渭川的文件相對互照之下，就可看出雙方的政治文化有很大分歧。蔣渭川組織政治團體的目的，在於繼承日據時期台灣民眾黨的傳統。從前的台灣民眾黨，乃是以實現地方自治為目標。蔣渭川糾合舊有的同志，也無非是在追求地方自治的精神。然而，在李翼中的眼光來看，這是在破壞人民團體的體制。國民黨的立場是很清楚的，它在台灣企圖建立中央集權的體制。地方自治是台灣歷史的傳統，蔣渭川的思考與此傳統應是一致的。[6]這與國民黨的中央集權傳統全然相悖；因為，地方自治的目標，在於追求地方分權。

不過，正是由於有李翼中與蔣渭川的接觸，蔣遂被劃入李翼中所屬的「中統」派系之中。本文的目的，不在證明蔣渭川是否屬於中統；即使他真的屬於國民黨派系中人，也並沒有得到任何的派系利益。蔣渭川從未諱言他是國民黨黨員，在黨組織裡，他被派為「台灣省黨部民眾運動委員會委員」與「台北市黨部黨務計畫委員會委員」。以這樣的身分，他協助成立台北市商會、台灣省商會聯合會、台北市總工會，以及台灣省總工會。[7]國民黨在戰後初期的基層組織，顯然受到蔣渭川的大力協助。這裡必須指出的是，加入國民黨之後的蔣渭川，不僅沒有對黨的統治真相過分迷信，相反的，他看清楚了這個政權的腐化貪污。國民黨接收後的一年期間，他已經見證公營事業的種種舞弊。眼見「失業日多，民生不安」，其內心的挫折感，可想而知。蔣渭川後來也承認：「（台灣省政治建設）協會因要協助政府使政治明朗化、建設台灣為模範省，不期大失所望，而長官深居公署，被人包圍，不易接見民眾，無從進言建議的機會，因此無法糾正，乃以書面建議終難見效。惟有以報紙攻擊或開演講會攻擊政治上之缺陷，及痛罵貪官污吏的舞弊橫行，以期大加改革。」[8]

蔣渭川參加台灣抗日運動的資歷，使他自己覺得理直氣壯。他對於隨國民黨來台接收的「半山」台籍官員，全然採鄙夷的態度。同樣的，對於陳儀政府的腐敗統治，他也毫無保留予以抨擊。他的公開批判，造成震驚一時的「簽寫悔過書事件」。[9]曾經擔任過行政長官公署宣傳委員會委員的胡邦憲（允恭），在晚年回憶時，也特別追述蔣渭川在事件發生前對政府的批判態度：「一些台灣的士紳（如蔣渭川、林獻堂等）也看到台灣的貪污横行，政治太腐敗了，不得已向陳儀略略談到。他臉一紅，極不客氣的說：你所談的有什麼證據呢？語氣挺硬，拒人千里之處。」[10]這些史實顯示，蔣渭川之批判陳儀政府，絕對不是出自派系立場，而是從台灣人的受害立場起而發言的。行政院研究小組編寫的《二二八事件研究報告》，認為蔣渭川之批評陳儀，乃是為了配合國民黨省黨部之舉。[11]這種說法，並沒有任何史料可以支持，而且把派系運作說得過於誇張，彷彿蔣渭川本身沒有任何主體性。

在事件爆發前夕，蔣渭川雖然不斷公開批評陳儀政府，他之認同國民黨體制的事實則是無可否認的。他曾經參加過反抗日本殖民統治的運動，自然很清楚自己所追求的政治目標。至少，在二二八事件發生之前，蔣渭川一方面支持國民黨，一方面批判陳儀政府。他並不知道，國民黨是一個黨政不分的政權。他更未預料，他在事件前所有的公開批判言論，將成為事件後算帳的重要理由。中國政治文化之錯綜複雜，顯然不是蔣渭川所能理解的。

被利用的蔣渭川

在蔣介石的檔案裡，亦即坊間所稱的《大溪檔案》，收藏了有關事件的重要資料。在二二八事件的分類檔案之前，有一篇〈二二八事件概述〉，其中提到蔣渭川的部分是：「……佔領廣播電台，蔣渭川等更利用廣播電台任意播講，號召全省青年成立台灣自治青年大同盟。」[12]這可能是整個事件中，蔣渭川受到最為嚴重指控的部分。在日後逃亡的一年中，蔣渭川還特地寫下一份申辯書，為自己在事件期間的廣播詞反覆解釋。一位為國民黨盡心效勞的台灣籍黨員，在其檔案文件中竟是負面形象，恐怕蔣渭川始料未及，而且生前也永遠沒有察覺的吧。

蔣渭川是整個事件中最受矚目的人物之一。原因無他，蔣渭川接受行政長官陳儀、警總參謀長柯遠芬、憲兵團團長張慕陶的委託，前往台灣廣播電台轉達官方的政策；一方面安撫民心，一方面忠於黨國。從國民黨的觀點來看，他應該是有功人士，而不應是被通緝的對象。為什麼在事件之後，他反而必須逃亡？為什麼必須背負許多莫須有的罪名？倘然把問題的焦點集中於他的廣播講詞，則國民黨官員工於心計之陰謀策略就可能被忽略了。

一九四七年二月二十七日晚上在台北市發生的緝煙事件，是戰後台灣歷史大轉變的起點。大時代洪流之中的蔣渭川，並未感知歷史正要重新改寫。正在台北市商會出席會議的蔣渭川，完全不在意當晚市內的警民衝突。第二天（二十八日），憲兵團第四團團長張慕陶兩度造訪蔣渭川，並留下一函，略謂：「渭川先生：此次不幸事件之發生，咎在專賣局職員處置不當，現當局已決定對肇事人交軍法審判，並對死者從厚撫卹。關於此意，希望吾兄出來轉達市民，並請吾兄鼎力維持。專達。即候大安。弟張慕陶二．二十八。」[13]這封信寫在「憲兵第四團團本部用箋」的信紙上，正是這份函件改變了蔣渭川後半生的命運。

二十八日當天，台北城已陷入混亂、喧囂的狀態。官民之間與省籍之間的緊張關係，已臻飽滿狀態。蔣渭川收信之後，不禁自問：「陳儀為什麼要我出來收拾呢？我是否收拾得了呢？我又怎樣來收拾呢？」三月一日，張慕陶再致第二函，參謀長柯遠芬也致函敦促他出面安撫大局。蔣渭川提出的疑問，是值得追究的。為什麼必須由他出面轉達陳儀的意見？依照蔣渭川自己回憶的推測，一九四六年七月日本發生澀谷事件，反美的風潮波及台灣。張慕陶曾經央請蔣渭川出來疏導學生，終於使一場群眾抗議行動平息下來。[14]正因為有過這樣的協助，所以事件爆發後，蔣渭川再度受到邀請，出面安撫台北市的群眾。蔣渭川家屬在後來的回憶中也同意，蔣渭川在澀谷事件中的協助，使他在二二八事件再次受陳儀的委託。[15]不過，這究竟是蔣氏家族的臆測，還是另有其他的原因？

從現在行政院公布的官方史料，並沒有發現二月二十八日至三月五日之間的檔案。這段史料空白期，也正是二二八事件最為關鍵的時期。行政院研究二二八事件小組的成員，似乎也沒有使用這段期間的史料。究竟是國民黨至今還在扣留這些重要資料，或者是行政院研究小組刻意避開使用，實有待推敲。由於史料的嚴重缺乏，現階段還無法推測陳儀最初邀請蔣渭川的動機。不過，從坊間流通的中央社電文，以及陳儀私人拍電給其黨羽徐學禹的文稿，幾乎可以斷定陳儀是利用蔣渭川的出面，以爭取兵援的時間。從這個角度來看，才能解釋陳儀為什麼三番兩次請託蔣渭川代為廣播政策性的宣示，也才能解釋事後蔣渭川會遭到追殺。

蔣渭川第一次見到陳儀，是三月二日在張慕陶的引見下完成的。當時與他同行的，還有台灣政治建設協會成員張晴川與李仁貴。陳儀邀請他，便是希望蔣渭川能夠在電台廣播轉達長官公署已有政治改革的誠意。在這次會談中，蔣渭川獲得陳儀的四項寬大處理的承諾，亦即：一、保證不向民眾追究事件責任；二、事件中被捕人民即日釋放；三、死傷者不分省別，從優撫卹；四、緝煙殺人兇手督促法院速審速判。[16]蔣渭川向陳儀表示，有了這四項承諾，他就可以出面廣播，以制止群眾暴動。這是蔣渭川答應前往電台廣播的最主要原因。

但是，在中央社拍給南京政府的密電中，竟然描述蔣渭川「言中暗示，暴動係由彼等領導」。不僅如此，密電還形容陳儀政府的困境，「即須應付參議員、國大代表等領導之二二八事件處理委員會，又須接見蔣渭川派之流氓代表」。[17]陳儀政府對蔣渭川玩弄兩面手法，可以說在第一次見面時就已經開始了。明明是陳儀邀請蔣渭川，密電竟說是「接見」。明明是蔣渭川允諾協助制止暴動，密電卻扭曲成為他暗示暴動「係由彼等領導」。明明是陳儀認為處理委員會已經徒勞無功，才求請於蔣渭川，電文反而指控蔣是「流氓代表」。這種陽奉陰違的政治文化，完全無視蔣渭川的人格尊嚴，甚至也全盤否認蔣渭川是國民黨黨員的事實。

蔣渭川在見過陳儀後，便依約前往台北電台廣播，轉達陳儀改革之意。事實上，從三月二日之後，台北市就漸趨平靜。這與蔣渭川的廣播，似乎有密切的關係。陳儀當天拍電給上海的徐學禹，特別強調：「此間解除戒嚴後，政府續授寬大措施，不究既往，撫卹傷亡，官民合組委員會處理善後，人心漸趨安定，秩序即可恢復。」[18]

值得注意的是，徐學禹立刻回電給陳儀，內容已經暗藏玄機：「台事京中各方均已焦急，深盼早日掃平。鄙意最好請台灣參議會方面竭力設法斡旋調解。務請千萬忍耐，以求早日和平解決，萬勿再拖時日，以免橫添枝節。至以後問題，留俟稍緩再行妥籌。」[19]這份電文中雖有「和平解決」的字眼，文稿稍前竟出現「掃平」字樣。從文義來看，南京方面已有動武之議，但台灣方面則必須以和平方式來對應。

為了釐清蔣渭川在這段期間所扮演角色的意義，三月二日的史實有必要再進一步補充說明。這一天的發展，可以分成明暗兩條路線來觀察。在明的方面，陳儀連續與蔣渭川、二二八事件處理委員會的成員見面；在暗的方面，便是陳儀與南京上海之間的通電。

官方代表包括民政處長周一鶚、警務處長胡福相、交通處長任顯群，都出席了在台北市中山堂的處委會大會。[20]處理委員會是陳儀政府正式同意組成的，無論這個組織是否在人民抗議的壓力下成立，畢竟是一個合法合理的團體。官方代表的出席，是不是符合徐學禹電文中所說的「請台灣參議會方面竭力設法斡旋調解」，目前的史料還不足以印證。不過，陳儀政府核准官民合組的這個團體，誠然具有安撫的意味。[21]

就在安撫的同時，陳儀已經拍電給南京請求兵援。透露這項信息，便是柯遠芬在事件後所寫的〈事變十日記〉。在這篇追述的文字裡，提到柯遠芬自己向陳儀建議「向中央請兵」，而陳儀的答覆竟是「業已電主席（蔣介石）速調整編廿一師一個加強團來台平亂」。[22]陳儀的這一份電文，並未出現在行政院研究小組所公布的檔案之中。從這點似乎可以推測，在現階段，行政院對這個悲劇事件的立場，還持相當保留的態度。如果覆按行政院的《研究報告》，也可發現撰稿者仍刻意為蔣介石與陳儀辯護。該報告稱，即使陳儀有請兵的事實，「廿一師原本駐台，嚴格說來，只是將部分兵力調返原駐地，防範的作用大於鎮壓。易言之，此時陳儀並不認為須派大軍來台」。[23]這種解釋，全然不符合前述徐學禹與柯遠芬的強硬態度，也不符合事件的後續發展；而只是符合為蔣介石、陳儀粉飾與辯護的目的而已。「來台平亂」的用字，豈能逕解為「防範的作用大於鎮壓」？

因此，可以確定的是，「和談」與「動武」的策略，至少在三月二日就已粗略決定。只要和談的時間可以拉長，則動武的時機就更加充裕。陳儀邀請蔣渭川出面，顯然就在拖延時間，使南京兵援有更多的準備空間。所以，在表面上，蔣渭川都受到陳儀政府的禮遇。但是，在當時所有國民黨內部的電文、簽呈中，蔣渭川全部都是以負面的形象出現。由此亦可證明，蔣渭川自始就受到國民黨兩面手法的玩弄。即使是國民黨內部的不同派系，包括坊間指稱蔣渭川所屬的中統，都一律站在統治者利益的立場，背後都貶抑蔣渭川。這是派系研究者不能不注意的一個事實。

兵臨城下前夕的蔣渭川

蔣渭川在三月三日出席處委會，但他並非是委員會的成員，而只是與該會討論治安的問題。這時台北市民正謠傳，陳儀已經從南部調兵至北，處委會討論如何因應。[24]根據中央社的電訊，蔣渭川在會中有如此的發言：「陳長官每日諾言武裝解除，但無一實行，不必抗議，只有迫問責任何在。同胞們不要被騙，如長官無能力要求，即刻辭職。希望同胞一面保持冷靜，一面考慮如軍隊上北時之對策。如各機關不遵守長官命令，要求長官自殺而已。」[25]這項談話，可以反映出蔣渭川的善良與耿直。「要求長官自殺」的提法，在中國政治文化中從未存在過，更何況陳儀在事件發生後從未表示任何歉意。既未有任何歉咎，則自殺之舉更未有與聞。

在蔣渭川與處委會成員注意力集中於南兵北調之際，陳儀政府已在當天獲得來自福建的兵援。中央社密電透露：「據已由官方證實之消息稱，自閩省增援之憲兵一營，今已到達基隆。此乃首批增援部隊，雖兵額不多，外省人心稍振。反之，台人則大感恐怖。」[26]中央社的消息應是可靠的，警備總部為了因應軍力的增援，已在當天進行島內的軍事部署：「劃定台北基隆為兩戒嚴區，分別以憲四團團長、基隆要塞司令史宏熹為戒嚴司令；並劃定新竹台中為防衛區，發表本部處長蘇紹文、高參黃國書為該兩區司令，前往布置。又急電高雄要塞司令彭孟緝，嘉義以南由該員負責防範。」[27]

軍事氛圍益熾的情況下，蔣渭川仍然繼續為陳儀奔走。三月四日，蔣渭川偕同處委會成員第二次與陳儀見面。在長官公署裡，蔣渭川提出提前實施地方自治的要求。陳儀承諾開始進行政治改革，並答應「局處長起用本省人」。[28]這項承諾也經過陳儀的廣播，使台北市民相信他的誠意。蔣渭川赴電台之前，完成軍事部署的張慕陶私下與他見面。張慕陶表示，陳儀已接受蔣渭川的建議，將長官公署改組為省政府。為什麼會有這樣的轉變？理由是不難理解的，因為陳儀政府已經有武力做為後盾。佯稱改組省政府的說法，只不過為了使蔣渭川更加相信官方的政治改革意願。

蔣渭川的回憶中，有一段紀錄是不能不注意的。他詢問張慕陶有關動武一事：「他們說我會被長官欺騙，長官表面與民眾妥協，什麼都答應，一面調動大兵，待軍隊到達了，要用武力來代替真的答覆。聽說長官已向中央請兵二師，不日將到，並說陳長官在福建時就是用這種的手段騙過人民，究竟怎樣，請你指教……」張慕陶以手指自己的頭顱說：「我可以用我的頭來保證，絕無此事，你可放心，並請你轉達大家……」[29]蔣渭川果然相信張慕陶的說法，前往電台轉達陳儀政治改革的誠意。他並呼籲：「拜託大家切勿再有輕舉妄動，致使破壞大局，這是我的希望。」[30]蔣渭川的言行，正好都落入陳儀、張慕陶設好的圈套。就在這一天，中央社發自台北的密電，已具體提出用兵的建議：「欲謀解救眼前之局面，多方面均認為中央宜及早處理，不可失之太遲，中央宜速增兵。一個整編師，可用運送海軍士兵前往台澎訓練名義，分由基隆、台中、高雄及花蓮四港口登陸，且宜即派大員蒞台，協助陳長官處理。」[31]

三月五日下午五時五十分，蔣介石便已拍電給陳儀：「陳長官。已派步兵一團並派憲兵一營限本月七日由滬啟運勿念。中正。」[32]在陳儀保證政治改革的聲中，在張慕陶以頭顱保證不會用兵的聲中，蔣介石已經派兵來台了。對於這項動武的行動，蔣介石在稍後有一自我辯護的說詞：「不料上星期五（七日），該省所謂二二八事件處理委員會，突提出無理要求，在取消台灣警備總司令部，繳卸武器，由該會保管，並要求台灣陸海軍皆由台灣人充任。此種要求已踰越地方自治之範圍。……故中央決定派軍隊赴台，維持當地治安。」[33]南京政府在用兵的議題上，自始就已在說謊。蔣介石在五日派兵赴台時，處委會根本還未提出任何具體的改革要求。遠在處委會做出「踰越地方政治」的要求之前兩天，蔣介石派兵的密電早就抵達陳儀手中。

也在同一天，上海招商局總經理，亦即陳儀的黨羽徐學禹另拍一份密電到台北，全文如下：「台灣陳長官：極機密。奉令由局派海軍及（一〇三）登陸艇裝在滬廿一師師部及兵一團共四千人約佳到基，另派（一〇二）登陸艇去搭載憲兵六百人約真日到基。」[34]這些信息足以證明，陳儀邀請蔣渭川出來廣播，派遣官員參加處委會，都只在虛應故事而已。

蔣渭川在五日早上第三度與陳儀見面，特別憂慮官方用兵一事。這次他毫不諱言向陳儀指出：「長官三番五次請我出來，利用我制止暴動，一面請我會談安頓民眾，遷延時間；一面對中央以虛偽報告，請求派大兵前來，如果大兵開到時，就忘了一切的諾言，實行武力屠殺人民，慣行在福建主政時的殘酷手段來報復。」不過，蔣渭川又說：「這個問題我是不相信……我是絕對信用長官，及柯參謀長，乃至張團長等的人格。」[35]陳儀的答覆是：「現在本省兵力亦不少，而警察憲兵也可足用，若我有這樣惡意，馬上也可開始屠殺，何必待中央的國軍開來……」陳儀緊接著又向蔣渭川發誓：「我絕對不騙你也不騙民眾，誓必以良心誠意與你們做事，倘有違背必受惡報。」[36]

受到蒙蔽的蔣渭川，仍然執意相信陳儀的談話與立誓。當天晚上依舊到電台廣播，不僅重申陳儀把長官公署改為省政府的誠意，而且也把陳儀發誓不會用兵的立場轉達給市民。他特別在廣播中強調：「堂堂的長官有這樣立重誓所約束決定的事，我相信長官不敢欺騙，請大家放心。」[37]在這次廣播中，蔣渭川也宣布成立「台灣青年自治同盟」，屬於臨時團體，協助政府維持治安。這項宣布，坐實了日後陳儀政府對他的指控。中央社密電就如此向南京政府傳達如下信息：「該會（自治同盟）已號召曾受陸軍訓練之青年，今夜於台灣大學集中；曾受海軍訓練之青年，今夜於太平町集中；曾受空軍訓練之青年，今夜於松山機場附近集中。」[38]至此，蔣渭川一方面完成了為陳儀辯護的工作，一方面則自己陷入陳儀預設的罪名的圈套之中。

從明暗兩條路線的發展來看，蔣渭川全然站在亮處，完全受到陳儀政府的掌控。當他受到官方的鼓勵與稱讚越多時，受到的蒙騙就越嚴重。縱然蔣渭川開始對陳儀政府表示懷疑，卻立即就被說服了；他對於求兵於南京的行動，從未深入追究。在官方的誘導與誤導之下，蔣渭川繼續扮演官方所期待的角色。

南京政府正在上海集結軍隊，準備武力鎮壓台灣之際，蔣渭川在三月六日還對維持治安的學生演講，要求他們深明大義，顧及大局，不要被人煽動。隨後，他前往中山堂出席處理委會的會議，聽到有人大罵他是陳儀的走狗，蔣渭川尚且為自己辯護，表明他的行動是「一面協助政府推行政策，一面為民眾謀福利」。[39]他的演講，就像在電台的廣播一樣，頗受群眾的歡迎。張慕陶在當天下午去拜訪他時，特別向蔣渭川褒獎：「長官很佩服你有政治意識，而且讚賞你的人格，深感相見恨晚。」[40]事件中的部分群眾，對蔣渭川公開譴責，顯然已發現事態的嚴重。但是，蔣渭川仍不斷為官方立場辯護；究其原因，乃在於他過於相信官方的言行。

陳儀政府成功地完成對蔣渭川的蒙蔽之後，便積極對外營造和平的氣氛。中央社的密電指出：「台省局面急轉直下，今已獲得和平解決之門。」信息的內容則是重述蔣渭川與陳儀在三月五日的會談內容，密電報導陳氏處理事件的兩大原則：「一為台灣必須永為中華民國之台灣；一為台灣必須不為共產黨之台灣。」[41]不僅如此，陳儀還進一步向記者宣布他的和平解決態度。陳儀說：「余之去留問題，早已置之度外。余今所拚力奮鬥者，願為維護台灣主權及避免共產化。」

他又表明自己堅決反對動武：「武力不能解決今日之局面，徒然引起大屠殺、大流血，惹起國際干涉，貽患無窮。故余忍辱負重，擇定和平方式解決。」[42]

中國政治文化之欺瞞與說謊，可以說在陳儀的言談之間表露無遺。他敢於放出和平的空氣，主要在於已經得到武力的支持。事實上，陳儀在當天也收到來自上海徐學禹的獻計，密電的內容如下：「……如政府方面過於妥協，不特威信難以恢復，日後勢將號令不行，且引起善良台民輕視政府之心，對於將來治理發展所關至鉅。但在鈞座業已表示寬大，不予究辦，鄙意仍可密請中央電令從嚴究辦。俟海辰部隊到後即行宣示，隨即漸取鎮壓態度，以期漸復威信。」[43]足證陳儀之兩面手法，絕對不止於個人行動，而是整個官僚集團聯手運作的結果。這種兩面統治的手法，正好暴露國民黨是殖民政權的本質。只要能夠達到鎮壓「善良」台灣人民的目的，則任何誑騙的手段都可以施行。

陳儀顯然採納了徐學禹的意見，自六日之後，便同時軟硬兼施，使南京兵援得到充裕運送的時間。陳儀在這日正式寫了一份信函呈給蔣介石，報告二月二十七日以來的事件發展。在信文裡，陳儀一反和平解決的態度，指控整個事件「不止違法而已，顯係叛亂行為，嚴加懲治，應無疑義」。他進一步強調，「對於奸黨亂徒，須以武力消滅，不能容其存在」。因此，他建議「台灣至少須有紀律嚴明、武器精良之國軍兩師，派大員主持」。[44]

陳儀這封信函發出的同時，台灣省黨部調查統計局寫了份正式的分析報告呈給蔣介石。在這份文件裡，蔣渭川是如此被提到的：「現大台灣主義者領導人蔣渭川、王添燈、張晴川等，策動工人與學生，不斷作煽惑宣傳。」該分析報告又提出警告：「如三月十日前中央無答覆，決於十一日再大舉暴動，故前途演變，猶難樂觀之。」[45]蔣渭川一向被劃入所謂的中統派系，但這份報告顯示，在中統眼裡他是一位煽惑者，是「大台灣主義者」。蔣渭川即使是中統派系中人，卻也不能不注意他的台灣人身分。殖民者與被殖民者之間的區別，絕對不是以派系一詞就可輕易概括。總而言之，國民黨官員，無論屬何種派系，都已經對蔣渭川採取敵視的態度。

他被形容為「大台灣主義者」，是可以理解的。蔣渭川自始至終都堅信台灣應該實行地方自治的理念，他組織的台灣政治建設協會，以及在事件中臨時組成的台灣青年自治同盟，無非都是以台灣自治為基礎。這種觀念，自然不是以中央集權為主的國民黨所能容忍。在大中國主義籠罩下的中央集權體制裡要求地方分權，都是一種背叛的行為。因為，「大台灣主義」的標籤，正好反映了國民黨當權者的獨裁與偏狹。蔣渭川似乎沒有感受到國民黨官員的敵意，在他的回憶裡，仍然記錄著陳長官與張團長對他的嘉勉與友善。

被遺棄的蔣渭川

蔣渭川在三月六日晚上進行最後一次廣播時，猶在向中南部的青年呼籲，希望奪取軍人武器者，趕快繳回政府機關。他並向上海、日本等地人士解釋，表示台灣問題已經獲得解決，也澄清這次事件絕對不是台灣人在反對中央政府。[46]蔣渭川的廣播工作，無形中協助了陳儀政府的和平攻勢。

值得一提的是，蔣渭川在三月五日質疑陳儀的用兵之計時，也以台灣省政治建設協會的名義發了一份電文懇請蔣介石千萬不要派兵到台灣。這份電文是透過美國大使館轉交的，全文如下：「南京美國大使館司徒大使煩轉中國國民政府蔣主席鈞鑒：台灣此次民變，純為反對貪污官僚，要求政治改革，並無其他作用。請萬勿派兵來台，以免再激民心，並懇請迅派大員蒞台調處，則國家幸甚。台灣省政治建設協會。」[47]資料的文字顯示，蔣渭川在奔走解決之道時，也受到動武之說的影響。政治建設協會的電文，分別委託美國大使館與台灣省黨部轉達蔣介石。從現在公布的檔案來看，省黨部主委李翼中顯然沒有伸出援手。

三月七日蔣介石拍電給陳儀時，也針對政治建設協會的請求一併答覆：「……又接台灣政治建設促進會由外國領館來一電，其間有請勿派兵來台，否則情勢必更嚴重云。余置之不理，此必反動分子在外國領館製造恐怖所演成。近情如何，盼立復。」[48]從蔣介石的反應態度，可以知道李翼中並未代為轉達，致使蔣渭川被形容為與外國領事館勾結的「反動分子」。即使蔣渭川不是「反動分子」，蔣介石也不可能在這個時刻有任何轉圜的餘地。因為，同日稍早，蔣介石已拍電通知鎮壓的軍隊正式啟航：「陳長官。廿一師師部直屬部隊與第一個團，本日近午由滬出發，約十日晨可抵基隆。……部隊到基隆登陸後，行動應先有切實之準備。近情究竟如何，應有最妥最後之方案，希立即詳報。中正。」[49]軍事行動既然已經成為決策，則蔣渭川的努力與處委會的討論，一切都歸於徒然。

當天早上張慕陶與蔣渭川見面時，立即表示：「蔣先生我很滿意，恭喜你大功告成。今後你的存在很大，前途可大期待哞。」繼而，張慕陶又故示友好：「長官很懇切要請你出來做教育處長，你肯不肯答應出來做嗎？」[50]蔣渭川立即回絕，卻看不出談話背後藏有玄機。

處委會也在這天提出處理大綱十條與政治改革三十二條，遭到陳儀悍然拒絕。[51]這時的長官公署已經有恃無恐，在獲得蔣介石的電文之後，他盡可在鎮壓行動上進行策畫。陳儀再次要求南京方面多加強軍力，電文略謂：「……如無強大武力鎮壓制裁，事變之演成未可逆料。仍乞照前電所請，除第廿一師全部開來外，至少再加派一旅來台。至美國大使館方面，請其通知台灣領事，為顧及國際信義，勿為台灣反動分子所惑。」[52]電文所稱「反動分子」，當是指蔣渭川及其政治建設協會的成員。

經過將近五天的和平攻勢，台灣各地的情勢似乎隨之平息下來。陳儀對外所做政治改革的承諾，以及蔣渭川的電台廣播，顯然達到安定民心的作用，陳儀在三月七日態度轉為強硬，更進一步震懾處委會的成員。三月八日的處委會，主動取消三十二條政治要求，正可反映台灣的反抗氣勢已呈削弱。處委會公開發表聲明，支持陳儀將長官公署改制為省政府的承諾。[53]這項主張，正是蔣渭川與陳儀在三月四日所達成的協議。

整個形勢對陳儀政府極為有利，但為了不輕啟台民疑竇，憲兵團第四團團長張慕陶，以個人身分向處委會成員發表談話：「余可以生命保證，軍隊絕對不再開槍，余亦相信，中央決不派兵來台。」[54]張慕陶的保證，先是以頭顱發誓，現在則以生命付出，其目的都只在愚弄與誤導台灣百姓。

蔣渭川領導的台灣政治建設協會，同日亦發表聲明。重點有二：第一、呼籲民眾協力完成陳長官之諾言，使台灣政治得以修明，民生有所解決。第二、反對處委會發表之「超過政治範圍」的條件。[55]這項聲明，等於是宣告政治建設協會與處委會之公開決裂。至此，陳儀「以台制台」的分化策略終於宣告成功。這也是陳儀在三月九日呈電給蔣介石所說的：「今日台北秩序尚好，處理委員會內部已起衝突，現正發生分化作用。一俟劉師長廿一師之一團開到台北，即擬著手清除奸匪叛徒，決不容其遷延坐大。」[56]分化策略與和平攻勢既已奏效，剩下來的便是展開軍事行動的鎮壓。

蔣渭川在九日已聽到市內出現槍聲，也接到不少有關屠殺的消息。在他的日記裡，蔣渭川留下了無奈而令人喟嘆的紀錄：「我聽諸報告，綜合起來已知道有大變局，初六夜長官被包圍說變革的事，可有幾分明瞭。但事至此唯有求救蒼天挽回局面，唯有盡力做下去以外實無其他的辦法。欲打電話已打不通，知事更不妙，至十時已漸聽得槍聲。」[57]當天晚上，他仍如往常整理店務，並寫好日記。他從不曾預料，第二日即將是他生命的轉捩點。

三月十日清晨，已有人登門責罵蔣渭川，指控他「與陳儀共謀騙民眾」。蔣渭川猶蒙在鼓裡，再三辯護說：「我不信有什麼大兵來了，請你們不要誤聽謠言……」[58]然而，到了早上十時，就有持短槍的武裝警察闖入店內，確認蔣渭川後，立即說是「奉命來槍斃你」。連開三槍，均未發出。蔣渭川及時逃走，但第四槍發火時，卻誤中他的女兒蔣巧雲與兒子蔣松年。從此，蔣渭川開始長達一年的逃亡，在藏匿期間，他聞及女兒身亡、兒子重傷的消息。在那風聲鶴唳的時期，蔣渭川單獨承受家破人亡的苦痛。一位自認忠黨愛國的台籍國民黨員，為政府四處奔波之後，從未料到會落得如此的下場。悲憤交集的蔣渭川，在台灣陷入清鄉的浴血氣氛中，於三月二十七日開始整理事件發生以來的日記，終於完成《二二八事變始末記》[59]這份紀錄，為台灣人民的受害經驗留下了最好的見證。恰恰也由於留下了這份證詞，蔣渭川才能在第二年（一九四八）獲得平反。

然而，在大屠殺之後，以及持續的白色恐怖聲中，蔣渭川的名字在國民黨官方檔案裡，成為罪不可赦的同義詞。在憲兵司令部的電文中，蔣渭川是「奸偽首要」。[60]在陳儀的報告中，蔣渭川是二十七名主要的「人犯」之一。[61]在中統局張鎮的情報中，蔣渭川是「叛亂禍首」。[62]在陳誠的簽呈中，蔣渭川是煽動流氓的「首腦分子」。[63]在長官公署出版的〈暴動事件報告〉中，蔣渭川是「奸黨首要」。[64]在台灣警備總司令部出版的〈事變記事〉，蔣渭川是吸收地痞流氓的「重要首領」。[65]綏靖期間的警備總部，指控蔣渭川經營的三民書局是「前台灣共產黨機關」。[66]即使在事件發生四十餘年之後，柯遠芬的回憶文字裡，蔣渭川仍然被形容為「台北惡霸」、「劣紳」、「野心分子」、「與共產黨有密切關係」。[67]

無論是政學系主控的行政長官公署，軍統操縱的台灣警備總司令部，或是與台灣省黨部有密切關係的中統，可能在統治利益上互有衝突；但是，在對待台籍國民黨員蔣渭川時，竟完全站在同一戰線，視之為罪大惡極的寇讎。這位擁有國民黨中央黨部頒給「特字第八六九一六號」黨證的台灣士紳，在日本投降之初，就已率先於書店門口掛起青天白日旗。隨後，他又積極學習國語國歌，竟然也無法取得國民黨的信任。事件爆發後，他被國民黨官員請託，出面安撫民心，卻只是被當做政治鬥爭的工具。就在其剩餘價值全然受到官方榨取之後，蔣渭川從此就淪為不見天日的逃亡罪犯。如此命運坎坷的士紳，在四十餘年後的行政院研究報告中，還是沒有得到公平而寬容的評價。以簡單的語言與描述，將之逕劃入國民黨中統派系中人。殖民史的撰寫，往往以被殖民者做為代罪羔羊，蔣渭川豈非是最好的寫照。

歷史的孤兒蔣渭川

蔣渭川之受到平反，是一九四八年的省黨部主委丘念台為其上書。當時，他與林日高同時被提出申訴。丘念台的理由是，「二人因係當地大紳，並有群眾力量，省黨部為運用計，擬將林日高保外候審，及保証蔣渭川到案，不予拘禁」。[68]這個理由是否值得信服，還有待推敲。不過，省黨部考慮的出發點，乃在於他們有群眾基礎，至少具備了「運用」的價值。林日高的案件，最高法院終於沒有受理，原因是因為他在日據時期參加過台灣共產黨，屬於軍法審判的範圍。[69]

相形之下，蔣渭川案件的考量就比較不嚴重，在不起訴處分書上，認為他在事件中的五次廣播供認不諱：「查其演詞不無煽惑性，已非陳長官之本意，顯而易見。應負刑法第一百五十三條之罪責」。不過，「審酌該被告平日之品行及犯罪後之態度等等，尚有可原」，遂不予起訴，以示政府之寬大。[70]蔣渭川免於判刑，終於在逃亡一年後重見天日。他能夠無罪復出，結果還是出於「政府之寬大」。

然而，歷史給了他寬容的空間嗎？所有的官方有關事件之出版品，全然以負面形象來描述他。台灣民間出版的刊物，也重複指稱他是屬於中統的「CC分子」。遠在解嚴之前，蘇新於一九四九年討論事件經過時，指稱柯遠芬等勾結「CC分子蔣渭川」。[71]林木順（楊克煌執筆）的《台灣二月革命》一書，則說蔣渭川「在CC指揮之下」，準備打倒政敵陳儀。[72]文學家吳濁流，在其回憶錄也說，「CC派以政治建設協會名義，參加處理委員會」。[73]到了解嚴之後，蔣渭川的歷史待遇，並未得到任何調整。楊逸舟認為，事件中的蔣渭川，是「中統派的敢死隊員」。[74]中共黨員吳克泰，認為蔣渭川在一九四六年參加林獻堂組織的「台灣光復致敬團」時，就與CC派搭上了線。[75]戴國煇在研究中，認為事件中維持治安的「忠義服隊」，有CC派的蔣渭川在幕後。[76]

在非國民黨的論述中，無論是統派獨派，幾乎都眾口鑠金地指稱蔣渭川與中統站在同一線上。但是，這些記載中，並沒有提出任何證據，大多是基於推測之言。在受到國民黨的掠奪、迫害之後，蔣渭川在台灣社會並沒有獲得絲毫同情的態度。殖民地歷史之支離破碎，價值觀念之反覆顛倒，全都匯集在蔣渭川的政治遭遇上。

蔣渭川在政治上被平反，但是在歷史評價方面並沒有得到真正的平反。何況，蔣渭川的「無罪釋放」，只不過是在襯托國民黨「寬大」之德政；並不代表他的政治地位已經完全恢復。後來，國民黨逃亡到台灣，重新起用蔣渭川；先是擔任民政廳長，後因被半山集團攻擊，遂轉任內政部政務次長。他在政壇之復出，是因為他有利用的價值。不過，這已不是本文討論的範圍。

當初蔣渭川加入國民黨，為的是洗滌日本殖民遺留在他身上的恥辱。只是他並未發現，他所認同的政權，帶來的卻是另一個再殖民的體制。在錯誤的歷史之上，他又延續了另一個錯誤的歷史。這說明了為什麼他必須耗費餘生來澄清自己的罪名；他的罪名，全然是他所全心擁抱的政黨賦予的。蔣渭川在去殖民化的努力上，反而變成了再一次的被殖民。

如果蔣渭川沒有留下紀錄，如果他放棄為自己辯護，可能就遭到歷史的徹底遺棄。蔣渭川保持寫日記的習慣，每日鉅細靡遺把所見所聞記載下來。當二二八事件進入清鄉階段，台灣士紳與知識分子都大量毀掉手札、日記與照片。唯獨蔣渭川為了洗刷自己的罪名，寫下無數的自白書與備忘錄，留下鮮明而有力的歷史記憶，曾經扮演歷史孤兒的蔣渭川，無視舉世滔滔，抗拒排山倒海而來的種種指控。醜惡的權力終於退潮，蔣渭川等待了半個世紀，才在戒嚴體制崩潰後獲得申辯的機會。他沒有淪為歷史的棄兒，他沒有落入權力的陷阱，只因為他堅持抵抗歪曲的歷史而已。抵抗，正是殖民地歷史可貴的文化遺產。

註釋

1 從一九四七年事件發生後，國民黨就出版歷史解釋相當一致的書籍，其中較為外人熟悉的，約有下列數種：

一、黃存厚輯，《二二八事變始末記》（台中：掃蕩週報社，一九四七）。

二、台灣正義出版社編，《台灣二二八事件親歷記》（台灣：台灣正義，一九四七）。
三、台灣省行政長官公署編，《台灣省二二八暴動事件》（台北，自印，一九四七）。
四、台灣省行政長官公署新聞室編，《台灣暴動事件紀實》（台北，自印，一九四七）。
五、台灣省警備總司令部，《台灣省「二二八」事變記事》（台北，一九四七）。
六、唐賢龍，《台灣事變內幕記》（南京：中國新聞社，一九四七）。
七、《正氣月刊》（二二八事件專輯，上、下），一九四七年。
八、《台灣月刊》（二二八事變專輯），一九四七年。

2 參閱陳明通，〈派系政治與陳儀治台論〉，收入賴澤涵主編，《台灣光復初期歷史》（台北：中央研究院社會科學研究所，一九九三），頁二二三—三〇二。行政院研究二二八事件小組，《二二八事件研究報告》（台北：時報文化，一九九四），特別是第二章，〈事件之爆發與衝突之擴大〉，頁四七—七五，以及陳翠蓮，《派系鬥爭與權謀政治：二二八悲劇的另一面》（台北：時報文化，一九九五），特別是第四章第三節，〈二二八事件中的派系鬥爭〉，頁二五四—六〇。

3 蔣渭川，〈台灣省政治建設協會略記〉，收入陳芳明編，《蔣渭川和他的時代》（台北：前衛，一九九六），頁二〇〇—二〇一。

4 蔣渭川，〈二二八事件報告書〉（亦即國民黨黨史會檔案之〈二二八事件與省政治建設協會之關係〉），收入《蔣渭川和他的時代》，頁一五〇。

5 李翼中，〈帽簷述事——二．台事親歷記〉，收入中央研究院近代史研究所編，《二二八事件資料選輯㈡》（台北：中央研究院近代史研究所，一九九二），頁四〇〇。

6 有關台灣地方自治思潮傳統的扼要介紹，參閱陳芳明，〈台灣自治思潮與二二八事件〉，《探索台灣史觀》

（台北：自立晚報社文化出版部，一九九二），頁一七八—二〇八。

7 蔣渭川在一九五〇年代擔任內政部政務次長期間，曾經向服務單位寫了一份經歷事跡。這份文件已由蔣渭川家屬，向內政部取得。參閱蔣渭川，〈蔣渭川在台參加民族、政治、經濟、社會、文化各種運動經過〉，收入《蔣渭川和他的時代》，頁一九三。

8 蔣渭川，〈二二八事件報告書〉，收入《蔣渭川和他的時代》，頁一五一。

9 〈隨時可以發生暴動的台灣局面〉，原載上海《觀察》週刊二卷二期（一九四七年三月八日），收入陳芳明編，《台灣戰後史資料選：二二八事件專輯》（台北：二二八和平日促進會，一九九一），頁一六—一七。

10 胡允恭，〈台灣二二八起義真相〉，《金陵叢談》（北京：人民，一九八五），後收入陳芳明編，《台灣戰後史資料選》，頁四三三。

11 行政院研究二二八事件小組，《二二八事件研究報告》，頁五九。賴澤涵主筆的這份官方報告，引述的黨史會檔案〈陳炎生呈國民黨中央組織部文〉，並沒有指出蔣渭川是為了配合省黨部才抨擊陳儀。該簽呈只說：「蔣渭川為人熱情偏激，對台省政治每多不滿，常在集會場所公開攻擊腐敗官僚，遭人嫉妒，種下禍根。」

12 〈二二八事件概述〉，《大溪檔案》，收入《二二八事件資料選輯㈡》，頁一六。

13 〈張慕陶信件〉（原稿影印），見蔣梨雲等編著，蔣渭川遺稿，《二二八事變始末記》（台北：自印，一九九一）。

14 蔣渭川，〈從「台灣政治建設協會調解澀谷事件學生示威行動」談起〉，收入蔣梨雲等編，《蔣渭川和他的時代別冊》（台北：前衛，一九九六），頁四二—四四。

15 受訪者蔣梨雲、蔣節雲，〈蔣渭川〉，收入張炎憲、胡慧玲、黎澄貴採訪記錄，《台北都會二二八》（台北：吳三連台灣史料基金會，一九九六），頁二〇四。

16 蔣渭川，〈二二八事變始末記〉，收入《蔣渭川和他的時代》，頁一四—一五。

17 中央社電文，收入林德龍輯註，陳芳明導讀，《二二八官方機密史料》（台北：自立晚報社文化出版部，一九九二），〈三月三日條：台北三日十二時參電，密〉，頁二二—二三。

18 〈陳儀致徐學禹電〉（一九四七年三月二日），收入陳興唐主編，《南京．中國第二歷史檔案館藏．台灣「二．二八」事件檔案史料》（上卷）（台北：人間，一九九二），頁一六四。

19 〈徐學禹致陳儀電〉（一九四七年三月二日），收入《南京．中國第二歷史檔案館藏．台灣「二．二八」事件檔案史料》（上卷）。

20 《台灣新生報》，一九四七年三月三日。

21 陳翠蓮，《派系鬥爭與權謀政治》，頁三二三—二四。

22 柯遠芬，〈事變十日記〉，《台灣新生報》，一九四七年五月十三日，頁九。

23 行政院研究二二八事件小組，《二二八事件研究報告》，頁二〇三。

24 蔣渭川，〈二二八事變始末記〉，收入《蔣渭川和他的時代》，頁三五—三六。

25 〈中央社訊〉（一九四七年三月三日），收入《二二八官方機密史料》，頁二七。

26 〈台北三日參電，密〉（一九四七年三月三日），收入《二二八官方機密史料》，頁三一。

27 台灣警備總司令部，〈二二八事變大事紀〉，收入台灣省文獻委員會編，《二二八事件文獻續錄》（南投：台灣省文獻委員會，一九九二），頁四五三。

28 蔣渭川，〈二二八事變始末記〉，收入《蔣渭川和他的時代》，頁五九。

29 同前註，頁六四。

30 同前註，頁六六。

31〈台北四日參電，密〉（一九四七年三月四日），收入《二二八官方機密史料》，頁六〇。

32〈蔣主席致陳儀三月微電〉（一九四七年三月十一日），《大溪檔案》，收入《二二八事件資料選輯㈡》，頁七〇。

33〈蔣主席在中樞國父紀念週關於台灣事件報告詞〉（一九四七年三月十日），收入《二二八事件文獻續錄》，頁四七三。

34〈徐學禹致陳儀電〉（一九四七年三月五日），收入《南京．中國第二歷史檔案館藏．台灣「二．二八」事件檔案史料》（上卷），頁一六五。

35 蔣渭川，〈二二八事變始末記〉，收入《蔣渭川和他的時代》，頁七八—七九。

36 同前註，頁七九—八〇。

37 同前註，頁一〇一。

38〈台北五日參電，密〉（一九四七年三月五日），收入《二二八官方機密史料》，頁六二。

39 蔣渭川，〈二二八事變始末記〉，收入《蔣渭川和他的時代》，頁一〇五—一〇六。

40 同前註，頁一〇九。

41〈台北六日下午一時參電，密〉（一九四七年三月六日），收入《二二八官方機密史料》，頁一〇六。

42〈台北六日下午二時參電，密〉（一九四七年三月六日），收入《二二八官方機密史料》，頁一〇八。

43〈徐學禹致陳儀電〉（一九四七年三月六日），收入《南京．中國第二歷史檔案館藏．台灣「二．二八」事件檔案史料》（上卷），頁一六五—一六六。

44〈陳儀呈蔣主席二月六日函〉（一九四七年二月四日），收入《二二八事件資料選輯㈡》，頁七六—七八。

45 調查統計局，〈台民暴動經過及其原因之分析〉，收入《二二八事件資料選輯㈡》，頁八七—八八。

46 蔣渭川，〈二二八事變始末記〉，收入《蔣渭川和他的時代》，頁一一四—一一五。

47 台灣省政治建設協會的電文，曾經是史料上的一個謎。喬治・克爾（George Kerr）在撰寫二二八事件史時，表示未曾發現這份文件，見陳榮成譯，《被出賣的台灣》（*Formosa Betrayed*）（台北：前衛，一九九一），頁二四五。不過，這份資料已在蔣渭川家屬的努力追尋下，終於在美國國家檔案館尋獲。除此之外，同樣的電文也在同日委請台灣省黨部主委李翼中轉達。原件影印，參閱《蔣渭川和他的時代》，扉頁相片。

48 〈蔣主席致陳儀三月虞電〉（一九四七年），《大溪檔案》，收入《二二八事件資料選輯》，頁九四—九五。

49 同前註，頁九一—九二。

50 蔣渭川，〈二二八事變始末記〉，收入《蔣渭川和他的時代》，頁一一七—一一八。

51 關於二二八事件處理委員會制定四十二條處理大綱與政治改革要求的經過，參閱李筱峰，〈「二二八事件處理委員會」與陳儀的對策〉，收入二二八民間研究小組編，《二二八學術研討會論文集（一九九一）》（台北：二二八民間研究小組，一九九二），頁一六七—一九四。

52 〈陳儀呈蔣主席三月虞電〉（一九四七年），《大溪檔案》，收入《二二八事件資料選輯》，頁九六—九七。

53 〈台北八日電〉，（一九四七年三月八日），收入《二二八官方機密史料》，頁一四四。

54 〈中央社訊〉，（一九四七年三月八日），收入《二二八官方機密史料》，頁一四四。

55 〈台灣省政治建設協會告同胞書〉（一九四七年），收入《二二八官方機密史料》，頁一四五。

56 〈陳儀呈蔣介石三月庚電〉（一九四七年），《大溪檔案》，收入《二二八事件資料選輯》，頁一一〇。

57 蔣渭川，〈二二八事變始末記〉，收入《蔣渭川和他的時代》，頁一三一。

58 同前註，頁一三六。

59 有關這冊史料的重要性，最早的研究者，可參閱吳密察，〈蔣渭川與二二八事件（初探）〉，收入《二二八學術研討會論文集（一九九一）》，頁一九五—二〇七。
60〈憲兵司令部呈蔣主席三月十二日情報〉（一九四七年三月十二日），《大溪檔案》，收入《二二八事件資料選輯》，頁一四六。
61〈陳儀呈蔣主席三月十三日呈〉（第四〇號附附件）（一九四七年三月十三日），《大溪檔案》，收入《二二八事件資料選輯》，頁一七七。
62〈張鎮呈蔣主席三月二十六日情報〉（一九四七年三月二十六日），《大溪檔案》，收入《二二八事件資料選輯》，頁二二九。
63〈陳誠呈蔣主席六月十六日簽呈〉（一九四七年六月十六日），《大溪檔案》，收入《二二八事件資料選輯》，頁三四二。
64 台灣省行政長官公署，〈台灣省二二八暴動事件報告〉，收入《台灣戰後史資料選》，頁一三三。
65 台灣省警備總司令部，〈台灣省二二八事件記事〉，收入《二二八事件文獻續錄》，頁四〇〇。
66 台灣省警備總司令部，〈台灣暴動經過情報撮要——三十六年二月二十八日至三月十日〉，收入中央研究院近代史研究所編，《二二八事件資料選輯㈣》（台北：中央研究院近代史研究所，一九九二），頁四四七。
67 柯遠芬，〈台灣二二八事變之真相〉，收入《二二八事件資料選輯》，頁五五四—五七。
68〈吳鼎昌呈蔣主席三十七年一月十三日簽呈〉（一九四八年一月十三日），《大溪檔案》，收入《二二八事件資料選輯》，頁三四八。
69〈台灣高等法院刑事判決〉（三十七年度特字第二號）（一九四七年），《大溪檔案》，收入《二二八事件資料選輯》，頁三六〇—六三。
70〈台北高等法院檢察官不起訴處分書〉（一九四八年四月二十三日），《大溪檔案》，收入《二二八事件資料選輯》，頁三六七—六九。

71 蘇新，《憤怒的台灣》（台北：時報文化，一九九三），頁一四六。

72 林木順編著，《台灣二月革命》（台北：前衛，一九九一），頁二五。

73 吳濁流著，鍾肇政譯，《台灣連翹》（台北：前衛，一九八九），頁一五九。

74 楊逸舟著，張良澤譯，《二二八民變：台灣與蔣介石》（台北：前衛，一九九一），頁九三。

75 葉芸芸主編，《證言二・二八》（台北：人間，一九九〇），頁一〇二。

76 戴國煇、葉芸芸著，《愛憎二・二八：神話與史實：解開歷史之謎》（台北：遠流，一九九二），頁二二〇。

國民意識：台灣自由主義的舊傳統與新思考

引言

介紹中國自由主義思潮到台灣的學者胡適，在一九六一年九月九日的日記有如下的記載：

「彭明敏是本省青年學人。約在一九五一—五二，他得了中基會的Fellowship，要到Princeton Univ. 跟Prof. John C. Cooper學『空中國際法』。那時Cooper正要去McGill Univ. 創立"Institute of International Law of the Air"。我幫助彭君，使他可以去McGill，還使他多住一年，以很高的榮譽畢業，得碩士，他的論文都是用法文發表的。他去法國，不久即得巴黎大學的博士學位。（他現為NCSD的研究講學。）不到十年，今年他來（信）說，他收到McGill的Dean Scott的信，說The Institute of Air & Space Law（新改名）的第二任所長（Director）Dr. Rosevear要退休了，他們要彭君考慮去做繼承人。」[1]

胡適的日記顯示，彭明敏教授遠在一九五一年就與胡適有學術上的來往，而且當時彭明敏的成就也受到他的賞識。後來，彭明敏撰寫他的回憶錄《自由的滋味》，特地專闢一節提到胡適先生。在彭先生的文字中，可以窺見當年胡適是如何資助他留學加拿大的麥基爾大學。彭明敏是這樣回憶一九五二年與胡適見面的情景：「暑假到了，我便乘火車到紐約去。這是我首次到美國城市，我投宿於基督教青年會旅舍，住了幾天，也去拜訪了胡先生。他住在一間很樸素的公寓裡，房間到處都是書。他是一位極溫暖的長者，對我在麥基爾大學的表現，讚賞不已。」[2]

彭明敏是公認的台灣自由主義的奠基者，他的思想是否受到胡適的影響，並沒有任何文字上的依據。但是，從兩人的文字紀錄來看，彭明敏必然熟悉胡適的思想。在思想光譜上，可以明確判斷，兩人都是屬於自由主義者。不過，彭明敏後來的思想發展與政治遭遇，顯然逐漸遠離了胡適。這不僅表現在彭明敏與國民黨政權的決裂，而且也表現在他所提出的「一個中國，一個台灣」的主張。

一九六二年二月二十四日，胡適心臟病發去世；兩年後，彭明敏於一九六四年九月二十日因為發表〈台灣人民自救宣言〉而被捕。這兩個事件，有其特別的歷史意義。胡適的逝世，代表中國自由主義在台灣的一個終結；而彭明敏發表的〈自救宣言〉，則意味著台灣自由主義的誕生。一個值得注意的史實，便是在胡適病逝前兩年，雷震遭到國民黨的誣告與逮捕，《自由中國》從此也被迫停刊。自一九四九年以降中國自由主義者在台灣的發展，受到嚴重的打擊，並失去了影響台灣政局的地位。彭明敏事件的發生，既對海外台灣留學生造成深遠的影響，也對日後台灣內部的草根性民主運動確立了決定性的主導作用。自由主義的延續與轉化，是台灣政治運動史上值得討論的一個議題。從中國自由主義發展到台灣自由主義，牽涉到國家認同與政府體制的改變，同時也關係到台灣社會與族群融合如何調整的問題。這些問題都是中國自由主義者未曾深入討論的，第一個突破政治的禁忌，觸及國家認同、族群融合等等高度敏感議題的，當推彭明敏。

彭明敏誠然是第一位把中國自由主義轉化為台灣自由主義的本地知識分子。在六〇年代白色恐怖仍然高漲的時期，彭明敏一方面延續自由主義的傳統，一方面以符合台灣社會格局的方式提出新的思考。其中最重要的關鍵，便是他提出「命運共同體」的理念；從而以這樣的理念為基礎，在日後又提出「台灣國民意識」的主張。這些名詞與內容，正好與中國自由主義者有了明顯的區隔。這篇短文，旨在討論中國自由主義者在台灣所傳播的政治思想及其建立的傳統，同時討論彭明敏與他們的相互關係，並且進一步檢討彭明敏提出「命運共同體」與「台灣國民意識」的精神所在。透過這樣的討論，希望能了解自由主義在台灣傳承的挫折與再起。

移植來台的中國自由主義

國民黨在一九四九年十二月，因在內戰中徹底失敗而宣布遷都於台北。當時台灣的左翼運動開始遭到思想警察的整肅逮捕，社會主義思潮在島上的傳播陷於困頓的境地。高壓性的反共政策，迫使左翼人士不能免於槍決、失蹤的命運。當台灣知識界出現荒蕪蒼白的狀態之際，雷震發行的《自由中國》，可以說為苦悶的社會開啟了一面窗口。《自由中國》在戰後台灣史上所具備的角色，已經受到專注的討論。[3]這份刊物是大陸籍知識分子的自由主義堡壘，已殆無疑義。

胡適原是《自由中國》的發行人，但真正撰搞、編輯的，卻是雷震、殷海光等人。胡適後來退出《自由中國》，並且接受蔣介石邀請，擔任中央研究院院長。他所選擇的道路，與雷震、殷海光之對國民黨體制的批判，可以說完全不同。彭明敏在台大期間，雖受到胡適的照顧，但他的思考方式與雷、殷等人卻是較為接近的。胡適晚年的自由主義思想，表達最完整的，恐怕是〈容忍與自由〉的那篇演講。在演講中，胡適說：「我總以為容忍的態度比自由更重要，比自由更根本。我們也可說，容忍是自由的根本。社會上沒有容忍，就不會有自由。」[4]胡適在說這段話時，顯然是認為當時台灣的政治與社會是正常的。胡適設想自己是在正常社會進行正常的思考，所以他才會強調「容忍是自由的根本」。在同樣的演說中，胡適更是強調拿筆桿的書生，和有權有勢的人是一樣的；他說：「我們也是有權有勢的人，我們絕對不可以濫用我們的權力。」胡適的態度與思考，與當時的客觀政治環境可以說完全脫節了。恰恰是因為他說了這樣的話，胡適與後來的中國自由主義者雷震、殷海光等於是劃清了界線。他忘記了雷、殷等人是如何在艱困的處境爭取言論自由，他更未預見到雷、殷是如何受到國民黨政權的凌辱迫害。做為一個知識分子，胡適是一位相當失敗的自由主義者。相形之下，雷、殷以一生的意志與決心，批判國民黨不遺餘力。他們所開創的格局，較諸胡適之屈服於權力之下，簡直有天淵之別。因此，如果要了解彭明敏的自由主義思想，似乎不能從胡適身上去尋找根源，而是要從雷震等人的這一個脈絡去追溯。

誠如殷海光在《中國文化的展望》一書所說：「中國的自由主義者先天不足，後天失調。」[5]

在先天上，中國沒有自由主義的歷史傳統；這個思潮的出現，乃是從西方介紹進來的。在後天上，客觀的政治條件也不容許培養自由的花果。資本主義發展仍然未臻成熟，而中產階級還停留在初階的萌芽時期。倘然中國的實情如此，那麼一九五〇年的台灣，自由主義者的環境就更為惡劣了。國民黨在反共政策的假面下，對知識分子進行露骨的思想檢查，必要時予以誣告、逮捕、監禁，使得言論空間壓縮到近乎窒息的狀態。雷震在如此險惡的條件下，能夠堅持發行十年的《自由中國》，實無愧為一位自由主義者的風骨。

雷震、殷海光宣揚的自由主義思想，在知識階層中造成的影響，極其深遠。他們批判、抨擊國民黨體制所表現出來的分析能力與道德勇氣，毫不遜於日後草根型的台灣民主運動者。不過，中國自由主義在台灣的傳播，僅及於知識分子，卻未能對廣大的群眾產生更為廣泛的影響。究其原因，乃在於他們欠缺草根性格，未能觸及群眾思考的脈搏；另一個不能與群眾發生共鳴的原因，則在於他們受到時代與政局的限制，僅在「一個中國」的議題上思考，而未能超越國民黨所規定的範疇，向廣闊的台灣住民提出更具體可行的政治主張。

這裡並不在指責雷、殷的自由主義思想之局限性，事實上從台灣思想史的觀點來看，他們主要的任務是在從事「破壞」的工作。沒有「破」，就沒有「立」；正因為有他們的鋪路做為先導，才會有日後彭明敏的具體政治主張出現。雷震在《自由中國》後期的組黨運動，雖然與台灣本地的政治人士結合起來，終究是一次流產式的運動。[6] 殷海光在組黨運動中雖沒有積極介入，但至少也撰文予以呼應支持。[7] 他們組黨運動的失敗，固然可以歸咎於國民黨的高度鎮壓，但是沒有廣大群眾的回應，也是重要的原因之一。為什麼不能獲得群眾的支持？主要原因自然是白色恐怖政策下所造成群眾的恐懼；同時，更值得注意的，他們自由主義的政治主張未能得到群眾的認同。

「一個中國」的自由主義

雷震的自由主義思想，乃是建基於「一個中國」的思考之上。從一九四九年十一月創刊號開始，《自由中國》揭櫫的自由主義，並非只是以台灣島上的住民為唯一的對象，並且也是為了向中共統治下的中國人民提出號召。具體言之，雷震的自由主義背後所支撐的國家意識，全然是以全中國為目標。他批判國民黨的目的，自然帶有恨鐵不成鋼的心情。因此，他追求的個人言論自由與思想解放，既針對中共反人權、反自由的傾向，也針對國民黨反民主、反開放的本質。

在雷震的思考裡，台灣問題的討論基本上是放在「一個中國」的框架來理解。所以，在《自由中國》發表的文章中，凡是提到「台灣」之處，都以「中國」來表達。這種思考方式，很明顯是以國民黨的政治格局為基礎的。也就是說，在那時候的政治氣氛裡，無論如何批判國民黨，都還是奉中華民國政府為「正朔」；台灣的地位仍壓服在「中國」之下。

歷經二二八事件與五〇年代白色恐怖的台灣民眾，顯然難以理解雷震的政治主張。對於國民黨統治者而言，「一個中國」的立場是一種騙局；但是，對於《自由中國》的知識分子而言，

「一個中國」的主張完全是他們政治理想寄託。國民黨要維護的，是一黨獨裁的中華民國體制；自由主義者要追求的目標則是民主、自由的一個中國。誠如胡適在《自由中國》創刊號指出的，他們要「督促政府切實改革政治經濟，努力建立自由民主的社會」，同時還要「援助淪陷區域的同胞，幫助他們早日恢復自由」，並且「要使整個中華民國成為自由的中國」。[8] 胡適以降的中國自由主義者，把「淪陷」於中共統治下的中國同胞與國民黨統治下的台灣同胞視為「命運共同體」。在他們的時代，這樣的思考方式是無可厚非的，他們表現出關懷情操也是無可輕侮的。然而，對於受害的台灣民眾來說，他們似乎不能分辨國民黨與《自由中國》之間所提倡的「一個中國」有何不同？

不能否認的是，當時潛藏在台灣社會中有一股強烈的政治要求，便是台灣獨立的主張。這種主張，一方面是對於國民黨統治的幻滅，一方面則是對於中共政權的恐懼與失望，台灣民眾憧憬著一個自主性的民主政府能在台灣建立，進而達到台灣獨立的願望。[9] 在這種願望之外，再加上國民黨錯誤的省籍政策，不能不使台灣民眾對「一個中國」產生高度的懷疑。但是，《自由中國》對於台灣獨立的願望與主張未能表示同情，這與自由主義的信念顯然違背。例如一九四九年十二月，就有王世杰的文章表示對時局的憂慮。他說：「第二種憂慮，是台灣也許要鬧獨立。」又說：「在台灣境內，現時決無任何台灣同胞的信任敬重的團體或個人主張台灣獨立。」[10] 這種反對台灣獨立的立場，基本上符合《自由中國》的政治信念，也符合國民黨反共政策的要求，卻不符合自由主義的寬容精神。台灣獨立的思想，在國民黨戒嚴令的箝制下根本不可能獲得伸張。這種政治理念，在極不寬容的政治體制裡原應獲得自由主義者的同情，縱然他們是何等的不同意。

對台灣獨立運動的抨擊，在一九五四年「中美共同防禦條約」簽訂時，《自由中國》也特別發表社論表明立場：「目前由於『和平共存』這個幻想在作祟，『台灣獨立國』的謬論也出現了。這次中美共同防禦條約的簽訂，誠如杜勤斯所說，『顯示美國將不在任何國際密議中用台灣作買賣』，但該約本身並不排除所謂『台灣獨立國』這個運動的可能發生；有這種排除作用的，倒是杜勤斯答覆記者的另兩句話。他說：『這並非意指美國承認兩個中國的存在。』又說：『美國並無意向改變承認中華民國政府為唯一合法的中國政府的現行政策。』這兩句話我們特別重視，我們把這兩句話當做中美條約的附言來看的，美國政府自當對此諾言絕對尊重，絕對遵守。」[11]社論把「台灣獨立國」視為謬論，正好反映了《自由中國》在這個議題上的態度。在爭取言論自由時，《自由中國》的自由主義精神是相當崇高的；但是，談到台灣獨立時，其中華民族主義的情緒徹底壓服了自由主義的原則。更清楚一點來說，只要能達到「一個中國」的目標，自由主義的精神更暴露了妥協性。當民族主義的立場與自由主義的主張發生衝突時，《自由中國》顯然毫不遲疑選擇前者而犧牲後者。這種態度等於是合理化了國民黨對台灣社會的鎮壓手段。因為國民黨在台灣能夠實施思想檢查並壟斷權力，便是以中華民族主義做為藉口。

《自由中國》的中華民族主義立場表現得最為徹底的，莫過於一九五九年十一月發表的社論。這篇社論是針對當時美國加州的一個研究機構向參議院提出的報告而回應的。根據該份報告的建議，美國應該逐步「承認共匪政權，讓共匪加入聯合國，並取代我在安理會中常任理事的地位，而我中華民國則僅能以『台灣共和國』的名義，做一個普通會員國」。[12]社論對此種論調，期期以為不可。誠然，台灣獨立運動如果是美國人有計畫在推動，沒有人能夠接受。不過，這篇題為〈解決中國問題必須以民意為歸依〉的社論，在提到「民意」時，並不是以台灣的民眾為對象，而是以當時中國大陸的六億人民為中心。所以，這篇社論提到「人民同意」的主張，特別揭示兩個原則：「一、對中國問題任何處理方案，都必需首先得到中國大多數人民的同意。二、中國人民的意旨必需由他們自由表達，決不能糊里糊塗的把強加在人民身上的暴力政權認為足以代表人民。」[13]

所謂「中國大多數人民」，指的當然是包括中國大陸的人民在內，具體而言，中國自由主義者思考的「中國問題」，純粹是指台灣問題而言。當台灣問題消失在中國問題之中時，台灣人民的民意也就被中國人民的民意稀釋並淡化了。他所設定的國家領域，乃是把台灣融入整個中國的領土之中。他們遺忘的一點是，台灣之所以能夠以「代表中國」的名義在聯合國中居有一席地位，完全是因為美國政府在背後支撐，而不是因為得到中國人民「民意」的支持。

這是中國自由主義者在台灣的一個困境，他們非常了解中華民國政府在台灣剝奪人權、壓迫自由、阻撓民主的事實；但是，「一個中國」的立場所引導出來的民族主義情緒，又迫使他們不能不為中華民國在聯合國的席位辯護。他們的民族主義，蒙蔽了他們對自由主義精神的堅持。做為自由主義者，是不可能為一個反人權、反民主的政權辯護並合理化的。當他們站在民族主義立場上來合理化國民黨的國際地位時，自由主義精神就已遭到損害了。在民族主義與自由主義之間必須做一抉擇時，中國自由主義者，自然而然向前者傾斜。從現在的政治環境來觀察的話，中國自由主義者心情的矛盾衝突，歷歷可見。

一九五三年的《自由中國》，許冠三發表一篇文章談個體自由與群體自由，曾經做過如下的結論：「我們所要把握的原則只是：在有利個體自由的目標下，求群體自由與個體自由的和諧，讓個體自由掌握最後的控制權。」[14]這可能是自由主義者永恆的願望，那就是讓個體自由掌握最後的控制權。問題乃在於國家機器以群體自由為擋箭牌時，自由主義者能夠使個體自由的最後控制權維持嗎？國民黨利用民族主義的假面來掩飾其獨裁本質時，自由主義反而落入民族主義的圈套。歷史事實證明，國民黨最後並沒有使中國人民獲得群體自由，反而是台灣人民的個體自由全然被放逐了。

「一個中國」的自由主義，是時代局限下的特殊產物，它忽視了台灣問題與台灣人民意願的存在，更忽視了台灣獨立的主張在島內社會的影響力。所以，他們的政治理念自然很難引起本地住民的共鳴。在國家認同的問題方面，自然不能期待他們在當時會有所突破。他們並沒有明確為台灣人民指出台灣前途的方向，時代政局的討論終於只停留在「一個中國」的框框之中。[15]

觸探政治禁區中的省籍問題

中國自由主義者，雖然堅持「一個中國」的立場，但是他們對於國民黨反攻大陸的決心則持懷疑態度。《自由中國》發表的一篇最使人議論的文章，便是殷海光執筆的〈反攻大陸問題〉。這篇文字以社論形式出現在刊物上時，引起國民黨統治者的震驚，遂指控此文乃在散布「反攻無望論」的悲觀論調。事實上，殷海光旨在討論「馬上就要反攻大陸」的政治宣傳，對台灣住民產生很大的誤導。他希望國民黨能夠「實事求是，持久漸進，實質反共」到這點，就必須「培養持久的心理基礎」，並且「停止製造精神緊張」。[16]

這篇文章引來國民黨的抨擊，同時予以扭曲醜化。所以，殷海光不得不接著寫了一篇答覆：〈關於〈反攻大陸問題〉的問題〉，釐清他在這個敏感的政治議題上所持的態度。《自由中國》的成員都知道，反攻大陸不是一朝一夕的事，而必須從事長期的持久戰。既然要通過漫長的時間來進行反攻，國民黨就有必要在台灣建立較能維持長久的制度。正因為他們有這樣的觀念，對於潛存島內的省籍問題，《自由中國》可能是第一個刊物公開提出討論的。因為，要務實解決政治問題的話，就不能不對於造成內部矛盾的癥結有所因應。

《自由中國》討論省籍問題，是從地方政治的層面開始談起。一九五七年十一月的社論，對台灣的歷史特殊性有所議論：「台灣省的一般情形，由於曾經與祖國分離了五十年之久，多少有點特殊。這是不用諱言的。因此，本省人民較諸大陸各省，更具自治的迫切願望。中央政府播遷之際，為爭取人心，洗刷前長官公署時代所留下的惡劣印象，率先實行地方自治，其動機不失為明智。但是，直從設計的時候起，就有人存著懷疑心理，深怕一旦走得太遠，地方政治重心就難免移轉於地方人士之手，以致中央失去控制，結果處處就表現著『欲放還收』的矛盾姿態。」[17]

在省籍矛盾氣氛仍熾的時期，這篇社論頗能點出政治問題的核心，由於國民黨擔心政治權力落到台灣人士手上，才造成日後台灣跛腳的地方自治。選舉的不公，議會的殘缺，政治的失衡，都是這種不健康的心態所致。這篇社論最值得注意之處，便是認為地方自治不可能導致台灣獨立。文中指出，台灣人獲得權力，並不可能使外省人有危機感。社論對於省籍問題，語重心長地指出：「此種不幸情勢之出現，而要本省人士反省者較少，而需要外省人士反省者實多。在外省人之間，仍有些人認為多數本省人至今仍懷念日本，因而不僅要禁止他們說日本話，甚至還想限制他們看日本書。這是完全錯誤的。世界上絕沒有一個人不願做主人而寧願做殖民地的順民，問題只看他們是否真正獲得了主人的地位。」[18]

中國自由主義者在這個問題上的反省，確實突破了當時的政治禁忌。國民黨最擔心的，就是害怕台灣人與外省人結合起來反抗；因為，台灣人具備草根力量，而外省人則熟悉國民黨過去的歷史紀錄。如果這兩大族群結合起來，當能揭穿國民黨的獨裁神話。《自由中國》以討論地方自治的方式來檢討省籍問題，無疑是自由主義精神的延伸。地方自治是民主政治的根本基礎，地方沒有自治，沒有分權，則只有助長中央集權強化。中央集權越鞏固，則對個人權利自由侵害就會越惡化。從自由主義的觀點而言，地方自治與民主體制的健康與否，關係十分密切。

在《自由中國》被停刊的前夕，這份刊物更是放膽檢討台灣人與大陸人之間的互動關係。一九六〇年七月十六日的社論，譴責當時的內政部長連震東先生，抨擊他的縱容選舉舞弊。社論說：「現任內政部長連震東先生，又正是歷年來以選舉監督的名位，幫助選舉違法舞弊的台籍人士。由此可以看出政治上的統治者與被統治者，不是以大陸人與台灣人來分野的。」[19]這文字已漸漸觸及「命運共同體」的概念，雖不明確，但精神已見。但是，這篇社論的重點並不止於此，它還把省籍的錯誤政策歸咎於國民黨權力人物。社論進一步指出：「他們（指國民黨少數人）說，如果台灣人勢力抬頭，居少數地位的外省人就會受到歧視，或甚至比歧視更為不幸的遭遇。關於這一點，我們要明白地指出，如果事態真的演變到大陸人同遭不幸的話，主要的責任應該由那班迷誤於政治權力的人們來擔負。」[20]發出如此嚴厲的批評，顯見社論撰稿者的心焦。

這篇社論的發表，其實是為了配合當時的組黨運動，在雷震籌畫的「中國民主黨」建黨運動，有許多台籍的政治人物也參加了行列。這是戰後以來，台灣人與大陸人的第一次大規模集結。他們希望建立一個反對黨，能夠監督、制衡政府。《自由中國》在一九六〇年四月，發行《台灣地方自治與選舉檢討》一書，開始提出組成反對黨的主張。同年九月一日，殷海光撰寫社論〈大江東流擋不住〉評論籌組新黨事件，三天後，亦即九月四日，雷震涉嫌叛亂遭到逮捕，組黨運動終於被迫中止。九月二十二日，台灣省雜誌事業協會，認為《自由中國》違反國策，處以停止會籍，從此停刊。一份代表中國自由主義者在戰後台灣的奮鬥紀錄，最後隱沒在歷史的迷霧之中。

彭明敏與台灣自由主義

中國自由主義者在台灣的曲折命運，隨著組織反對黨的挫敗而更形坎坷。然而，自由主義傳統的薪火並不因此而捻熄。至少，本地的台灣知識分子受到這個傳統的啟蒙不在少數，彭明敏便是其中的一位。雷震被捕時，彭明敏正在東京參加學術會議。《自由中國》成員的傅中梅（傅正），是彭明敏的學生，他與雷震一起被捕，對彭明敏內心的衝擊非常巨大。彭明敏如此回憶說：「在台灣，言論比較自由的時代已經結束了。」21

彭明敏對台灣政治的覺悟，相當遲緩。從他撰寫的回憶錄可以發現，他是一位典型的學術鑽研者，對客觀政治現實毫無興趣。對於政治問題的注意，恐怕始於一九五四、五五之交。透過國際法的教授經驗，他意識到台灣的國際地位問題。他的專攻領域，使他後來的政治關心方向與中國自由主義者有了區別。中國自由主義者的歷史包袱與內戰經驗，很難擺脫「一個中國」的思考模式。草根出身的彭明敏，並沒有中國自由主義者的歷史經驗，有的只是他個人的台灣歷史經驗。加上他所學的是國際法，他出發涉入政治討論時，一開始就是台灣的國際地位問題。

在教授政治學時，彭明敏早期向學生傳達自己的政治理念，乃是以討論現任國家的組成要素為主題。他強調：

> 建國的基礎，不在種族原始、文化、宗教或語言，而在於共同命運的意識和共同利益的信念。這種主觀的感覺，是由共同的歷史背景產生的，不必與客觀的種族、語言、宗教等因素有關。近代史上有許多例子，種族或語言相同的人們，分別組成不同的國家，例如盎格魯撒克遜種族，組成了英國、美國、加拿大、澳洲、紐西蘭等不同獨立國家。他們有相同的血

> 統、語言、宗教和法律概念，但構成不同的獨立國家，相反地，也有例子，種族語言等不同的人們，因為基於共同利益和共同命運的信念，組成單一的國家，例如比利時、瑞士便是。又如義大利在一百年前只是一個半島，擠滿了不同的城邦侯國，彼此戰爭不已，而且講不同的方言，經濟結構也互異。22

這段引文主要在於解釋現代的民族主義（nationalism）的觀念。為什麼如此淺顯的文字值得引述？因為這是彭明敏在後來發展出「命運共同體」這個概念的張本，也是他強調國民意識的最樸素見解。「共同命運的意識」與「共同利益的信念」，乃是跨越族群、性別、階級、語言的一種可以分享、分擔的價值。以這樣的思考為基礎，彭明敏漸漸去反省台灣的歷史經驗與他個人的家族經驗，而終於有所領悟。他認為，日本殖民者來台灣，企圖把台灣人塑造成理想中的日本人；國民黨亦然，也努力要把台灣人改造成理想中的中國人。然而，他提出質問，台灣人與這些外來者的「共同利益」、「共同命運」在哪裡？

彭明敏的思考，與中國自由主義者截然不同，對「一個中國」的立場表示很大的疑問。倘然台灣人與中國人在歷史上、現實上沒有共同利益、共同命運的基礎，則台灣政治前途要套入「一個中國」的框架，誠然極為勉強。這樣的思考，既違背國民黨的反攻大陸政策，也違背了國民黨所灌輸的中華民族主義。彭明敏與他的學生謝聰敏、魏廷朝在一九六四年發表的〈台灣人民自救宣言〉（以下簡稱〈自救宣言〉），正好挑戰了反共政策，也挑戰了中華民族主義，便是在當時這樣的情況下發展出來的。

從一九五五年至一九六〇年，彭明敏執教台大期間，正是《自由中國》的言論層次與組黨運動逐漸提升之際。長期受到胡適重視與照顧的彭明敏，不會沒有感受到來自這份刊物的影響力。彭明敏崇尚人權、追求自由的信念，顯然與《自由中國》毫無二致；但是，他的國家認同卻沒有追隨中國自由主義者之後。尤其在一九六一年，被升任為台大政治系系主任後，他的學術地位之得到承認，並沒有蒙蔽他對台灣政治現實的認識。相反的，他感到特別迫切。他與謝聰敏、魏廷朝常常分析政局的變化，對於國民黨的政治立場與宣傳，愈來愈不能接受。他們得到一個結論：「在台北的政權主張代表『中國』是一個荒謬神話，也等於是一個巨大騙局。」[23]

發表於一九六四年九月的〈自救宣言〉，開宗明義就指出：「『一個中國，一個台灣』早已是鐵一般的事實！」[24]這是他長期思考後所得到的結論，也是他與中國自由主義傳統最大不同的地方。《自由中國》從來不敢揭穿國民黨「一個中國」的神話，無非是根源於他們民族主義的信仰。這種思考上的障礙，使他們一直不能觸及國家改造的層面。他們停留在地方自治的層次，檢討省籍政策的錯誤；卻不敢深入檢討這個政策也牽涉到整個台灣前途的問題。中國自由主義者的局限，使他們不能為台灣的國際地位提出具體的答案，從而也使自由主義的精神不能獲得完整的堅持。他們最大的貢獻，在於揭發國民黨政權的統治本質，暴露其專制獨裁的性格。

彭明敏的〈自救宣言〉，突破了中國自由主義者的有限格局，不僅是挑戰「一個中國」的立場，並進一步指出「反攻大陸」是不可能的。這一點與殷海光的「反攻大陸問題」有很大不同的地方，是完全戳破反攻大陸政策的騙局。殷海光對於反攻大陸至少還懷有寄望，所以建議國民黨能夠採取持久戰的方式，在台灣實施真正民主。彭明敏則全然不相信反攻大陸的口號，揭露這整個荒謬政策背後的動機。

〈自救宣言〉指出，所謂「反攻大陸」的主張，目的只不過是利用人民心理的弱點，以維持國民黨的苟延殘喘。在反攻的假象下，拒絕憲法改革。更重要的，便是利用反攻的名義，做為勒索美援的工具。國民黨的反共與反攻，既然屬於虛構的，那麼這個政權所製造的「一個中國」口號更屬虛構。〈自救宣言〉清楚點出，國民黨不能代表中國人民，也不能代表台灣人民，甚至也不能代表國民黨本身。中華民國政府代表誰？一言以蔽之，它只代表蔣介石及其周圍的少數統治者利益集團。國民黨的反攻政策，不但不能促成團結，反而是竭盡所能地挑撥離間。〈自救宣言〉說：「蔣政權分化台灣人與大陸人，使他們互相猜忌，彼此獨立，以便操縱與統治。因此蔣政權一直防範台灣人和大陸人的竭誠合作，協力清除蔣介石的專制，實現民主政治。當雷震追求台灣人和大陸人合作的途徑時，蔣介石終於撕破了臉皮，不顧國內外輿論的指責，張牙舞爪地將雷震戴上紅帽子。蔣介石深知台灣人和大陸人合作實現之日，也正是他的政權瓦解之時。」

這段文字足以說明雷震事件對彭明敏的衝擊程度，也足以反映出台灣自由主義者對省籍政策的不滿。台灣知識分子對雷震事件的強烈反應，毫不掩飾地表達於宣言文字之中。要解決台灣內部的矛盾，又要解決台灣國際的困境，〈自救宣言〉主張「推翻蔣政權，團結一千二百萬人的力量，不分省籍，竭誠合作，建設新的國家，成立新的政府」。在戒嚴令當道的時代，提出這樣的主張，等於是與國民黨政權展開正面對決。彭明敏等人的識見，不再把省籍問題放在地方自治的層次來看待，而是提升到國家改造的敏感層次。殷海光的建議方式，要求國民黨「務實反共」，在台灣要做長期準備的工作。彭明敏則認為，台灣要的是長治久安，應該在島上建立新的國家、新政府。

在國家改造的議題中，彭明敏把憲法改造放在政治運動的日程表。這也是台灣自日據時代以降所能看見的政治主張中，層次最高的訴求。在日據時代，台灣的政治運動都只停留於追求議會設立與地方自治的階段，從來沒有一個政治團體揭示憲政改革的主張。〈自救宣言〉第一次把重新制定憲法做為民主改革的優先目標，具備了真正的憲政，人權才能獲得保障，政府也有能力向人民負責。當台灣擁有一個開放的政府，也正是重新加入聯合國，鞏固台灣主權的時候。

〈自救宣言〉的通篇文字，沒有「台灣獨立」的名詞，但是以追求新國家來代替「台灣獨立」，是一種先見之明的智慧；因為，前者是一種行動，一種實踐，後者則是屬於政治口號。這份文件強調，台灣人民必須在「極右的國民黨的是非」與「極左的共產黨的是非」之間走出自己的道路，那就是自救的途徑。

身為台灣的自由主義者，彭明敏堅信自由主義是可以在台灣實現的。他發表〈自救宣言〉後，立即遭到國民黨逮捕，謝聰敏、魏廷朝也同時入獄。他們沒有從容的時間在自救運動的議題上繼續表達他們的看法；直到一九七〇年彭明敏逃脫成功而流亡於海外時，他才進一步提出「台灣國民主義」（Formosan Nationalism）的主張。

他在早期就已有現代國家形成要素的討論，認為在共同利益與共同命運的基礎上，不同文化背景的族群，能夠協力建立一個國家。他把這樣的思考放在台灣社會內部的省籍問題上。外省籍人士雖然擁有中國歷史的經驗，但並不一定因此而難以與擁有殖民歷史經驗的本省籍人士合作。文化的背景不同，在同樣受迫害的政治現實中，應該具有共同命運的基礎。從自由主義的觀點看，國民黨與共產黨都是反人權、反民主的政權，是不能信賴的。而「一個中國」的主張又是神話的，在客觀條件的要求下，外省人與台灣人自然有共同合作的目標。

在台灣的社會，族群不同的人民應該解決自己現實的問題，而不是離開台灣社會去營造另一個不可能的神話。彭明敏在一九八七年撰寫了一篇文字，正式倡言「台灣國民主義」，他以「人民自決」與「主權在民」的觀念，來包容台灣內部的不同族群。他認為，人民自決有兩種意義，一是對內的，有選擇政府形式的權利；一是對外的，有權決定國家的國際地位。同樣的，主權在民也有兩種意義，就國家統治者來說，人民是一切政策的最高且最後的決定者；就國際關係說，人民不受任何外來政權的支配，對外主權獨立。[25]這是自由主義精神的最高表現。個人自由獲得保障，才能進一步談論國家自由，而不是國共兩黨顛倒式的思考方法，把國家利益置於人民利益之上。

具備人民自決與主權在民的台灣，「台灣國民主義」的精神便隱然可見。他在這篇文章中指出：「在台灣人民的社會中，普遍存在的共同命運的意識，是他們四百年歷經的結晶，是『台灣國民主義』的基礎，也是台灣人民團結、獨立、自由的關鍵，任何外力都無從否定。事實已經證明，台灣人民與中國國民黨之間，台灣人民與中國人民之間，或台灣人與中國共產黨之間，這種共同命運的意識並不存在。『台灣國民主義』就是台灣政治制定的最高理念。」[26]倘然以四百年經驗為國民主義的基礎，則台灣社會的外省人將如何看待？這篇文章指出，外省人已是台灣人的一部分。在國民意識的基礎上，外省人也享有現代國家的公民權。彭明敏之所以使用「國民主義」，而不使用「民族主義」，目的就在於讓外省人不會有被排斥的危機。

彭明敏進一步說明：「『台灣國民主義』更能表明台灣的住民，不論種族、語言、文化、宗教是否相同，也不論他們何時移住台灣，只要他們認同台灣，具有共同命運的意識，則可以構成一個獨立的國家（Nation），反過來說，任何外力不得假借種族、語言、文化等的相同做為理由，企圖併吞或侵害台灣人民的政治獨立和領域完整。」[27]清楚表達了對外省籍人士的尊重與包容之後，彭明敏的台灣自由主義精神可以說已有了完整的面貌。

從中國自由主義轉化到台灣自由主義的歷程，顯得崎嶇而漫長。上面的檢討可以發現，中國自由主義者的信仰，理想性遠超過現實性，因此他們的言論往往出現了相互矛盾之處。台灣自由主義的誕生，完全是從台灣社會的客觀環境孕育出來的，他們的思考與現實結合得極為密切。他們以「一中一台」的主張，來取代中國自由主義者所堅持的「一個中國」的立場；以憲法改造來提升中國自由主義者所強調的地方自治的層面；以命運共同體來化解省籍問題；以台灣國民主義來轉化中華民族主義。雙方的差距之所以如此之大，無疑是與他們各自的歷史經驗有很大的關係。台灣自由主義者以台灣歷史經驗為基礎，自然而然就發展出截然不同的理論與實踐。

較諸五〇、六〇年代的中國自由主義者，彭明敏的政治思想顯然是照顧到了現實的發展與演變。他雖然提出「一個中國，一個台灣」的主張，並且以「台灣國民主義」來涵蓋他所信奉的自由主義思想，但是他對於早期的自由主義者毫無任何批判之心，相反的，他相當感念雷震、殷海光、傅正等人創造出來的業績。即使對於胡適，他也抱持感恩的心。不過，他並沒有跟著胡適的腳步，被收編於國民黨的政治體制之內。同樣的，他雖然尊敬雷震、殷海光的畢生奉獻，但他並沒有因此就接受他們「一個中國」的主張。

自由主義的最高精神，一方面在於爭取個人言論、思想的解放，一方面也在於尊重、包容他人的自由空間，在這方面，彭明敏可以說都已做到了。當他把中國自由主義傳統轉化為台灣自由主義的思考時，台灣的政治思想史已經寫下新的一頁。

註釋

1　參見胡適，《胡適的日記》第一八冊（一九五七年一月—一九六二年二月）（台北：遠流，一九九〇），一九六一年九月九日，無頁碼。

2　彭明敏，《自由的滋味：彭明敏回憶錄》（台北：李敖，一九八九），頁八九。

3　就筆者所知，到目前為止，已有兩篇碩士論文討論《自由中國》的政治意義，一是魏誠，〈自由中國半月刊內容演變與政治主張：民國四十，五十年代台灣政論雜誌的發展〉（台北：國立政治大學新聞研究所碩士論文，一九八四）；一是顏淑芳，〈自由中國半月刊的政黨思想〉（台北：私立中國文化大學政治學研究所碩士論文，一九八九）。不過，較為重要的學術專著當推薛化元，《《自由中國》與民主憲政：一九五〇年代台灣思想史的一個考察》（台北：稻鄉，一九九六）。

4 胡適，〈容忍與自由——《自由中國》十週年紀念會上講詞〉，收入殷海光，《殷海光選集．第一卷：社會政治言論》（香港：友聯，一九七一），頁五〇〇。

5 此處轉引自殷海光，〈自由主義的趨向〉，收入史華慈等著，周陽山、楊肅獻編，《近代中國思想人物論：自由主義》（台北：時報文化，一九八〇），頁一九。

6 有關雷震組黨運動最為扼要的研究，參閱張忠棟，〈雷震與反對黨〉，收入澄社，《台灣民主自由的曲折歷程：紀念雷震案三十週年學術研討會論文集》（台北：自立晚報社文化出版部，一九九二），頁五五—七二。

7 殷海光，〈我對於在野黨的基本建議〉，原載《自由中國》第二三卷第二期（一九六〇年七月二十日），頁五—七，此處轉引自《殷海光選集．第一卷》，頁五九三—六一二。

8 胡適，〈《自由中國》的宗旨〉，《自由中國》創刊號（一九四九年十一月二十日），頁三。

9 有關五〇年代台灣人主張台灣獨立的史實，參閱柯旗化著，《台灣監獄島》（東京：イースト・フレス，一九九二）。

10 王世杰，〈反共鬥爭中之台灣〉，《自由中國》第一卷第二期（一九四九年十二月五日），頁六。

11 社論，〈論中美共同防禦條約——防守外島與反攻大陸是我們自身的責任〉，《自由中國》第一一卷第一二期（一九五四年十二月十六日），頁三。

12 社論，〈解決中國問題必需以民意為歸依〉，《自由中國》第二一卷第一〇期（一九五九年十一月十六日），頁三。

13 同前註，頁四。

14 許冠三，〈關於個體自由與群體自由〉，《自由中國》第九卷第二期（一九五三年七月十六日），頁一〇。
15《自由中國》的重要成員之一傅正（傅中梅），在他去世前討論《自由中國》的政治理念時，也指出這份刊物自始至終都堅持「一個中國」的立場。參閱傅正，〈《自由中國》的時代意義〉，收入《台灣民主自由的曲折歷程》，頁三四九—六九。
16 殷海光，〈社論(二)——反攻大陸問題〉，《自由中國》第一七卷第三期（一九五七年八月一日），頁七。
17 社論，〈我們的地方自政制〉，《自由中國》第一七卷第一〇期（一九五七年十一月十六日），頁三。
18 同前註，頁五。
19 社論，〈台灣人與大陸人〉，《自由中國》第二三卷第二期（一九六〇年七月十六日），頁三。
20 同前註，頁四。
21 彭明敏，《自由的滋味》，頁一〇四。
22 同前註，頁九八。
23 同前註，頁一二六。
24〈台灣人民自救宣言〉全文，收入彭明敏，《自由的滋味》，頁二八五—九八。
25 彭明敏，〈台灣將來政治制的理想和課題〉，收入張富美編，《台灣問題討論集：台灣現狀與台灣前途》（台北：前衛，一九八八），頁三三一—三三。
26 同前註，頁三三四。
27 同前註，頁三三五。

簡吉與台灣農民運動的左傾化（一九二五—一九三一）

引言

階級路線與民族路線之間的抉擇，關聯到一九二〇年代台灣啟蒙運動的左右分合。農民運動自一九二三年逐漸活潑之後，迫使以民族路線為基調的台灣文化協會，不能不處理日益深化的階級問題。由於日本資本主義在台灣的滲透，終於造成農民意識與工人意識的加速成熟。階級意識的形成，催化了二〇年代農民運動與工人運動的擴張，同時也為既有民族路線的啟蒙運動開闢另一思考的主軸。階級路線與民族路線，究竟是對抗的，還是對話的，這個問題深深苦惱著當時的政治領導者。

在一般資本主義社會，勞資之間的關係純粹是屬於階級問題。但是，在殖民地社會，尤其是做為日本殖民地的台灣，勞資對立已不止於是階級問題，其中還牽涉到嚴重的民族矛盾。這是因為台灣的資本家有百分之九十以上都由日本人所構成，而農民與工人的人口則完全是台灣人所組成。民族矛盾與階級矛盾，隨著資本主義的鞏固而加深。台灣文化協會成立之初，基本上是以喚起台灣人的民族意識為主要目標。通過台灣意識的強化，使島上住民開始介入政治運動，從事合法的議會路線改革。然而，階級路線發軔之後，議會路線的改良主義似乎已不能勝任領導的工作。階級路線與民族路線的緊張關係，於焉形成。台灣文化協會領導者，遂致力於這兩條路線的調和。這種折衝的工作，當時稱之為「聯合戰線」（united front）。所謂聯合戰線，便是在以日本殖民者為共同敵人的思考下，由台灣左右兩個陣營企圖展開互相合作的努力。

在農民運動中崛起的領導者簡吉（一九〇三—一九五一），正是嘗試在左翼的階級路線與右翼的民族路線之間進行結盟的上乘實踐者。自運動之初，他便與強調民族路線的台灣文化協會，以及稍後的台灣民眾黨展開合作。但是，這樣的努力最後證明並不成功。當他覺悟到民族路線不能完全掙脫合法改革的宿命時，遂毅然更弦易轍，轉而與以階級路線為主調的台灣共產黨密切合作。伴隨這樣的轉折，他所領導的農民運動也全面左傾化。

簡吉終於確立他的階級路線時，絕對不是因為他過於高估革命運動的可行性，而是整個大環境迫使他不能不選擇左傾的道路。他的轉換跑道，象徵著殖民地知識分子在尋找政治出路時的用心良苦。為什麼他理想中的「大同團結」或「聯合戰線」不能實現？或者換一個角度來提問，為什麼階級路線與民族路線不能創造聯合戰線的契機？這些問題的背後，顯然與當時的歷史條件有著細緻的連繫。在整個左傾化過程中，簡吉以具體行動實踐他的信念，並且也為他的行動付出極大代價。他在運動中每一階段所展現出來的思考，都足以詮釋殖民地社會所面臨的挑戰與考驗。

農民意識的覺醒

簡吉介入農民運動，基本上可以分成前後兩個階段。第一個階段從一九二五年至一九二八年，是農民意識的啟蒙時期。簡吉領導在全島投入各種不同的農民抗爭，藉此開發農民的階級意識，並拓展反抗運動的規模與版圖。第二階段從一九二九年至一九三一年，是他從事農民運動與社會主義的結盟時期。雖然經過牢獄之災，卻反而更加鍛鍊他的反抗意志與智慧。他以台灣共產黨員的身分，積極在各團體之間進行合縱連橫的工作。

簡吉並不是第一位領導農民抗爭的知識分子，在他之前，二林事件的領袖李應章已是一位典型人物。不過，在運動視野與策略思考上，他較諸李應章還更具專業的精神，而且在行動實踐上更為持久。然而，不能否認的，農民意識的普遍覺醒，當以一九二五年的二林事件為濫觴。這並不意謂在二林事件之前沒有農民反抗的事實。但較具組織規模的抗爭，與較具集體階級意識的行動，無疑是始於二林事件。[1]誠如日本學者淺田喬二指出，台灣農民抗爭在大正時期都停留在地主與小佃農之間「個人的紛爭」，到了大正末期「團體的爭議」才次第抬頭。[2]

李應章領導的運動，專注於蔗農權益爭取的抗議。雖然在議題方面僅觸及蔗農的權益，卻沒有預料會開啟日後一系列的農民反抗行動。在整個事件還未全面爆發之前，日人記者今村義夫出版的一冊專書《台灣產業問題管見》就已預言，認為彰化的林本源製糖對溪州農民的甘蔗收買價格過於苛刻。這本書強調，在糖廠不斷的剝削掠奪下，已深深刺激農民意識的覺醒，並且也使階級鬥爭開始萌芽。這可能是日本知識分子在台灣使用「階級鬥爭」的第一位。[3]

台灣文化協會的機關報《台灣民報》，必須等到一九二五年四月，才正式注意到林本源製糖掠奪農民的問題之嚴重。《民報》發言的立場仍是相當折衷，僅強調「賢明的政府當務使（製糖）會社和蔗農得以圓滿提攜，利益公平的分配，這樣方可維持雙方永遠的利益。」[4]今村義夫在《台灣民報》更發表一篇題為〈台灣的農民運動〉的長文。這也是報紙第一次揭櫫「農民運動」理念的文字，值得注意。因為，他已經見證一場澎湃的運動就要展開。他從二林農民的陳情書，已似乎可以感受到台灣農民不再逆來順受，而開始自覺到如何保護自身的權益。在農民的陳情書中，他們向製糖會社提出改善要求，其中最重要的兩點是：第一、以會社、農民、官憲三者的合議，來決定買收甘蔗的價格；第二、撤廢原料區域，承認原料的自由買賣。[5]根據這樣的要求，今村義夫認為，台灣農民運動將不止停留於經濟層面，很有可能進一步發展成為政治的層面。[6]他的理由是，台灣所有的製糖會社都得到政府保護，而農民的經濟利益並未受到照顧。因此，當農民提出要求政府、會社共同合議時，這種行動已富有強烈的政治意義。今村義夫的見解，得到《大阪朝日新聞》的遙相呼應。該報指出，在蔗農的集體行動下，台灣總督府已開始擬議蔗農組合設立的準則。因為會社與蔗農之間的對峙，已有蔓延全島之勢，這將助長團體運動化的傾向。《大阪朝日新聞》又說，農民運動的生產組合一旦成為事實，「此對各製糖會社之威脅亦可謂大矣」。[7]

日本記者與報紙首先發出農民運動與農民組合的呼聲後，《台灣民報》也緊跟著提出自己的主張，明確支持蔗農維護權益的立場。《台灣民報》的批評指出，所有的製糖會社都有內地的大財閥在支撐，如三井派的台灣製糖、三菱派的明治製糖、鈴木派的東洋製糖、大倉派的新高製糖，這些財閥的勢力，「不消說可以牽制內閣與總督的施政方針」。製糖會社僅注意財閥的利益，全然無視蔗農的處境。糖價價格好時，利潤並未分配給蔗農；糖價下跌時，則減低收購甘蔗。台灣蔗農完全沒有決定甘蔗價數與買賣的自由，因為他們的身體被會社的區域制度所束縛。對於這些不合理的現象，《台灣民報》主張應該撤廢區域制度，並且鼓勵蔗農發揮眾志成城的精神，成立蔗農組合。[8]

輿論的支持，終於促成「二林蔗農組合」在一九二五年六月二十八日成立總會。李應章、劉崧甫、詹奕侯、蔡淵騰諸氏十名當選理事。[9]會在二林事件發生之前形成組合，是因為蔗農已意識到必須組織起來，以集體力量向會社進行交涉。從蔗農組合的〈旨趣書〉，就可以發現農民的痛苦處境：「政府既以規則而使製糖會社併吞舊式糖廍，而又以一定之區域強使耕作者不得以區域內之原料別賣於他會社，何有長使此受冤屈之耕作者，永久屈膝稽首於專橫製糖會社之下耶。」[10]

確切而言，區域制度便是規定蔗農永久屬於特定的會社，他們等於是會社的農奴，既無土地權，亦無經濟權，純粹淪為「農業勞動者」。[11]這種向會社承租土地，完全失去自由買賣權利的蔗農，正如矢內原忠雄所說，乃是農民朝向無產化發展的一種過渡。[12]台灣學者柯志明，則認為這些農民，正以「半普羅農民」的形式向真正的無產階級蛻變。[13]

二林事件的發生，就在於林本源製糖會社於一九二五年十月二十一日逕行自訂蔗價，並且從蔗農組合成員以外的土地開始進行採買，終於引起組合成員的集體抗議。二林日警遂於十月二十三日逮捕李應章、劉崧甫、詹奕侯等人。在逮捕行動的同時，製糖會社開始散播謠言，指控參與抗議的農民為「暴徒四、五百名」，並且暗示這次抗議行動背後與文化協會有某種關係。[14]在沒有任何證據下，二林蔗農組合所有的幹部均遭到逮捕，而許多成員也在警局受到不人道的酷刑毒打。這完全是製糖會社與日警聯手製造的冤案。[15]

二林事件從事發到判刑，前後延宕一年。就在這一年的過程中，台灣農民階級意識已普遍被開發出來。高雄鳳山的農民，也呼應二林蔗農而著手組織的工作。領導南部農民運動者，正是簡吉。在二林事件發生前後，簡吉已漸漸涉入公開的活動。《台灣民報》最早出現他的名字，便是報導他當選鳳山公學校同窗會會長。[16]

簡吉參加農民運動，當是鑑於客觀形勢已開始要求成立農民組合。淺田喬二在其專書中特別強調，使農民組合運動勃興的契機有三：第一是林本源製糖會社的專制而造成二林事件；第二是總督府將「無斷開墾地」撥給日本人退休官員，剝奪台灣人的使用收益權，終於造成反對鬥爭；第三則是三菱製紙會社擅自奪取竹林而引起反對。[17]這些事件一方面反映日本資本家對台灣社會的滲透擴張已經到達一個更高階段，另一方面也反映了農民的生活處境已更形窘迫。後來被免去公學校教職的簡吉，覺悟到必須投入運動中爭取農民的權益。

鳳山農民組合的前身是鳳山小作組合，係由黃石順發起。黃石順是小作人，大正十二年（一九二三）由新竹州遷居高雄，向地主陳中和的新興製糖會社承租土地。黃石順與其他二十名移住者，獲得陳中和口頭承諾，可以從事「永久小作」。一九二五年新興製糖會社驟然宣稱要收回土地自用，遂驅趕黃石順等人。[18]這群小作人於一九二五年十月三日在黃石順宅召開「鳳山小作組合」發起會，目的在於改善贌耕條件與互相救濟。[19]由於黃石順與簡吉相識，雙方「意氣相投」，也邀請他參加組織。[20]同年十一月十五日，鳳山農民組合正式成立，簡吉擔任會長兼教育部長，黃石順擔任主事兼爭議部長。這個組織，邀請雇農、小作農、自作兼小作農、蔗農共同參加。[21]

農民運動的活潑化，顯然也獲得文化協會的支持。在農民運動初期，文協與農組之間基本上是採取攜手合作的態度。最能印證這種互相合作的策略，可從《台灣民報》言論發現。文化協會之所以支持農民運動，除了站在反對製糖會社掠奪專制的立場外，最主要的是他們認為蔗農受到自由主義思想的影響，而覺悟到蔗價的訂定必須經過蔗農的同意。換言之，文協認為農民運動的勃興，係自由主義思想擴張所致。《台灣民報》指出，「蔗農運動與勞動運動的思想根底不同，前者是要求自由主義（契約自由）的，後者是要求社會主義的。」[22]從文協的立場來看，農民組合的普及現象，並非是階級運動，而是自由主義運動。這種見解，顯然是一種樂觀而善意的誤解。不過，也正是基於這樣的誤解，文協對農民運動的支持與聲援，可謂不遺餘力。

如果說這是一種聯合戰線的雛型，應該可以成立。從一九二五年十一月鳳山農民組合的成立，到一九二八年四月台灣共產黨建黨的前夜，農民運動與文化協會的合作非常密切。特別是在簡吉的領導下，各地農民組合紛紛成立。在一九二〇年代後半期，他在政治運動中已經累積可觀的實力。正是因為他擁有政治實力，文化協會在輿論方面幾乎是與他全力配合。行動的實踐與輿論的呼應，終於使簡吉在農民運動上建立了領導地位。

運動擴大：從鳳山農民組合到台灣農民組合

簡吉的鳳山農民組合，是一個地方性的階級團體。不過，在運動策略上他亟思突破。他一方面與文協保持良性的互動，一方面則以巡迴演講的方式糾合各地農民。根據《台灣民報》的記事，簡吉在一九二六年元月的半個月內，動員組合成員在南部推廣演講隊活動。簡吉的講題是〈咱的兄弟怎樣自覺〉、黃石順是〈土地與農民〉、吳敦是〈資本家的毒手可驚〉，其他講員還包括張滄海、陳振賢，吸引無數基層聽眾。[23]雖然演講會場有日警的監視，並且常常遭到勒令中止，卻往往收到反面教材的效果。在二林事件的受難陰影下，許多農民都被激發了危機意識與階級意識。到一九二六年底為止，各地已先後成立農民組合，包括二林、鳳山、曾文、嘉義、虎尾、大甲等地。這股龐大的勢力，已遠遠超過文化協會的規模。面對這個形勢，《台灣民報》正式為文呼籲應該成立「台灣農組聯盟」。因為，鳳山農民組合成立時，就已在其規約暗示：「本組合稱為鳳山農民組合，為台灣農民組合的支部。」顯然已經計畫要把地方團體擴充成為全島性的組織。文協也為農民組合聲援，在其機關報提出主張：「……各地組織各地的組合，然後聯合組織全島的聯盟，而以後各地再新設立的可以逐次加入聯盟，為聯盟的一分子，就可以達全台聯合的目的了。」[24]

一九二六年六月二十八日，大甲、曾文、嘉義等地組合的代表共十名，與鳳山農民組合正式結盟，宣告組成台灣農民組合。簡吉、陳連標、黃石順被選為中央常任委員，簡吉擔任中央委員長，並兼任教育部長與調查部長。[25]有了全島性的組織，整個運動就更具機動而活潑。在這段期間，日本勞動總同盟政治部長麻生久，自東京來台為二林事件的審判辯護。台灣農民組合邀請他到各地巡迴演講，由簡吉隨行翻譯。[26]這是台灣的農民運動，第一次與日本的政治運動者接觸，開啟日後與日本勞農黨相互聯繫的契機。

台灣農民組合的建立，在運動上有多項突破。第一、不同於二林蔗農組合的單一小作農民為主要成員，台灣農民組合的成員橫跨了蔗農、穀農、蕉農、林農、茶農。這種橫的聯盟加寬也加深農民運動的格局。第二、台灣農民組合不再以地方團體為基礎，而進一步完成全島性的聯盟，在聲勢陣容方面，超越同時期所有的組織。第三、簡吉已經意識到農民運動不能局限於島內的範圍，而應與日本內地的農民團體交換經驗，相互支援。從這些事實來看，簡吉的領袖氣質極為卓越。縱然他有鮮明的階級立場，卻以主動進取的態度從事跨階級、跨國界的活動。

二林事件在一九二六年八月二十六日開始審判，歷時四天。其中判刑最嚴重的是領導者李應章，被求刑五年。《台灣民報》為此出刊「二林事件公判號」，發表社論肯定台灣農民基於共同利害而團結一致。同時，也發表〈二林事件的考察〉，抨擊司法制度的偏頗。這篇專文指出：「前回治警事件的結果，使台灣一般的人們，才了解台灣議會是合理的要求。這回騷擾事件的結果，使台灣農民運動才進入第一步了。於此可見前者已成為台灣政治運動史的紀念塔，後者也成為台灣社會運動史的紀念塔了。」[27]把治警事件與二林事件比並觀察，似乎證明這段時期的啟蒙運動還未出現左右兩派的對峙。治警事件彰顯了殖民地台灣的民族差異，二林事件則暴露日人與台人之間的階級差異。事實證明，二林事件誠然使當時的政治運動與社會運動的結盟臻於高峰。然而，也是以二林事件為分水嶺，文協的民族運動與農組的階級運動，在路線上便無可避免發生歧見。

這種歧見的造成，是漸進的，也是多方面的。這是因為在一九二六年以後，日本官方對農民的壓榨變本加厲。從日本警察檔案可以發現，總督府不顧農民的利益，放領土地給退休官吏。台中州、台南州、高雄州在一年之內就有十餘件土地爭議。正是這些爭議的不斷發生，遂迫使地方農民紛紛加入農民組合。這股力量的催生，不能不使總督府感到警惕，警察對農民組合的監視與阻擾也日益頻繁。鎮壓的行動，果然使階級運動產生強烈的政治意義。因為這種鎮壓，不僅刺激了階級意識，也更刺激出民族意識。

一九二六年九月二十日，簡吉在鳳山演講二林事件與農民運動，竟然遭到日警逮捕。《台灣民報》以巨大篇幅報導逮捕始末，並稱之為「鳳山事件」。從報導的文字來看，《台灣民報》特別重視這個事件，其目的可能是在聲援保護簡吉。由此可知，簡吉受到文協尊敬的程度是極高的。除了事件報導之外，報紙還發表一篇很長的評論。從這篇評論，可以發現簡吉所受的重視。該文指出，「台灣農民運動的發祥地是鳳山。又鳳山農民組合，是台灣各地農民組合的總本部。

當局若有意要打破台灣的組合運動，定由這個組合先著手。」[28]這段文字充分說明，做為台灣農民組合領導者的簡吉，在台灣人的政治運動中有其一定的地位，在總督府的官方眼中也成為主要假想敵。這篇評論又指出，事件發生時，在場的民眾都訓練有素，非常聽命於簡吉。對於他所主導的組合運動，這篇評論則肯定他已使台灣農民運動邁向統一運動的時代。更值得注意的是，這篇文字的作者已發現，簡吉被捕時，並未使用繩索綑縛，而是驅使自動車載他們到警局。同時，在審問時，簡吉是與警察對坐。從這些描述，顯示簡吉在日警心中也有其一定分量。

但是，就在鳳山事件發生之際，文協內部也正展開左右傾的辯論。這個爆發於一九二六年與一九二七年之交的論戰，正是眾所熟知的「中國改造論」。右翼的陳逢源與左翼的許乃昌雖然是以中國社會的政治形勢為爭辯議題，實際上是在釐清台灣社會是否已存在資本主義。陳逢源認為中國社會的資本主義尚未成熟，因此不宜提倡所謂的社會革命。許乃昌則指出中國不僅已有成熟的資本主義，而且已經到了發生危機的地步，所以是發動社會革命的時機。[29]

雙方的辯論，使潛伏在啟蒙運動中的民族路線與階級路線驟然浮上檯面。簡吉在這個階段並沒有參與這樣的辯論，不過他的行動實踐確實使階級議題日益深化。

左右分裂過程中的農民運動

進入一九二七年之後，簡吉的組合運動更形高亢而激進。最值得討論的是，他在這年的二月與趙港遠赴日本請願。返台之後，農民組合的運動策略改採主動進攻的戰術。他的上京行動固然不是為對抗議會請願運動，但至少與議會路線劃清界線。同樣的，進攻策略顯然有別於過去等待被日警監視逮捕的保守態度。這些作法，大大刺激了農民的階級意識，也使整個運動更為生動。

簡吉與趙港在一九二七年二月十三日啟程，十七日抵大阪，拜訪當地日本農民組合總會，獲得同情，也得到聲援的承諾。日本農民組合通過決議，「堅決反對台灣墾地之強制或欺瞞的徵取」，也在決議文中指出：「台灣農民組合勇鬥於此孤立無援之中，我日本農民組合須應援彼等，使得徹底的解放台灣全島之農民。」[30]這是日本農民組合第一次對台灣農民組合的公開支持。

在日本期間，簡吉與趙港都同時病倒，卻仍堅持前往東京請願。[31]一九二七年三月十二日，兩人在清瀨一郎代議士的引介下，向帝國議會提出台灣農民請願書。他們在文件中指出，台灣總督府在一九二五年淘汰許多舊官吏後，為了安撫不平情緒，竟然從農民手中奪走土地，放領給被淘汰的退官。他們特別強調，這些土地是台灣農民祖先的遺留地。有些土地是遭洪水流失後，由農民以血汗開墾而重新復得，這些土地都擁有政府允許的所有權。如果土地被奪走，將使農民「不得不陷於引家族迷於路頭之悲慘狀態者矣。」[32]簡吉的請願運動，完成了三項任務，亦即獲得日本農民組合的聲援，也使請願書遞給帝國議會，同時更與日本勞農黨取得戰略上的聯繫。這是台灣農民組合氣勢臻於極盛的時期，較諸台灣議會請願運動的能見度，並不遜色。雖然他們的請願，遭到帝國議會委員以缺席伎倆而擱置，然而上京行動確實使台灣農民的問題彰顯出來。[33]

簡吉返回台灣後，並未因請願不成而稍挫。就在二林事件的第二次審判之後，農民組合改採進攻的運動形式。其進攻策略分成三方面，首先是舉行全島說明會。挾帶自日本歸來的氣勢，簡吉組成巡迴演講隊，抨擊退官土地拂下的惡質制度，也同時舉行遊行示威。其次是培養農民組合的鬥士，以講習會與研究會的方式徵集成員。最後是每年舉行勞動節，配合五月一日的國際日，由各支部同時舉辦遊行。[34]策略的調整，一改過去那種靜態而被動的態度，這種作法大大提升了農民的階級意識，卻與台灣文化協會的合法抗爭日漸產生區隔。

台灣農民組合可能並非刻意要與台灣文化協會對峙，但是經過不斷的抗爭行動，群眾路線與階級路線卻愈來愈鮮明。一九二七年四月台灣機械公會正式成立時，高雄鐵工廠因工人王鳳參加工友會而被免職，遂引起整個工廠的罷工。台灣農民組合立即表達立場，支持罷工行動。農民與工人的結盟，至此已見端倪。對於這樣的階級路線，文協有些成員並不以為然。

《台灣民報》在一九二七年五月五日發表一篇題為〈階級鬥爭與民族運動〉，該文指出農民組合有人主張，如果要獲得日本勞農黨的支援，就應該採取階級鬥爭。若是採取民族運動，內地的無產政黨就不會支持。[35]這段話是不是影射簡吉的言論，並不確知。不過，從這段評論，顯示文協成員很擔心農組運動會偏離民族路線。

在此評論之後，文協重要幹部蔣渭水也撰寫一篇〈對台灣農民組合聲明的聲明〉，公開宣稱他與簡吉有過一段對話，其內容如下：

簡：「我們到日本的時候，起初勞農黨的幹部叫我們加入他們的政黨，到後來他們考慮了，再對我們說：『你們台灣是弱小民族，有特殊的事情，須取弱小民族的運動，而我們的黨，只立在援助的地位，云云。』所以我們的運動方針是階級鬥爭包民族膜的。」

蔣：「那末，我們『以農工階級為基礎的民族運動』，和你們所說的『階級鬥爭包民族膜』的，是差不多一樣的。」

簡：「但是我們對階級意識是很明瞭的。」[36]

蔣渭水根據上述兩人的對話，認為簡吉的思考仍然沒有脫離民族運動的範疇。然而，這樣的解釋並未得到簡吉的同意。他在《台灣民報》發表僅有的一篇短文，便是回應蔣渭水的說法。簡吉說：「……我們須提高我們的階級意識，而結成廣大的堅固的團結，而進攻啊！大家趕快起來鬥爭，而獲得我們的生存權。日本資本主義要倒了，世界資本主義也要倒了，我們不僅僅是要由教育機關解放出來，而且要由一切壓迫解放出來！」[37]這段文字全力批判資本主義，並高舉階級鬥爭的旗幟。等於是對蔣渭水「以農工階級為基礎的民族運動」的說法正面反駁。

簡吉與蔣渭水之間的分歧，事實上是延續一九二六年陳逢源與許乃昌的「中國改造論」未完的論戰。這場論戰的後續效應綿延不絕。但整體來看，文協對於日益高漲的階級運動，在言論上雖強力支持，卻在行動上有所保留。在稍早的《台灣民報》，亦即陳許論戰之際，就已為文表示殖民地運動都是屬於民族運動。在〈台灣解放運動的考察〉評論中，特別強調台灣解放運動的順序是從民族解放，進入階級解放，然後才是婦女解放。該文指出：「在異民族的差別統治下，全台灣人都是站在被壓迫的地位，所以雖然有男女貧富之別，總是在這特別情事下的共同的解放運動，總要一致團結才是。」[38]文協所談的團結，與農民提倡的團結，內容顯然是不一樣的。蔣渭水揭示「以農工階級為基礎的民族運動」，領導權並不操在農工階級手中，而是由中小資產階級掌握。簡吉所說的「包民族膜的階級運動」，領導權則是落實在農工階級之上，而不是中小資產階級。文協雖主張以農工為基礎，卻全然沒有提倡階級意識，而只是高舉民族路線的旗幟。簡吉的農組則不同，他主張鮮明的階級意識，抨擊資本主義。他們的抗爭行動，已經把民族路線包含在內。

經過這小小的論戰，簡吉顯然覺悟到台灣文化協會已不可能出面領導階級運動。文化協會在一九二七年分裂成為左傾文化協會（又稱新文協）與台灣民眾黨之後，簡吉開始積極籌備台灣農民組合第一次全島大會。這是在日本勞農黨的支援下而完成的大規模會議。一九二七年十二月四日，農民組合成員竟有八百名出席大會。日本勞農黨幹部古屋貞雄，日本農民組合中央委員山上武雄也前來參加，其盛況顯然不是分裂中的文協所能想像。簡吉在大會中發言：「由於沒有理論，我們的目的意識欠缺明瞭，我們所做的工作也常錯誤累累，在現階段我們非得展開全無產階級的政治鬥爭不可。」[39]這項決議文，是台灣農民組合左傾化的第一步。在運動方面，農民組合從一九二七年到一九二八年竟指導農民抗議事件達四百餘件。[40]這個事實證明，農組的實踐已不是合法改革的議會路線與民族路線所能望其項背。

在一九二七年後，台灣民眾黨機關報的《台灣民報》，在言論上已不再積極支持農民運動。

反而，開始出現一些微詞。對於農民不斷的抗爭行動，《台灣民報》認為：「……有心改造台灣社會的運動家們，一方面要取著法治國民的態度，慎重從事，庶免陷入法網；一方面要以無抵抗的抵抗之力組織鞏固的團體，向正義之前直進。」[41]這是民族路線與階級路線的最大分歧點，因為前者過於強調要遵守日本人訂定的法律，亦即所謂體制內的合法改良主義。然而，農民運動的經驗已經證明，即使馴服遵守法律，仍然還是受到非法的壓迫剝削。在一九二六年與一九二七年，農民組合在短短兩年內，成員已由四千一百七十三名，加速成長為兩萬一千三百十一名。組合的地方支部則多達十七處，包括新竹州的大湖、中壢，台中州的大屯、大甲、彰化、二林、竹山，台南的曾文、下營、虎尾、嘉義、小梅、斗六，高雄州的鳳山、屏東、內埔。[42]規模膨脹之速，全然出乎台灣總督府意料之外。

農民組合發展至此，已富有鬥爭運動的實力。面對不斷高漲的形勢，簡吉在新文協創辦的《台灣大眾時報》，發表專文〈台灣農民運動〉，反省運動的組織與方向。這項文件顯示，簡吉在這個時期已閱讀過馬克思與列寧思想，思考上已成為不折不扣的左翼政治運動者。他對第一次全島大會的兩條決議，包括「特別活動隊的設置」與「勞動農民黨的支持」，非常肯定。所謂特別活動隊，便是發行機關刊物，積極介入工農、政黨組織的活動，支持工人做為先鋒的組織與活動。簡吉的階級路線，在這篇文字裡已明白確立。他主張：「我們應當和全世界的無產階級站在同一的戰線上，來打倒共同的╳（敵）人！」他更主張：「由階級的觀點上，我們不得不與勞動者提攜，與日本、朝鮮的無產大眾提攜，與一切反╳╳（帝國）勢力提攜。我們要把我們的鬥爭合流到世界無產階級鬥爭去。」[43]

這些言論，都是簡吉還未參加台灣共產黨的組織之前所提出的。因此，他的階級路線並不是受到台共影響，而是從實際的運動經驗中自然而然受到馬克思與列寧的啟蒙。謝雪紅與林木順於一九二八年四月十五日在上海成立台灣共產黨時，成員來自日共與中共的台灣人黨員。因此，台共將領導核心移回台灣時，就已清楚一個具有左翼信念的階級運動團體已儼然組成。這說明了為何謝雪紅主動吸收簡吉入黨的主要原因。

台灣農民組合的左傾化

簡吉在一九二八年六月加入台共，是台灣農民組合的一大轉折。就台共與農組的成立過程來比較的話，前者徒具理論形式，後者則具實際運動的經驗。就像連溫卿所說，自海外留學回來的知識分子，其運動「都偏於模倣」；而在台灣本地的知識分子則能「照映台灣社會的實情」。[44]如果是台共主動吸收簡吉，顯然是重視其大規模的組織及其豐富的鬥爭經驗。如果是簡吉主動加入台共，則應該是他對於左翼運動理論帶有高度好奇。

農民組合一躍成為島內的最大團體，幾乎是公認的事實。《台灣民報》在一九二八年元月發表〈過去一年間的回顧〉時，特別肯定農組發展之迅速。[45]台共雖然建黨於上海，對島內的政治形勢卻瞭若指掌。一九二八年六月，謝雪紅回到台灣，第一位要吸收的黨員便是簡吉。[46]最主要原因，是謝雪紅依照台共建黨時的一份重要文件〈台灣農民對策〉，亟需與島內農民運動建立密切聯繫。這份文件的主要指導方針包括四點：「一、要強化農民組合的思想武裝，非得發行全島性的機關刊物不可。一方面爭取言論自由，一方面對農民大眾展開思想訓練。二、台共組織的活動與農民運動，其實是台灣民族的共同鬥爭，都是同樣要打倒日本帝國主義，也要廢除反動地主及其他一切封建的殘餘。三、土地問題是當前農民大眾決死鬥爭的根本目標，也是台灣民族民主革命的社會內容。所以，提出『土地還給人民』、『土地公有化』的要求，乃是正確的。四、台灣革命的指導權，應屬工人階級無疑。就台灣各階級的勢力關係與階級結構來看，勞動者才是台灣革命的指導者。因此，革命的指導權並不在農民手中。不過，農民是台灣革命獨一無二的同盟軍。」[47]

〈農民問題對策〉的內容，部分正確，部分錯誤。先就錯誤的部分來說，台灣社會的工人階級在當時還不足以承擔革命運動的任務。就組織規模與階級意識來說，都還是停留於雛型階段。從文件的敘述可以發現，謝雪紅之吸收簡吉，只是視他為同盟軍而已，並非是主要的革命力量。然而，就台灣的實情來評估，真正能夠不斷發展成長的政治團體，唯台灣農民組合而已。工人運動與組織，直到日據時期結束，都未能蔚成氣候。

就正確的部分來說，農民運動原就是台灣民族運動不可或缺的一環。《台灣民報》批評農民組合偏離民族路線，其實是在遮掩其逃避階級議題的事實。農民在自己的土地要求解放，實質上就已經在追求民族解放的目標。在殖民地的農民解放運動，如果不屬於民族路線，則一味追求合法體制內改革的議會路線，更加不成其為民族路線了。從這個觀點來看，簡吉選擇與台灣共產黨結合，顯然是同意該黨的民族路線與階級路線合二為一的主張。

較值得重視的是，〈農民問題對策〉特別標明一條內部鬥爭：「應該在農民組合內策動，展開對連溫卿這個宗派的鬥爭。連溫卿是機會主義者，是反共產主義者。他的勢力留在組合內，將影響黨的發展。因此，連溫卿收買的楊貴與謝進來，也必須予以鬥爭清除。」[48]連溫卿是受到日本山川主義影響的工人運動者，在台北組成台灣機械公會，並且有意完成全島工人運動總同盟。他的存在，阻礙了台共在島內的發展，所以必欲除之而後快。[49]台灣共產黨把連溫卿視為重要對手，似乎過高評估他的實力了。

簡吉領導的台灣農民組合在一九二八年有了飛躍性的發展。原來只有十七處支部的組合，在這年年底已增加到三十個，另外增設四個出張所。[50]足證與台共結合後，農民組合在運動策略上更加活絡化。《台灣民報》在一九二九年一月回顧一年來解放運動團體的成果時，給予相當高的評價，認為「該組合的幹部與組合員，不顧身命，只為農民解放，看他們去年中重要工作，就可明白其努力的程度了。」[51]組合成員介入的事件，包括鳳山爭議事件，二林山寮事件，竹山、斗六、嘉義三郡的竹林事件，二林源成農場事件，桃園支部被壓迫事件，第二次中壢事件，大湖事件，大肚退官土地拂下問題。採取更左的路線之後，農組的運動更加貼近農民的命運，所得到的支持也勝過最初兩年。

一九二八年十二月底，簡吉接受謝雪紅的指示，在台中召開第二次全島大會。就在這次大會上，農民組合完全接受〈農民問題對策〉的指導方針。謝雪紅在幕後指揮，台共也派東京支部的黨員林兌列席觀察。[52]經過這次大會的議決，農民組合成為台共的外圍組織，權力結構與布置幾乎都在仿照台共的組織。例如成立青年部，婦女部，救濟部，都是來自台共既有的架構。

就在農民組合完成赤化的任務時，台灣總督府透過「特別高等刑事課」的特務，假藉違反出版法規的名義，於一九二九年二月十二日，對全島各地的農民組合展開搜查逮捕。檢舉行動分別在台北、新竹、台中、台南、高雄進行，包括簡吉、侯朝宗、陳崑崙、顏石吉、蘇清江、楊春松、江賜全、張行、陳德興、譚延芳、陳海、黃信國、林新木共十三名主要幹部，悉遭逮捕，都被判刑十個月，史稱「二・一二事件」。[53]農民組合另一未被捕的幹部，就寫了一份〈二・一二事件的歷史意義〉，清楚說明：「二・一二事件，其實是台灣無產階級運動中偉大的、劃時代的事件。我們要把現在這個事件，當作台灣階級鬥爭史上生死存亡的轉換期。台灣有階級鬥爭以來，兩階級陣營內像這樣大規模的敵對與變化，是未曾有過的。而且，這也是對台灣唯一的大眾團體台灣農民組合，所加諸的最大鎮壓。」[54]

簡吉被捕後，寫下一冊《獄中日記》。從其內容可以發現，他在獄中仍然在為日後吸收左翼書籍的知識做準備。在牢裡十個月，他不斷閱讀《世界語研究》、《世界語字典》、《初級世界語讀本》、《世界語中級課本》、《世界語新讀本》。所謂世界語（Esperando），係二〇、三〇年代全世界左翼運動者使用的共同語言。許多重要的左翼典籍，都以世界語寫成。透過這種語言的鍛鍊，簡吉未嘗須臾放棄左派的立場。[55]

他在一九二九年十二月初出獄時，農民組合的氣勢已呈萎頓狀態。但是《台灣民報》在一九三〇年一月回顧社會運動團體的狀況時，指出農民組合雖在「苦戰之中，但是組合員和幹部卻沒有絲毫退縮」。[56]等到領導者重回組織時，農組的活動又立刻積極活潑起來。簡吉重新投入組織的再建運動，並且發出一串發動農民鬥爭的指令。

以「台灣農民組合中央委員會」的名義，簡吉發出不少傳單。其中較為重要的文件，都收入《新台灣大眾時報》，包括〈絕對反對台灣民眾黨主張的地方自治〉，〈紀念「五．一」勞動節〉。其中在一九三〇年四月二日以本部名義發出的〈指令〉，仍然表現了反省的能力。對於當時在台北的青菜爭議的失敗，〈指令〉提出這樣的檢討：「因為我們的鬥爭要得勝利，必定要確立確固的組織。沒有組織，自然是不能勝利的。所以關於一切的鬥爭，必要先確立鬥爭體。」[57]從行文的語氣，可知領導者在出獄後仍保持穩重、自信的態度。

在世界大恐慌的危機席捲而來時，簡吉更加以清醒的思考觀察政治形勢。對於台灣地方自治聯盟之承認日本在台灣合法統治的立場，他表示鄙夷。因為自治聯盟的成員，由地主、資本家、辯護士所構成，在公開演講中表示：「我們是大日本國民，今日我們能夠做統治下的一部分國民，實是光榮之至。」[58]從這裡益加證明，簡吉的階級路線很清楚，民族路線也更加鮮明。階級鬥爭與民族運動的相互結合，對他而言，全然沒有矛盾，反而更加彰顯他的發言位置，為殖民地知識分子找到批判日本專制政治的切入點。

從一九三一年二月到八月，簡吉對農民組合的聯合戰線持續投注巨大的心力，使整個組織能夠獲得再整編的機會。直到一九三一年下半年台共遭到全島大逮捕時，他從未空談理論。即使他也有訴諸文字的時刻，其主要關懷仍然集中在運動的實踐上。他並非盲目而又盲動的社會主義者，因此從未參加空論式的路線之爭，也從未介入玄學式的理論之爭。他為日據時期的知識分子立下一個典範，那就是在行動結束之後，又繼以行動。

階級路線與民族路線，究竟是對抗的，還是對話的？通過簡吉的實踐，可以檢驗出正確的答案。尤其是他在一九二七年以後開始左傾化後，這兩條路線在他的運動經驗中已無分軒輊。他與台共結盟後，不僅階級意識更加深化，台灣民族意識也更加提升。殖民地的路線之爭，在簡吉身上都得到化解。怯於行動者，酷嗜路線分合之爭辯。勇於行動者，開拓版圖已嫌過遲，又何在乎路線之爭。

註釋

1 有關二林事件的最新敘述，參閱彰化縣文化局，《二林蔗農事件》，彰化：彰化縣文化局，二〇〇一。

2 淺田喬二，《日本帝國主義下の民族革命運動——台灣・朝鮮・滿州における抗日農民運動の展開過程》，東京：未來社，一九七三。第二章，〈台灣における抗日農民運動の展開過程〉，頁五四。

3 今村義夫，《台灣產業問題管見》，台南：作者自印，一九二四，頁三一〇—三一一。

4 〈林糖蔗農的陳情：蔗農千餘名協力要求林本源製糖會社提高買收甘蔗價格的問題〉，《台灣民報》（東方文化書局復刊版），第三卷第十號，一九二五年四月一日，頁二—三。

5 〈蔗農的陳情書〉，《台灣民報》，同上，頁二—三。

6 今村義夫，〈台灣的農民運動（下）〉，《台灣民報》，第三卷第十五號，一九二五年五月二十一日，頁一一—一二。

7 《大阪朝日新聞》的言論已譯成漢文，題為〈重大之台灣農民運動〉，《台灣民報》，第三卷第十八號，一九二五年六月二十一日，頁一〇。

8 〈關於砂糖原料採集區域制度的問題〉，《台灣民報》，第五十九號，一九二五年七月一日，頁二—四。

9 〈二林庄蔗農組合成立總會〉，《台灣民報》，第六十一號，一九二五年七月十九日，頁七。

10 〈蔗農組合設立旨趣書〉，《台灣民報》，第七十號，一九二五年九月十三日，頁一一。

11 〈社說：土地問題與無產者〉，《台灣民報》，第七十二號，一九二五年九月二十七日，頁一。

12 矢內原忠雄著，周憲文譯，《日本帝國主義下的台灣》，台北：帕米爾，一九八五，頁二三二—二四六。

13 柯志明，《米糖相剋：日本殖民主義下台灣的發展與從屬》，台北：群學，二〇〇三，頁一〇一。

14 有關二林事件最早的報導，參閱〈林糖紛擾事件真相〉，《台灣民報》，第七十九號，一九二五年十一月十五日，頁四—六。

15 〈林糖事件續報〉，《台灣民報》，第八十一號，一九二五年十一月二十九日，頁六。

16 〈鳳山公學校選舉同窗會長〉，《台灣民報》，第六十四號，一九二五年八月九日，頁五。

17 淺田喬二，《日本帝國主義下の民族革命運動》，頁六七—七一。

18 宮川次郎，《台灣の農民運動》，台北：拓殖通信社，一九二七，頁九二—九五。

19 〈鳳山小作組合發起人會〉，《台灣民報》，第七十六號，一九二五年十月二十五日，頁六。

20 宮川次郎，《台灣の農民運動》，頁九四。

21 〈鳳山小作組合成立了〉，《台灣民報》，第八十三號，一九二五年十二月十三日，頁六。《台灣民報》的報導顯然有誤，因為簡吉認為小作組合的格局過於狹隘，而應擴大組織，正式成為鳳山農民組合。參閱宮川次郎，《台灣の農民運動》，頁九四。

22 〈蔗農運動勃興之兆〉，《台灣民報》，第八十三號，頁四。

23 〈鳳山農民組合講演隊的活動〉，《台灣民報》，第九十一號，一九二六年二月七日，頁六。

24 〈論評：提倡組織農民組合〉，《台灣民報》，第一〇一號，一九二六年六月二十七日，頁二。

25 有關台灣農民組合成立的過程，參閱台灣總督府編，《台灣警察沿革誌》，台北：台灣總督府，一九三九（東京：台灣史料保存會複刻本，一九六九），頁一〇四五—一〇四九。

26 〈痲生氏各地演講〉，《台灣民報》，第一一八號，一九二六年八月十五日，頁八。

27 〈二林事件的考察〉，《台灣民報》，第一二二號，一九二六年九月十二日，頁三。

28 〈論評：鳳山事件的考察〉，《台灣民報》，第一二六號，一九二六年十月十日，頁二。

29 有關陳逢源與許乃昌的論戰始末及其評價，參閱陳芳明，〈「中國改造論」論戰與二〇年代台灣左翼思想的傳播〉，宣讀於第六屆「中國近代文化的解構與重建」學術研討會，台北：政治大學文學院主辦，二〇〇五年五月六日。

30 〈台灣農民組合幹部上京訴願土地問題〉，《台灣民報》，第一四六號，一九二七年二月二十七日，頁七。

31 〈簡趙二君抱病奮鬥〉，《台灣民報》，第一四八號，一九二七年三月十三日，頁七。

32 〈台灣農民向帝國議會請願〉，《台灣民報》，第一四九號，一九二七年三月二十日，頁五—七。

33 〈台灣議會請願審議未了，農民土地拂下請願亦然〉，《台灣民報》，第一五一號，一九二七年四月三日，頁四。

34〈農民組合決定進攻〉，《台灣民報》，第一五四號，一九二七年四月二十四日，頁六。

35〈階級鬥爭與民族運動〉，《台灣民報》，第一五七號，一九二七年五月十五日，頁二—三。

36 蔣渭水，〈對台灣農民組合聲明的聲明〉，《台灣民報》，第一六一號，一九二七年六月十二日，頁一四。

37 簡吉，〈大同團結而奮鬥〉，《台灣民報》，第一六六號，一九二七年七月二十二日，頁一五。

38〈評論：台灣解放運動的考察〉，《台灣民報》，第一四二號，一九二七年一月三十日，頁二。

39《台灣警察沿革誌》，頁一〇五五。

40《台灣警察沿革誌》，頁一〇五七。

41〈台灣的社會運動〉，《台灣民報》，第一八六號，一九二七年十二月十一日，頁二。

42《台灣警察沿革誌》，頁一〇七〇。

43 簡吉，〈台灣農民運動〉，《週刊台灣大眾時報》（「五一」紀念特別號），東京：大眾時報社，一九二八年五月十日，頁九—一二。

44 連溫卿，〈過去台灣之社會運動〉，《台灣民報》，第一三八號，一九二七年一月二日，頁一二。

45〈過去一年間的回顧〉，《台灣民報》，第一八九號，一九二八年一月一日，頁三。該文說：「自農民組合發生不過兩年有餘，然而觀其（全島）大會的經過，其有秩序有訓練的狀況，實在令人感服不已。經過這回大會的訓練與討論，對此後的運動的方針與戰鬥的方法定有一大進步了。」

46 依據黃師樵的文字記載，簡吉在昭和三年（一九二八）六月，「與謝氏阿女（雪紅）及楊克煌相識，簡之思想愈變為左傾化，遂帶濃厚之共產主義色彩。」見黃師樵，《台灣共產黨祕史》，新竹：作者自印，一九三三，頁一四。這種說法過於膨脹謝雪紅的影響。在認識她之前，簡吉的思想就已呈左傾。

47 〈台灣農民對策〉的文件，見於《日本共產黨台灣民族支部東京特別支部員檢舉顛末》，收入山邊健太郎編，《台灣（二）》（現代史資料二十二），東京：みすず書房，一九七一，頁一五六—一六四。

48 同上註。

49 有關連溫卿的政治運動始末，參閱本書，〈連溫卿與抗日左翼的分裂〉，頁三〇七—三三四。

50 〈台灣農民組合的現勢〉，《週刊台灣大眾時報》，第五號，一九二八年五月二十八日，頁一五—一六。

51 〈台灣解放運動團體〉，《台灣民報》，第二四一號，一九二九年一月一日，頁九。

52 〈林兌聽取書〉，見於《東京支部檢舉顛末》，頁一〇三。

53 《台灣警察沿革誌》，頁一一〇二—一一〇四。

54 顏錦華，〈二．一二事件の歷史的意義〉，《台灣警察沿革誌》，頁一一一四。

55 參閱簡吉，《簡吉獄中日記》，台北：中研院台灣史研究所，二〇〇五。

56 〈台灣社會運動團體〉，《台灣民報》，第二九四號，一九三〇年一月一日，頁八。

57 台灣農民組合本部印，〈指令〉，《新台灣大眾時報》（南天書局複刊本），東京：台灣大眾時報社，一九三〇年十二月一日，頁八五。

58 台灣農民組合，〈台灣農民組合當面的任務〉，《新台灣大眾時報》，第二卷第一號，一九三一年三月十五日，頁五。

附錄

論文出處

第一輯　摩登與日據台灣

〈現代性與日據台灣第一世代作家〉，「文化場域與教育視界：晚清到四〇年代」國際學術研討會宣讀論文，國立台灣大學中國文學系、國立台灣大學音樂研究所、美國哥倫比亞大學東亞系合辦，二〇〇二年十一月七—八日。

〈三〇年代台灣作家對現代性的追求與抗拒〉，「第三屆通俗文學與雅正文學全國學術研討會」宣讀論文，國立中興大學中國文學系、台灣省政府文化處主辦，二〇〇一年十月十九—二十日。後收入國立中興大學中國文學系主編，《第三屆通俗與雅正文學全國學術研討會論文集》（台中：國立中興大學中國文學系，二〇〇二），頁五四五—六六。

〈現代性與本土性——以《南音》為中心看三〇年代台灣作家與民間想像〉，「民間文學與作家文學」

學術研討會宣讀論文，台灣省政府文化處、台中縣文化中心主辦，國立清華大學中國文學系協辦，一九九八年十一月二十一—二十二日。後收入胡萬川、呂興昌、陳萬益總編輯，《民間文學與作家文學研討會論文集》（新竹：國立清華大學中國文學系，一九九八），頁七三—八五。

〈現代性與殖民性的矛盾——論朱點人小說中的兩難困境〉，原題〈現代性與殖民性的矛盾——論朱點人的小說〉，「殖民地經驗與台灣文學：第一屆台杏台灣文學學術研討會」宣讀論文，財團法人台杏文教基金會、靜宜大學中文系、台灣日報主辦，一九九八年十二月十九—二十日。後收入江自得主編，《殖民地經驗與台灣文學：第一屆台杏台灣文學學術研討會論文集》（台北：遠流，二〇〇〇），頁六三—八三。

〈當殖民地的作家與畫家相遇——一九三〇年代台灣文學史的一個側面〉，「台灣美術百年回顧」學術研討會宣讀論文，行政院文化建設委員會主辦，國立台灣美術館策畫承辦，二〇〇〇年十二月一—三日。後收入蔡昭儀執行主編，《台灣美術百年回顧學術研討會論文集》（台中：國立台灣美術館，二〇〇一），頁一三七—四八。

〈殖民地詩人的台灣意象——以鹽分地帶文學集團為中心〉，「詩／歌中的台灣意象：第二屆台杏台灣文學學術研討會」宣讀論文，財團法人台杏文教基金會主辦，國立成功大學中國文學系、國立成功大學台灣文學研究所籌備委員會承辦，二〇〇〇年三月十一—十二日。

〈黃得時的台灣文學史書寫及其意義〉，「台灣文學史書寫」國際學術研討會宣讀論文，行政院文化建設委員會主辦，國立成功大學台灣文學系承辦，二〇〇二年十一月二十二—二十四日。

〈從發現台灣到發明台灣——現階段中國的台灣文學史書寫策略〉，「第一屆中國現代文學亞洲學者國際學術會議：越界與跨國：中國現代文學研究的區域視角與多元探索」宣讀論文，新加坡國立大學中國文學系、日本東京大學中文系聯辦，二〇〇二年四月二十—二十一日。後刊載於《台灣文學學報》第四期（二〇〇三年八月），頁一〇七—二〇。

第二輯　現代性與台灣史觀

〈殖民地時期自治思潮與議會運動〉，「台灣自治運動史回顧」學術研討會宣讀論文，台灣省諮議會主辦，二〇〇〇年五月十二日。

〈殖民地社會的圖像政治——以台灣總督府時期的寫真為中心〉，「影視史學研討會：人物、傳記、影視史學」宣讀論文，國立中興大學歷史學系主辦，一九九七年五月十七—十八日。

〈日據時期台灣左翼文學的研究及其限制〉，原題〈日據時期台灣左翼史的研究及其限制〉，「台灣史料的蒐集與運用研討會」宣讀論文，中華民國史料研究中心主辦，一九九九年九月。後收入中華民國史料研究中心編，《中國現代史專題研究報告》（台灣史料的蒐集與運用研討會論文集）第二一輯（台北：中華民國史料研究中心，二〇〇〇年），頁一二九—四九。

〈連溫卿與抗日左翼的分裂——台灣反殖民史的一個考察〉，「二十世紀台灣歷史與人物——中華民國史專題第六屆討論會」宣讀論文，國史館主辦，二〇〇一年十月二十三—二十四日。後收入第六屆中華民國史專題討論會祕書處編，《二十世紀台灣歷史與人物：第六屆中華民國史專題論文集》（台北：國史館，二〇〇二），頁一二六—八二。

〈鄭成功與施琅〉，原題〈鄭成功與施琅——台灣歷史人物評價的反思〉，收入張炎憲、李筱峰、戴寶村主編，《台灣史論文精選》（上）（台北：玉山社，一九九六），頁一三五—五五。

〈台灣歷史的孤兒——一個後殖民形象的重建〉，原題〈殖民歷史解釋下的蔣渭川〉，「二二八事件五十週年國際學術研討會」宣讀論文，吳三連台灣史料基金會主辦，一九九七年二月二十—二十二日。後收入張炎憲、陳美蓉、楊雅慧編，《二二八事件研究論文集》（台北：吳三連台灣史料基金會，一九九八），頁二二五—四四。

〈國民意識：台灣自由主義的舊傳統與新思考〉，收入彭明敏文教基金會編，《台灣自由主義的傳統與傳承》（台北：彭明敏文教基金會，一九九四），頁一九—四〇。

國家圖書館出版品預行編目資料

殖民地摩登：現代性與台灣史觀／陳芳明著. -- 三版. -- 臺北市：麥田, 城邦文化出版：家庭傳媒城邦分公司發行, 2017.05

面；　公分. --（陳芳明作品集；6）

ISBN 978-986-344-457-2（平裝）

1. 臺灣文學史　2. 臺灣史

863.09　　106006149